JN043630

万葉集の基礎知識

上野　誠
鉄野昌弘
村田右富実
編

角川選書
650

目次

Ⅱ　万葉集のそとがわ　163

〔凡　例〕

＊『万葉集』、『古事記』、『日本書紀』、『風土記』の底本は『新編日本古典文学全集』（小学館）を、『続日本紀』の底本は『新日本古典文学大系』（岩波書店）を用いたが、一部改めた箇所がある。また、他の文献については執筆者の判断に従った。

＊天皇号については、「雄略天皇」、「舒明天皇」などのように通行の名称（いわゆる漢風諡号）を用いたが、一部和風諡号等を用いた箇所がある。

＊『万葉集』の歌番号は、松下大三郎・渡邊文雄編纂『国歌大観』（一九〇一～三年）の歌番号（いわゆる旧国歌大観番号）を用いた。

＊参考文献は、Ⅰ・Ⅱ部については章ごとに、Ⅲ部についてはまとめて掲載した。Ⅳ部はそれぞれの語句の解説末尾に入れた。

はじめに

上野　誠

一　本書の設計思想

ものごとを分析する時には、よく、「鳥の眼」と「蟻の眼」の両方を持てという。つまり、広く見渡すことのできる眼と、細部を見つめる眼の両方を持てということである。が、しかし。それはなかなか難しいことだ。では、この本は、「鳥の眼」と「蟻の眼」のどちらに立脚する本なのか？　本書は、「鳥の眼」で見渡すという視点で設計している。かつ、執筆者にも、そうお願いして書いてもらった。この一冊を読めば、『万葉集』が見渡せるということを念頭に、企画された本なのである。

また、本書は、『万葉集』に興味を持ち、これから『万葉集』を学ぼうとする人に、この分野の研究者から届けるメッセージ集のようなつもりで書いてもらった。もちろん、入門書の一つには違いないが、本書の特色はなんといっても、第一線で活躍する研究者が、それぞれの言葉で用語を解説し、歌の鑑賞法などについて、語ってゆくところにある。編者の一人である私も、やはり第一線の研究者の見立ては違うものだなぁ、と校正しながら感服したことが、多々あった。

本書が手本としているものは、

桜井満編『必携万葉集要覧』（桜楓社、一九七六年）

稲岡耕二編『別冊國文學・万葉集事典』（學燈社、一九九四年）

坂本信幸・毛利正守編『万葉事始』（和泉書院、一九九五年）

などである。これらの本は、今でも入門書としての輝きを失ってはいない。一読をお勧めしたい。一方、本書は、これらの本を手本としながらも、やや読み物風に書いてもらった。三書は、大学に入学し、『万葉集』で卒業論文を書こうとする人々を念頭に企画されたものだが、対する本書は、それよりも広い読者を想定しているからである。以上が、本書の設計思想である。

二　本書の構成（I・II）―『万葉集』の内と外―

では、本書は、どのような構成を持っているのだろうか。大きく分けて、I〜IVの四部編成となっている。まず、『万葉集』のうちがわとそとがわに二分した（IとII）。『万葉集』は、編纂（へんさん）された書物なので、それぞれの分類基準に基づいて歌が分類されているし、各巻には特徴もある。そういう構造物として、まず『万葉集』を眺めてほしいからである（I-一）。続いて、各巻に集められた歌を作った歌人のこと、歌の「かたち」や歌に施された「くふう」の数々を見てゆくことにした（Ⅰ-二、三）。しかし、そういった歌々を読むためには、まず『万葉集』が、どのような漢字を使っているのかを知らねばならない。『万葉集』は、漢字によって記された書物であり、漢字に対する知識がなければ、読むことができないからである（Ⅰ-四）。

そして、最後に、写本について、解説してもらった。『万葉集』は書き継がれて伝わってきた書物であり、原本は存在しない。だから、一般に『万葉集』といっても、書き継がれた写本を比較検討して、より原本に近いかたちを復元しているものに過ぎないのである（Ⅰ-五）。

これらの内側に対して、Ⅱでは『万葉集』の外側について考える。しかし、外側といっても、今、ここにいる私たちも『万葉集』の外側にいるのである。だから、『万葉集』を読むという行為も、外側から内側を眺めるという行為だということを忘れてはならない。したがって、内側がどう見えるかは、見る側の見方の問題でもあるのだ。それぞれの時代に、それぞれの読まれ方があったことが、Ⅱを読めばわかる。

そこでまず、同時代の書物との関わりを見直すことからはじめて、各時代における『万葉集』の読まれ方のようなものを探ってゆくことにした。これらは、『万葉集』がそれぞれの時代に受け入れられた歴史ということができる。と同時に、『万葉集』を軸とした文学史でもある（Ⅱ-一）。次に、『万葉集』の注釈の歴史について解説してもらった（Ⅱ-二）。実は、専門家といえども、注釈書を抜きに、『万葉集』を読んでいるわけではない。逆に、専門家ほど注釈書を踏まえて読むものなのである。ところが、その注釈書も、時代によって変遷があり、それぞれの注釈書には、注釈書ができた時代の関心が反映されるものなのである。しかも、注釈者にも個性がある。続いて、日進月歩の『万葉集』研究の新しい流れを追い（Ⅱ－三）、『万葉集』の時代背景を考え（Ⅱ－四）、『万葉集』に大きな影響を与えた中国文学との関係を探る（Ⅱ－五）。

以上が、『万葉集』のうちがわ（Ⅰ）とそとがわ（Ⅱ）のあらましだ。

三　本書の構成（Ⅲ・Ⅳ）――名歌と小事典――

Ⅲでは、第一線で活躍する研究者が、名歌について、その見どころを解説する。まるで、有名料理人たちの饗（競？）宴だ！

Ⅳでは、初心者に知っておいてほしい用語の小事典を付した。そして、最後には、これまた日進月歩の最新の研究、最新のデータを取り入れた万葉地図を作成してもらった。おそらく、最新の地図のリアルさに、プロの研究者たちも、唸るだろう。

いささか自画自讃となってしまったが、新しさとわかりやすさでは、最高、最善の書となったという自負がないといえば、嘘になる。

研究者と読書人を結ぶ入門書が、ここに誕生した……と思っているのだが。

万葉集をみわたす

翻訳文学としての『万葉集』

ウタは、カタル、ハナスなどとともに、人類が普遍的に有している言語文化の一つである。これを書き留めることが、漢字との出逢(であ)いによって可能になったのである。しかし、それは容易なことではなかった。その苦労の一端を、私たちは、『古事記』の序文から知ることができる。漢字を利用するということは、単なる文字使用ということだけにとどまる問題ではない。

東(あずま)歌、防人(さきもり)歌の一部には、次のような例がある。父と母を並べて呼称する場合、母の方を先にし「母父」ということがある。この言い方は、父よりも母の系譜を重んずる母権社会の名残といわれている。ところが、儒教の影響を受けた畿内(きない)では、「父母」が一般的である。これは、儒教が父権を重視するからである。さて、古代インドで成立した仏教経典の一部には、母権の強い地域で成立したものもあった。その場合、父よりも母の方を先に呼ぶ習慣があった。サンスクリット、パーリー語経典の一部には、母から先に呼ぶものもある。ところが、これを漢訳する場合には、父母と記されるのである。

私たちは、『万葉集』に日本的なものを求めがちなのであるが、逆に、偉大なる翻訳文学である、という見方もできる。

巻三の讃酒歌十三首（3・三三八〜五〇）は、一つの翻訳文学ということができる。小島憲之は、次のように述べている。

心やる（遣悶・遣情・消悶）　この世（現世）　來む世（來世）　濁れる酒（濁酒）　いにしへの七の賢しき人等（七賢人）　價なき寶（無價寶珠）　夜光る玉（夜光之璧）　生ける者遂にも死ぬる（涅槃經純陀品）

などの飜譯語を造語してゐる點などは、表現の上にやはり漢籍を「眼」で學んだことが明かである。　［小島　一九八八］

では、これは讃酒歌だけが特殊かというと、そうではない。今日、日本列島で使われている日常生活の日本語も、その様相はあまり変わるところがない。漢語由来の語がやや減って、英語由来の語が多少増えたくらいのことであろう。

海東の一古典

日本は、漢字文化圏の東の辺境にある国なのである。海東に対して西の辺境をいう言葉が西域である。その西域より西は、言語文化ということを前提として文化圏を見渡せば、大きく次のようになる。ヒンディー語、タミル語などの多言語と多宗教を束ねるインド文化圏、アラビア語とイスラム教によって束ねられるイスラム文化圏、ギリシャ語やラテン語、キリスト教を共通の基盤として成立した西欧文化圏などが、グローバル化が進む今日においても、なお存在しているといえるだろう。そして、各文化圏には、それぞれ聖典化されている詩集があるのである。

『万葉集』は、現在、中華文明圏の日本語文化圏の聖典となっている一つの古典であると言ってよいだろう。本書を紐解(ひもと)けば、その総体と聖典化への道筋を学ぶことができる。

（上野　誠）

Ⅰ　万葉集のうちがわ

一、歌のしわけとなりたち

(1) 二十巻それぞれの巻をひもとく

『万葉集』の歌数

『万葉集』は、全二十巻、約四五〇〇首からなる。「約」としか書けないのは残念だが、たとえば、12・三〇二三と17・三九三五とは全句同一の歌だが、前者は作者不記載歌、後者は平群氏女郎(へぐりのうじのいらつめ)の歌としてあり、原文も大きく異なっている。そして、この例をはじめ重出歌は一〇組二〇首を数える。また、歌句の一部の異伝が記されるものも多数存在しており、これらをどう数えるか。結局、約四五〇〇首なのだが、最も多く数えると四六八〇首になるという［伊藤一九七五］。なお、一首全体が記されている歌のみを一首とし、重出歌をそれぞれ一首とすると、短歌＝四二〇八首、長歌＝二六六首、旋頭歌(せどうか)＝六一首、仏足石歌＝一首（合計四五三六首）である。以下、巻ごとにその特徴を述べるが、その前に歌の分類について触れておく。

歌のしわけ

万葉歌の多くは編纂者によってしわけられている。そのしわけの基本は一般に三大部立と呼ばれる雑歌・相聞・挽歌である。雑歌は宮廷の行事や宴席などに供せられた歌を指す。以前は儀礼性の高い歌と理解されていたが、近年、見直しが図られ、歌表現としては恋歌であったり、供される場が宴席であったりと、緩やかな雑歌把握へと変化してきた。なお、漢語「雑歌」は『文選』に用例があるものの意味が違っており、聖武天皇の『雑集』などを見合わせると、さまざまな歌の集合体といった意味として使われているらしい。

次に、相聞は基本的に恋の歌だが、漢語（『文選』、『古今注』に用例がある）としてはお互いの起居を問う意である。結果的に恋歌が多くなっているのだろう。集中には恋愛関係にない者同士の歌や、恋の独詠歌も存在する。相聞の下位分類として、歌全体が寓喩となっていることの多い譬喩（歌）、歌のやりとりからなる問答（歌）、旅を基本とする羇旅発思、悲別歌がある。また、巻十一・十二は相聞歌集だが、正述心緒（直接恋情を表現する歌）、寄物陳思（何か物に言寄せて恋情を表現する歌）という二種に大きく分類されている。さらに巻十一には歌体による分類であるはずの旋頭歌が相聞歌の下位分類のように登場する。

そして、挽歌は人の死に関係する歌を表す。漢語「挽歌」は棺を挽く時の歌の意だが（『文選』）、『万葉集』では意味が拡大しており、伝説歌の一部も挽歌に分類されている。

結局、万葉歌全体は確固たる基準をもってしわけられているとはいえない。それは後に述べるが、『万葉集』が計画的に編纂されたわけではなく、徐々に膨らんでいったという来歴と関係する。今は、雑歌・相聞・挽歌が万葉歌の基本分類であることを述べるにとどめ、各巻をひもといてゆく。

巻一　雑歌（短＝六八、長＝一六―歌の種類の略称と一首全体が記されている歌数。以下同）

巻一は『万葉集』の中核をなす雑歌集である。巻頭歌は第二一代雄略天皇の御製。ただし、雄略は五世紀の大王であり、実作とは考えられず、『万葉集』の編纂時に雄略の歌と認識されていたか、雄略に付会した作である。この巻頭歌を除くと、巻一の歌々は、第三四代舒明天皇から第四三代元明天皇までの範囲に収まる。作歌時期の判明している最新の歌は和銅五年（七一二）の作であり、舒明元年（六二九）から約八十年間の歌々が掲載されていることになる。また、「泊瀬朝倉宮に天の下治めたまひし天皇の代」（雄略）のように和風諡号による標目が記され、歌の成立した時代を表している。この標目は巻一・二にのみ見られるものであり、両巻が姉妹編であり、古代天皇制に支えられて編纂されたことを示している。

巻二　相聞・挽歌（短＝一三一、長＝一九）

巻二は相聞と挽歌からなり、巻一と合わせて三大部立が揃う。この巻は記載の上では集中最古となる第一六代仁徳天皇の皇后・磐姫の歌から始まるが、仁徳の実在性についても議論があり、実作とは考えられない。最新の歌は巻末の霊亀元年（七一五）の志貴親王挽歌。ただし、『続日本紀』には志貴親王の薨去を霊亀二年（七一六）と伝えており、問題が残る。なお、後に歌聖と仰がれることになる柿本人麻呂の作歌の多くは巻一・二に収載されている。

巻三　雑歌・譬喩歌・挽歌（短＝二二九、長＝二三）

巻三は相聞に代替するかのように譬喩歌の部立がある。譬喩歌は寓喩歌を基本とするが、すべてではない。ただ、いかようにも解釈できる歌も多く、注意しないと独りよがりの解釈に陥りやすい。また、この巻は巻一・二の拾遺的な性質があるともいわれる。最も古い歌は第三三代推古天皇代（在位五九三～六二八）の聖徳太子の作だが、これも仮託だろう。最新の歌は巻末歌でもある、天平十六年（七四四）の高橋朝臣の亡妻挽歌（3・四八一～三）と思われる。

巻四　相聞（短＝三〇一、長＝七、旋＝一）

巻四は全歌相聞。巻三の譬喩歌は巻四から切り出されたともいわれる〔伊藤　一九七四〕。巻頭歌の題詞に「難波　天　皇　妹」とあり、この難波天皇が第一六代仁徳天皇か第三六代孝徳天皇（在位六四五～五四）かで議論がある。これが巻四中最古の歌だが、前者なら仮託歌である。最新の歌ははっきりしないが、恭仁京時代（七四一～五）のものか。

巻五（雑歌）（短＝一〇四、長＝一〇、漢詩＝二）

巻頭の「雑歌」の二文字は非仙覚本になく（目録には存在する）、巻全体を雑歌と見るか否かで論が分かれる。前半部は大宰帥大伴旅人を中心とした書簡に付された歌で占められ〔村田二〇一三〕、その中には挽歌も含まれている。後半は山上憶良集といってよいほど憶良の作品が並ぶ。雑歌だとしても巻一や巻三のそれとは大きく異なっている。一方、漢文の作品も多数存在し、中でも「沈痾自哀文」は約一二五〇字からなる長大な作品であり、憶良の思想を知る上でも重要である。巻五は旅人と憶良に特化された巻といってよい。神亀五年（七二八）から天平五年（七三三）までの歌が収録されている。

巻六　雑歌（短＝一三二、長＝二七、旋＝一）

天皇代の標目こそ持たないものの、巻一のように時間を追って歌が並ぶ雑歌集である。巻頭は、第四五代聖武天皇（在位七二四～四九）の即位前年にあたる養老七年（七二三）の吉野行幸歌であり、以下、聖武朝の歌々が年を追って並ぶ（ただし天平元、七、十三、十四年の歌はない）。最も新しい歌は天平十七年（七四五）頃か。天平十六年の歌の直後に、年次表記のない田辺福麻呂歌集の二一首が巻末まで継がれており、確定的なことはいえない。

巻七　雑歌・譬喩歌・挽歌（短＝三二四、旋＝二六）

巻六までにも作者不記載の歌は若干見られたが、巻七は巻として作者不記載歌巻である。作者情報は「右七首者藤原卿作」（7・一一九五左注）の一ヶ所のみ。一方、柿本人麻呂歌集から採録された歌が五六首、古集から三六首、古歌集から一八首、合計すると巻七全体の三割を占める。また、雑歌は「詠～」、譬喩歌は「寄～」という題詞によってまとめられ（他の題もある）、類題集（同じ種類の題によって分類した歌集）の体裁となっている。

巻八　春・夏・秋・冬をそれぞれ雑歌と相聞に分類（短＝二三六、長＝六、旋＝四）

巻八は四季分類という大きな特徴を持つ。最古の歌は舒明天皇御製だが、総じて古い歌は少なく、大伴家周辺の歌が多い。制作年次の判明している最新の歌は天平十五年（七四三）の作。また、同一宴席の歌が、季節に関わる表現を持つ歌（8・一五七四〜八〇）は巻八に、季節表現を持たない歌（6・一〇二四〜七）は巻六にと、分載されている例もある。さらに巻三・四・六・八の四巻には共通する作者も多く、互いに何らかの関連を持っていることは間違いないが、論理化できるまでには至っていない。

巻九　雑歌・相聞・挽歌（短＝一二五、長＝二二、旋＝一）

集中、唯一、三大部立からなる巻。特徴は、柿本人麻呂歌集、高橋虫麻呂歌集（たかはしのむしまろかしゅう）、笠金村歌集（かさのかなむらかしゅう）、田辺福麻呂歌集から採録された歌が圧倒的に多い点にある。これらは左注に記されるが、歌数を明示していない箇所もある。最古の歌は雄略天皇御製だが、巻八の舒明天皇御製の小異歌でもあり、仮託であることは間違いない。この巻は制作年次表記を持たない歌が多く、記してあるものの中で最も新しい歌は天平五年（七三三）であるが、それより後の歌がないとはいえまい。なお、この巻の相聞に恋歌は少なく、官人の旅を基本にした歌が多い。

巻十　春・夏・秋・冬をそれぞれ雑歌と相聞に分類（短＝五三二、長＝三、旋＝四）

巻八同様、四季分類の巻だが、こちらは作者不記載歌巻である。また、巻七同様、「詠〜」「寄〜」という題詞が多く類題歌巻でもある。ただし、巻七と巻十あわせて三〇種ある「詠〜」中、共通するものは七種（雨・河・花・月・山・鳥・露）、「寄〜」は四二種中八種（衣・雨・雲・花・月・山・草・鳥）と、その共通性は高くない。なお、庚辰年（こうしん）（六八〇）作と記される歌（10・二〇三三）以外の詠作時期は不明。人麻呂歌集歌と古歌集歌以外は平城遷都後といわれる。

巻十一　相聞（旋頭歌・正述心緒・寄物陳思・問答・譬喩）（短＝四八〇、旋＝一七）

巻十一は目録に「古今相聞往来歌類の上（こきんさうもんわうらいかるいのじやう）」とあり、「下」の巻十二とセットの相聞歌巻である。旋頭歌（人麻呂歌集歌と古歌集歌―一七首）から始まり、人麻呂歌集歌が正述心緒、寄物陳思、問答の順に並ぶ（一五〇首―異伝歌を含む。以下同）。次に人麻呂歌集歌と同じ順序で作者不記載歌（三三〇首）が続き、巻末は譬喩で終わる。ここには人麻呂歌集歌と作者不記載歌の対立を看取できる。作者情報は11・二七四二の左注に「石川君子朝臣（いしかはのきみこあそみ）」（神亀年間に大宰少弐（しように））の作とする伝があるのみで、作者不記載歌巻といってよい。歌の成立時期を探る手立ては、せいぜい人麻呂歌集歌は前期万葉だろうという程度である。

巻十二　相聞（正述心緒・寄物陳思・問答歌・羈旅発思・悲別歌）（短＝三八三）

巻十一とセットとはいえ、人麻呂歌集歌の扱いは大きく異なる。巻頭に人麻呂歌集歌の正述心緒と寄物陳思が二八首あるものの、以下は作者不記載歌の正述心緒と寄物陳思が二三九首並ぶ。これらに続く問答歌（二六首）に人麻呂歌集歌はないが、ここまでは巻十一と似通った構成といってよい。後半は羈旅発思（冒頭に人麻呂歌集歌あり）、悲別歌、問答歌と続く（九〇首）。こちらは基本的に旅に関わる歌々である。作者情報は12・三〇九八の左注に「紀皇女（きのひめみこ）」作であると記されるが、伝説の域を出ないだろう。歌の成立時期については巻十一と同断。

巻十三　雑歌・相聞・問答・譬喩歌・挽歌（短＝六〇、長＝六六、旋＝一）

巻十三は長歌集である。すべての歌が「右〜首」と括（くく）られており、五四組の長歌を含む作品からなる。うち、反歌を持たない長歌が二〇首存在する。中には、一首の途中で話者が変わり一首の中で問答となっているものや、『万葉集』における一般的な長歌の形式（五七五七〜五七七）から外れたものも多く、古い長歌が掲載されている可能性がある。ただし、古い歌は定形から外れているという認識が当時から存在していたとすれば、擬古の体の長歌である可能性も否定できず、歌体からの新古の認定には注意が必要である。一方、旅の出発点を平城京とする歌は平城遷都後の作と認めてもよかろう。作者情報は、三例（木梨之軽太子（きなしのかるのみこ）、穂積朝臣老（ほづみのあそみおゆ）、調使首（つきのおみのおびと））存在するが、どれもたしかなことはいえない。

巻十四　相聞・譬喩歌・雑歌・防人歌・挽歌（短＝二三八）

巻十四は全歌短歌。巻頭に東歌という総題を持ち、勘国歌（国名が判明している歌）と未勘国歌に二分される。勘国歌は、部立なし（雑歌相当?）、相聞、譬喩歌からなり、未勘国歌は雑歌、相聞、防人歌、譬喩歌、挽歌からなる。勘国歌は、東海道の遠江以東（甲斐、安房を除き、武蔵を含む）と東山道の信濃以東（出羽を除く。武蔵は含まれない）の国の歌が含まれ、その配列は『延喜式』に一致する。歌の新古は不明。以前は東国の民謡とされていたが、地方の歌が短歌形式ばかりというのは、記・紀・風土記に多数見られる不定形の韻文を考えると不自然。なお、武蔵国が東海道に編入されたのは、宝亀二年（七七一）であり、これ以降の成立と考えるのが一般的である。

巻十五　遣新羅使人歌・中臣宅守と狭野弟上娘子の贈答（短＝二〇〇、長＝五、旋＝三）

巻十五は三大部立を持たない。天平八年（七三六）に進発した遣新羅使人の歌と、天平十二年（七四〇）頃に越前に流罪にされた中臣宅守と平城京に残された狭野弟上娘子の贈答からなる。どちらの歌群も、すべてが当事者の実作だということも、すべてが虚構だと断じることもできない。あるがままの歌々をどのように理解できるかがこの巻を論じる鍵となるだろう。

巻十六　有由縁幷雑歌（短＝九二、長＝九、旋＝二、仏足石歌＝一）

巻頭に「有由縁幷雑歌」の文字列を持つ。「由縁のある（歌）」と「雑歌」の意と解するのが通説だが、西本願寺本のミセケチや目録の文字列と連動させて「幷」のない「由縁雑歌」とする説もある。これからも議論は続くだろう。前半部は、「由縁のある」ということばにふさわしく歌の来歴などが題詞や左注に詳しく記された歌々、後半部は、他の巻には見られないさまざまな歌が載る。後半部を雑歌とするなら、巻一の雑歌とは別物である。全体として雑纂的な巻であり、「法師」、「檀越」などの仏教語を含むのも特徴である。十五巻本『万葉集』の付録［伊藤　一九七四］とするのは、踏み込みすぎであろうが、感覚的にはよく理解できる。

巻十七　天平二年十一月〜天平二十年二月？（短＝一二七、長＝一四、旋＝一、漢詩＝二）

巻十七以降の末四巻は、大伴家持の歌日記とも呼ばれる。家持自身の作品、家持と友人とのやりとり、宴席での詠、家持が収集した歌などが、基本的に時系列に沿って配列されている。巻十七は歌日記の冒頭らしく、巻十六までに漏れた己の身の回りの歌を拾うかのように、天平二年（七三〇）、十年、十二年、十三年、十六年、十八年の正月と途切れ途切れに歌が並ぶ。そして、家持が国守として越中に下る天平十八年（七四六）閏七月（実際にはこの年の閏月は九月）以降、天平二十年（七四八）二月までの歌が載る。この全二十一ヶ月間の歌数は一〇五首（うち家持作は六五首）。なお、この巻の歌は基本的に仮名書きである。

巻十八　天平二十年三月〜天平勝宝二年二月（短＝九七、長＝一〇）

巻十八は難しい巻である。左注に記された歌数よりも実際の歌数が少ない例、上代特殊仮名遣の違例が集中する箇所、仮名書き歌巻でありながら訓字主体表記の歌が一首だけ混じっているなど、こうした点は平安時代に入ってから、補修された結果と考えられている。しかも、その補修は一度ではなかった可能性も指摘されている。そのため、巻十八の用例を上代の確例として扱うときは慎重にならざるを得ない。巻十八はすべてが家持の越中国守時代にあたる。全二十五ヶ月間の歌数は一〇七首（うち家持作は六九首）。

巻十九　天平勝宝二年三月～天平勝宝五年二月（短＝一三一、長＝二三）

巻十九は、越中秀吟二首から始まる。そして、天平勝宝（しょうほう）三年（七五一）八月四日の送別の宴歌（19・四二五〇）をもって家持は越中での生活を終え、都へと向かう。道中の歌を挟みながら、19・四二五七（十月二十二日）以降が平城京での詠となる。なお、この巻、仮名書きの歌と訓字主体表記の歌とが入り混じる。全三十七ヶ月間の歌数は一五四首（うち家持作は一〇三首）。

巻二十　天平勝宝五年五月～天平宝字三年一月（短＝二一八、長＝六）

『万葉集』の最終巻は、引き続き家持の歌日記だが、巻十九とは違い仮名書き歌巻である。巻十七・十八に比べて音仮名の割合は有意に高いように見えるが、それは防人歌のほとんどが音仮名で記されていることに起因するのだろう。全八十二ヶ月間の歌数は二二四首（うち家持作は七八首）。この巻は家持作歌の割合が低い。

巨視と微視

以上、二十巻を通覧してきた。大枠で見れば、巻一から巻二十に向かって時間が流れていることにはなる。もちろん、途中の人麻呂歌集、古集、古歌集の存在や、巻十三の長歌をどう捉（とら）えるかとなれば、例外も多い。また、ほとんどが家持の筆になる末四巻が他の巻々と異質であることも間違いない。こうした巨視的な様相把握と、微視的な配列把握とが相俟（あいま）って『万葉集』全体像が見えてくることが望ましいが、その論立ては困難を極めよう。

（村田右富実）

（2）「先行歌集」とは何か

『万葉集』は日本最古の歌集か

一般に、『万葉集』は現存する最古の歌集とされる。しかし、正確には「写本の形で伝存する日本最古の歌集」である。裏返せば、現存しない歌集も存在していたことになる。たとえば、左注に「柿本朝臣人麻呂歌集」から採録されたと記されている歌がある。柿本人麻呂歌集が『万葉集』成立以前に存在していたことは間違いない。そして、写本は存在しない。そもそも、『万葉集』に掲載するときに柿本人麻呂歌集を物理的に切り貼りした可能性も捨てきれない。

こうした『万葉集』編纂に際して参照された歌集を先行歌集と称する。以下、『万葉集』に残る先行歌集の類い(たぐ)を見てゆく。

柿本人麻呂歌集

集中に三九ヶ所見え、その多くが左注であり（三二例）、「右～首柿本朝臣人麻呂（之）歌集出」に類似する形で記されている。「右～首」ではなく「右」とのみ記され、歌数が明確ではないものがあるため、異論が生じ、全体の歌数の確定はできないものの、約三五〇首に及ぶ。編者は柿本人麻呂と考えられており、「柿本朝臣人麻呂（作）歌」とそれに類似する形式の題詞を持つ歌（一般に人麻呂作歌と呼ばれる）を加えると、人麻呂関係歌は、万葉歌全体の一割近くに達する。人麻呂歌集歌は編纂時の範にもなっていたようで、歌表現だけでなく、歌の配列にも大きな影響を与えたと考えられている。また、人麻呂歌集歌の大きな特徴として、その書き様が挙げられる。たとえば、短歌一首を一〇字で記す歌も存在する（11・二四五三、二三九八、二四四七）。これらは一首あたりの最少の文字数である。このように極端に文字数の少ない歌がある一方、訓字主体表記歌の一般的な文字数（一八～二〇字）の歌も存在する。この二種類の書き様についてこれまでも多くの研究が積み重ねられてきているが、今なお定説を見ない。二十世紀後半には、前者から後者への通時的な把握とともに、それを日本語書記史と重ねることもあったが、相次ぐ歌木簡の発見により後者については否定された。

類聚歌林

集中の九ヶ所（巻一・二・九）の左注に現れる『類聚歌林』は、七ヶ所に「山上憶良」を伴っており、山上憶良を編者としてよい。書名に歌林とあることから、歌集であることは間違いないが、他の先行歌集と違い、『類聚歌林』から歌が引用された形跡はなく（9・一六七三の異伝はその可能性を排除できない）、作歌事情や作者の異伝が記される。中でも、額田王と中皇命の歌については、『類聚歌林』では、それらが天皇御製と記されており、作者異伝をめぐる議論が続いている。また、『類聚歌林』は他の先行歌集と違い、『万葉集』以外においてもその存在が確認できる。たとえば、正倉院文書（天平勝宝三年二月五日―『大日本古文書（編年文書）』十一巻四七四ページ）に見える「歌林七巻」は本書を示していると思われる。平安時代以降の文献にも、「憶良が歌林」、「憶良類聚歌林」、「憶良臣歌林」などの名称が残る。これらの記事が正しければ、鎌倉時代の初め頃までその所在もわかっていたことになる。成立時期については、憶良が東宮侍講だった頃を推定する向きもあるが、なお不明。

笠金村歌集

金村歌集という文字列は、集中に一例しかないが（2・二三二左注）、他に「金村之歌中出」が三例あり、これらに指示される歌々も金村歌集所出と考えられている（全一三首）。また、金村歌集所出歌以外の金村歌において、作歌年次が記される場合は、「神亀元年甲子冬十月」（4・五四三題詞）のように、「元号＋年＋干支＋季節＋月」の情報が揃っていることが多く、これらは金村歌集からの採録であり、かつ原表記である可能性が高いと考えられる。

高橋虫麻呂歌集

虫麻呂歌集は「高橋連虫麻呂（之）歌（集）中出」といった形で、五例見える。うち四例は歌数を明示するが、９・一七六〇の左注に歌数は示されず、その確定は難しい。ただし、この左注の指示範囲が９・一七三八まで及ぶことは定説となっており、さらに遡（さかのぼ）らせるか否かで論が割れている。また、虫麻呂歌集にしか用いられていない文字が二三種もあり、虫麻呂＝歌の作者＝編纂者＝書記者と考えられている。なお、歌集所出と記さない虫麻呂作歌も残る。

田辺福麻呂歌集

福麻呂歌集は集中に三ヶ所（全三一首）。また、福麻呂歌集には特徴的な用字の見られることが指摘されており、福麻呂歌集については、福麻呂＝歌の作者＝編纂者＝書記者と考えられている。また、福麻呂が家持の越中赴任中に国庁を訪れたことが、18・四〇三二～六二に記されており、二人の交流を知ることができる。

古集・古歌集

古集は左注に二ヶ所（７・一二四六、９・一七七一）。巻九のものには、歌数が記されず、古集の歌数も確定できない。また、二ヶ所の古集が同一のものか否かも不明。一方、古歌集は、六ヶ所二七首。ただし、古集同様、これらの古歌集を同一の歌集と断定することはできない。結局、何もわかっていない。しかし、『万葉集』の編纂者は、これらの歌集を古いものと認定し、人麻呂歌集に準じるものとして扱っているように見える。この点において、当時の人々の歌に対する感覚を知る一つの手がかりとはなる。

古本（二例）・旧本（二例）・或本（八三例）・一本（八例）・或書（六例）・一書（八例）

これらは、特定の先行歌集を指すものではないが、合計一〇九ヶ所にも登場し、『万葉集』以外にも歌を記した書が存在したことを示す貴重な例である。ただし、或本と或書、一本と一書などが同一か否かも明瞭（めいりょう）ではなく、統一的な理解は難しいと思われる。

研究の今後

先行歌集については、歌数の確定をはじめ判明していないことが多すぎる。しかし、歌数の確定を研究の目的にしてしまうと、肝心の歌表現に対しての議論がおろそかになってしまうだろう。あらためて丁寧な表現分析が求められている。

（村田右富実）

（3）万葉集のなりたち

名義と編者

『万葉集』に序や跋はない。しかし、その成立は奈良時代後半と理解されている。ひらがなが一文字も使われていないことを見ても、この点はまず動くまい。しかし、「『万葉集』と名付けたのは誰か？」と問われると答えに窮する。

歌集の編纂というと、特定の構想の下になされる作業であり、その結実の一つが歌集の名称だと想定しがちである。しかし、『万葉集』二十巻を通覧しても、そこに統一的な構造を見出すことはできず、その命名者も不明である。したがって、『万葉集』という名義についても、万葉集の三文字を手がかりにするしかなく、その議論にはおのずと限界が存在する。現在でも通用しそうな説は、「万のことの葉」説（仙覚、他）、「万代」説（北村季吟、契沖、他）、「万の葉（歌）」説［岡田　一九二九］程度である。こうした中、比較的近年の論として『新日本古典文学大系　万葉集一』（岩波書店、一九九九）、［上野　二〇二〇］を掲げておく。一読を乞う。

編者も不明である。聖武天皇、孝謙天皇、平城天皇、菅原道真などの名前があがっているものの、どれも臆説の域を出るものではない。これらに対して、契沖は家持私撰を打ち出した。末四巻を論の基盤とするこの説は、一定の説得力を持つ。しかし、これもまた最初に示した歌集観を前提としており、現在では否定されている。

やがて、研究は歌集観を見直し、歌集の編纂を徐々に緩やかなものとして考える方向に進んだ。〔伊藤　一九七四〕は、段階的な成立を具体化して提唱した。中でも、巻一の成立については通説化しているといってよいだろう。また、巻二の成立についても、具体的な時期の設定についてはともかく、おおよそは通説の位置を確保している。しかし、『万葉集』全体としての把握については多くの批判を受けている。

なりたち

『万葉集』全体として見たとき、巻十六と巻十七の間には大きな断層が存在する。多くの研究が、この断層に着目した。たとえば〔伊藤　一九七四〕は、巻十五以前に天平十七年（七四五）以後の歌が確認できず、巻十七が実質的に天平十八年から始まることを根拠に、『万葉集』の巻十五まで（それに巻十六の一部を加えて）の成立を天平十七年〜天平十八年前半とした。しかし、そもそもこの断層は末四巻の合計歌数が六二七首と『万葉集』全体の十四%に及ぶため、それまでの巻との違いが見えやすいという点を忘れてはなるまい。たとえば、『万葉集』が巻五までで終わっていたら、巻五は巻四までとは明らかに異質であり、ここに断層を見出していただろうが、〔伊藤　一九七四〕では巻五は巻六と一組みとして扱われる。

『万葉集』が巻順に成立していったかどうかも不明だが、たび重なる補遺や増補によって巨大化したことは間違いない。ある巻の編纂時に別の巻から歌を切り出したり、左注を付したりといったこともあったろう。しかし、我々の前にある『万葉集』は、三次元世界の写本を活字という二次元に落とし込んだものにしか過ぎない。この二次元世界の中に、三次元空間を飛び越えて四次元の概念である時間を見出すのは至難の業である。ただし、先に触れた巻五の扱いにしても巻六と切り離すべきだと主張したいのではない。肝要なのは、それぞれの研究に都合のよい部分だけを、見えやすい部分だけを取り上げて、それをもって『万葉集』を時間の内在する構造物と見る方法からの脱却と考える。

もちろん、人間がこしらえたものである以上、『万葉集』は広い意味での構造物である。しかし、巻の成立、歌の増補、巻間の歌の移動などといった時間を取り込んだ瞬間、すでにそこには構造把握とは違う論理が必要となるはずである。我々が目指すべきは、この点を意識化しつつ、現在見ることのできる『万葉集』の構造把握につとめることではあるまいか。

コンテナとコンテンツ

近年、『万葉集』を集蔵体という用語で論じることが多くなってきている［西澤　二〇一三］。コンテナとしての歌集把握には極めて有効である一方、コンテンツ把握の論理ではない。また、稿者の読みを『万葉集』はそう読ませようとしているとする書き方も散見する。『万葉集』に意志はなく、安易な擬人化は避けるべきだろう。新しい研究方法の登場が待たれる状況である。

（村田右富実）

【コラム①】万葉集のはじめとおわり

『万葉集』の巻頭歌は春菜摘みの女性に名を明かすよう迫る雄略天皇御製である。また、巻末歌は因幡(いなば)国守大伴家持による、立春と元旦(がんたん)が重なった正月の宴席歌である。ここに春の賀歌という共通項を看取し、『万葉集』全体が予祝性に貫かれていると論じる研究が多い。しかし、この共通項は、「天皇と国守」、「大和と因幡」、「春菜と雪」といった対照性を捨象したうえに成り立っている。そもそも、そこに価値があると考えるからこそ、人間は構造物を作り上げるのであり、その価値は作品の永続性という点において、広く取ればすべて予祝となってしまう。『万葉集』の本質を予祝性としてしまうのは危険だろう。たとえば、［伊藤　一九八三］の「巻一雄略御製に対して、二十巻本の編者がそれに照応する歌を据えて全体を結ぼうとしたのは当然の帰結であろう」という発言は、そうした危険性を物語る。「据えて全体を結ぼうとした」という編纂者の心情推定や、「当然」という論理放棄に依存しない論理の枠組みが求められている。

巻頭と巻末の二首は、予祝という価値の一般性に則(のっと)りつつも、先に掲げた対照性にこそ目を向けるべきではないか。それは、古代天皇制を背景に暖かな春の日の菜摘みに始まった『万葉集』が、大伴氏という一氏族の没落とともに、因幡という都を遠く離れた地で雪とともに終焉(しゅうえん)を迎える様子を表している。漢詩が宮廷文学のメインストリームとなり、国風暗黒時代はすぐそこにある。

（村田右富実）

二、歌びととその時代

（1）額田王から柿本人麻呂へ

『万葉集』の歴史性

『万葉集』は歴史書である。と言えば、突飛なことを言うとも取られようが、そうした面があることは確かである。それは、『古今和歌集』以降の勅撰和歌集と比べれば一目瞭然である。『古今集』は四季の部も恋の部も時間順の配列である。たとえば巻一・春上は、年内立春の歌「年の内に春は来にけり」（在原元方）で始まり、氷が解け、霞が立ち、鶯が鳴き……と春が深まってゆき、桜花の歌で終わっている。他の四季の部も同様である。恋の部も、恋一から恋五までで、恋の始まりから、恋の成就、そして別れへと、恋の一部始終が語られている。しかしそれはどの一年も経るべき推移であり、どの恋も概ねたどる経緯である。

『万葉集』も時間順の配列である点は同様である。しかしそれは、一回的であって、繰り返すものではない。巻一の巻頭は、五世紀の大王である雄略天皇の歌である。一方、最終巻二十の巻末は、大伴家持の天平宝字三年（七五九）正月一日、集中で最も下った時点での歌である。巻の中でも、作者を記す巻は、ことごとく時代順の配列になっている。もちろん前後しながらではあるけれども、大勢は、古い歌から新しい歌へと移ってゆくのである。

それは、『日本書紀』や『続日本紀』といった正史に語られる歴史に沿った推移である。特に巻一・二では、天皇の代ごとに区切る配列がなされ、それぞれの歌がその御代に位置づけられており、多くの歌に、左注によって詳しい作歌経緯が考証されている。それは『万葉集』の歌が、正史と見合わせながら読まれるべきことを指示している。しかし一方、『万葉集』の語る歴史は、正史そのものではないことにも注意が必要である［神野志　二〇一三］。『万葉集』はそれ自体、独立のテキストである。

額田王から

「天皇から庶民まで」というのは、明治以来、『万葉集』の不動のキャッチフレーズであるが［品田　二〇〇一］、正しく言えば、「天皇の歌の時代から庶民も歌わされる時代まで」である。巻一・二は、どちらも最後に奈良時代の歌を少し置くが、ほとんどがそれより前の歌で、巻一（雑歌）は天皇、巻二相聞部は皇后、挽歌部は皇子の歌で始まっている。庶民と言えそうな防人（実際は富裕層と言われるが［東城　二〇一六］）の歌の現れるのは、巻二十である。『万葉集』は、和歌という定型詩が、朝廷の最上級の部分に始発したことを語っているのである。

伝説的な五世紀の天皇や皇后の歌を除けば、発祥の時期は、七世紀前半、舒明天皇の時代である。遣隋使が送られて中国との直接交渉が始まり、冠位十二階・十七条憲法などで国家の基本を定め、法隆寺や飛鳥寺が建てられて仏教文化を国家的に移入した推古朝に次ぐ時代である。舒明朝には、隋に代わって興った唐への初めての遣使が行われた（六三〇）。いわば文明開化の中で、和歌の歴史は始まったのであった。

　巻一の舒明朝の歌は、舒明天皇の国見歌（1・二）、中皇命（間人皇女か）の天皇の狩に奉る歌（1・三～四）、軍王（未詳。舒明朝作を否定する説もある［稲岡　一九八五］）の行幸従駕歌（1・五～六）と、天皇儀礼をめぐる皇族の歌ばかりである。その舒明朝に次ぐ皇極朝（六四二～五）に、額田王の最初の歌（1・七）は位置づけられている。題詞に「未詳」と注記があるが、左注によれば、やはり行幸に関わる歌であるらしい。

　額田王が最初の「歌人」と呼べる存在なのは、歌数がある程度ある（一三首。ただし4・四八八と8・一六〇六は同じ）こととともに、作者異伝を持つことにも拠る。滅亡した百済救援のために遠征したとき（斉明七年（六六一））、伊予の熟田津で歌った歌（1・八）には斉明天皇作とする異伝、その敗戦後の天智朝に、近江大津宮に遷都する際（天智六年（六六七））、三輪山に別れを告げる歌（1・一六～七）には天智天皇の歌とする異伝がある。作者異伝はいずれも、山上憶良編の『類聚歌林』による情報で、八番歌については、編者は斉明御製とするのが正しいとしている。この現象は、集団の場で歌われた歌が、その場の中心人物に所属するとされる一方、実作者額田王の名前も伝えられたということであろう。つまり、優れた歌い手と認められて、その場を代表するに相応しい歌を作っていたと考えられるのである［大浦　二〇〇八］。

額田王（生没年未詳）は、『日本書紀』によれば、鏡王の女で、天武天皇の妻の一人として十市皇女（天智天皇皇子、大友皇子との間に葛野王を産む）を儲けたと伝える。しかし『万葉集』では、「近江天皇を思ひて作る歌」（4・四八八＝8・一六〇六）があり、天智天皇崩御の際、大后・夫人らとともに作歌しているので（2・一五一、一五五）、天智の妻妾の一人という扱いである。春秋どちらが憐れ深いかについて、天智から藤原鎌足に下問があったとき、歌で答えた作（1・一六）、あるいは『日本書紀』にも載る大規模な蒲生野の遊猟で、皇太弟大海人皇子（後の天武天皇、すなわち元の夫）と唱和する（1・二〇～一）など、宮廷にあって華やかな存在だったらしい。天智朝の終焉とともに表舞台からは去るが、持統朝（六八六～九七）に、弓削皇子（天武皇子）との贈答が残されている（2・一一一～三）。

柿本人麻呂へ

舒明朝から天智朝にかけては、乙巳の変（大化元年（六四五））、唐・新羅連合軍との戦いにおける白村江での敗北（天智二年（六六三））、また遷都も相次ぐ動乱の時代だった。その最後、壬申の乱（天武元年（六七二））で、大友皇子と戦って勝利した天武天皇は、天から下った日の神の子孫として世を支配する、というイデオロギーによって、天皇の絶対的な権威を確立しようとする。天武八年には、創業の地吉野で、有力な六皇子と皇后と自らで、今後決して争わないことを誓わせ、その上で皇后との間の嫡子草壁皇子を立太子する（同一〇年）。浄御原令を編纂し（同年）、氏族たちを官人と位置づけ、法によって全国を一元的に支配することを目指す。

その中で登場したのが柿本人麻呂（生没年未詳）である。人麻呂は、「柿本朝臣人麻呂歌集」を持ち、その一首が天武九年（六八〇）の作と記す。ただし年次のわかる他の作は、続く持統朝のものである。人麻呂の歌の多くは、額田王と同じく、集団の場で歌われたものと思われる。しかし人麻呂は、額田王のように、天皇と作者異伝関係を持つような立場ではすでにない。日の神の子孫たる天皇や皇子を、臣下の立場から讃えるのである［神野志　一九九二］。

（鉄野昌弘）

（2）柿本人麻呂から山部赤人へ

柿本人麻呂から

柿本人麻呂は、柿本氏（奈良北部を地盤とした和爾氏の後裔）であることがわかるだけで、史書には一切登場しない。『古今集』仮名序には、「平城の御時に」「正三位柿本人麿なむ歌の仙なりける」とあるが、これは人麻呂伝説化の一つの表れで、『万葉集』には、奈良時代の人麻呂の歌は無いし、人麻呂の死をめぐる歌群には「臨死」とあるので、六位以下の扱いであることがわかる（三位なら「薨」、四・五位なら「卒」）。人麻呂が卑官であることは、それなりに意味があろう。高位高官は自らの氏族を代表している。卑官は、そうした「私」を持たないからこそ、「公」を代表して歌うことが許されるのだと考える。人麻呂は、天武天皇の皇太子であった草壁（くさかべ）皇子（2・一六七〜九）や、その薨去後、皇太子格の太政大臣（だいじょうだいじん）だった高市（たけち）皇子に対する殯宮（ひんきゅう）挽歌（2・一九九〜二〇二）を作っている。また天武天皇の創業の地であった吉野に頻繁に通う持統天皇を讃える歌を制作する（1・三六〜九）。

そうした集団の中で歌われる歌を作るとともに、人麻呂は、「柿本朝臣人麻呂歌集」（約三七〇首）を持っていた。確認しうる最古の、歌人の名を冠した別集である。それは、人麻呂が漢字の知識によって歌を記していたことを表す。人麻呂歌集の歌の表記は独特で、助辞（助詞・助動詞）を文字化することが少なく、ほぼすべてを訓字で記す「略体歌」（古体歌・詩体歌とも）と、助辞を比較的綿密に記し、音による万葉仮名を多少交える「非略体歌」との二種に分かれ、ともに人麻呂の文字使いを保存していると考えられる［稲岡　一九七六］。「略体歌」には、『万葉集』巻十相聞部・十一・十二に収められた恋歌が多く、「非略体歌」には、巻七・九・十雑歌部の季節詠や旅の歌、また皇子に献ずる歌などが含まれる。

「非略体歌」には、仏典や漢籍の裏付けを持った表現もしばしば見える。三世紀頃都だった三輪・巻向（まきむく）の地を歌った巻七所載の次のような歌々には、自然の永続と人事の無常の対照、また仏説の譬喩に基づいた人間の運命に対する、人麻呂の深い観照がある。

児等（こら）が手を　巻向山（まきむくやま）は　常（つね）にあれど　過ぎにし人に　行き巻かめやも（7・一二六八）

あの子の手を巻くという名の巻向山は変わらずにあるけれども、この世を去っていった人々のところに行ってその手を巻くことは決してできないのだ

巻向の　山辺とよみて　行く水の　水沫の如し　世の人吾等は（7・一二六九）

巻向の山辺を轟かせて行く川の水の水沫のようなものだ。この世の人である私たちは

人麻呂歌集歌に対して、巻一～四所収の「柿本人麻呂の作る歌」と題詞に記す歌を「人麻呂作歌」と呼ぶ（約八五首、ただし重複を含む）。人麻呂歌集歌には長歌は二首のみで、あとは五七七を二回繰り返す「旋頭歌」（三五首）と短歌のみであるが、人麻呂作歌には長歌作品が数多い。それまでの長歌には反歌を伴わないものもあったが、人麻呂作歌の長歌は必ず伴い、しかも長歌の反復に終わらず、その抒情を補完し、延長する趣を持つ。

たとえば、草壁皇子の遺児軽皇子（後の文武天皇）が、亡父がかつて狩した安騎野（奈良県宇陀市）を訪れた際の歌（1・四五～九）では、長歌（四五）に行程を述べた最後を「旅宿りせす。古へ思ひて」と結ぶ。「旅宿り」するのは軽皇子だが、その心中に踏み込むようにして「古へ思ひて」と歌うのである。その「思ひ」はもちろん一行の共有する思いである。第一反歌

安騎の野に　宿る旅人　うちなびき　寝も寝らめやも　古へ思ふに（四六）

安騎の野に宿る旅人たちは、靡くように寝ているだろうか。昔を思うのに

では、「宿る旅人」と三人称的に主体を提示し「寝らめやも」と推量しながら、「古へ思ふ」彼らの心を歌う。人の心に自在に入り込んで歌うのが人麻呂の真骨頂である［品田　一九九一］。

東の　野にはかぎろひ　立つ見えて　かへり見すれば　月かたぶきぬ（四八）

東の野にはかぎろいが立つのが見えて、振り返ってみると月が西に傾いている

という第三反歌では、東に日が昇り、西に月が沈むという世界の運行を描きつつ、そこに亡く

なった草壁と成長してゆく軽皇子とが重ねられていると見られる。そして最後の第四反歌、

　日並みし　皇子の命の　馬並めて　御狩立たしし　時は来向かふ（1・四九）

では、「日に並んでいたあの草壁皇子が馬を並べて御狩をなさった時が今やってきている」と歌い、軽皇子が父皇太子の再来として、今ここに居ることを宣言している。「古へ思ふ」ことは、ついにここで過去と現実とを一致させるのである。

それは、皇位の嫡子相続を企図する持統天皇周辺の意図を汲んでいると考えられる。草壁皇子のことは、その挽歌でも、先の四九歌でも「皇子の命」と呼ぶ一方、傍系の高市皇子の挽歌は、皇子を壬申の乱の英雄として歌っても、一貫して臣下と扱って即位すべき人とはしない。その点で人麻呂は御用詩人である。しかし、その儀礼歌は、集団の心を一つにする魅力を持っていた。そして人麻呂歌集の歌で、さまざまな人物の立場で歌った経験は、石見から妻と別れて帰京する男の心を歌った連作（2・一三一～九）、また亡くなった妻を追い求めて止まない男を描く挽歌（2・二〇七～一六）などのフィクションでも、宮廷に華を添えたと考えられる。

山部赤人へ

人麻呂と同時代の歌人には、旅の歌（3・二七〇～六）で知られる高市黒人や、滑稽な詠物歌（16・三八二四～三一）を作った長奥麻呂らが居る。また大津皇子・大伯皇女・弓削皇子・但馬皇女・志貴皇子ら、多くの皇子女の歌も、それぞれに個性の輝きを放っている。

人麻呂の跡を継ぐ歌人は、神亀元年（七二四）の聖武天皇即位前後に現れる。笠金村・山部

赤人（ともに生没年未詳）らである。天武の後、草壁・その子文武と嫡子が夭折した皇室は、持統・元明（文武の母）・元正（文武の姉）と、女帝の中継ぎに支えられて、ようやくこの年に待望の男帝即位を迎えた。それは皇統の祖天武の再来でなければならなかったから、人麻呂と同様の卑官による讃歌が求められたのである。彼らの歌には、人麻呂の表現が随所に踏まえられている。それが必要だったのであり、模倣と非難するのは当たらない。しかし模するということ自体、オリジナルとは精神が根本的に異なっている。彼らの讃歌は、人麻呂のような「日の御子」のイデオロギーは影を潜め、自然の美しさ・賑わしさに帝徳を見出す表現に傾く。中でも赤人の自然描写は斬新で、『古今集』序では、人麻呂と並び称されるほどの評価を得た。

（鉄野昌弘）

（3）山部赤人、笠金村、高橋虫麻呂、大伴旅人の世界

神亀・天平の万葉

聖武天皇代に『万葉集』は豊穣の季節を迎える。［村山　一九九三］はこの時期の文芸の特質を次のように総括した。以下、これに拠って概観する。

　柿本人麻呂の歌を顧みながらも、人麻呂の宮廷儀礼歌・挽歌・相聞歌など公的な讃美・鎮魂から私的な愛恋・哀傷にわたって認められた総合的で力動感にみちた壮大なしらべを

すでに失っている。人麻呂の歌の題材は細分化され、抒情も繊細になった。公的な儀礼歌も天皇即神の思想に替わって自然描写が重んじられ、端正精緻な美的構成や優雅艶麗な抒情が歓迎されて、私的な抒情ときびすを接するようになった。私的な歌は個人の自覚と思想の深化にともない、社会的動向や人生にまつわる憂悲苦悩の表現や離俗にあこがれる表現など多様性をみせるようになった。

山部赤人――端正な作品構成

赤人は人麻呂が切り拓いた儀礼詞章の格式を長歌に受け継ぎつつ、短歌に独自の歌境を創出する。そこに盛り込まれる思想的基盤を失ったとはいえ長歌には伝統的厳粛性を必須要件と認識していたのであろう。

山部宿禰赤人が作る歌二首 幷せて短歌

やすみしし　わご大君の　高知らす　吉野の宮は　たたなづく　青垣隠り　川並の　清き河内そ　春へには　花咲きをり　秋へには　霧立ち渡る　その山の　いやますますに　この川の　絶ゆることなく　ももしきの　大宮人は　常に通はむ（6・九二三）

（やすみしし）我が大君がお営みになる吉野の宮は（たたなづく）青垣山に囲まれ川筋の美しい河内だ。春には花が咲き栄え秋には霧がたちこめる。あの山のようにいよいよ盛んに、この川のように絶えることなく、（ももしきの）大宮人はいつも通い続けるのだ。

反歌二首

み吉野の　象山の際の　木末には　ここだも騒く　鳥の声かも（6・九二四）
み吉野の象山の谷間の梢にはこんなにも鳴き騒いでいるよ、鳥の声が。
ぬばたまの　夜のふけゆけば　久木生ふる　清き川原に　千鳥しば鳴く（6・九二五）
（ぬばたまの）夜が更けてゆくと久木の生えた清い川原に千鳥が頻りに鳴いている。

天皇を「やすみししわご大君」と称え行幸地吉野の清浄を叙して大宮人の永遠の訪問を表明するのは人麻呂「吉野讃歌」（1・三六～九）に並ぼうとする明白な意志に基づく。が、それを「器用にまとめあげられた職人芸的作品」［吉井　一九八四］と過小評価するのは不当、一編は反歌の透明な抒情に収斂して作品としての完結をみる。二首は吉野の山と川に視線を固定したまま長歌が捕捉しなかった景にフォーカスし神秘的な夜の聴覚世界を映し出すので、読者は虚を突かれたような感銘を覚える。新鮮な感動が余韻をとどめるのは長歌が規格を厳守していればこそなのだ。

笠金村――私情への傾斜

一方、金村には様式への志向が赤人ほど堅固ではなかった。行幸の時空間にあって次のような作品を詠出。これとは別に、趣向の通う「紀伊国に幸す時に従駕の人に贈らむがために娘子に誂へられて作る歌」（4・五四三～五）もある。

二年乙丑の春三月、三香原の離宮に幸す時に、娘子を得て作る歌一首（反歌は省略）

三香の原　旅の宿りに　玉桙の　道の行き逢ひに　天雲の　外のみ見つつ　言問はむ　よ

しのなければ　心のみ　むせつつあるに　天地の　神言寄せて　しきたへの　衣手交へて
自妻と　頼める今夜　秋の夜の　百夜の長さ　ありこせぬかも（4・五四六）

三香原の旅の宿りで（玉桙の）道中偶然出会って、遠くに眺めるばかりで声をかけるすべがないものだからずっと胸が詰まる思いだったけれど、天地の神さまの計らいで（しきたへの）袖を交わし合い、この人は我が妻だ、と満ち足りている今夜は、秋の夜長の百日分ほども続いてくれないかなあ。

旅の途次に出会った娘子との恋愛成就の歓喜を憚りなくうたう右は、天皇や離宮に向けた伝統的称辞を一つも織り込まず、対句による荘厳化も試みない。「旅の宿り」「玉桙の道」「天地の神」の語によって辛うじて行幸歌の範疇に繋留されてはいるし、実はそこにこそ金村の巧みがあるのだと思うものの、「できごと」を描き「ことがら」の興味によって読者を徹頭徹尾惹きつけている。言うまでもなくその「できごと」「ことがら」は虚構。前掲赤人歌とは披露の場・対象が異なることも予想されるが、それ以上にかような行幸歌を許容する聖武朝の文芸環境と詠作者の自由な精神に思いを致すべきだろう。［池田　二〇〇〇］は、

娘子との交歓の一夜の永続を願うことは、いわば、帝徳の永続を願うことに等しい。かかる意味において、土地の娘子との恋の成就という主題は、従駕歌としての意義を担い得ていると考える。

と理解するが、そこまで窮屈に考える必要はない。

高橋虫麻呂―伝説と旅の抒情

金村と虫麻呂とはともに個人名を冠した歌集を集内にとどめ、長歌に特色のある歌人としての共通点が見出される（金村一一首、虫麻呂一五首）。ただし叙事への志向と事物人物描写の面で虫麻呂は他を凌駕し、赤人・金村らと違って宮廷行事に詠作機会を与えられることがなかった。［井村　二〇一八］は虫麻呂を「宮廷歌壇から疎外され」た「傍系の歌人」と捉え、それゆえにこそ「個に沈潜」することができて「自由で独自な歌境を開」いたのだという。藤原宇合との関係もあってか東西の旅を繰り返し、土地の風景や伝説に関心を寄せてうたう習癖をいつしか身につけた。伝説の人物を題材にするとき、あたかも眼前する人のように自身との接点を設け、その生きざまに評価を下す。

上総の末の珠名娘子を詠む一首　并せて短歌

しなが鳥　安房に継ぎたる　梓弓　末の珠名は　胸別の　広き我妹　腰細の　すがる娘子
の　その姿の　きらぎらしきに　花のごと　笑みて立てれば　玉桙の　道行き人は　己が
行く　道は行かずて　呼ばなくに　門に至りぬ　さし並ぶ　隣の君は　あらかじめ　己妻
離れて　乞はなくに　鍵さへ奉る　人皆の　かく迷へれば　うちしなひ　寄りてそ妹は
たはれてありける（9・一七三八）

（しなが鳥）安房に隣り合う（梓弓）周淮の珠名は、胸の豊満な彼女、蜂みたいに腰細の女の子、その顔が端麗なうえに花のように微笑んで立っていたら（玉桙の）道行く男は自分が行くべき道を外れて、呼びもしないのに娘子の家の門までついて来てしまう。

（さし並ぶ）隣のご主人は前もって妻と離別して、頼みもしないのに屋敷の鍵まで捧げてしまう。こんなふうに誰もが心を迷わすものだから、媚びを放って彼女は不埒にふるまうのだとか。

反歌

金門にし　人の来立てば　夜中にも　身はたな知らず　出でてそあひける（9・一七三九）

門口に男が来て立つと夜中でも身を顧みず外に出て会ったのだとか。

「身はたな知らず」奔放に振る舞う娘子を批判的に見送りながら同時に哀憐の情を添えることを忘れていない。こののち珠名娘子が滅びを迎えるだろうことはそこに仄めかされている。

大伴旅人―憂悲する老歌人

旅人は生涯に長歌を一首しか詠まず、七七首の短歌を万葉集に残した。もっとも、「讃酒歌」（3・三三八～五〇）、「亡妻悲傷歌」（3・四三八～四〇、四四六～五三）など複数の短歌を連ねて同一主題を展開する点がこの人の個性、［久松　一九七三］の「長歌をよむ代りに短歌を連作的によむことによって自分の素質を生かし得た」の指摘が首肯される。詠作は晩年に偏り、契機は概ね亡妻への思慕と望郷の念に帰一する。

世の中は　空しきものと　知る時し　いよよますます　悲しかりけり（5・七九三）

「世間」とは空なるものと知ったいま、かえってよけいに悲しいことがわかりました。

「凶問に報ふる歌」と題する右が旅人の文芸世界を象徴していよう。内典外書の多くを自家薬籠中の物にしてはいても、かけがえのない人の死に直面した自身には無常の真理ごときが微塵も助けにならないという逆説的悟得。辺境に一人取り残された老人の憂悲苦悩はいかにも深い。

（影山尚之）

（4）大伴旅人から大伴家持へ

父と子と

父・大伴旅人は天平三年（七三一）七月に薨去、大納言従二位だった。『懐風藻』は享年を六十七と伝える。息・家持の生年を養老二年（七一八）と見れば旅人五十四歳の時の子、神亀五年（七二八）に死去した正室・大伴郎女は家持の生母ではない。旅人大宰帥在任中に家持も十代前半を現地で過ごしたことが巻四・五六七左注によって知られ、遅れて下向した叔母・坂上郎女に養育されたらしい。大伴郎女の死、父の病臥、山上憶良や満誓ら筑紫の教養人との交流、異国的環境下に繰り広げられたさまざまな風流、そして父の昇進上京など、僅か三年ほどに濃密な体験を多感な年頃の家持は受け取った。帰京は天平二年（七三〇）十二月のこと（5・八八二左注）、それから半年が過ぎた頃に旅人は生涯を閉じる。家持十四歳の時である。

少年家持の受けた刺激

現代でいうと中学生にあたる時期を大宰府で暮らし、それが歌人家持に影響を及ぼさなかったはずはない。歌作についての直接の導きは坂上郎女によるところが大きかったとしても、漢籍仏典に由来する先進的知識を自在に駆使して倭歌を、漢詩文を、次々に創造してみせる老熟の教養人たちに接し、憧憬と羨望の眼差しを送ったに違いない。後年、大伴池主との書簡往来にあって「幼年に未だ山柿の門に逕らず」（17・三九六九序）と嘆いた「山柿」は山部赤人と柿本人麻呂とを指すとしても、面識なく歌巻を通してのみ学んだ二人の先人よりは、憶良の口吻が家持を遥かに刺激した。後掲「亡妾悲傷歌」にそれが顕著だが、まずは憶良晩年の「士やも空しくあるべき万代に語り継ぐべき名は立てずして」（6・九七八）と家持歌とを並べてみよう。

　勇士の名を振るはむことを慕ふ歌一首（短歌・左注は省略）

ちちの実の　父の命　ははそ葉の　母の命　凡ろかに　心尽くして　思ふらむ　その子なれやも　ますらをや　空しくあるべき　梓弓　末振り起こし　投矢持ち　千尋射渡し　剣大刀　腰に取り佩き　あしひきの　八つ峰踏み越え　さしまくる　心障らず　後の代の語り継ぐべく　名を立つべしも　（19・四一六四）

（ちちの実の）父上も（ははそ葉の）母上もともにこの上なく大事にしてくださった子どもの私、大夫たるもの空しく過ごしてよいものか。梓弓の先を振り起こし、投矢を取って遠くまで投げ渡し、剣大刀を腰に帯び、（あしひきの）峰をいくつも踏み越えて、任命してくださったご期待に背かず、後代の人に語り継がれるように名を立てなければならない。

左注に「山上憶良臣の作る歌に追和す」とあり、詞句の明白な踏襲を見るにつけても、右が憶良九七八歌を念頭に詠作したことは確実、しかしながら憶良の「士」と家持の「勇士」「ますらを」とでは含意が異なり、「名」への意識も武門大伴氏の伝統に根ざすそれとして捉え返されていて［鉄野　二〇〇七］、単なる追随には終わらない。当該歌は四一五九歌から一連同時の作で、全体を括る題に「季春三月九日に出挙の政に擬りて、旧江村に行く。道の上に物花を属目する詠幷せて興中に作る所の歌」と記されて、越中部内巡行が詠出契機だった。その先頭、

磯の上の　つままを見れば　根を延へて　年深からし　神さびにけり（19・四一五九）

磯のほとりのツママの樹を見ると、根を張り延ばして長い年月を経ているのだろう、神々しく映るよ。

は歌想において旅人の亡妻悲傷歌「我妹子が見し鞆の浦のむろの木は常世にあれど見し人そなき」（3・四四六）、「磯の上に根延ふむろの木見し人をいづらと問はば語り告げむか」（3・四四八）と重なり、続く「世間の無常を悲しぶる歌一首」（19・四一六〇〜一）は憶良「世間の住み難きことを哀しぶる歌」（5・八〇四〜五）を容易に連想させる。［橋本　一九八五］が指摘したとおり、この時の「家持の思いは旅人と憶良の上を去来している」のであり、それが右の題にいう「興」の内実だったかと思われる。

文芸理念と詩語・歌語の継承

旅人が憶良や満誓との交流を通し独特の文化圏を形成したように、越中守家持もまた鄙の

地に知的文芸環境を創り出す。漢籍に造詣の深い大伴池主は家持の最良の理解者だが、介・内蔵縄麻呂、掾・久米広縄、時に都からの来訪者をも加えて宴席に交わされる歌詠群は、官僚社会の上下関係を超えて新たな交友の姿を実現した。

　ぬばたまの　黒髪変はり　白けても　痛き恋には　あふ時ありけり（4・五七三、満誓）
　（ぬばたまの）黒髪が白髪に変わってもこんな辛い恋に遭うことがあったのか。
　草香江の　入江にあさる　葦鶴の　あなたづたづし　友なしにして（4・五七五、旅人）
　　私は草香江の入江で餌を求める葦鶴のよう、いやもうたづたづしい（心もとない）こと、
　　あなたという友がここにいなくて。

右は旅人上京後の満誓との唱和、「友」の語が織り込まれて交友・友情を主題とする早い例だ。万葉集中に「友」は一二例を数えるが、作歌年次判明歌の範囲で万葉第二期以前の使用を確認できず、中国詩文における理念が第三期に至って旅人周辺に受け止められた［中西　一九九五］。「酒」についても事情は等しく、集中に二十余例の「酒」の過半が旅人に偏るのを、無類の酒豪ゆえと納得するのは正しくない。白髪歎老を歌材とすることも、落梅と落雪を見立てるのも、詩文に由来するそれらはまず大宰府文化圏に受容された。家持に「友」を詠む歌はないが、題詞に「交遊と別るる歌三首」（4・六八〇～二）とする事例があって、あたかも不実の夫を詰るごとき表現がそこに選択され、旅人と満誓との応答に通う質を見る。家持を特徴づける詠物にあっても、選択される歌語の多くがほぼ同じ経路を辿って倭歌に獲得された。

　うち霧らし　雪は降りつつ　しかすがに　我家の園に　うぐひす鳴くも（8・一四四一）

あたり真っ白に雪は降っている。それなのに我が家の庭園にはうぐいすが鳴いている。

季節詠に愛用する「しかすがに」も源は旅人主催の「梅花」宴（「梅の花散らくはいづくしかすがにこの城（き）の山に雪は降りつつ」5・八二三、伴氏百代（ばんじのももよ））、異なる季節を一首の上に成立させる詠物詩の世界である。

家持「亡妾悲傷歌」

天平十一年（七三九）六月、家持は妾との死別を経験し、悲傷歌を量産する（3・四六二～七四）。大伴書持（ふみもち）の短歌一首を併せ長歌一首短歌十二首から成る一大歌群、その前半は「秋風」に悲嘆を託し一人寝の寂寞（せきばく）を訴え、亡き妹にゆかりある景物を見ては慟哭（どうこく）を新たにした。

今よりは　秋風寒く　吹きなむを　いかにかひとり　長き夜（よ）を寝む（3・四六二）

これからは秋風が寒く吹くだろうに、一人でどう秋の夜長を過ごせばよいものか。

秋さらば　見つつ偲（しの）へと　妹が植（う）ゑし　やどのなでしこ　咲きにけるかも（3・四六四）

秋になったらこれを見て思い出して、と妻が植えた庭のなでしこがもう咲いている。

右に旅人亡妻歌「愛（うつく）しき人のまきてししきたへの我（あ）が手枕（たまくら）をまく人あらめや」（3・四三八）、「我妹子（わぎもこ）が植ゑし梅の木見るごとに心むせつつ涙（なみた）し流る」（3・四五三）からの触発があることは明白。長歌を含む後半は人麻呂「泣血哀慟歌（きゅうけつあいどうか）」と憶良「日本挽歌」に依拠しつつ「亡妻挽歌」の系列、ひいては中国悼亡詩に積極的に連なる意欲を示す。

妹が見し　やどに花咲き　時は経（へ）ぬ　我が泣く涙　いまだ干（ひ）なくに（3・四六九）

妻が見ていた庭に花が咲いて、すでに時が過ぎた。わが悲しみの涙はまだ乾かないのに。が憶良「日本挽歌」の反歌第四首「妹が見し棟(あふち)の花は散りぬべし我が泣く涙いまだ干なくに」(5・七九八)を踏まえることもまた自明。「日本挽歌」は前置される漢文序・詩とともに憶良が旅人に献じたものだから、要するに家持「亡妾悲傷歌」全体が神亀五年(七二八)の父の痛切な体験に始発することになる。幼少期における大宰府での生育歴が彼の原核を形成していることが認識される。

孤り、高みへ

うらうらに　照れる春日(はるひ)に　ひばり上がり　心悲(こころがな)しも　ひとりし思へば　(19・四二九二)

天平勝宝五年(七五三)、家持三十六歳の春。旅人や憶良にはおよそ表出しえない心境である。しかしながらこの内向的な孤独感と鋭敏すぎる感性は、早熟の歌びとにして初めて到達できる領域ではなかったか。そう考えると家持が四十二歳を最後に歌を詠まなくなることにも理解が届くように思えるのだ。

(影山尚之)

【コラム②】万葉集の女歌

万葉集の贈答歌には、男が贈った歌に女が何らかの形で切り返して返歌するという、ある種の型がある。たとえば次のようなものである。

あしひきの　山のしづくに　妹待つと　我立ち濡れぬ　山のしづくに（2・一〇七、大津皇子）

（あしひきの）山の雫に、あなたを待つとて私は立っていて濡れてしまったよ。山の雫に。

〔夜露に濡れるほどずっと待っていたのにどうして来てくれなかったの？〕

我を待つと　君が濡れけむ　あしひきの　山のしづくに　ならましものを（2・一〇八、石川郎女）

私を待つといってあなたが濡れたとかいう、その（あしひきの）山の雫になれたらよかったのに。〔私がその雫になれたら、あなたに寄り添っていられたのに残念だわ。〕

男が待ちぼうけを食わされ、「夜露に濡れてしまったじゃないか」と愚痴を言ってきたのに対し、女はそれに正面から答えるのではなく、「その夜露に私はなりたかったのよ」と切り返している。このように、切り返し・揶揄・からかい・反発・否定・はぐらかしといった態度を持った歌のことを、総称して「女歌」と呼ぶ〔鈴木　一九九〇〕。

右の例のごとく、男女の贈答歌における女の返歌に顕著な発想形式で、その源流は歌垣における男女の歌の掛け合いにあると見られているが、万葉集においては必ずしも女性の歌や贈答歌に限定されず、中には男が女歌の発想で切り返す場合もある。なお、平安朝においても贈答歌を中心に「女歌」の発想は継承されていく。

（松田　聡）

(5) 大伴家持とその仲間たち

大伴家持とその作品

大伴家持(おおとものやかもち)(七一八?~八五)の歌は『万葉集』に四七三首が残されており(長歌四六、短歌四二五、旋頭歌一、連歌一)、巻十七には漢文体の書簡(三篇)や漢詩(七言詩一首)も載録されている。『万葉集』に最も多くの歌を残す歌人である。また、『万葉集』の末尾の四巻(巻十七~二十、以下「末四巻(すえよんかん)」)は家持の歌を軸に概ね日付順に歌が配列されており、あたかも「家持歌日記(歌日誌)」のごとき趣を持っているが、このこともあって家持が『万葉集』の編纂に関与した可能性はかなり高いと見られている。なお、家持の極官は従三位(じゅさんみ)中納言。大伴旅人の嫡男として生まれ、大伴氏の棟梁たる運命を背負って聖武~桓武(かんむ)の各天皇に仕えた官人である。

その生涯を作歌活動の面から大きく四期に分けると以下のようになる。

第一期　青年時代…天平一八年(七四六)まで
第二期　越中国守時代…天平一八年~天平勝宝三年(七五一)
第三期　帰京後…天平勝宝三年~天平宝字三年(七五九)
第四期　万葉以後…天平宝字三年~延暦(えんりやく)四年(七八五)

家持歌は巻三・四・六・八・十六と、末四巻に載録されるが、末四巻は主に第二期・第三期の歌を収め、それ以外の巻は第一期の歌のうち天平一六年頃までの作を収めている。

第一期―青年時代―

家持の最初期の歌としては「鶯の歌」（8・一四四一）や「初月歌」（6・九九四）が挙げられる。前者は天平四年（七三二）頃、後者は天平五年（七三三）頃の作である。「初月歌」については直前に叔母大伴坂上郎女の同題の歌が配列されていることから、坂上郎女による教導も想定されている。また、家持は橘諸兄の庇護下にあったらしく、天平一〇年（七三八）一〇月には橘奈良麻呂（諸兄の子）の主催する宴に参加しているが（8・一五九一）、左注によればこの時家持は内舎人とある。官人としての出発点はこの天平一〇年頃と見てよいであろう。

巻三によれば、家持は天平一一年に「妾」（正妻でない妻）を亡くしたらしく、一三首からなる亡妻挽歌を残している（3・四六二～七四）。また、同じく巻三には、天平一六年（七四四）の安積皇子薨去に際して詠まれた本格的な宮廷挽歌が載録されている（3・四七五～八〇）。

一方、巻四や巻八には、後に正妻となる大伴坂上大嬢との贈答歌をはじめ、若き日の家持をめぐる相聞歌が多く載録されている。また、この頃（第一期）の家持は季節歌においても新境地を開いていったが、その多くは巻八に載録されている。天平八年（七三六）九月に詠まれた「秋の歌四首」（8・一五六六～九）などはその一例である。

なお、天平十二年（七四〇、家持二十三歳）の久邇京遷都は青年時代の家持にとって大事件であったが、巻六には久邇京遷都へとつながった伊勢行幸の折の歌（6・一〇二九ほか）、天平一五年（七四三）の久邇京讃歌（6・一〇三七）などが載録されている。

第二期―越中国守時代―

天平一八年（七四六）の秋、二十九歳の家持は越中国守として赴任するが、直後に弟書持の訃報に接し（17・三九五七～九）、翌十九年（七四七）春には自らも重病を患うなど（17・三九六二～四）、苦難の連続であった。しかし、こうした中で交わされた越中掾大伴池主との贈答（17・三九六五～七七）は、中国的な交友観を背景に新しい歌境を開くものであった。また、越中の自然を主題として「越中三賦」（17・三九八五～七、三九九一～二、四〇〇〇～二）を制作したが、三賦のうち後の二賦には池主の「敬和」が残されている。また、橘諸兄の使者として来越した田辺福麻呂と交流し、布勢水海に遊覧したことも特記される（18・四〇三二～五五）。池主の後任の久米広縄とも多くの歌を交わしているが、池主・広縄・福麻呂といった「仲間」との交流が家持の作歌活動に展開をもたらしていることが注目される。また、天平感宝元年（七四九）五月には「陸奥国に金を出す詔書」を見て感激し（18・四〇九四～七）、さらには吉野讃歌（18・四〇九八～一〇〇）まで制作している。翌天平勝宝二年（七五〇）三月には「春苑桃李花の歌」（19・四一三九～四〇）のごとき、幻想的な景を詠んだ歌も詠まれている。

なお、第二期には暦法との関連で霍公鳥の歌を繰り返し詠んでいることも注目される。

第三期・第四期―帰京後―

天平勝宝三年（七五一）秋、家持は少納言となって帰京するが、自作を披露する機会にはあまり恵まれなかったようである。孤独を深める中、天平勝宝五年（七五三）二月には家持の絶唱とされる巻十九の巻末歌（春愁歌、19・四二九〇～二）が詠まれている。また、天平勝宝七年（七五五）二月には兵部少輔として防人の検校のため難波に下向し、諸国の防人の歌を収集しているが、その際、自らも防人の悲別を主題とする長反歌を制作している（20・四三三一～三、四三九八～四〇〇、四四〇八～一二）。なお、この時期の「仲間」としては大伴池主のほか、中臣清麻呂、大原今城、甘南備伊香、市原王などの名前が見えるが、特に今城は多くの伝誦歌を家持に伝えているという点で注目される（20・四四三六～九はその一例）。ちなみに、池主は天平勝宝九年（七五七）七月の橘奈良麻呂の変に連座して処刑されたと見られるが、家持は多くを語らず、事件前後の作と見られる暗示的な内容の歌（20・四四八三～五）を残すのみである。天平宝字二年（七五八）、家持は因幡守に左遷されるが、翌天平宝字三年（七五九）元日の因幡国庁における家持の宴歌が『万葉集』最後の歌となった（20・四五一六）。

家持はこの後、参議、春宮大夫、陸奥按察使鎮守将軍、中納言などを歴任し、延暦四年（七八五）八月二八日に世を去ったが（享年六十八）、この第四期の歌は一切残されていない。

（松田　聡）

（6）万葉集の編纂と大伴家持

平安時代の成立論

『万葉集』の成立時期への言及は平安時代から見られる。『古今和歌集』（平安前期）には、

　貞観御時、「万葉集はいつばかり作れるぞ」と問はせ給ひければ、よみて奉りける

文屋有季

神無月　時雨降りおける　楢の葉の　名におふ宮の　古言ぞこれ（18・九七七）

と記されており、貞観（八五九～七七）とすると成立年代に関する最古の記録となる。「楢の葉」に奈良の代が掛けられ、有名な平城宮の古歌を集めたものとする。大伴家持の『万葉集』の終焉歌（20・四五一六）は天平宝字三年（七五九）に歌われている。それからおよそ百年後には、奈良朝の歌を集めた書物との認識はあったにしても、天皇がそうした質問をしたのは、成立時期が必ずしも自明でなかったからかもしれない。さらに真名序には「昔、平城天子、侍臣に詔して万葉集を撰ばしむ。それより以来、時、十代を歴、数、百年を過ぎたり」とある。真名序が記された延喜五年（九〇五）の醍醐天皇から十代前、百年前の天皇は、大同元年～四年（八〇六～九）在位の平城天皇を指すと考えられる。つまり平安時代になってから、譲位後は平城遷都を企て自ら奈良の地に戻った平城天皇が、奈良時代の歌集をまとめたとする見解が示さ

れている。平城天皇勅撰説は、後に顕昭『万葉集時代難事』（寿永年間（一一八二～四）頃）にも「仍リテ大同ノ帝、彼ノ世々ノ歌ヲ集メ万葉集ヲ撰バシメタマフ也」のように受け継がれている。一方、長元年間（一〇二八～三七）の成立かとされる『栄花物語』には、

昔、高野の女帝の御代、天平勝宝五年には、左大臣橘卿、諸卿大夫等集りて、万葉集を撰ばせたまふ。（月の宴）

と記され、すでに孝謙天皇の七五三年に、橘諸兄により編纂が行われたとする。類似の資料としては『万葉集』の写本である元暦校本の巻第一目録に「裏書云、高野姫天皇天平勝宝五年左大臣橘諸兄萬葉集を撰ぶ」との書き入れがあり、平安中期頃には橘諸兄が編纂に関わったことが伝えられていたと見られる。また少し下って、保元二～三年（一一五七～八）頃成立の『袋草紙』では「予これを案ずるに、この集聖武の撰か」と聖武天皇の勅撰かと推測する。

このように平安時代には、平安京遷都後の平城天皇による勅撰か、あるいは奈良時代の聖武天皇または孝謙天皇の勅撰との見方がされ、橘諸兄が撰したとの説も伝わっていた。

鎌倉時代以降の成立論

鎌倉時代中期の僧仙覚は『万葉集註釈』において、『万葉集』巻十九に見える橘諸兄と大伴家持との関わりなども踏まえて、両者ともに撰者と推測する。そして、江戸時代になると、契沖が『万葉代匠記』（精撰本）において、次のように述べる。

今此定家卿ノ抄ヲ見テ、是ニ心著テ普ク集中ヲ考ヘ見ルニ、勅撰ニモアラズ、撰者ハ諸兄

公ニモアラズシテ、家持卿私ノ家ニ若年ヨリ見聞ニ随テ記シオカレタルヲ十六巻マデハ天平十六年十七年ノ比マデニ廿七八歳ノ内ニテ撰ビ定メ、十七巻ノ天平十六年四月五日ノ哥マデハ遺タルヲ拾ヒ十八年正月ノ哥ヨリ第二十ノ終マデハ日記ノ如ク、部ヲ立ズ、次第ニ集メテ寶字三年ニ一部ト成サレタルナリ

すなわち『万葉集』が勅撰ではなく、集中のさまざまな記述をもとに、家持による私撰との見方を採る。さらに十六巻までが天平十六、七年（七四四、七四五）頃までに撰定され、巻十七の天平十六年四月五日付の歌群（17・三九一六〜二一）までを拾遺として、それより後を家持によって日記のように時系列に記されたものと分析している。

こうして大伴家持私撰説は提示されたが、近代以降には『万葉集』の編纂が段階的に行われてきたことが次第に明らかにされ、伊藤博『萬葉集の構造と成立　上・下』（塙書房、昭和四九年（一九七四）九・一一月）によって到達点を見る。伊藤はまず、巻一の原形が巻頭歌から五三歌までを文武朝の持統上皇（六九七〜七〇二）時代に編まれた「持統万葉」と捉える。次いで巻一後半の八三首を増補し、巻二を加えた二巻本が、元明天皇譲位前後（七一三〜二一）に編まれた「元明万葉」とする。そして天平末期以降に集成されたと推定される十五巻本を、発案者を元正天皇と推測して「元正万葉」とする。なお巻十六は十五巻本の付録と位置づけられるが、これら十六巻の原形が家持らによって増補や注を加え、有機的な構造として形成されたと推測する。

『万葉集』に見える内部徴証

巻十六以前に記される最も新しい作歌年時は巻三巻末の天平十六年（七四四）七月二十日であり、以後の年時記載はない。一方、巻十七からの末四巻は、時系列で歌を記す体裁が採られており家持歌日誌とも言われる。巻十七は冒頭に天平十六年までの二三首を補遺として載せ、その後は基本的に天平十八年（七四六）一月から天平宝字三年（七五九）正月一日までの歌を収める。それゆえ巻十六以前が天平十六年までの第一部、巻十七以後が天平十八年から始まる第二部となることは確かで、天平十七年（七四五）が空白となる。家持はこの年一月に正六位上から従五位下に昇叙されており、翌年三月に宮内少輔に任官されるまで官職の記載はない。この一年あまりの間に、左大臣橘諸兄に命じられ第一部の編纂に従事したのではないかと推測されている。たしかに天平十二年（七四〇）から四年におよぶ聖武天皇の彷徨（ほうこう）が十七年五月の平城還都をもって落着したため、十六巻までも大部の書物となる歌集の編纂には良い時期であったといえる。そのような状況で家持が巻十六までに全面的な改訂を加えた可能性は高い。

巻十七の補遺以降は、天平十八年正月の元正上皇肆宴（しえん）の歌群にはじまる。橘諸兄をはじめとする諸王諸臣が参集し、家持も詔に応じて歌を詠んでいる。そして家持は越中国守に任ぜられ、越中に関わる一連の歌群が続く。赴任後の家持の動向は年次順に記されるが、巻十八冒頭には天平二十年三月のこととして、田辺福麻呂が橘諸兄の使いとして来越した際の歌群を載せる。家持は国守の館（やかた）に福麻呂を歓待し、国府近くの景勝地、布勢水海を案内してもいる。そして帰京する福麻呂を見送る歌に続いて、四年前の天平十六年に元正上皇や諸兄が難波宮に滞在したときの歌群を載せる。おそらく福麻呂が越中にもたらした歌群であろう。これが巻十七の越中歌群中に挿入されるのは、すでに巻十六以前に後補としても載せる段階になかったこと、そして家持が越中にいるにもかかわらず、福麻呂を介して諸兄との交流があり、この時点でもなお家持のもとに歌が集められていた状況を示す。天平勝宝五年（七五三）に孝謙天皇の命で橘諸兄が編纂したとする『栄花物語』や元暦校本の記述がどのような資料を根拠とするかはわからないし、天平勝宝五年はもとより天平感宝元年（七四九、天平二十一年、天平勝宝元年）の孝謙天皇即位もまだのことながら、諸兄のもとで家持が『万葉集』の編纂を行っていたと見られる状況証拠は『万葉集』そのものにも存在している。

（垣見修司）

（7）東歌と防人歌の世界

「東歌」「防人歌」の意義

『万葉集』には、巻十四に「東歌」、ならびに、巻二十に「防人歌」と、東国の人々によって詠まれた歌が収載されている。従来、この東歌の背景に東国農民の「民謡」的発想を見出し、防人歌の背景に、東国から筑紫（つくし）に派遣される、班田農民であり、貧民階級に属していた一般防人兵士の悲哀を見出す見解がなされているが、このような考え方は、現在においては再考を促されていると言ってよい。『万葉集』が宮廷の文学であり、貴族文学である以上、東歌や防人歌も、律令官人における都と地方との交流において見出されたものであり、駅伝制に代表される律令的交通制度における「貴族文学の一支流」として捉えるべきである［品田　一九八六b］。

「東歌」の位置づけ

『万葉集』巻十四収載の東歌は、東国語特有の語彙や方言、東国における風土文化の発想や、その屈託のない性愛表現により、他巻にはない異彩を放っているといってよい。以下のような歌が、人口に膾炙しているものであろう。

多摩川に　晒す手作り　さらさらに　なにそこの児の　ここだかなしき（14・三三七三）
上毛野　安蘇の真麻群　かき抱き　寝れど飽かぬを　あどか我がせむ（14・三四〇四）

この東歌は、国が判明する「勘国歌」（国別分類）の九〇首（「東歌」「相聞」「譬喩歌」に分類）、ならびに、国が判明しない「未勘国歌」の一四〇首（「雑歌」「相聞」「防人歌」「譬喩歌」「挽歌」に分類）からなっている。「勘国歌」は、平安時代中期に編纂された律令の施行細則である『延喜式』に残された国・郡一覧である「延喜式的国郡図式」に基づく国別分類がなされており、以下のように、都から近い順に整然と配列されている［伊藤　一九七四a］。

遠江　駿河　伊豆　相模　武蔵　上総　下総　常陸（東海道）
信濃　上野　下野　陸奥（東山道）

和銅六年（七一三）に編纂の命が下った『風土記』の郡名も、また郡の登場順序も『延喜式』に完全に一致するため、本図式は、和銅年間（七〇八～一五）にまでさかのぼると考えられているが、それと同時に、本図式によって、「勘国歌」のほとんどの国が所属を認定でき、さらに、詠み込まれた地名も街道筋に偏っているという事実が見出される［田辺　一九六三］。つまり、東歌は、都の視点によって体系的・集中的に収集・編纂され、巻十一・十二の大和歌謡圏の歌と対応的・並列的に形成されたということである［伊藤　一九七四ａ］。

　さらに、東歌には、都びとの歌との間に、一定の同質性が見られるものも多い。たとえば、東歌巻頭五首中の二首を挙げる。

夏麻引く（なつそびく）　海上潟（うなかみがた）の　沖つ渚（す）に　船は留めむ　さ夜更（よふ）けにけり（上総　14・三三四八）

信濃（しなぬ）なる　須我（すが）の荒野（あらの）に　ほととぎす　鳴く声聞けば　時過ぎにけり（信濃　14・三三五二）

都びとの歌とほとんど変わらない、これらの東歌が、はたして在地の歌表現の実態を、どの程度保存しているのか、研究史においては、以下の四点から考察されてきた問題でもある［大久保　一九八二、品田　一九八五ほか］。

1　中央文化の東国への波及
2　中央における東歌伝承過程での磨滅
3　中央人の作歌そのものの混入
4　編纂段階における書き改めを含む筆録の原理

ただし、東歌には、東国語特有の語彙や方言を含んだ歌、東国人の風俗や東国文化の一端を解き明かす歌が数多く含まれていることも、また事実であり、東国という地方の文化や物語が都に伝播（でんぱ）され、その文化を都びとも関心を持って吸収したことは疑いない。「柿本人麻呂歌集」から採録された「東歌」四首が、巻十四に収載されていることも、それを端的に物語る。

「防人歌」の位置づけ

防人歌においても、東歌と同様、律令官人における都と地方との交流によって生まれた歌と捉えるべきであろう。

『万葉集』収載の防人歌は、「天平勝宝七歳乙未（いつび）の二月に、相替りて筑紫に遣はさるる諸国の防人等が歌」の題詞を持つ巻二十の八四首、「昔年防人歌（さきつとし）」八首、「昔年に相替りし防人歌」一首、そして、巻十四、東歌所収の五首の、合計九八首である。特に、天平勝宝七歳（七五五）二月に交替して筑紫に遣わされた防人たちの歌は、それぞれの国から集結地である難波津まで防人を引率してきた部領使（ことりづかい）が、兵部少輔（ひょうぶのしょうふ）という立場にいた大伴家持に進上した歌であることが明らかであり、この防人歌の一首一首の左注には、たとえば「国造丁長下（こくぞうていながたのしも）の郡（こほり）の物部秋持（もののべのあきもち）」（遠江　20・四三二一）、「望陀（まぐた）の郡の上丁玉作部国忍（じやうていたまつくりべのくにおし）」（上総　20・四三五一）などと、防人の地位・役職などを示した肩書きと作者名をも記載している。この肩書きからは、各国の防人集団には、「国造丁―助丁―主帳丁―（火長）―上丁」なる関係が成立していたことがわかり、防人歌はこの序列にしたがって順序正しく配列されていることが確認できる。また、作者名表記の検討からは、地方において、ある程度の身分に属する上層階級の者、たとえば郡司子弟層の者の歌が、多く含まれる可能性が示唆される。つまり、防人歌は、国司の管轄下にあり、律令国家の地方管制に組み入れられた律令官人の詠であることを示唆しているのである［東城　二〇一六］。

このような防人は、以下のような「父母思慕の歌」を、防人歌に多数詠み込んでくる。

水鳥（みづとり）の　発（た）ちの急ぎに　父母（ちちはは）に　物言（ものは）ず来（け）にて　今ぞ悔しき（駿河　20・四三三七）

たらちねの　母を別れて　まこと我　旅の仮廬（かりほ）に　安く寝（ね）むかも（上総　20・四三四八）

このように、自分の父母を思慕する歌は、『万葉集』中にほとんど例がなく、これは防人歌に特徴的な、大きな主題の一つとして考えてよい。そして、地方において、ある程度の上層階級に属する者が「父母思慕の歌」を詠むこと、そこには、地方における「孝」の受容を見出すことも可能である。

防人歌の作者は、国府や郡家等において中央の律令官人との交流を持ち、律令官人的発想の歌を数多く摂取していたに相違ない。このように考えたとき、防人歌の作者を、班田農民であり、貧民階級に属していた一般防人兵士と考える通説［水島　二〇〇三、二〇〇九］は、再考されなければならないだろう。

（東城敏毅）

（8）作者不記載歌の位置づけ

作者未詳歌巻

作者が記載されていない歌を意味する「詠み人知らず」という言葉を知る人は多いだろうが、『万葉集』では、一般的に「作者未詳歌」という。作者がわからない歌は『古今和歌集』以後の勅撰集では「詠み人知らず」と記されるが、『万葉集』では左注等に「作者未詳」（1・五三、2・二二七等一七例）と記される。「作主未詳」という表記もあるが、巻一・八〇左注や巻十六・三八三四題詞、巻十九・四二三六および四二四五の題詞にとどまるため、やはり作者未詳歌の呼称が適当である。「作者不記載歌」も基本的には作者未詳歌と同じものを指すが、『万葉集』に作者が記載されていない歌という点を明確にした呼び方といえる。

『万葉集』の作者不記載歌は、まずは作者未詳歌巻と言われる巻七・十・十一・十二・十三・十四の大部分の歌を指す。したがってまずはそれらの巻について概観する必要があるが、巻七・十・十一・十二は、いずれも部類ごとに、古歌集や人麻呂歌集がある場合は先に配列し、続いて出典不明歌を配列する傾向がある。

巻十三は長歌を中心に集める方針を持つ唯一の巻であるが、古歌集や人麻呂歌集を先行させないで作者名を記さない歌を優先的に配列する点も、作者未詳歌巻の中では特殊といえる。巻十三の歌群は一回的な場で歌われた長歌を収めたわけではなく、伝えられてきた歌群であり、ある場合には歌詞が改変され、反歌が付加されることもあるため、いわば複数の作者の手にかかる歌群であることが作者名を残さない理由と考えられる。

巻十四は東歌を収めた巻であり、国別に分類することがねらいだったらしく、各国別に配列された後、国が不明の歌を並べる体裁を採る。したがって作者よりも所属する国名が重視されたのである。

以上が作者未詳歌巻、つまり作者不記載歌を中心に集めた巻の概要である。特に巻七・十・十一・十二にあっては、作者を記さない歌を集めるときに「――を詠む」や「――に寄する」といった何らかの項目によって細分類を行っているが、作者名を記さない中にあっても、柿本朝臣人麻呂歌集出の歌は古歌集出の歌とともに優先されている。

職掌や立場による標示

では次に、作者未詳歌巻以外の巻に見られる作者不記載歌はどのような様相を呈しているのだろう。作者が判明している歌を並べる巻にも、作者がわからない歌は載録されており、その現れ方を観察することで、なぜこれだけの作者不記載歌が生まれることになったかの一面が見えてくる。

作者が記載されない歌といえるかどうかがはっきりしない例としては、作者の属性は記されるが、個人名は記されないものがある。「藤原宮の役民が作る歌」（1・五〇）や「皇子尊の宮の舎人等が慟傷して作る歌二十三首」（2・一七一～九三）、「十年戊寅、元興寺の僧の自ら嘆く歌一首」（6・一〇一八）などは、役民、舎人、僧という職掌が記されている。これらは個人名がわからなくても作者の立場がわかっていれば歌の理解に問題はないといえる。個人名に準じる情報として職掌が記されるため、作者不記載歌とするのは適切でないかもしれないが、これらが身分の低い立場や、高位にあるとは言いがたい人々の歌であることは注意しておいてよい。すなわち、巻八に載せられる「草香山の歌一首」（一四二八）は「右の一首、作者の微しきに依りて、名字を顕はさず」の左注があり、作者はわかっていても身分が低いために名を記さない旨を記す。これは作者名を表さない歌の多くに考えられる理由の可能性がある。

名のある人と名もなき人々

同様の例としては、名のある人との贈答相手で、作者名は明らかにされないがどのような立場にあるかが記載される場合がある。巻四・六三一～六四二の湯原王と娘子との贈答では、湯原王と贈答する相手は娘子としか記されない。大伴坂上郎女の橘の歌（3・四一〇）に対する和歌（四一一）や、同じく坂上郎女の巻八・一六五六歌の和歌（一六五七）も作者を記さない。湯原王や坂上郎女といった名のある歌人に対して、応じた相手はあえて名前を挙げるほどの存在ではなかったのかもしれず、作者は記載されないがおおよその立場は想定できる。

実のところ、作者が記載される巻において、作者個人の名前が記載されない例は少なくない。「膳部王を悲傷する歌一首」（3・四四二）も左注に「右の一首、作者未詳なり」とされるし、

「五年戊辰、大宰少弐石川足人朝臣遷任し、筑前国の蘆城の駅家に餞する歌三首」（4・五四九～五一）も「右の三首、作者未詳なり」とされる。「春三月に、難波宮に幸せる時の歌六首」（巻六）も作者未詳の九九七歌を含む。特に宴席での歌で歌群の全部ないし一部に作者の記されないものがある（6・一〇四一、8・一五三〇～一、一五七四～五など）。宴席の場合はうち解けた状況で歌われたため、名前が記録されなかったことも考えられるが、やはり名を明らかにするまでもない人の詠であった可能性もある。

巻十五の前半に収載される遣新羅使歌群（15・三五七八～七二二）も宴席にも類似する状況が考えられる。遣新羅使が瀬戸内海から北部九州、壱岐対馬に至る行程の各所で詠んだ歌を記録するが、題詞によって括られる歌群は、基本的には最初に作者が明記される歌が記されて、作者が記載されない歌が後に並ぶ。作者については大使や副使などの四等官をはじめとする高官の名前が記されることも考慮すると、やはり作者の身分が卑しい場合など、必ず名前を記載するという習慣はなかったように見受けられる。

こうした遣新羅使歌群や宴席歌のあり方を踏まえれば、作者未詳歌巻に数多くの作者不記載歌が集められていることにもおおよその見通しが付く。つまり宴の場などで歌を残す機会はあっても、頻繁に歌を詠む人や、相応の地位にある人を除いては、作者名が歌とともに残されることはなかったのであろう。ただ、そうして残された歌にも優れた作はあり、歌の場からも切り離される形で類聚され、作者未詳歌巻にまとめられたものと考えられる。それが再び受容され作歌の基盤ともなっていくのである。

集団による主題の追求

もう一つ、伝説や伝承を歌う場合にも作者が記されないことがある。吉野を舞台とする柘枝伝（しゃしでん）という伝説を歌う「仙柘枝が歌三首」（3・三八五〜七）は一首目は味稲（うましね）という伝説上の人物の歌という異伝を載せ、三首目には若宮年魚麻呂（わかみやのあゆまろ）の作とする左注もあるが、二首目には作者記載は無い。巻八・一六五〇、巻十九・四二五七〜八など伝誦される歌はすでに作者がわからなくなっていることが多い。七夕歌にしても、作者が名のある人とは限らなくても歌を詠む機会は与えられていたし、歌としては牽牛織女（けんぎゅうしょくじょ）の逢会（ほうかい）を歌いなすことができれば、作者はあまり問題ではなかったということであろう。

（垣見修司）

【コラム③】歌と歌をつなぐくふう

巻十一・十二は「古今相聞往来歌類之上、下」と記し、旋頭歌を含む計八八〇首を収録する。随所に「或本歌」「一書歌」があるため実質九〇〇首超の恋歌、正直に言ってちょっとしんどい。いずれの巻も「正述心緒」「寄物陳思」「問答」ほかの標目で大まかな分類は施すものの、なお一〇〇首以上の塊だ。譬喩する事物ごとにグルーピングして切れ目の鮮明な「寄物陳思」に比べ「正述心緒」にはそれもなく、当人にとっては至って深刻な恋慕や怨恨（えんこん）に延々と耳を傾け続ける読者としては、数首の配列に何らかの意図を汲みたい衝動に駆られるのである。

ア 白たへの 袖折り返し 恋ふればか 妹が姿の 夢二四三湯流(12・二九三七)

イ 人言を 繁三毛人髪三 我が背子を 目には見れども 逢ふよしもなし(二九三八)

ウ 恋と言へば 薄きことなり 然れども 我は忘れじ 戀者死十方(二九三九)

エ 中々二 死なば安けむ 出づる日の 入るわき知らぬ 吾四九流四毛(二九四〇)

オ 念八流 たどきも我は 今はなし 妹二不相而 年の経ぬれば(二九四一)

カ 我が背子に 戀跡二四有四 みどり子の 夜泣きをしつつ 寝ねかてなくは(二九四二)

右六首には数字の音訓仮名使用が連続する。直前の二九三六歌にも「一夜一日」が見えるがそれは訓字、二九四三歌以降に数字使用は目立たない。そこから予測すると、視覚的に目立たせて六首を一連のものと読ませたい狙いがあるのではないのか。主体の性別をみるとア—男、イ—女、オ—男、カ—女が判明、その順にならえばウ—男、エ—女を推測でき、その二首は「恋死」を巡る唱和のように映る。互いに深く思いながら逢瀬叶わぬ恋に懊悩する男女は、「死」すら口にして自身の痛切な慕情を訴えあう。夢に見、遠目に見ても直には逢えない日々の連続(ア・イ)、それは両者を苦しめ追い詰めて(ウ・エ)、男は放心、女は赤子のごとく夜泣きするばかり(オ・カ)。かくして一続きのストーリーができあがるではないか。

以上は、そんなふうに読んでみたらどうかしらの試みに過ぎず、もしも論文を目論んだりした時には同業者からコテンパンに叩かれること疑いなしだ。

(影山尚之)

三、歌のかたちとくふう

(1)『古事記』『日本書紀』の歌と万葉歌

『古事記』『日本書紀』の歌

『古事記』と『日本書紀』の地の文は漢文の散文であり（両者の散文の質の違いには今触れない）、その散文によって事績や物語が語られていく。そして、その散文の中に韻文である歌が置かれている箇所では、事績の叙述や物語の展開の一端を歌（韻文）が担っている。このため、散文と歌（韻文）の関わりが分析すべき重要な要素として論じられてきた。その関わりを論じる中で、歌の素性（すじよう）に分け入った嚆矢（こうし）が、高木市之助の「古代民謡史論」という論考である。「生（き）のまゝ」の「『謡はれる』歌」と、「更に進んだ文化の所産である所の、読まれる文学と意識的又は無意識的に種々の交渉を持つ」「『読む』歌」との腑分（ふわ）けにおいて、五音・七音の定型化を連動させて説いたのである［高木　一九四一］。この見解を進展させたのが土橋寛であり、「独立歌謡」と「物語歌（狭義）」というテクニカルターム（術語）を用いて説明した［土橋一九六八〕。また、神野志隆光は「文字という」「『文化』の不可欠の一環」「を条件とする『書く』うた（記載のうた）」「の展開が歌謡物語とよびうる営みを媒介する」と説いた〔神野志一九八三〕。さらに、身﨑壽は、諸論考において、物語を展開する歌の「機能」を詳述した〔身﨑　一九八五、一九九四など〕。

本論としては、『古事記』『日本書紀』『万葉集』三つの書物すべてに歌が載せられているという点から、仁徳天皇の皇后「イハノヒメ」の歌を例示しよう。皇后は、『古事記』では「石之日売」、『日本書紀』では「磐之媛」、『万葉集』では「磐姫」と記されている。『古事記』（下巻、仁徳天皇）でも『日本書紀』（巻十一、仁徳天皇条）でも、皇后が宮中儀礼に用いる「御綱柏」を採りに紀伊国に出かけているいわば「公務出張中」に、仁徳天皇が別の女性「八田若郎女」（『日本書紀』では八田皇女）を後宮に入れて結婚してしまったことが語られる。怒った皇后は乗っていた船から、採って来た「御綱柏」をことごとく大阪湾に投げ棄てる。そして、仁徳天皇の難波高津宮に入らず、船に乗ったまま素通りし、淀川や山代川を遡るのである。『古事記』では、この公務出張中に「八田若郎女」と結婚したことが突然述べられるのだが、『日本書紀』ではこの部分の叙述が異なる。編年体を採用する『日本書紀』では、磐之媛皇后が仁徳天皇三十年の秋九月に紀伊国に赴くと語るのだが、その八年余り前の二十二年の春正月に、仁徳天皇が八田皇女の入内を磐之媛皇后に打診したのだが拒絶されたので、歌を歌うことで乞うやりとりがある。

二十二年の春正月に、天皇、皇后に語りて曰はく、「八田皇女を納れて妃とせむ」との

たまふ。時に皇后聴したまはず。爰に天皇、歌して皇后に乞はして曰はく、

46貴人の　立つる言立　儲弦　絶え間継がむに　並べてもがも

とのたまふ。皇后、答歌して曰したまはく、

47衣こそ　二重も良き　さ夜床を　並べむ君は　恐きろかも

とまをしたまふ。天皇、又歌して曰はく、

48押し照る　難波の崎の　並び浜　並べむとこそ　その子は有りけめ

とのたまふ。皇后、答歌して曰したまはく、

49夏蚕の　蛾の衣　二重着て　かくみやだりは　豈良くもあらず

とまをしたまふ。天皇、又歌して曰はく、

50朝妻の　避介の小坂を　片泣きに　道行く者も　偶ひてぞ良き

とのたまふ。皇后、遂に聴さじと謂し、故、黙して亦答言したまはず。

そして、この叙述に続けて次に、

三十年の秋九月の乙卯の朔にして乙丑（十一日）に、皇后、紀国に遊行でまして、熊野岬に到り、即ち其の処の御綱葉　葉、此には箇始婆と云ふ。を取りて還ります。是に、天皇、皇后の不在を伺ひて、八田皇女を娶して、宮中に納れたまふ。

と続く。つまり、『日本書紀』の方では、二十二年の春正月から三十年の秋九月までの八年以上の歳月が物語の中に存在することになる。八年以上もの長い間、「皇后の不在を伺」っていた仁徳天皇の姿が描き出されるのである。ここに、歌と散文による展開の様相を見出せよう。

『万葉集』の歌

『万葉集』の方はどうか。『万葉集』巻二・八五～八番歌には題詞「磐姫皇后思二天皇一御作歌四首」に括られた四首があり、揺れ動く女性の心の襞が描かれる。『万葉集』を最初から読み進めて来た人が最初に出会う「相聞」歌が、左の「磐姫皇后歌群」である（左注等は省略）。

君が行き　日長くなりぬ　山尋ね　迎へか行かむ　待ちにか待たむ（2・八五）

貴方のお出かけは何日にもなってしまいました。山に尋ね行って迎えに行きましょうか。いいえ、それは女として、はしたない。ひたすら待ち続けましょうか。

かくばかり　恋ひつつあらずは　高山の　岩根しまきて　死なましものを（2・八六）

こんなふうにばかり辛くて苦しく恋い続けるよりはいっそのこと、ええい、高山に分け入って、岩を枕にして死んでしまいましょう。

ありつつも　君をば待たむ　うちなびく　我が黒髪に　霜の置くまでに（2・八七）

いいえ、やはり私は生き続けて、貴方を待ち続けますわ。私のこの美しい黒髪を貴方と共寝する寝床に敷き靡かせて、待ち続けますわ。私の美しい黒髪が白髪になるまで、ずっと。

秋の田の　穂の上に霧らふ　朝霞　いつへ（何時辺）の方に　我が恋止まむ（2・八八）

秋の田の稲穂の上にべったりと立ち籠めている朝の霧・霞。まさに五里霧中。私の辛く苦しい恋もまさに五里霧中。いつになったら、そして、どちらへ向かったら、この私の辛く苦しい恋心は、終息するのかしら。

八八番歌は、初句から第三句までが序詞となり第四句・第五句を導き出している。この歌の序詞の複雑さは、次の歌と比較してみると明瞭である。

秋の田の　穂の上に置ける　白露の　消ぬべくも我は　思ほゆるかも（10・二二四六、秋相聞）

秋の田の稲穂の上に乗っている白露は消えやすい。その白露のように私は消えてしまいそうに思われることよ。辛く苦しい恋のために。

この二二四六番歌では、傍線部が四角囲みの「消」を起こす序詞となっているとてもシンプルな構造となっている。序詞が「秋の田の穂の上に置ける白露」でなくても歌は成立する。一方の八八番歌は複雑だ。いとしい貴方にずっと逢えずに鬱積している思いが「秋の田の穂の上に霧らふ朝霞」と見事に重なり合い、現代語訳で示したように状況的にも心理的にも「五里霧中」の様相を見事に表し出している。八八番歌の傍線部「いつへの方に」を、原文を合わせて示した。契沖『万葉代匠記』（精撰本）が「辺ノ方トハ、渺〻ト見エ渡ル田ノ、其カタハラナリ」と述べ「霞ハカタヘニ晴行コトモアルヲ、イツカ我モソノコトク胸ノ晴テ恋ノ止ンソトナリ」と述べているように、「何時」が時間的要素を、「辺の方」が空間的要素を表している。

『万葉集』に載る磐姫皇后の歌はこのように短歌四首を連ねる「かたち」を採り、そこに展開がもたらされている。それぞれの歌の左にある現代語訳はこの歌群の展開を十分に考慮して付けた。ある集まりの席で、この章の後半を担当する大浦誠士から、この歌群の肝心な要素を

「振幅」と評する貴重な教示を得た。まさにそのとおりだ。まず、八五番歌の中に振幅があり、以降、〈情熱と冷静との間〉を烈しく揺れ動く。『万葉集』では、短歌を連ねることで揺れ動く女性の心の襞が見事に描かれている。

『万葉集』には、題詞を歌群の展開に参画させた作品もある。題詞は歌の前に付けられた短い漢文であり、その歌を誰が（Who）いつ（When）どこで（Where）何を（What）なぜ（Why）詠んだのか、どのようにして（How）詠んだのかを示す。そのような題詞を複数回連ね、その題詞下に歌を配置して、歌群の展開に資する「かたち」もある。その実際例を次に示そう。

　　大伴宿禰家持贈二坂上家大嬢一歌二首 離絶数年、復会相聞往来

忘れ草　我が下紐に　付けたれど　醜の醜草　言にしありけり（4・七二七）

貴女に逢えないのがあまりにも辛く苦しいので、辛さ苦しさを忘れようと私の肌着の紐に、「忘れ草」を付けました。しかし、あほのあほ草め！　言葉だけだった。忘れることなんてできなかったのです。貴女と離れ離れの数年間、ずっと貴女のことを思っていたのですよ。

人もなき　国もあらぬか　我妹子と　携ひ行きて　たぐひて居らむ（4・七二八）

私たち二人の仲を邪魔する人がいない国があってほしいなあ。いとしいおまえと手をつないで一緒にその国へ行って、夫婦として仲良く寄り添ってずっと一緒にいよう。

　　大伴坂上大嬢贈二大伴宿禰家持一歌三首

（三首省略。以下、紙数の都合で割愛せざるを得ない。）（4・七二九〜三一）

[又]大伴宿禰家持和歌三首

（三首省略）（4・七三二～四）

　同坂上大嬢贈㆓家持㆒歌一首

（一首省略）（4・七三五）

[又]家持和㆓坂上大嬢㆒歌一首

（一首省略）（4・七三六）

　同大嬢贈㆓家持㆒歌二首

（二首省略）（4・七三七～八）

[又]家持和㆓坂上大嬢㆒歌二首

（二首省略）（4・七三九～四〇）

[更]大伴宿禰家持贈㆓坂上大嬢㆒歌十五首

（十五首省略）（4・七四一～五五）

この歌群の最初の七二七・七二八番歌の前の題詞では、大伴家持と大伴坂上大嬢の二人が「離絶数年」の辛く苦しい月日を乗り越え、再び夫婦生活を開始できたことが語られる。稀有(けう)のこの幸せを得ることができたとき、男は最初にどのような歌を詠めばよいのか。筆者は大学のゼミで学生に同じ問いを尋ねた。学生Y君は「貴女のことをずっと好きでした」と答えてくれた。百点満点の回答である。右の題詞のありようを見よう。大嬢→家持の三首・家持→大嬢の三首、同様に一首・一首、二首・二首。見事に対応している。題詞の四角囲み[又]、[又]、又、更にも注目しよう。伊藤博は、これらの表示に歌群の「段落」を示す「標識」としての意義を見出し、歌の数の対応をも考慮し「第三者に見せる型式として」「の構図」を指摘する〔伊藤　一九七五〕。

我々は、『万葉集』の中に、散文としての漢文と韻文としての歌が一体となって連携する作品の「かたち」を見出すこともできる。廣川晶輝は、「『やまとことば』による和歌のみが表現手段であった和歌史において、和歌に漢文・漢詩を接合させ一体化させるという新たな形式」「が獲得された時、作品世界は刷新され新しく構築された」と言挙げし、山上憶良と大伴旅人によって実践されたその形式を分析し文学史的意義を論じている〔廣川　二〇一五〕。その新しい形式のうち、「題詞＋漢文＋長歌・反歌」というかたちを採用している左の例を挙げよう。

　　思㆓子等㆒歌一首并序

釋迦如来金口正説　等思㆓衆生㆒如㆓羅睺羅㆒　又説　愛無㆑過㆑子　至極大聖尚有㆓愛㆑子之心㆒　況乎世間蒼生誰不㆑愛㆑子乎

瓜食めば　子ども思ほゆ　栗食めば　まして偲はゆ　いづくより　来りしものそ　まなかひに　もとなかかりて　安眠し寝さぬ（5・八〇二）

　　反歌

銀も　金も玉も　何せむに　まされる宝　子に及かめやも（5・八〇三）

まず題詞で「子ども達を〈思〉」という問題系が提示され、次に漢文序文で世の人々の「子どもへの愛」の実相が述べられる。子どもをこの上なく可愛いと思うが苦悩の根源ともなる。

これをすべて受け止め、子どもの存在をありがたいと思う。この定義に基づいて、長歌と反歌が展開するのだ。長歌では子どもへの煩悩が、反歌では子どもへの手放しの愛情が描き出される。

以上見てきたように、『万葉集』の歌では、歌の多様な「かたち」が展開される。平安時代の歌物語への接続も想定できる「かたち」については、「Ⅱ　万葉集のそとがわ」で述べよう。

（廣川晶輝）

（2）五音と七音のリズム

五音・七音をめぐって

『万葉集』は次の歌で始まる。

　天皇御製歌

籠（こ）もよ　み籠（こ）持ち　ふくしもよ　みぶくし持ち　この岡（をか）に　菜（な）摘ます子（こ）　家告（いへの）らせ　名告（なの）
らさね　そらみつ　やまとの国は　おしなべて　我（われ）こそ居（を）れ　しきなべて　我こそいませ
我こそは　告らめ　家をも名をも（1・一）

籠、素敵な籠を持ち、ふくし、素敵なふくしを持ち、この岡で菜を摘んでいらっしゃる娘子（おとめ）よ。家を明かされよ、名前を明かされよ。このやまとの国はことごとく私の力が及んでいる。あまねく全部私が統治しているのだ。その私が明かそう。家をも、そして名前をも。

この歌の前には標目があり、「泊瀬朝倉宮御宇天皇代 大泊瀬稚武天皇」と記されている。雄略天皇の歌として位置づけられているこの歌は、三音、四音、五音、六音、五音、五音、五音、五音、……となっており、五音、七音が基本の形とはなっていない。一方、次の歌はどうか。

天皇崩之時大后御作歌一首

やすみしし　我が大君の　夕されば　見したまふらし　明け来れば　問ひたまふらし　神丘の　山の黄葉を　今日もかも　問ひたまはまし　明日もかも　見したまはまし　その山を　振り放け見つつ　夕されば　あやに哀しみ　明け来れば　うらさび暮らし　荒たへの衣の袖は　乾る時もなし（2・一五九）

（やすみしし）我が大君の御霊魂が、夕方になると御覧になっているにちがいない、夜が明けると訪れていらっしゃるにちがいない、神丘。あの神丘の山の美しく色づいた葉を、我が大君がご存命ならば、今日にでも訪れていらっしゃろうものを、明日にでも御覧になられようものを。残された私はその山を遥かに見続けている。夕方になると、たまらなく悲しくなり、夜が明けると、我が大君がいらっしゃらないために心寂しく暮らしている。そして、藤衣の喪服の袖は涙で濡れて、乾く時もない。

この歌は天武天皇の崩御にあたっての皇后、後の持統天皇の御作歌である。最愛の夫を亡くした妻としての悲哀が、五音、七音の繰り返しに乗って、切実に表出されている。

五音と七音の句は『万葉集』に載る歌の基本となっている。では、なぜこの二種類が基本となっているのか。『日本古典文学大辞典』の「和歌」の項目（担当は久保田淳）内の「声調」には、「和歌はいずれの歌体にせよ、五音と七音を基調とするが、なぜこの二種が選ばれたのかは未だ十分説明されていない」と述べられている［久保田　一九八五］。また、赤羽淑も「和歌の韻律」において、「和歌における五七五七七という定型の成立は、わが国固有のものであるのか、中国詩型の影響によるものであるのか、それはいまだに解決をみない難問である」と述べている［赤羽　一九九三］。久保田淳・赤羽淑の掲出に導きを得て、諸説を挙げよう。

日本固有とする説

本居宣長（もとおりのりなが）『石上私淑言（いそのかみささめごと）』には、

問云（テク）。詞のほどよくとゝのひてあやあるとはいかなるをいふぞ。
答云（テク）。うたふに詞のかずほどよくて。とゞこほらずおもしろく聞ゆる也。あやあるとは。詞のよくとゝのひそろひてみだれぬ事也。大方五言七言にとゝのひたるが。古今雅俗にわたりて。ほどよき也。さればむかしの歌も今のはやり小歌も。みな五言七言也。是自然の妙也。

とある。「大方五言七言に」整っているのが、今も昔も雅俗どちらにおいても良い形だとされた、これは「自然の妙」だと言っている。国学者らしい見解と言えよう。

中国詩型の影響によるとする説

一方、五音、七音が中国詩型からの影響に拠るとする説もある。青木正児は、

先づ五七調の確立は先進国の五言詩・七言詩の整頓せる句調に範を取ったらしくも思へる。然し記紀所載の古謡も五七が基調であるを見れば、此調の確立は和歌自体の発達に伴ふ整頓とも考へられ、必ずしも之を外来の影響に因ると断ずることは出来ない。次に記紀に見ゆる如き短篇の幼稚な長歌が人麿・赤人・憶良・家持等の堂々たる長篇にまで進展した、其処にも唐詩の楽府や古詩の長篇の影響を仮定出来よう。然し和歌自体の進展が独力で此処に至り得ぬともかぎるまい。但歌調の整頓や雄篇の出現が記紀の歌謡を去ること割合短き年月を以て促進されて居る事実は、或は其促進が外来の刺戟に因ると解釈することが出来るかも知れぬ。

と述べている［青木　一九七〇］。「五七調の確立」が「先進国」である中国の「五言詩・七言詩の整頓せる句調に範を取った」のか、「和歌自体の発達に伴ふ整頓」なのかについて、極めて慎重な言い回しによって述べている。また、五音・七音が繰り返される大作品の出現や進展についても、「外来の刺戟に因ると解釈することが出来るかも知れぬ」と極めて慎重に述べている。この言い回し自体が如実に表し出すのは、中国文学からの影響を完全に考慮しないのはあり得ない、ということであろう。

国語教育において

では、日本における、国語教育において、この問題に対してはどのように対処されているのであろうか。まずは、左の文章を読んでみよう。

時代がいかに変わろうとも普遍的な教養があり，かつてはその教養の多くが古典などを通じて得られてきた。これらの教養は，先人が様々な困難に直面する中で，時代を越えた「知」として蓄積されてきたものであり，そのようにして古典は文化と深く結び付き，文化の継承と創造に欠くことができないものとなってきた。国際化や情報化の急速な進展に伴って，未来がますます予測困難なものになりつつある中，社会でよりよく生きるためには，我が国の文化や伝統に裏付けられた教養としての古典の価値を再認識し，自己の在り方生き方を見つめ直す契機とすることが重要である。

古典文学を学ぶ内的動機付けを得ることを目指すこの文章は、文部科学省『高等学校学習指導要領（平成30年告示）解説　国語編』（注一）「第2章　国語科の各科目」「第6節　古典探究」の冒頭の文章であり、高等学校教育課程の教科「国語」の新設選択科目「古典探究」を学ぶ意義について説いている。この『解説』の対象となっているのが文部科学省『高等学校学習指導要領（平成30年告示）』（注二）であり、その「第2章　各学科に共通する各教科」「第1節　国語」「第2款　各科目」「第6　古典探究」「2　内容」「〔知識及び技能〕」「（1）言葉の特徴や使い方に関する次の事項を身に付けることができるよう指導する」には、

イ　古典の作品や文章の種類とその特徴について理解を深めること。

エ　古典の作品や文章に表れている，言葉の響きやリズム，修辞などの表現の特色について理解を深めること。

と記されている。この「イ」と「エ」についての『解説』を見てみよう。「イ」の「古典の作品や文章の種類」の中に「和歌」を挙げる。そして、「その特徴」の文言については、作品や文章の種類がそれぞれ備えている音韻やリズム（五七調，七五調，五言，七言など），構成や展開の仕方などをいう。（傍線、筆者。以下同じ）

と解説する。また、「エ」の「言葉の響きやリズム」の文言についても、『解説』は、特に文学的な作品や文章の表現の根幹にかかわる要素であり，古典の作品や文章では固有の特徴となっている場合がある。例えば，和歌の五七調や七五調，漢詩の四言，五言，七言などの音数律は，基本的なリズムである。

と説いている。「表現の根幹にかかわる要素」として傍線部のように、「和歌」「漢詩」の「基本的なリズム」が挙げられていることに注意しておこう。

この立場は、中学校の指導要領にも見られる。文部科学省『中学校学習指導要領（平成29年告示）』（注三）の「第2章　各教科」「第1節　国語」「第2　各学年の目標及び内容」「〔第1学年〕」「2　内容」「〔知識及び技能〕」「(3)　我が国の言語文化に関する次の事項を身に付けることができるよう指導する」には、

ア　音読に必要な文語のきまりや訓読の仕方を知り，古文や漢文を音読し，古典特有のリズムを通して，古典の世界に親しむこと。

とある。これに対しての文部科学省『中学校学習指導要領（平成29年告示）解説　国語編』（注四）には、「第3章　各学年の内容」「第1節　第1学年の内容」「1　〔知識及び技能〕」「（3）我が国の言語文化に関する事項」に、

古典の世界に親しむためには，古典の文章を繰り返し音読して，その独特のリズムに気付かせることが重要である。音読することによって，独特のリズムに生徒自らが気付くことを重視し，五音，七音のリズムの特徴などについて理解することを通して古典の世界に親しむようにすることが求められる。

とある。第二学年においても、右の「学習を踏まえ」ることが『学習指導要領』に記されている。

この取り組みは、『小学校学習指導要領（平成29年告示）』（注五）にも見られる。早くも「第2章　各教科」「第1節　国語」「第2　各学年の目標及び内容」「〔第3学年及び第4学年〕」の「2　内容」「〔知識及び技能〕」の「（3）我が国の言語文化に関する次の事項を身に付けることができるよう指導する」において、

ア　易しい文語調の短歌や俳句を音読したり暗唱したりするなどして，言葉の響きやリズムに親しむこと。

とあり、「〔第5学年及び第6学年〕」の同様の箇所には、さらに進めて、

ア　親しみやすい古文や漢文，近代以降の文語調の文章を音読するなどして，言葉の響きやリズムに親しむこと。

とある。この部分に対しての『小学校学習指導要領（平成29年告示）解説　国語編』（注六）の「第3章　各学年の内容」「第2節　第3学年及び第4学年の内容」「1〔知識及び技能〕」「(3)我が国の言語文化に関する事項」には、

> 短歌の五・七・五・七・七の三十一音，俳句の五・七・五の十七音のリズムから国語の美しい響きを感じ取りながら音読したり暗唱したりして，文語の調子に親しむ態度を育成するようにすることが重要である。

とあり、「第3節　第5学年及び第6学年の内容」の同様の箇所には、

> 古文や漢文を声に出して読むことで，心地よい響きやリズムを味わうとともに，読んで楽しいものであることを実感させるようにすることが大切である。

という記述もある。日本の古文と中国の漢文に共に「心地よい響きやリズム」を見出すのだ。

未来志向の文化交流

五音、七音のリズムの由来という結局わからない点に拘泥するのではなく、止揚して、未来志向で論じることを心掛けた。本書を読んでいるあなたが高校生ならば、まさにあなたを取り巻いている教育の枠組みにおいて、「和歌の五七調や七五調，漢詩の四言，五言，七言などの音数律は，基本的なリズムである」という見解に基づいての教育がなされている意義を知っておこう。本書を読んでいるあなたが親の世代であるならばあなたのお子様、あなたが祖父母の世代でいらっしゃるならばあなたのお孫様を取り巻いている教育の枠組みである。そこに、

「日本の古文・和歌」と「中国の漢文・漢詩」に共に「五音、七音」の「心地よい響きやリズム」を見出す意義が説かれている。日本が多くの文化を隣国中国から学んだ理解に立脚しよう。未来を担う子どもたちへの教育において、中国との文化交流の理解を土壌にしての未来志向の文化交流を育もう。

（廣川晶輝）

注

（一）二〇一八年七月、https://www.mext.go.jp/content/1407073_02_1_2.pdf
（二）二〇一八年三月、https://www.mext.go.jp/content/1384661_6_1_3.pdf
（三）二〇一七年三月、https://www.mext.go.jp/content/1413522_002.pdf
（四）二〇一七年七月、https://www.mext.go.jp/component/a_menu/education/micro_detail/__icsFiles/afieldfile/2019/03/18/1387018_002.pdf
（五）二〇一七年三月、https://www.mext.go.jp/content/1413522_001.pdf
（六）二〇一七年七月、https://www.mext.go.jp/component/a_menu/education/micro_detail/__icsFiles/afieldfile/2019/03/18/1387017_002.pdf

（3）長歌、短歌、旋頭歌、仏足石歌

長歌

高木市之助は「所謂長歌として考へられてゐる型、即ち」「(5+7)×n+7」と記す〔高木　一九四二〕。五音・七音(5+7)を単位としてn回、つまりいくらでも延ばせ、最後を7で結ぶ「式」だ。筆者も授業で黒板に「長歌＝(5+7)×n+7」と横書きし「ゴ・シチ、ゴ・シチ、ゴ・シチ……」と息の続く限り唱える。学生はこの冗談によって長歌が持ち得る容量の無限大と盛り込み得る内容の豊かさを思う。八十年前の高木の「式」は現代の学生に意識化を齎(もたら)す懐(ふところ)の深さを備える。

「(2)五音と七音のリズム」でもその由来に中国詩からの影響を見る説があることに触れた。『万葉集』の長歌の成立にも中国文学からの影響を説く説がある。中西進は中国文学の型式「賦」からの影響を説く〔中西　一九六三〕。中国六朝(りくちょう)・梁(りょう)の昭明(しょうめい)太子の撰『文選』は、日本上代文学に多大な影響を与えており、その『文選』において「賦」が大きな位置を占めている。そこから中西は「万葉集長歌は辞賦を規範として成立している」という結論を提示する。周知のように大伴家持には彼の越中国守時代の代表作にして越中の勝景を叙した長歌作品「二上山賦一首」(17・三九八五～七)、「遊㆓覧布勢水海㆒賦一首并短歌」(同・三九九一～二)、「立山賦一首并短歌」(同・四〇〇〇～二)がある。また、越中国府の三等官「掾」を務め家持の歌友としての活躍が著しかった大伴池主に「敬和㆘遊㆓覧布勢水海㆒賦㆖一首并一絶」(17・三九九三～四)、「敬和㆓立山賦㆒一首并二絶」(同・四〇〇三～五)がある。五つの「賦」については山田孝雄が詳しい〔山田　一九五〇〕。

伊藤博は「約二六〇首の長歌」「の中に、類型をなす一群の長歌が二〇首ばかりある」と述べ、「まず地名を提示し、ついでその土地の景物、おもに植物の有様を叙述し、それをだいたい対句をもって尻取式に承け、本旨へと転換してゆく型式」の存在を指摘する。巻十三の作者不明長歌（三三〇二）に顕著なこの型式が宮廷寿歌・宮廷讃歌の型式であり、柿本人麻呂たちによってこの型式が「応用」されて相聞長歌も成立したと説く〔伊藤　一九七五〕。長歌生成の展開に迫るわけである。この章は「三、歌のかたちとくふう」であるので、「長歌＝(5+7)×n+7」という型がもたらす容量を利する歌についても少しだけ言及したい。高橋虫麻呂「詠水江浦嶋子一首并短歌」（9・一七四〇〜一）がある。浦嶋子が「海界」を越えて「常世」に至り「海神の神の娘子」と結婚して幸せに暮らすが、父母に会いに一度こちら側の世界に戻る。神の娘子は開けてはならぬと言って「櫛笥」を浦嶋子に渡す。こちら側の世界では長い年数が経っており家も無い。不安に思った浦嶋子は櫛笥を開けてしまう。白雲が出て浦嶋子の若い肌は急に皺々となり黒髪も白髪となり遂に死んだ。この伝説の内容を描き切るためには長大な容量が必要である。虫麻呂には長歌作品という型が必要であり、その型を最大限に活用したのだ。

短歌

五・七・五・七・七の型を採る。土橋寛は「祖型たる四句体」「57 57」から生まれたと見る〔土橋　一九六〇〕。糸井通浩は「言語表象によって終結感を表出しようとする意欲」によって短歌の第五句である「末句『七』」が生まれたと説く。「この末句『七』の創造と定着化が、その後の日本詩歌の進むべき道を決定づける契機となった」と指摘する〔糸井　一九七二〕。

旋頭歌

五・七・七・五・七・七の型を採る。前段三句と後段三句が対称を成すのが特徴である。この型の起源を久松潜一は「うたひものの一部分として存して居つた」「三句体の歌」の「問答的」「唱和」に見た［久松　一九二八］。一方、田邊幸雄は「第三句と第六句との繰り返し」に見た。「唱和でなく一人の手に成る」と指摘したのである［田邊　一九三九］。『万葉集』中の旋頭歌六十余首を五つの形式に分類した研究に脇山七郎の論がある［脇山　一九五四］。上野誠は巻七の一二七五番歌に律令用語を用いて「意表をつ」いた「笑い歌」の様相を剔出する［上野　二〇一八］。柿本人麻呂の営為とどう関連し和歌史にどう位置づけられるのか、記載されたテクストとしてのこのシンメトリカルな型に何が盛り込まれるのか、この分析も肝要なる点である。

仏足石歌

奈良の薬師寺に仏足石と仏足石歌碑があり、歌碑に刻まれている歌が五・七・五・七・七・七の型を採る。仏足石歌体と呼ばれる。『万葉集』にも一首の例がある。なお、薬師寺における実地調査を基盤とした綿密な研究の成果として、廣岡義隆に大著がある［廣岡　二〇一五］。

（廣川晶輝）

（4）長歌と反歌と

反歌の概要

鹿持雅澄『万葉集古義』「総論其一　反歌」の項目には「長歌の後に並載たるを、反歌といふことあり、さて一二巻には、反歌としるすべき所を、短歌と書るも往々あれども、その短歌も即長歌の反歌なり、三巻より以下は、題詞に短歌としるせるをも、長歌の後には、すべて反歌とのみしるせり、十七巻には、長歌の後に短歌を並載て、必反歌としるすべき所を、其字を省けるは、略てもまがふことなければなるべし」と記されている。反歌の概要を端的に得たところで、「反歌」の名称の由来、性質、展開、長歌と反歌一体となっての作品創出の方法を見よう。

「反歌」の名称の由来、性質

中国揚子江中流域の紀元前三〇〇年頃の長篇を収める『楚辞』は、日本に早くに伝わった［芳賀　二〇〇三］。そこに載る屈原「離騒」の最後の第十六段には、一篇を終結するための「乱」が置かれる。王逸の注には「乱は理なり。詞指を発理して、其の要を総撮する所以なり」とある［星川　一九七〇］。前掲『古義』には「中山厳水云……さてその賦の乱辞を、荀子には反辞とありて、反辞は其小歌也と自注しおきぬれば、こゝの反歌の名、かの反辞に本づきて、其歌のさまも、かの意を旨として長歌の意を約めて、打返しうたふこと、はなせりと云り」とある。『荀子(じゅんし)』巻第十八賦篇の最終部に「願はくは反辞を聞かれよ。其れ小歌せん」とあり、「反辞」に付す楊倞(ようりょう)の注には「反覆叙説の辞、楚詞の乱曰の如し」とある［藤井 一九六九］。稲岡耕二は右の例を参照し「荀子の反辞や楚辞の乱に擬して反歌が成立した」とし、「反歌史は、長歌内容の要約や反復を主とする『反歌』を始発の時期に持っていた」。そして「反歌の始めは、天智朝の額田王作歌にその具体例を求めることができ」ると述べる［稲岡 一九八五］。

「反歌」の展開

『古義』指摘の如く『万葉集』には長歌の後に「反歌」とある例、「短歌」とある例がある。稲岡耕二は柿本人麻呂の二種の長歌作品を分析し「それ以前の『反歌』の呼称が暗示していたものよりも、反歌相互間の連関も考慮され、長歌の枠を踏み出しうるような自由な反歌が生み出され、それに対して人麻呂は『反歌』の呼称を捨てて『短歌』と」付したと述べる［稲岡 一九七三］。この「反歌相互間の連関」が明瞭なのが、妻を亡くした夫の心情をつづる柿本人麻呂の作品「泣血哀慟歌」である。その第一群の長歌二〇七番歌の後の「短歌二首」を見てみよう。

秋山(あきやま)の　黄葉(もみち)を繁(しげ)み　惑(まと)ひぬる　妹(いも)を求めむ　山道(やまぢ)知らずも〈一に云(い)ふ「路知(みちし)らずして」〉（2・

二〇八）

秋山の紅葉・黄葉が繁っているので迷い込んでしまった愛しいおまえを探し求める山道を、私は知らない。

もみち葉の　散り行くなへに　玉梓の　使ひを見れば　逢ひし日思ほゆ（2・二〇九）

紅葉・黄葉が散り行くちょうどその時に、以前の使いを見かけ、妻と逢ったあの日のことが思われる。

妻の死に目に会えず死後も行けない夫の悲哀を歌う長歌。それを受ける一番目の短歌は妻の死を認めず、紅葉・黄葉が繁っているので妻は山に迷い込んだのだと歌う。二番目の短歌ではその紅葉・黄葉が散ることを歌う。つまり二首の間に〈時の経過〉が内包されているのだ。「ちょうどその時に」の意の「なへ（に）」は『万葉集』に二五例ある。しかし当該歌のように上の言葉に「行く」が付く例は他に一例も無い。「散り行く」と歌い〈時の経過〉が強調される［廣川　二〇一二］。二首の連関に拠り季節の推移が強調され、取り残される夫の姿が際立つ。

反歌の展開は長歌と反歌が一体となり作品を創出する方法を生み出した。現代も神戸市に伝わる「菟原娘子伝説」。「菟原壮士」「茅渟壮士」二人に求婚され悩んだ「菟原娘子」が自ら命を絶ち二壮士も後を追った悲恋伝説を、高橋虫麻呂・田辺福麻呂は作品化し、この先行歌に「追同」する長歌作品（19・四二一一～二）を大伴家持は制作した。追同と同じ「追和」を村瀬憲夫は創作的文学形式と認定する［村瀬　一九七八］。家持長歌末尾は「黄楊小櫛　然刺しけらし　生ひて靡けり」。「然刺しけらし」は伝説内の過去の事象を表し、「生ひて靡けり」は眼前の現在の情景を表す。家持はここに時間の大きな隙間〈空所〉を作ったのだ。娘子の生きた証(あか)しはいかに保持され得たのか。作品享受者の興味に応(こた)えるべく、反歌「娘子(をとめ)らが　後(のち)の標(しるし)と　黄楊小櫛(つげをぐし)　生(お)ひ代(か)はり生(お)ひて　靡(なび)きけらしも」が歌われる。娘子の遺品「黄楊小櫛」が化生(けしょう)した黄楊の木が、枯れては生えを繰り返したことを解き明かし〈空所〉を埋めるのだ［廣川　二〇〇三］。

（廣川晶輝）

【コラム④】旋頭歌の笑い

み幣(ぬさ)取り　三輪(みわ)の祝(はふり)が　斎(いは)ふ杉原(すぎはら)　薪伐(たきぎこ)り　ほとほとしくに　手斧(てをの)取らえぬ（7・一四〇三）

神に捧げる大切な幣を手に取って三輪の神官が大切に守っている杉原。その杉原に分け入って薪を採ろうとした薪伐りは、危うく手斧を奪われてしまうところだったよ。

親に厳重に監視されて大切に育てられている娘の許(もと)に忍び込んで共寝をしようとした男が、娘の親に見つかってしまった。慌てて逃げて来て肩で息をし「いやあ、あぶなかったなあ」と胸をなでおろした緊迫の経験があったのだろう。その経験がオーバーな表現によって語られるこの歌では、男の苦笑(にがわら)いの顔も見えるようだ。恋愛の道は大変で道のりも長い。頑張れ若者よ。

玉垂(たまだれ)の　小簾(をす)のすけきに　入(い)り通(かよ)ひ来(こ)ね　たらちねの　母(はは)が問(と)はさば　風(かぜ)と申(まう)さむ（11・二三六四）

玉に緒を通した飾りの可愛らしい簾。この簾の隙間から入って、私の所に通って来てね。

お母さんが不審に思ってお尋ねになったら、「風よ」と申し上げましょう。

乙女にとっての母親。同性として、さまざまな悩みの相談相手として頼りになる存在ではあるが、いとしい彼氏との仲を邪魔するとなると、敵としての存在でもある。貴方が入って来てくれて簾を揺らして音がしても、「風が吹いて簾が揺れただけよ！」と言って上手くお母さんをごまかすわ。だから安心して。恐れちゃだめよ。私の所に通って来てね！　したたかだが微笑ましい。微笑ましいがしたたかだ。乙女心はいつの時代でも同じなのかな。世の父親としてそう思う。

（廣川晶輝）

(5) 枕詞とは何か

枕詞をどう捉えるか

枕詞は『万葉集』をはじめとする上代韻文に特徴的な表現とされるが、「枕詞」という用語は上代文献には見られず、中世の歌学から見られるようになる――顕昭『古今序注』あたりからとされる――用語である。それゆえ枕詞という概念を上代韻文に適用すること自体の可否から問題となるのであるが、歌の主体の主意の文脈とは異なる文脈に置かれる［井手　一九九三］。

短句が、ある特定の語を導き出すという現象自体は、明らかに上代韻文に存在しており、それに枕詞という用語を与えて考察することには一定の意味がみとめられる。ただしその認定については、枕詞と見るか修飾句と見るかなど不確定さがつきまとう。

契沖の有名な「序といふも枕詞の長きをいへり」という発言に象徴されるように、枕詞と序詞とを単に長短の差において捉える見方があるが、多寡はありつつも表現主体の創意が含まれる序詞と、短句に共通認識が凝縮される枕詞とは、やはり区別して捉える必要があろう。

近世以来、枕詞研究はその意味の解明に重きを置いてきたが、折口信夫（おりくちしのぶ）は枕詞の淵源（えんげん）を神の託宣に求め、その「いんできす」（指標・索引）として枕詞を捉える論を提示した［折口　一九五四］。枕詞の淵源を捉えようとする論である。以後、折口論を受けて、社会性を重視する土橋寛の論［土橋　一九六〇］、南島歌謡の分析から神謡における叙事を枕詞・序詞の発生に見る古橋信孝の論［古橋　一九八八］などが展開されたが、廣岡義隆は『万葉集』においては一回的に用いられる枕詞の種類が圧倒的に多いことから、枕詞の本質を言語遊戯に求めて、折口論を否定した［廣岡　二〇〇五］。ただ、様式性を帯びた枕詞と、一回的・言語遊戯的な枕詞とが連続的に存在するのが枕詞のありようである。いわば、前者を核とし、その周辺を無数の後者が取り巻く星雲のような様相を呈しているのであり、その全体を把握する論理が求められる。様式的・定型的に繰り返し用いられる枕詞が社会的古文脈［大浦　二〇一七］に置かれて叙述に共同性をもたらす一方、新作され一回的に用いられる枕詞も、主意の文脈とは異なる文脈に置かれながらある語を引き出してくるという様式性に支えられて、それぞれの表現性を発揮し得ているものと見られる。また逆に様式的な枕詞も、無限に新作される枕詞のエネルギーが注入されることによって、類型化による衰退を免れているのだろう。

枕詞の詩学

西郷信綱は、枕詞が不可解さを有するにもかかわらず、ある特定の語を喚起する力を持っている現象を、「詩学」として解明することの必要性を説く［西郷　一九九五］。西郷が提示する視点は、枕詞の意味や淵源の解明とは全く異なるものであり、現にある歌々の中で枕詞という現象が有する機能を、詩の問題として解明していく方向性を示したものである。西郷論は定型的な枕詞の持つ喚起力のみを問題とするが、一回的に用いられ、比喩性や映像性を多分に有する枕詞についても、枕詞というシステムが有する様式性を土台として、それぞれが表現性を発揮しているのだと捉え、そのシステムを解明してゆくことが求められる。

（大浦誠士）

（6）序詞とは何か

発生論的研究

序詞という用語も枕詞と同様に、上代文献に見られる用語ではない。歌の主想とは一見関わらない、概ね物象についての叙述が、転換の契機を経て主想部へとつながってゆく表現形式における、前半の叙述に対して与えられた名である。それを「序歌」と称する論も見られるが、一般には序詞が用いられている歌を序歌と称している。『万葉集』の用語に即せば、「寄物陳思」の典型的な一形式と見ることができるが、この形式を有する歌は、万葉歌、記・紀の歌に広範に見られ、歌表現のなりたちを解明する重要な歌の形として注目される。

折口信夫は、詠者の恣な発想がやがて本来の目的に到達するという発想形式に序詞の根源を求め［折口　一九五四］、土橋寛は歌の場における属目・即境的景物の叙述による集団共通の素材の提示にその源流を求めた［土橋　一九六〇］。また古橋信孝は、南島歌謡の分析から、神謡における叙事的叙述にその淵源を見ている［古橋　一九八八］。こうした序詞の発生論的な論は、ややもすると恣意的な想定に陥る危険性も有するが、概ね序詞という形式が共同性に関わる――共通認識に依拠することによって〈伝わる〉表現を成立させる――表現形式であることを明らかにしたと言えよう。

歌の表現構造として

「序」という呼称が端的に示しているように、旧来の研究において序詞は、下の主想部を述べるための修辞的従属部位と見られていたのであるが、それを歌における表現構造の問題として把握すべきことを主張したのが鈴木日出男である［鈴木　一九九〇］。鈴木論は序詞を「物象叙述」、主想部を「心象叙述」と呼び、対等な両者の対応によって歌が成り立つ「心物対応構造」として序歌の形式を捉えるべきことを主張した。また、森朝男も、序詞と主想部の関係を〈重ね〉という概念によって説明している［森　一九九三］。これらの序詞把握は、さらに二つの点で旧来の序詞観を覆したといえる。一つは、旧来序詞の三分類とされてきた、同音反復・掛詞（かけことば）・比喩という転換の形式にかかわらず、序と主想との総体的な対応（重ね）によって、言葉による心の表現としての歌が成り立つ形を捉えようとする点である。その二は、その総体的な序と主想との関係が比喩性を見せるか否かにかかわらず――いわゆる有心の序・無心の序という把握を超えて――両者が論理を超えて対応し合う（重ねられる）ことによって、形のない心に具象的なイメージが付与され、また心が表現される――歌表現が成立する――構造として捉える点である。序詞は概ね、叙事的な要素によるものと景物に関わるものとに大別できるが、いずれも心に外在する共通認識・共通理解に依拠するものであり、叙事的なそれは限られた集団ながらも強力な共感を、景物に関わるそれは、より普遍的な共感を生み出すものとして、「共感の様式」［大浦　二〇〇八］と呼び得る歌の形と見ることができる。

（大浦誠士）

（7）掛詞とは何か

『万葉集』と掛詞

掛詞は一般に同音異義の技法と捉えられているが、歌の表現技法としての掛詞は、同音異義——厳密には平安以降の和歌において清濁を超えて現れるので同仮名表記異義というべきである——によって歌の中に二つの文脈を形成する技法を指す。

音にのみ　きくの白露　夜はおきて　昼は思ひに　あへず消ぬべし（古今・恋一）

「聞く―菊」、「起き―置き」、「思ひ―日」という人事と景物との同音異義関係において、景物側の語は縁語関係を形成し、一つの文脈を形成する。そして、女の噂を聞いて恋心を燃え上がらせ、夜も眠れず、昼も恋情のために消え入りそうだという恋の文脈に、菊の白露が夜には置いて、昼には日の光のために消えてしまうという文脈を絡ませるのである。それは単に二重の文脈というだけではなく、夜ごとに置いては消える露の情景が、叶うべくもない恋情——噂に聞く恋——と対応し、その心に具象的な形を与える〔鈴木　一九九〇〕という関係にある。こうした掛詞の技法は、『古今和歌集』以降、特に六歌仙時代に最も発達した。このような謂わば狭義の掛詞は『万葉集』には未だ見られず、広義の掛詞——同音異義による表現——が主として枕詞・序詞の接合部に見られ、また「妻松の木」といった言語遊戯的な箇所に見られる状況にある。

掛詞への階梯

掛詞における物象の叙述と心象の叙述との重ね合わせと対応という点では、『万葉集』において発達した序詞表現との関係が注目される。序詞表現における掛詞は、地名に関わって出現することが多いのだが、平安以降の掛詞が固有名詞ではなく普通名詞を軸としてあるため、地名に関わる序詞が平安以降の掛詞に直接するものとは見られない。鈴木日出男は、地名に関わる序詞から、歌における同音異義の認識の定着を契機として、

地名に関わる序詞→類音繰返しの序詞→掛詞式序詞→掛詞

という序詞から掛詞への階梯（かいてい）を提示している［鈴木　一九九〇］。同音異義という局所的な問題のみではなく、序詞形式における物象部と心象部との対応関係が互いに浸透し合うことによって、歌の表現構造としての掛詞が成立したものとして見る視点が求められるだろう。

掛詞と譬喩歌

万葉歌から掛詞への階梯において、加えて重視すべきは譬喩歌の存在である。『万葉集』における譬喩歌は、景物に関する叙述の裏側に人事の文脈――多くは恋の文脈――を走らせる表現形式であり、その際、景物と関係のある動詞等によって縁語関係が形成されることも、掛詞との関連で注目される［萩野　二〇一三］。譬喩歌における景物と人事との譬喩関係は、掛詞の同音異義とは異なるものの、一首の内部に二重文脈を形成する契機として、掛詞への階梯に譬喩歌が介在していることは間違いなかろう。

（大浦誠士）

（8）譬喩歌とは何か

譬喩歌概観

『万葉集』において「譬喩歌」乃至（ないし）「譬喩」という分類標目のもとに載せられる歌と、題詞に「譬喩歌」と記される歌とを合わせると、一六四首を数える――譬喩歌的表現は持たないが譬喩歌と対の歌として併載された歌（巻七）を含む――。巻三の譬喩歌部に載る歌は、第三期以降の大伴氏周辺の歌を中心としており、譬喩歌という部類が新しいものであることをうかがわせる。巻七の譬喩歌部は、人麻呂歌集所出の一五首を先立てるが、巻十一の人麻呂歌集所出寄物陳思部の歌との近縁性も指摘されており、譬喩歌という部類が人麻呂歌集に始まるものであるかどうかは慎重に検討する必要がある。

譬喩歌の表現

井手至は、譬喩歌の本質を寓喩の歌と規定する［井手　一九九三］。表に歌われる物象についての叙述の裏側に、人事の――多くは相聞的――文脈が隠されている歌である。ただし、その形式を純化して捉え、純粋譬喩歌といった概念を設定して、裏側の文脈が表面に露出している譬喩歌を不完全な譬喩歌と捉えるとしたら、それは現代研究者の定めた定義を万葉歌に押しつける把握である。譬喩歌の本義は、その名義通り、所喩と能喩との直接的な譬喩関係に求められるべきであろう［大浦　二〇一二］。井手論はさらに、譬喩の媒体と縁語的な関係にある動詞の重要性も指摘する［井手　一九九三］。植物ならば「標結ふ」「折る」「刈る」といった動詞だが、これらの動詞は、譬喩を用いずに表現することが、万葉歌一般の表現としては困難なものと見られる。万葉歌には、「寝」という語すら――東歌を例外として――滅多に使用されないのだが、譬喩歌における「折る」「刈る」「獲る」等の動詞は、性愛を滲ませる内容の詠出を、譬喩によって可能とする働きも有していると言えよう。上野誠はそのような譬喩歌の表現のあり方を「隠しておいて、解かせる文芸」と評し、物象についての生活感覚に支えられた集団的遊戯性を指摘している［上野　二〇〇五］。

譬喩歌と中国詩学

「譬喩」という語をめぐっては、『毛詩』序に示される六義の一つ「風」に対する鄭玄注「皆ナ譬喩シテ斥言セザルヲ謂フ也」が参照されるが、表現形式の問題としては、『詩品』（鍾嶸）、『文心雕龍』（劉勰）等に展開される「興・比・賦」（三義）をめぐる詩学との関わりが重要となる。初期万葉や記・紀の歌にも譬喩歌的な歌い方が表れる――巻二・一〇一、記六四など――が、それらの歌は物象と人との融即的な関係によって歌われているものと見るべきであろう。そうした古来の歌い方が、中国詩学における物色をめぐる表現形式についての知に触発されて、譬喩による表現形式として意識化されたのが、『万葉集』の譬喩歌であると考えられる。

（大浦誠士）

（9）歌と文法

歌と係り結び

歌とはすなわち韻文であり、いわゆる散文の方には見出し難い表現がしばしばある。もっとも、上代の場合には、そもそもどれほど日本語散文のスタイルが成立していたか、未だ不明確ということもあるけれども、仮に、漢文訓読を下敷きにした、あるいは援用したような文章が骨格をなしていたとすると、必然的に係り結びなどは見出し難いことになる（これは後世の漢文訓読文でも同じことである）。このことは、「花鳥の色にも音にもよそふべき方ぞなき」（『源氏物語』）、「さりともと思ふらむこそ悲しけれ」（『伊勢物語』）のように、いわゆる中古時代であれば散文であっても当たり前のように係り結びが見られるのとは、対照的であるといわねばならない。ゆえに、上代で係り結びと言えば、必然的に韻文にその例を求めることになる。

係り結びの本格的な研究は本居宣長による『てにをは紐鏡（ひもかがみ）』（一七七一）、『詞玉緒（ことばのたまお）』（一七八五）が最初であり、「係り結び」という詞を初めて使ったのは萩原広道『てにをは係辞弁（けいじべん）』（一八四六）である。研究の先駆となったのは中世の歌学、歌論書等であるが、かように研究対象になっていくということはつまり、内省が利く、直観が利く言語現象でなくなっているということでもあって、一言でいえば係り結びは上代以降、文語化し、衰退していった現象である。その萌芽（ほうが）は、後からも述べるように、すでに早くも中古時代にあり、鎌倉～室町時代には係り結びは衰退したとみられている。この、係り結びの盛衰を基準に、日本語史を時代的に切り分けるという方法もあるほどである。しかし、衰退し、形骸（けいがい）化したものの、伝統と継承を重んじる和歌の世界では生き延びたのだった。それゆえに歌論書での言及が繰り返されたのであったし、ひいては国学における記述的研究を促すこととなったのである。このようなことから、係り結びの本来的なありようは、実は上代にこそ求められるのであり、そして幸いにも我々は万葉集の歌々という、かなり豊かな分量の手がかりを持っている。

上代の係り結び概観と「連体形句」

上代の係り結びの代表は「カ・ゾ～連体形」である。こちらのほうが「ヤ・ナム～連体形」より古い形式であるとされる（ただし、ナムは和歌にはほとんど出てこない）。係助詞は、その認定には研究上の立場などで諸説あるが、連体形や已然（いぜん）形で結ぶわけではないものも含めて、かなり広く捉えると、ハ・モ・ヲ・シ・ナ（詠嘆）・ゾ・ナモ（ナム）・ヤ・カ・コソ・ナ（禁止）等であるとされる（『時代別国語大辞典　上代編』（三省堂）による）。代表的な結び方としては、右に挙げたハ・モが用言の終止形、ゾ・ナモは連体形、コソは已然形で結び、いずれも広く知られているところだが、上代の場合はコソでも形容詞では連体形が現れる。

なにすとか　一日一夜も　離（さか）り居て　嘆き恋ふらむ　ここ思へば　胸こそ痛き（8・一

六二九）

参考に、古今和歌集から引いておこう。左の通り、形容詞であっても已然形で結んでいる。

月みれば　ちゞにものこそ　かなしけれ　わが身ひとつの　秋にはあらねど（秋上・一九三）

さて、次のゾで結ぶ例を見られたい。

妹に逢はず　あらばすべなみ　岩根踏む　生駒(いこま)の山を　越えてそ我が来る（15・三五九〇）

一般には、これもごく普通の、ゾ～「来る」（連体形）の係り結びに過ぎないように思える。しかし、よくみると係助詞～ノ・ガ主格～述語連体形という構造になっている。連体形で結ぶ係り結びの起源には、大きく分けて大野晋の倒置説、阪倉篤義の挿入説、そして野村剛史の注釈説があるが（この見解は『日本語学大辞典』（東京堂出版）で言及されている（項目執筆・小柳智一氏））、現時点で最も有力とされる野村氏の説に沿って以下では解説していくことにしよう。［野村　二〇一一］によれば、この、ノ・ガ主格を欠く形（つまり、見た目上、係助詞～連体形）ももちろん多くあるが、右に挙げたような例とは反対の、ノ・ガ主格が先に来て、それに続いて係助詞～連体形という順序になるのは、上代にほとんど見出せないという。そもそも上代では文の終止として、主格～連体終止というあり方はよくみられる（四段活用などは終止形と連体形が同形だが、上に主格ノ・ガがある場合は連体形と見做(みな)される）が、野村氏は、この〈主格～連体形〉という部分を「連体形句」と称し、係り結びの本来は、単に係助詞～連体形という対応ではなく、係助詞～連体形句〈ノ・ガ～連体形〉であったという。つまり、連体形で結ぶ主述の構造があって、それが、係助詞が置かれた下に続いているという構造である。普通、私たちが古典文学作品に触れて係り結びを見出すとき、主格ノ・ガ等がどこにあるかということはほぼ話題にならないであろう。それは、ごく有名な作品――すなわち中古時代のそれらには、この主格ノ・ガと係助詞、係り結びとの関わりがもはやほとんど見出せない状態になっており、後世の研究でも必然的にそれに気づけなかった（気づきようがなかった）ためである。『源氏物語』や『古今集』では、ノ・ガ主格を欠くものはもちろん、先に上代ではほとんど見出せないと述べた、場所が逆転した主格～係り助詞～連体形という形式も見出される。

月は曇りなきやうのいかでかあらむ（『源氏物語』）※ノ主格が係助詞の前に位置

つまり、係助詞と、主述構造を持つ文との関係が、実は上代と中古で変わってしまっているのである。中古ではそもそもノ・ガ主格の文章を含まないものがかなり多く、源氏物語の場合、あったとしてもそれは和歌に集中している（和歌の伝統性と思うと納得がいくだろう）。加えて右に挙げたように、上代ではほぼみられなかった、構造的に逆転してしまっているものまで見出せる。といって、解釈が何か変わるかといえばそんなこともないわけで、つまりこれは単刀直入にいえば、中古の時点で、すでに係り結びの形骸化が始まっていることを示す。前述の通り、普通、古典文法の典型は中古和文に求められるので、それが日本語文法史における本来的な姿であるかのように思えるが、実際には上代にこそ、その淵源がある。先出の野村氏は、係助詞～連体形結びという見た目上のこの構造自体は、上代・中古いずれにもあるので、中古の係り結びを全く意味が無い形式とまで見ることはできないが、しかし、主格のありよう、連体形終止との関係性という、本来係り結びを形作っていた構造についていえば、上代と中古とでは、もはや内実が大きく異なると指摘している。野村氏は、中古では、前代（つまり上代）の形式的な踏襲の結果、語順があまり意味をなさず、ただ、係助詞～連体形という枠組みだけを継承していく現象になってしまったとみている。

願望のナム

宣長の係り結び研究では、ナムが扱われていないが、それは、すでに述べたように、ナムがほぼ出てこない和歌を研究対象にしたことによる。一方で、中古の散文をみれば、この係り助詞のナムは容易に見出せる。

その竹の中に、もと光る竹なむ一筋ありける（『竹取物語』）

かかる仰せごとにつけても、かきくらす乱り心地になむ。（『源氏物語』ここでは結びが省略）

和歌に出てくるナムという語形は、したがって願望の終助詞のナムか、もしくは完了（ヌ）＋推量（ム）の「ナム」のいずれかに限られる。まずは『古今集』から願望の終助詞の例を引こう。願望、つまり未実現なので、未然形に接続している。

あかなくに　まだきも月の　隠るるか　山の端逃げて　入れずもあらなむ（『古今集』八八四）

一首の大意は「まだ満足していないのに、もう月が隠れてしまうのだろうか。山の端よ、逃げて月を入れないでおくれ」。一方で万葉集のナムを検索してみると、もちろん右の古今集のような願望のナムは存在するが、それよりも、相対的に完了＋推量のナムがよく目に付く。

心には　緩ふことなく　須加（すか）の山　すかなくのみや　恋ひ渡りなむ（17・四〇一五）

「心を休める折もなく、須加の山の名のように、すっかりしょげ返って（すかなく）、恋いつづけることになるのだろうか」といった意。万葉集では右に挙げた『古今集』歌のような願望の終助詞ナムとみられるものは、実はさほど多くない。それはたまたまそのような歌の文脈が要求されなかったという結果的なことに過ぎないのかも知れないが、およそ和歌で、なんらかの願望を詠うことがそこまで稀（まれ）なことだとも思われず、さしあたりこの点は注意されるところである。万葉集における願望の終助詞ナムの例を挙げよう。

うちなびく　春とも著（しる）く　うぐひすは　植ゑ木の木間（こま）を　鳴き渡らなむ（20・四四九五）

一首の大意は、「春がやってきたと、はっきりわかるように、鶯よ、この植え木の木の間を鳴き渡ってくれ」。例示したこの四四九五番は、仮名主体表記（すべて一字一音の仮名）で書かれており、結句も万葉仮名表記で「奈枳和多良奈牟」となっており、前接の動詞が未然形だと確定できる（すでに例示したように、ナ＋ム（完了＋推量）は連用形接続である）。一方で、万葉集には訓字主体表記もあり、そこでは、たとえばワタル＋ナムという表現がよくあるのだが、そのうちでも「戀度南」など複数ある表記について言えば、この表記からだけでは、未然形か連用形かは、確定できないことになるはずである。しかし、一首の解釈と万葉仮名書きの同表現「孤悲和多利奈牟」などから、願望の終助詞ではあり得ないということで判定されている。また、願望の終助詞ナムはもともとナモであっただろうといわれているが、万葉集でもすでにほぼナムである。ナモの例は下記の通り。

上野(かみつけの)　乎度(をど)の多杼里(たどり)が　川路(かはぢ)にも　児らはあはなも　ひとりのみして（14・三四〇五）

大意は「上野の乎度の多杼里の川沿いの道ででも、あの娘があってくれるといいのにな。たったひとりで」。既述の通り、願望のナムは相対的に少ないと見られるが、上代には中古以降ではほとんど見えない助詞群である願望系の「がね」「がも」などが観察できる。つまり、さきほど願望表現のナムが少ないように見えるのは不審だと述べたけれども、他に、願望を述べる形式の選択肢があることによるのかもしれない。この点、研究の余地が残されているといえる。

我が背子は　玉にもがもな　手に巻きて　見つつ行かむを　置きて行かば惜し（17・三九九〇）

該当箇所は「あなたが玉（ブレスレットのような装飾品）であってほしい」の意。

梅の花　我は散らさじ　あをによし　奈良なる人も　来つつ見るがね（10・一九〇六）

該当箇所は「ここに来て、（梅の花を）見てほしい」の意。中古以降を中心にした文法の知見では、これらはまさに未知の語群ということになる。上代特有ということで、遺物のように扱うのではなく、意志、推量、願望といった、いずれも、未実現ということで包摂される助詞群を、上代から含めて考えることは、通史論的に考えても有益である。

貴重な言語資料として

最初に述べたように、文法は、散文と韻文とで共通するところと、自ずと異なるところとがある。上代は後世の歌には見えない表現、あるいは後世形骸化しているものが現役で機能しているのを観察できる点で、大変貴重である。特に、既述の通り、学校教育等での古典文法はやはり中古の散文のそれを規範におくので、最後に挙げた願望系の助詞などは、万葉集を学ばないと知り得ない語群である。しかし、これらもまた日本語文法史において貴重な用例群であることは言うまでもない。上代という時代の種々の文法現象――和歌表現の、そのもともとの実態などを推察していく上で、万葉集の歌々の例は欠かせないものとなっている。

（尾山　慎）

【コラム⑤】こころとことばを結ぶ

歌の修辞と真率な心の表現とは、ややもすると対立的に見られがちである。歌に対する「技巧的」という評には、しばしば否定的な響きが込められる。しかし、両者は決して対立的ではない。いや、むしろ修辞によってこそ心の表現が成り立つのである。それを『和歌のルール』（笠間書院）で渡部泰明は、プレゼントと包装との関係に擬えている。人と人との対話においても、会話内容の情報のみによって行われるのではない。相手の表情・仕草・声の調子・もてなし方等々、言語外のさまざまな状況によって、会話内容の「真意」がやりとりされるのである。

柿本人麻呂の有名な「泣血哀慟歌」において、使者から妻の死を告げられる場面は、「……沖つ藻の　靡きし妹は　黄葉の　過ぎてい行くと　玉梓の　使の言へば　梓弓　音に聞きて……」（2・二〇七）と歌われる。一句ごとに置かれる枕詞は、一見すると無駄に見える。確かに枕詞を取り除いて読むと主旨が明瞭に読み取れる。しかしそれは新聞記事のような情報を伝えるだけの事柄の叙述であり、心の表現としての歌ではない。「沖つ藻の」「黄葉の」といった枕詞によって、一歩一歩立ち止まりつつ、その都度、情調やイメージを膨らませながら進行する叙述が、突然妻の死の報に接した男の心に、感動をもって受け止められる形を与えるのである。

近年のSNSの発達は、確かに社会を便利にはしたが、そこでやり取りされる用件のみの短文は、思いを言葉にのせて伝える叙述とは程遠いものと、私の目には映る。

（大浦誠士）

四、漢字と万葉集

(1) 歌を記すということ

『万葉集』歌の文字化

現行の『万葉集』本文に「返り点」や句と句の境目に空格（スペース）があるのは、後世の享受者における訓み(よ)の結果であり、読みやすくするために施(ほどこ)したものである。本来これらは『万葉集』の原文には記されていない。『万葉集』歌はすべて漢字で記されている。それは平仮名や片仮名が成立する以前の時代に、『万葉集』が成立したためである。ただし、単に中国語の文字である「漢字」を羅列したのではない。歌のかたちや表現内容を、漢字の文字列に託したのである。「文字化」とは常に読まれることを前提とする。

『万葉集』歌の記し方には大きく分けて二種類ある。一つは、漢字の訓（漢字の意味）を中心に記したものである。

淡海乃海夕浪千鳥汝鳴者情毛思努尓古所レ念（3・二六六）

近江の海　夕波千鳥　汝が鳴けば　心もしのに　古思ほゆ

「毛思努尓」と一部漢字の音を借りて記すものの、多くが「海（うみ）」「千鳥（ちどり）」「情（こころ）」「念（おもふ）」と主に漢字の訓を利用して、歌の内容に一致するような書き方になっている。一部「所レ念」と漢文の字順による歌句の記し方もあるが、日本語の字順に即し記される。これを「訓字主体表記」とよぶ。なかには、

春楊葛山發雲立座妹念（11・二四五三）
春柳　葛城山に　立つ雲の　立ちても居ても　妹をしそ思ふ

のように、助詞や助動詞、活用語尾はすべて読み添えられるものもある。各句二字ずつ、一〇字で書記され、『万葉集』歌のなかで最も少ない文字数で記載される。このような書き方は、「雲が立ち上っていること」「妹を思っていること」等、おおよその意味は文字列から読み取ることができる。

もう一つの記し方が、漢字の音で一字一音式に記すものである。これを「仮名書主体表記」とよぶ。

和何則能尓宇米能波奈知流比佐可多能阿米欲里由吉能那何列久流加母（5・八二二）
我が園に　梅の花散る　ひさかたの　天より雪の　流れ来るかも

ここでは、漢字の意味は無視され、漢字の音を借りて、ことばの「かたち」を緻密に示している。そのため文字列からでは意味の喚起はなされず、句や文を通し、歌全体で歌意を理解することになる。一部では、

安波牟日乎其日等之良受等許也未尓伊豆礼能日麻弖安礼古非乎良牟（15・三七四二）
逢はむ日を　その日と知らず　常闇に　いづれの日まで　我恋ひ居らむ
新年乃始乃波都波流能家布敷流由伎能伊夜之家餘其騰（20・四五一六）
新しき　年の初めの　初春の　今日降る雪の　いやしけ吉事

「日」「新年」「始」など、歌の意味に関連する語が漢字の意味を持って記される。この仮名を主体として一部訓字を交えるあり方は、平安以降の仮名の文章に似ている。

『万葉集』歌の記し方は、漢字を利用するにあたり、漢字の意味を中心とするものと、漢字の音を中心とするものとに二分され、音仮名を用いない訓字主体表記と、訓字を用いない仮名書主体表記を極としながら、多様なバリエーションで記されるのである。

これらの書記の様態（書き様）には巻によって傾向がある。

訓字主体表記　……巻一〜四、六〜十三、十六
仮名書主体表記……巻五、十四、十五、十七〜二十（注一）

仮名書主体表記の巻は、訓字主体表記の巻に比べ、奈良時代以降の新しい歌が多い。そのため「訓字主体」から「仮名書主体」へという史的変遷で捉えられてきた。特に先にみた二四五三番歌のように極端に文字で記さない歌が「柿本人麻呂歌集」にみられることから、柿本人麻呂個人による営為を和歌史や日本語表記史に展開し実態的に議論された。阿蘇瑞枝は「柿本人麻呂歌集」の書式を「略体歌」（助詞や助動詞をほとんど含まない歌）と「非略体歌」（多くの助詞や助動詞を文字化する歌）とに二分（注二）し、

世中常如雖レ念半手不レ忘猶戀在（11・二三八三）　略体歌
世の中は　常（つね）かくのみと　思へども　かたて忘れず　なほ恋ひにけり

天海丹雲之波立月船星之林丹榜隠所レ見（7・一〇六八）　非略体歌
天（あめ）の海（うみ）に　雲の波立ち　月の舟（ふね）　星の林に　漕（こ）ぎ隠（かく）る見ゆ

珠藻苅敏馬乎過夏草之野嶋之埼尓舟近著奴（3・二五〇）　人麻呂作歌
玉藻（たまも）刈る　敏馬（みぬめ）を過ぎて　夏草の　野島（のしま）の崎に　船近（ちかづ）付きぬ

漢文まがいの略体から非略体、そして人麻呂作歌（ほとんどすべての助詞や助動詞を文字化する歌）へという変遷（日本語を正確に文字化しようとする営み）を指摘した。右に挙げるように歌本文の文字数が増加しているようにみえる。その後、稲岡耕二が発展継承する形で、和歌表記の史的展開（発達史）として捉え、研究の中心となっていった。しかし、七世紀の一字一音の木簡（注三）例が増加するにあたり、この二種の通時的理解は批判されるようになる。

木簡における「歌」の文字化

「難波津の歌」が記された木簡をはじめ、一字一音の仮名書主体表記の文字列によって「歌」が記された例が報告されている。なかでも二〇〇六年に出土した木簡は、現存最古の歌が記された木簡である。

皮留久佐乃皮斯米之刀斯□　　難波宮出土木簡（七世紀中頃）
春草の　はじめの年

この木簡によって「柿本人麻呂歌集」が成立した時期の天武朝を遡る時代において、「歌」が一字一音の仮名書で記されたことが実証された。また「歌」が記される木簡において共通する規格があること、つまり、「歌」を書くことを目的とした木簡（「歌木簡」）があったことが明らかになったのである〔栄原　二〇〇七〕。さらには二〇〇八年に『万葉集』に収載されている歌句の一部が記された木簡が三例報告された。京都府神雄寺跡（馬場南遺跡）出土の八世紀後半の木簡に「阿支波支乃之多波毛美□（智カ）」と記され、次の『万葉集』歌の一部と同一であることが認められている。

秋芽子乃下葉赤荒玉乃月之歴去者風疾鴨（10・二二〇五）
秋萩の　下葉もみちぬ　あらたまの　月の経ぬれば　風を疾みかも

三例とも『万葉集』に訓字主体で記された歌が、木簡では一字一音の仮名書きで記されている。なおこれらの歌が記された木簡の万葉仮名には『万葉集』には見られない特徴がある。

①音仮名と訓仮名が混用される
②清濁の区別がないような書き方
③上代特殊仮名遣の区別が比較的ルーズ

『万葉集』の歌の書き方は、選択されたもの（「精錬」されたもの）であることが明確となった。『万葉集』と木簡のような「日常ふだん」とされるものには、資料的性格の大きな隔たりがあるものといえる。実際に歌われる場で用いられる木簡と、「書物」として天皇の時代ごとに歌を配し編纂されたものとでは異なる。また仮に「歌木簡」が「歌われた場」において用いられたとするならば、「声」とともにあったといえる。

なお訓字主体の文字列によって「歌」が記されることもある。正倉院文書の天平勝宝三年（七五一）の写経所文書に「韓藍花歌切（からあいのはなうたぎれ）」と呼ばれる訓字主体で記された歌の落書（らくしよ）がある。

□家之韓藍花今見者難寫成鴨（続々修第五帙第二巻）（注四）

□が家の　韓藍（からあゐ）の花　今見れば　写し難くも　なりにけるかも

音仮名を用いず、助詞「かも」に訓仮名「鴨」を用い、助動詞「けり」を文字化せず、「難寫」と返読する形で用いる。また木簡にも数例だが、歌が訓字主体で記されたものもある［村田 二〇一〇b］。しかし、全体としてみれば、歌を記す場合、一字一音式の書記が木簡では一般的であるように見える。

歌が木簡に文字化される場合においては、歌が記される木簡の規格があり、それにあわせて一字一音式を選択したともいえる。「春【はる】」「草【くさ】」のように日本語の和語と漢字とが一対一の関係のように定着したものは、本来書記の候補として第一次的にあがる。それをあえて用いず「皮留」「久佐」と記すのである。漢字を用いた多様な書記が併存していたなかで「歌を文字化する」際には、一字一音式が選択されたとみることができる。つまりは、漢字で書けないから一字一音式で書記するのではないのである。

文字の歌をどう理解するか

「声の文芸」から「文字の文芸」へ、その過程を論じるのはなかなか難しい。なぜなら文字化される以前の「声の文芸」がいかなるものなのかわからないからだ。我々は「文字」を通し、古代の文芸を復元しているに過ぎない。そもそも「歌を文字化する」こととはいかなるものか。その動機は単一的ではなく複数あり得る。「歌」を記す（「文字化」する）という行為自体が、極めて特殊な行為でもある。

「歌」は「うたう」という行為の結果であり、「うたう」という行為は多分にその場の状況によって左右される。たとえば、体調や感情の状態、さらに参加する人々、それに応じて声色（こわいろ）や抑揚を変え、身振りや表情といったものを伴いながら「うたう」という行為は行われる。「うた」は同じ歌詞であっても、場面によって性格を変える場合もある。「歌」の文字化はそれらを捨象（しゃしょう）し、声のカタチとして記録する。

「ことば」を文字化することは、声として発せられたそばから消えていく音声言語を文字で記しとどめるという作業である。文字化することによって、時間や空間を乗り越えることを可能とする。「文字化」とは、「記録する」ということでもあり、言語情報を未来に伝えることになる。つまり、後時に残すために「歌」は文字化される。

『万葉集』では題詞や左注といった形で「歌」の状況を記述する。「うたう」行為から文字化され、捨象された情報を補うのである。また歌集として、高い類型性に支えられ歌々を背景として文字化されているのである。その点「歌集」と「歌木簡」とは性格が大きく異なる。

「柿本人麻呂歌集」や仮名書主体表記の巻も改めて見直す必要があるだろう。そもそも「柿本人麻呂歌集」がいかなるものかは推測の域を出るものではない。今あるカタチは、『万葉集』

の編者が採録した結果でしかない。

デイビッド・ルーリーが指摘するように、

一つ一つの歌の成立――またはその一つ一つの歌の書記の成立――の問題ではなく、言葉と文字との、そして歌と歌との相互関係において成り立つ書記の問題である。〔デイビッド・ルーリー　二〇〇二〕

「柿本人麻呂歌集」の助詞や助動詞を記さない歌の文字化は、『万葉集』の他の歌と比較して得られるものであり、『万葉集』の問題として捉えなくてはならない。略体歌とよばれる表記のありようも、非略体歌や人麻呂歌集歌以外の歌々にも見られ、「柿本人麻呂歌集」の特徴ではなく、『万葉集』歌の特徴として把握すべきという指摘もある〔村田・川野　二〇二〇〕。『万葉集』の編者は、「柿本人麻呂歌集」歌を訓めたのであり、その文字遣いの奇異さを理由に『万葉集』に採録したのではない。訓字主体は、漢籍による転用を可能とし、文字表現としてその文芸性を高めているといえる。また一字一音も「防人歌」や「東歌」などの方言文学を可能とし、手紙や日記などのような「日常ふだん」な状況を「よそおう」ことを可能とする。つまり、「歌」の文字化に際して「選択」されたものとして、「訓字主体表記」と「仮名書主体表記」を捉え直さなければならないのである。

注

（一）　研究者によって巻十九の扱い（分類）が異なる。「分類」は研究上の便宜に過ぎない。

（二）「略体」は「詩体」や「古体」「馬上体」、「非略体」は「常体」や「新体」「机上体」ともよばれる。その表記体における研究者の理解によって用語が異なるといえる。
（三）「木簡」とは、出土文字資料において木片に文字が記されたものをいう。
（四）□は欠字を指す。「妹」字を補われる場合が多い。

（鈴木　喬）

（2）漢字の使い方

用字の分類

『万葉集』が成立した時代において、中国語の文字である漢字と和語との結びつきも進行していた。漢字や漢文でしか記せないのではなく、「漢字」や「漢文」を用いて記し、表現することができたのである。

いかなる文字も意味だけを表す文字はなく、一定の発音をもって語を表す。漢字が「表意文字」ではなく、「表語文字」と呼ばれるのは、一字において意味と同時に音をも表し、そしてその一字が語を表示するからに他ならない。漢字には「形（けい）・音（おん）・義（ぎ）」の三つの要素が備わっているとされるのはまさにそのためである。「形」は文字の形のことであり、「音」は発音、「義」は字義のことである。

『万葉集』の漢字の使い方を大別すれば、漢字に対応する和語を利用した「表意的用法」と、漢字音を利用した「表音的用法」の二種がある。「表意的用法」はこの字義と対応するものであり、また「表音的用法」においては、「形・音・義」の三要素のうち「義」を捨象したことになる。

『万葉集』における文字用法の研究は鎌倉時代の仙覚(せんがく)の『万葉集抄』をはじめ、体系的な研究は春登(しゅんとう)の『万葉用字格(まんようようじかく)』を嚆矢(こうし)とする。分類における用語は研究者によって異なるものの、次のような体系をなす。以下の分類は川端善明をもとにし、一部あらためた［川端　一九七五］。

表意的用法
- 正音（漢字の音を用いる）　塔(たふ)／餓鬼(がき)／法師(はふし)
- 正訓（漢字の訓を用いる）
  - 一字訓　山(やま)／川(かは)／念(おもふ)
  - 熟字訓(じゆくじくん)　織女(たなばた)／年魚(あゆ)／光儀(すがた)
- 義訓(ぎくん)（意義を分析的にあてる）　暖(はる)／鶏鳴(あかとき)／丸雪(あられ)／疑(らし)（助動詞）

表音的用法
- 音仮名（漢字の音を用いる）
  - 一音節仮名
    - 全音仮名〈無韻尾(むいんび)字〉阿(あ)／伊(い)／加(か)／知(ち)
    - 略音仮名〈有韻尾(ゆういんび)字の韻尾を捨てる〉安(あ)／吉(き)／欲(よ)／万(ま)
    - 連合仮名〈有韻尾字の韻尾を後続音に解消する〉

　　印南（いなみ）／甲斐（かひ）／南畝（なも）（助詞）

多音節仮名〈有韻尾字の韻尾に母音をつける・二合（にごう）仮名とも〉

　宿禰（すくね）／監（けむ）（助動詞）／念（ねむ）（動詞＋助動詞）

訓仮名（漢字の訓を用いる）

　一音節仮名　津（つ）／名（な）／目（め）／裳（も）

　多音節仮名　益（まし）／鴨（かも）／鶴（つる）／谷（たに）／夏炊（なつかしき）

　熟合仮名　五十（い）／嗚呼（あ）／左右（まで）

戯書（ぎしょ）（訓仮名、殊に多音節・熟合仮名との境界はつけにくい）

　少熱（ぬる）（助動詞）／十六（しし）／馬聲蜂音石花蜘蟵荒鹿（いぶせくもあるか）

ただしこれらの分類は、春登『万葉用字格』に対する山田俊雄の言及にあるように、文字に則して、且、用法としてある文字を、すべて材料的な面における静的な属性にまで還元して分類、展開したといふべきで、以前に比べて精しく、名称も適切になつてはゐるが、言語自体を中心にした観点には立つてゐないから、なほ物足らぬところが多い。［山田　一九五五ａ］

『万葉集』の運用において、すべてを合理的に分類できるものではない。また文字運用の体系化は、動態的な文字の運用（文字表現）を一字一字切り取り、静態化することにほかならない。

「漢字」と「訓」と

「正訓」は、漢字の意味に対応する日本語（和語、訓）をあてはめて用いたものである。「秋」「山」のように固定的に用いられるものもあれば、「進」が「ながる（流）」と対応し、「去」が動詞「さる」「ゆく」「いぬ」、助動詞「ぬ」と対応するというような場合もある。これは尾山慎が指摘するように、

　つまり日本におけるいわゆる「訓」とは、中国語の漢字という文字を使うにあたって、いわば意味（字義）を媒介にして、代わりに音を自由化して使うこととなった表語用法だということになる。［尾山　二〇一七］

中国語の文字である「漢字」の表語用法を、意味の共通を基盤に日本語に適応した結果、「漢字」の訓みである「訓」は比較的自由な振る舞いをすることができたのである。この自由度により、動詞・形容詞などの活用語尾や付属語が文字化されないことも許容し、またこの自由度は、次のような文字の用法の幅を広げることにもなる。漢字の「乏」の原義は、「とぼしい」意であり、

倉橋の　山を高みか　夜隠りに　出で来る月の　光乏しき（光乏寸）（3・二九〇）

　倉橋の山が高いからだろうか。夜遅く出て来る月の光も暗い。

と、本来の字義と合致した用法も見られる。一方で、

あさもよし　紀人ともしも（木人乏母）　真土山　行き来と見らむ　紀人ともしも（樹人友師母）（1・五五）

（あさもよし）紀伊の人が羨ましい。真土山を行き来にいつも見ているのだろう。紀伊の

人が羨ましい。

我妹子に　我が恋ひ行けば　ともしくも（乏雲）　並び居るかも　妹と背の山（7・一二一〇）

我が妻を恋しく思いながら旅行くと、羨ましくも並んでいるよ。妹と背山は。

「乏」が「羨ましい」意の「ともし」に用いられる場合もある。これは奥田俊博が指摘するように、

羨ましい意、心引かれる意の「乏」も、和語「トモシ」の意味領域の広さに起因した和化された字義を担う字であると考えられる。すなわち、対象・行為に向けられた心的状態から対象の量的な少なさの判断まで、幅のある意味領域を有する「トモシ」に、「乏」の字が結合した結果成った字として位置付けし得る。［奥田　二〇一六］

基本的に字義と訓とが表す意味領域が必ずしも一致しなくてもよく、部分的に一致していれば「訓」として対応するのである。また漢字の文字数は多く、そのため日本語の語に対応する漢字も多い。

淑人乃　良跡吉見而　好常言師　芳野吉見与　良人四来三（1・二七）

よき人の　よしとよく見て　よしと言ひし　吉野よく見よ　よき人よく見

良い人が良い所だとよく見て良いと言った、この吉野をよく見よ。今の良き人もよく見なさい。

「よし」に対し「淑」「良」「吉」「好」「芳」「吉」「良」と好字を列挙する形で歌の表現内容と

連関していく。なお「淑人」は中国の『毛詩』（曹風鳲鳩）に「淑人君子」と例があり、それを踏まえたものと考えられている。

大野道（路）は　繁道（道）茂路（徑）　繁くとも　君し通はば　道（徑）は広けむ（16・三八八一）

大野道は草木が茂る道。たとえ茂っていてもあなたが通うのなら、道は開けてきましょう。

「みち【道】」に「路」「道」「徑」を用いるが、単に同字回避ではない。「徑」の字義は「小道」の意であり、「小道が開ける」と歌の内容が具体化されるように記されている［尾山　二〇一二］。現代の我々から過剰に見える書き分けは、単に「ことば」を記すのではなく、漢字の知識や漢籍の知識を前提とし、文字で表現する営みなのである。

「義訓」は、「正訓」ほどには漢字の字義と日本語の対応関係が直接結びついておらず、字義と訓との間に若干のずれがあるものをさす。「丸雪」は「あられ」の形状を、「鶏鳴」は「明か時」を「鶏が鳴く」という現象が見られる時と示したものである。常にその文字（文字列）と語が結びついているのではなく、臨時的なものとされる。次の「寒」「暖」は、

冬（寒）過ぎて　春（暖）し来れば　年月は　新たなれども　人は古り行く（10・一八八四）

冬が過ぎて春が来ると、年月は新たになるが、人は年を重ねて古くなる。

それぞれ「冬」「春」を表す。それぞれの「字義」にはない用法となっている。「春過ぎて夏来るらし」（1・二八）、「春過ぎて夏来向かへば」（19・四一八〇）などの類句が訓みの支えに

なっているものと考えられる。漢字と訓との間に「正訓」のような慣習的な結びつきがなく、語に関する緩やかなイメージを漢字で表現したものである。

一方で、漢語として用例を持つものも「義訓」に分類されることがある。

秋風（金風）に　山吹の瀬の　鳴るなへに　天雲翔る　雁に逢へるかも（9・一七〇〇）

秋風で山吹の瀬が音を立てて鳴っているときに、天雲を翔る雁に逢ったことだ。

「金」を「あき」と訓めるのは中国の五行思想において「金」が「秋」に配されるからである。『万葉集』において「あきかぜ」は、「秋風」と記すことが大勢であるが、「金風」と記す他例もある。『文選』においても「金風扇二素節一、丹露啓二陰期一」（張協「雑詩十首」）のように、確認することができる。漢語「金風」と和語「あきかぜ」とが意味において対応しているのである。その点では「正訓」に近いといえる。「正訓」であるか「義訓」であるかは、「臨時的」「定着度」等で論じられることがある。それは「正訓」という字義と訓とが一般的に対応しているものを前提とし、「義訓」を定位しているに過ぎず、観察者の分類に他ならない。

「戯書」というのはこの「義訓」と近く、書記者の遊戯的なイメージが看取できるものをさす。たとえば、「三五月」（2・一九六）と記して「もちづき」、「山上復有山」（9・一七八七）と記して「いで」と訓ませるような類いである。「三五月」は「三×五」で「十五」となり「十五月」で「もちづき」となる。「山上復有山」は「山上復有レ山（山の上にまた山あり）」と訓読し、「山山」と平面図形のように復元し、「出」と導く。字謎のようなものである。これらは歌の表現内容とはかかわらず、余剰な文字情報といえ、視覚的な「遊び」といえる。これらはそれぞれ漢籍に典拠（「三五名月満」『文選』、「藁砧今何在、山上復有レ山」『玉台新詠』）を持つ。単なる遊戯ではなく、漢籍の知識を基にした高度な文字表現であるといえる。他にも、

百済野の　萩の古枝に　春待つと　居りしうぐひす（鸎）　鳴きにけむかも（鳴尓鶏鵡鴨）（8・一四三一）

百済野の萩の枯れ枝に、春を待ってとまっていたうぐいすは、もう鳴きはじめただろうか。

は、歌に用いられる「鸎」をきっかけとして、「鳴」「鶏」「鵡」「鴨」と列挙する形になっている。また漢数字を羅列するかのような視覚的遊戯もみられる。なおこれらの表現においても漢籍の影響が指摘されている［小島　一九六四］。

「表音的用法」においても文字表現はみられ、たとえば、

恋ひ（孤悲）死なむ　時は何せむ　生ける日の　ためこそ妹を　見まく欲りすれ（4・五六〇）

恋しんだらそれで終わりです。生きている日のためにこそあなたに逢いたく思うのに。

「こひ【恋】」を「孤悲」で表現する。語を表示するとともに視覚的に「ひとりで悲しい」さま、切実な恋心を具体的に明示する。漢字で書けないから一字一音式で書記するのではない。

以上、日本語との結びつきによる漢字の「表意的用法」をみた。漢字の字義と日本語とが、また中国での漢字の用法（漢語）と日本語とが結びつき表現される。そこにはある程度の緩やかさが認められ、表記の経済（簡易に書くこと）からは外れる「遊び」が認められる。その

「遊び」こそ文字表現であるといえる。『万葉集』の漢字のあり方は、中国語の漢字を「飼い慣らし」、日本語の「文字の歌」へと用いたのである。

（鈴木　喬）

（3）万葉歌の仮名遣い

『万葉集』の仮名遣いとは

現代日本語において「仮名遣い」というと「万葉集を学ぶ皆さんへ」の「を」や「へ」のように、同じ発音をもつ仮名「を・お」「へ・え」等をどのように使い分けるか、その規範をさすことが多い。日本語の音韻とそれを表す「仮名」との間に一対一の対応が保たれなくなった時代において、設定される概念である。音韻が減った関係で結果的に仮名が余り、それをどのように用いるかというのが「仮名遣い」となる。いわば規範としての仮名の運用といえる。

本論でいうところの「仮名遣い」は、いわゆる「万葉仮名」を『万葉集』においてどのように用いたのかをみる。「万葉仮名」は平仮名、片仮名といった「仮名」とは異なる。「万葉仮名」は漢字の「表音的用法」である。「万葉仮名」は「仮名」とはいっても、漢字の「形（けい）・音（おん）」に基づいた漢字の使い方である。「形」は「漢字」のまま「音」を表す。平仮名、片仮名と同じ水準での「仮名」であるためには漢字の「形」を捨てることが求められる。そのため厳密には「仮名」ではない。ゆえに「漢字の運用」なのである。そのため前節の「(2) 漢字の使い方」と、漢字をどのように運用するかを見る点で連続する。

上代特殊仮名遣

「上代特殊仮名遣」は万葉仮名の特徴的な使い分けをさす。その区別が当時の音韻上の区別を指すものと考えられている。たとえば「月」の「キ」には「奇」「紀」、「君」の場合の「キ」には「伎」「岐」「吉」「枳」というように、語によって用いられる二種類の万葉仮名に分かれ、原則混用されることがない。キ・ヒ・ミ・ケ・ヘ・メ・コ・ソ・ト・ノ・モ・ヨ・ロの音節とその濁音節の合計二〇音節に二種類の区別があることが認められている。この二種を甲類乙類と呼び習わしている。この書き分けのうち「モ」の二種の区別に関しては『古事記』と『万葉集』の山上憶良歌のみに見られ、『日本書紀』や他の『万葉集』歌には見られない。奈良時代には「モ」の二種類の区別がなくなっていたとするのが一般的である。また『古事記』には「ホ」の書き分けがあることが指摘されている〔犬飼 二〇〇五b〕。八世紀に入ると合流して一つになり、平安初期になると「コ」のみの書き分けしか有さなくなる。

すべての語の対応において、書き分けを覚えていたとは考えにくく、書き分けるための支えとなる音の区別があったという理解がなされている。書き分けのある音節に用いられる漢字の漢字音には、それぞれ共通性を見出せる。そのことが音の区別を有していた一番の根拠となっている。合計八八種類の音節をもっていた日本語が段階的に音節の種類を減らし、現代日本語の数に至ると推定されている。なお上代特殊仮名遣における区別が母音の異なりなのか、語における形態的な音声上の違いなのか、議論が分かれている。そのため上代日本語の母音の数も定説をみていない。

　音韻による書き分けを前提とすると、「日」（ヒ甲類）「火」（ヒ乙類）、「神」（ミ甲類）、「上」「髪」（ミ乙類）、「乞ひ」（コ乙類ヒ甲類）「恋ひ」（コ甲類ヒ乙類）と異なりを見せ、同音異義語ではなく別語と理解されている。また「『上』にいるのが『神』だ」、「相手を『請ふ』から『恋』というのだ」などという語源的理解も否定されている。

　この上代特殊仮名遣の発見により、活用形の弁別（四段活用の已然形と命令形とで発音が異なること）や母音交替による語の派生など多くの知見を得ている。さらには上代特殊仮名遣が用いられるか否かが、「上代文献」か否かを見定める一つの基準ともなっている。

　さて上代特殊仮名遣が「原則混用されることがない」としたのは違例も存在するからである。かつては、上代特殊仮名遣が異なれば意味が異なることを前提として、『古事記』内部にみられる甲類乙類二種の混同に対して説明付けがなされた。

「と[甲]ふ」質問の意／「と[乙]ふ」訪問の意
「と[甲]る」強調形　／「と[乙]る」普通形
「いと[甲]」否定表現と呼応／「いと[乙]」肯定表現と呼応

　このような微細な差違は別語とはいえない。また音韻で区別していたことは疑問と言わざるを得ない。これは奈良時代以前の言語状況において、上代特殊仮名遣すなわち音韻の二種の別が機能していることを前提とした解釈である。

『万葉集』中の上代特殊仮名遣の違例

上代特殊仮名遣は段階的に崩壊していったと考えられ、その崩壊過程が具体的に論じられてきた。馬渕和夫は『万葉集』歌の時代区分と、その時代の音韻状況について次のように言及している。

第一期（天智以前）　言語資料不足で不明
第二期（天武―文武）『古事記』の言語状況に相当。「ホ」「モ」の聞き分けができた。
第三期（元明―聖武）「モ」の混同の時代
第四期（聖武―淳仁）甲類乙類二種の音韻が混同する時代　〔馬渕　一九七九〕

馬渕は柿本人麻呂にモ甲乙の二つの書き分けが見られないのは、「柿本人麻呂歌集」が後代の筆記者によるものだからと指摘している。「柿本人麻呂歌集」が他選であるかというよりも、「柿本人麻呂歌集」において一字一音の仮名書きがなされないことが大きな問題である。訓字のみで書かれた場合、その音韻状況はわからないからである。

『万葉集』における上代特殊仮名遣の甲乙の書き分けの違例は訓仮名に散見される。

もののふの　八十宇治川（やそうぢかは）の　網代（あじろ）（阿白）木に　いさよふ（不知代経）波の　行くへ知らずも（3・二六四）

（もののふの）八十宇治川の網代木に、いざよう波も行方（ゆくえ）がわからないことよ。

「網代」の「ろ」は乙類であり、「白」の「ろ」は甲類であるため違例となる。また「いさよふ」の「よ」は『時代別国語大辞典　上代編』によると甲類と認定され、「代」は乙類であり違例となる。これらの用例は訓仮名であり、上代特殊仮名遣の例外は訓仮名に多いとされる。訓仮名は「訓」を介在するため表意性が表出され、音仮名の場合、字音に直結した用法のものであるため、それを使用する際に漢字音と語形との対応が意識され、反映されたためだと考えられる。

また『万葉集』の違例は東歌や防人歌に散見する。

下野(しもつけの)（之母都家野）　三毳(みかも)の山の　こ楢(なら)のす（許奈良能須）　まぐはし児(こ)ろは　誰(た)が笥(け)か持たむ（多賀家可母多牟）（14・三四二四）

下野の三毳の山の小楢のように、可憐なあの子は誰に嫁ぐのだろう。

三四二四番歌は、若い娘を「小楢」に喩(たと)えたものである。「小」は甲類であり、「許」は乙類の万葉仮名で違例である。また「笥」は食器の意味であり、食器を持参し嫁ぐことを意味する。音仮名「家」は「け」の甲類をあらわすが、食器の「け」は「下野」と同様に乙類であるため、音仮名「家」が用いられる箇所はともに違例となる。東歌や防人歌は一字一音の仮名書きが表記体として選択される。そのため上代特殊仮名遣の違例を残すことでき、方言文学としての「よそおい」をなすことができるのである。

木簡から『万葉集』の仮名遣いをみる

出土資料の増加にともない上代特殊仮名遣の議論がされるようになった［軽部　二〇一九］。七世紀中頃の難波宮出土木簡における「皮留久佐乃皮斯米之刀斯」は「春草の初めの年」と理解するのが一般的だが、「年」と理解すると、用いられる「刀」が上代特殊仮名遣の違例となる。このような例が散見するのである。この木簡における違例については、上代特殊仮名遣そのものを否定するのではなく、上代特殊仮名遣に反映している音韻の史的変化と、表記する場の創意からくる書き分け態度の観点で議論されてきた。

木簡にみえる上代特殊仮名遣の違例について、犬飼隆は木簡のような言語状況において「字画の少ない万葉仮名を用い、音韻の清濁と上代特殊仮名遣いにこだわらないのが「褻（け）」の様相である」と指摘し、また乾善彦はウタが書かれた木簡の特徴を次のようにまとめる［乾　二〇一七］。

①一字一音が基本である。中には、比較的やさしい訓字がまじる。
②借音仮名の中に借訓仮名がまじる。
③一部を除いて清濁を区別しないようにみえる。
④上代特殊仮名遣の区別は比較的ルーズである。
⑤平安時代の仮名と共通するが、記紀万葉にあらわれないものがある。

乾の指摘は『古事記』『日本書紀』『万葉集』の仮名遣いと、「歌」を記した木簡の仮名遣いとの違いを明確にしたものでもある。①は『万葉集』において訓字で「波（なみ）」を使用する巻では、音仮名の「波（は）」の使用が少ないことに関連する。②は一つの漢字を訓仮名と音仮名へ両用することを避ける傾向、つまり、どちらか一通りにしか読まれない工夫と関連する。③④は、一字一音式の文字環境において「ことば」を正確に記そうという態度にほかならない。①から⑤を『万葉集』に還元すると、漢字で記されたテキストにおける読みやすさへの配慮だといってよい。その点、漢字を用いた文字表現であり、「漢字離れ」がなされていない状況であるといえる。『万葉集』における「上代特殊仮名遣」についての理解を問われるならば、一音節語から複音節語へと展開していく流れにおける、意味の弁別と機能負担を論じた阪倉篤義の次の指摘が示唆的である。

恐らく、新しい言い方として複合語形を多用する褻のことばにおけるぞんざいな発音では、甲乙二類の発音の混同は、語によって、はやく奈良時代からかなり進行していたのであって、特に晴の書きことばとして古形を用いる際には、なお従来の仮名における書き分けが守られたのだけれども、ついうっかり口頭語のままに表記してしまったのが、『万葉集』などにも見られるト・ロ・ソの仮名をはじめとする混用例のようなものであろう。［阪倉一九九三］

上代特殊仮名遣を書き分けることとは、訓字を用いず一字一音式で漢字を用いることを前提とする。

漢字であることの意義

『古事記』『日本書紀』『万葉集』と木簡をはじめとする出土文字資料とを、切り離して考えるべきだという議論がある。たしかに資料の性質が異なるものをつなげて議論はできない。さらには歴史を記述する『古事記』『日本書紀』と、歌集としての『万葉集』を同一に扱ってもよいのかという議論も成り立つ。一方で奈良時代の日本語のあり方を考えるときに、巨視的な観点で見ることも必要であろう。

そもそも一字一音で仮名書きされない限り、上代特殊仮名遣は看取されない。万葉仮名で一音を一字で記すことは選択されたものである。訓字で書けるのに書かず、文字数を重ねるのは、表記の経済において余剰であると言わざるを得ない。書記の結果と音韻をどう捉えるかが問題となろう。注意しなくてはならないのは、音仮名であっても素材となる文字は「漢字」であるという点である。つまり、我々は「漢字」の一用法を見ているのであって音声記号を見ているのではない。

ところで『万葉集』歌の仮名遣いについて「上代特殊仮名遣」以外で議論されてきたことがある。「書き手」の用字の議論である。使われる万葉仮名の用字を数値化し、歌人の特徴を示すものと考えられる。数値化されることには一定の説得力が付与される。しかし、それは傾向であって、題詞に作者の名前が記されないものにまで「山上憶良の」、「大伴家持の」とし、書き手を特定しようと試みることは新たな創作行為でしかない。『万葉集』における「モ」の甲乙の書き分けもこの延長線上にある。「モ」の甲乙の区別に関しては「高齢者」「衒学(げんがく)的趣味的な性質」というように実態的に議論された。実態把握をすることはとても魅力的ではある。しかし、この議論は一方で、

余能奈可波　牟奈之伎母乃等　志流等伎子　伊与余麻須万須　加奈之可利家理（5・七九三）

世の中は　空(むな)しきものと　知る時し　いよよますます　悲しかりけり

「か」に「可」「加」、「し」に「之」「志」「子」、「ま」に「麻」「万」を用い、さらに仏教の思想を和歌に転用した長歌の結句では「然にはあらじか」を「斯可尓波阿羅慈迦」（5・八〇〇）と用いられる、仮名の運用の営みを見えにくくする。多様な漢字運用の世界を狭め、「文字」を静態的に捉えはしないか。文字を用いた表現内容のみが看取できるのではないかと考える。

（鈴木　喬）

【コラム⑥】難波津の歌

そもそも「難波津の歌」とは

「難波津(なにわつ)の歌」は、『古今和歌集』の仮名序において文献上初めてみえ、

難波津(なにはつ)に　咲くやこの花　冬ごもり　今は春べと　咲くやこの花

難波津に、咲いたこの花。今まさに春だと、咲いたこの花。

『古事記』『日本書紀』および『万葉集』には収載されていない歌である。『古今和歌集』仮名序において「難波津の歌」は、手習いをする人が初めに習うものであり、「安積山の歌」とともに、「歌の父母(ちちはは)」のようなものとされる。事実、『枕草子』（二十一段）や『源氏物語』（若紫）などにお

いても手習いとして「難波津の歌」が用いられたことが確認できる。『古今和歌集』の以前の資料としては、法隆寺五重塔初層天井組子の「奈尓／奈尓波都尓佐久矢己」という落書（らくしょ）があり、他にも木簡や土器、瓦（かわら）などに記されたものが知られていた。そのため、平安時代以前に「難波津の歌」が成立し、人口に膾炙（かいしゃ）し、習書（しゅうしょ）として用いられたと考えられている［東野　一九八三］。それらの出土文字資料は、歌句の一部、しかも冒頭部を記したものがほとんどであるが、歌全体を記したものも存する。

奈尓皮ツ尓佐久矢己乃皮奈布由己母利伊真皮々留部止佐久□□□（矢カ）　□□□（皮　奈カ）

右は藤原京（ふじわらきょう）　左京七条一坊から出土した「難波津の歌」が記された木簡である。『古今和歌集』仮名序以前に、また『万葉集』の歌々と同じ時代に、短歌形式を持った「難波津の歌」が存したのであり、『万葉集』に収録されていない歌の存在（それも短歌形式の歌）を示すものでもある。ただし、「難波津の歌」は『万葉集』に収載されるような和歌と性格が大きく異なるとされる。二句と五句とが「咲くやこの花」と反復する形をとり、このような形式は、民謡的な問答形式に由来するものとされ［土橋　一九六〇］、短歌の定型を持つものの、民間の歌謡に近い性格を有する「歌」であり、ゆえに『万葉集』に収載されなかったとされる［西條　二〇〇〇］。

『古今和歌集』の仮名序には「みかどの御初（おんはじ）めなり」とあり、御製歌（ぎょせいか）（天皇が作った歌）か朝廷における最初の歌かで議論が分かれるものの、儒教的君主とされる仁徳天皇の時代を讃えるものと考えられる。『古今和歌集』仮名序の古注（仮名序には仮名序成立から五十年後に記された古注が存在し、本文と一体となって享受された）においては、大鷦鷯（おおさざき）（仁徳天皇）が難波津にいるとき、皇位を菟道稚郎子（うじのわきのいらつこ）と譲り合いすでに三年が経過したので王仁（わに）が即位を促すために献上した歌だという。

大鷦鷯が菟道稚郎子と皇位を譲り合ったことは記紀にも見える。しかし、そのとき王仁が歌を献上したという伝承は見えない。王仁は『日本書紀』に菟道稚郎子の学問の師と記され、『古事記』では『論語』『千字文(せんじもん)』を伝来させた人物として記され、上代の文献においては、王仁と大鷦鷯との関わりは見られない。『古事記』には王仁が『千字文』を伝えたとすることから、王仁が大陸から文字を伝えたという伝承と、手習いの初めの歌とされる「難波津の歌」とが、文化的はじまりを強調する上で結びついたものと考えられている。

難波津の歌が記された木簡

一九九八年、徳島市国府(こくふ)町観音寺(かんのんじ)遺跡から出土した木簡は研究上大きな影響を与えた。

　奈尓波ツ尓作久矢己乃波奈×

「難波津の歌」の成立および一字一音式の歌の表記体が七世紀後半にまで遡ること、さらに地方にまで伝播していたことを示した。西條勉は、この歌が人々の間に広く愛誦され、実用的な仮名文字の練習用として広まっていたとし、この歌を字音で書くことは、実質的に五七五七七という音数律を練習し、そのパターンを習得する行為に他ならなかったとする〔西條　二〇〇〇〕。犬飼隆は、「歌」を作ることを律令官人の職務として位置づけ、「難波津の歌」が典礼（公的な儀式）や祝宴の場で歌われることを指摘している〔犬飼　二〇〇八〕。単に「落書」「習書」とするのではなく、土器や瓦に記されたものも含め「難波津の歌」が呪術性(じゅじゅつせい)（祝う／予祝する力）を持つとする考えは魅力的な仮説といえる〔徳原　二〇〇一〕。

「難波津の歌」を含め、歌が記された木簡の形態を整理した栄原永遠男は、歌を記すための木簡の規格があることを示した。二尺以上の長さの材の一面のみを利用し、大きめの万葉仮名一字一音式で記したものを指す。それが「歌木簡」である。歌が記された木簡に規格が認められたことは、犬飼が指摘する「典礼唱和説」を補強するものとなった。一方で、上野誠は、公的歌宴とは、宴に参集した個々の思いを、それぞれ披露するかたちの宴であり、「難波津の歌」を唱和したとは考えにくいと疑義を呈している。

二〇〇八年、滋賀県甲賀市紫香楽宮跡（宮町遺跡）出土の木簡において、「難波津の歌」の記された裏面に「安積山の歌」の一部が記されていることが判明し、二つの点で大きな話題となった。それは『万葉集』に収載されている歌が木簡で出たこと、そしてもう一つは、『古今和歌集』仮名序が「歌の父母」とする二つの歌が同じ八世紀中葉の木簡に記されていることであった。この木簡自体は、一九九七年に出土報告がなされている。この発見は、栄原永遠男による「歌木簡」の調査の賜物である。つまり、研究の潮流が新しい発見へと展開する事例だったといえる。

今後の課題

「習書」や「手習い」の内実が詳細に議論され、「なぜ難波津の歌が書かれたのか」、「どのように木簡が利用されたのか」と、歌われた場や状況に関する具体的な議論へと展開している。出土文字資料は、『万葉集』と異なり題詞や左注を持たない。そのため歌われた経緯は、すべて推測の域を出るものではない。木簡や墨書土器といった断片的な情報をつなぎ合わせたものであり、出土文字資料における現段階での説である。今後の出土資料によっては大きく変わる可能性もある。そのため我々は、文字情報のみならず、出土する場所や記される材の形状、文字の形などを考慮していかなくてはならないのである。

（鈴木　喬）

五、万葉集を復元する

(1) 写本とは何か

『万葉集』写本の特徴

『万葉集』の伝本が、他の和歌集と決定的に違うところは、漢字の歌本文と訓とがセットになっているところである。『万葉集』は、編纂当時は漢字の歌本文のみで成り立っていたと考えられる。当時、日本語に仮名はなく、漢字だけで表記されていたからである。いわゆる万葉仮名だけで表記され、理解されていたと考えられる。平安期になると、この表記は判読が難しくなる。平安中期に村上天皇（むらかみ）（九四六〜六七在位）が源　順（みなもとのしたごう）らに命じて、『万葉集』の歌々に読みを付けさせた。これを訓と言い、源順らが初めて付した訓は後に「古点」と名づけられた。

これ以降、『万葉集』の写本は、歌本文に訓が相沿った形で流布するようになる。古点の時点ですべての万葉歌に訓が付されたわけではない。訓が付されない歌は、歌本文だけ写された。後に書写する人の中でこれを読めた人がそこに訓を付してゆくのである。左の図版は、平安時代書写の写本藍紙本（らんしぼん）（京都国立博物館蔵）の巻九、一七三四・一七三五である。前者（A）には訓があるが、後者（B）には訓がない。しかし、訓がない歌でも訓が付されるべきスペースが確保されている（C）。『万葉集』の伝本は、転写の間に新たに訓を付した歌を増やしながら、伝わっていった。現存の『万葉集』写本を見比べると、明らかに書写時代が新しい方が訓のある歌の数が多い。

A　B　C

写本藍紙本万葉集（京都国立博物館蔵）部分

問題と解答

『万葉集』の伝本は、言わば問題と解答がセットになった歌集であり、解答が得られない問題は、解答なしで後世に伝わっていったのである。しかし、解答がなくとも、問題は省略されることなく伝来されていった。典型的なのは、長歌である。源順の古点では、基本的に長歌に訓は付されなかったと考えられる。しかし、今に残る平安時代の書写本で、長歌の歌本文が写し落とされている伝本はない。後世に読まれるべき歌として伝えられたと考えられる。

仙覚の訓の理解

このような『万葉集』の特殊な転写状況をよく理解していたのは、鎌倉時代に『万葉集』の諸本を校合（きょうごう）して、校訂を行った仙覚（せんがく）であった。『万葉集』の諸伝本に、古点以降に新たに付された訓があることを認識し、『万葉集』の歌々について、源順の時代に付訓された「古点」、それ以降の人々が付訓した「次点」、仙覚が新たに付訓した「新点」と明確に区別し、自らの校訂本に記載していた。仙覚は、『万葉集』は、伝来に関わった多くの人々の読解の努力と深く結びついていることを十分に把握していたのである。

（田中大士）

(2) 写本のいろいろ

平仮名訓の本

『万葉集』は、編纂当初は漢字の歌本文だけで表記されていたが、村上朝の古点以降は訓が相沿って書写されていた。したがって、現存する『万葉集』写本は、基本的に訓が付されている。

最も古い平安時代の写本は、訓が平仮名で歌本文の左側に別行で付される、平仮名別提訓の形式になっている。

図版aは、現存最古の写本（十一世紀半ば書写）である桂本（宮内庁蔵）、図版bが平安時代、十二世紀初め頃書写の元暦校本（東京国立博物館蔵）。いずれも、漢字の歌本文の左に平仮名で訓が付されている。ただし、aの桂本は、題詞（イ）が歌本文（ロ）よりも高く書かれている。これは、『万葉集』の本来の形であったと考えられる［小川　二〇〇七、田中　一九九五］。しかし、以降の写本は、bのような題詞の低い形になる（歌はいずれも巻四・五三一）。

片仮名訓の本

訓は時代が下ると平仮名から片仮名に変わっていく。

図版cは広瀬本（関西大学図書館蔵）である。訓は別行で歌本文の左に付される点は、平安期の写本と同じであるが、訓が片仮名になっている。一方、図版dは、紀州本（昭和美術館蔵）であるが、片仮名の訓が歌本文の右にルビのような形で付されている。これを片仮名傍訓という。現存する片仮名訓本は、この傍訓形式が圧倒的に多い。なお、これら片仮名訓の本は、広瀬本を含め、祖本を同じくする同一系統の伝本群である［田中　二〇二〇］。

仙覚校訂本

鎌倉時代に、仙覚という僧が、諸本を集めて『万葉集』の校訂を行う。その校訂はおおむね

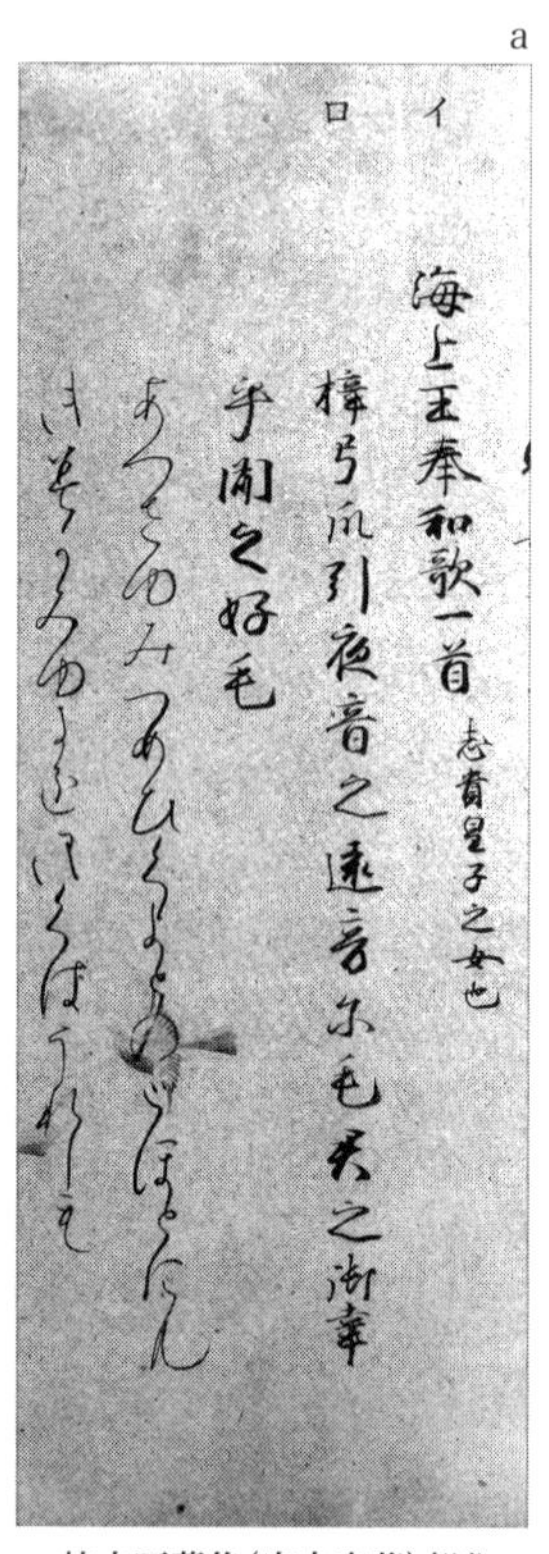

桂本万葉集（宮内庁蔵）部分

b

元暦校本万葉集（東京国立博物館蔵）部分　ColBase (https://colbase.nich.go.jp)

c

広瀬本万葉集（関西大学図書館蔵）部分

二回にわたり（第一次・寛元本・一二四七年頃、第二次・文永本・一二六六年頃）、以降、『万葉集』の写本は、この仙覚校訂本が主流となっていく。現在、仙覚校訂本系統の伝本に対して、それ以外の伝本群を非仙覚本と称する。a～dの平仮名訓の本、片仮名訓の本は、非仙覚本である。

第一次の仙覚校訂本（寛元本）は、片仮名訓本系統の傍訓の本を底本（源親行本）として、付訓形式も底本と同じ片仮名傍訓である［田中　二〇二〇］。

eは、第一次校訂本の神宮文庫本（神宮文庫蔵）。非仙覚本の片仮名訓本と同じ付訓形式になっている。題詞も歌より低く書いている。一方、fは、第二次校訂本の文永本系統の京都大学本（曼朱院本）。付訓形式は寛元本と同じく片仮名傍訓だが、題詞を歌よりも高く書いている。これは、仙覚が諸本を調べた結果、古い本に題詞が高いものが多く、これが本来の『万葉集』の姿と判断したため、文永本の時点で改めている。

仙覚校訂本の特徴として、訓を時代別に色分けすることが挙げられる。ことに文永本においては、村上朝に源順らが付した訓が古点、それ以降に付された訓が次点、仙覚が新たに付した

d

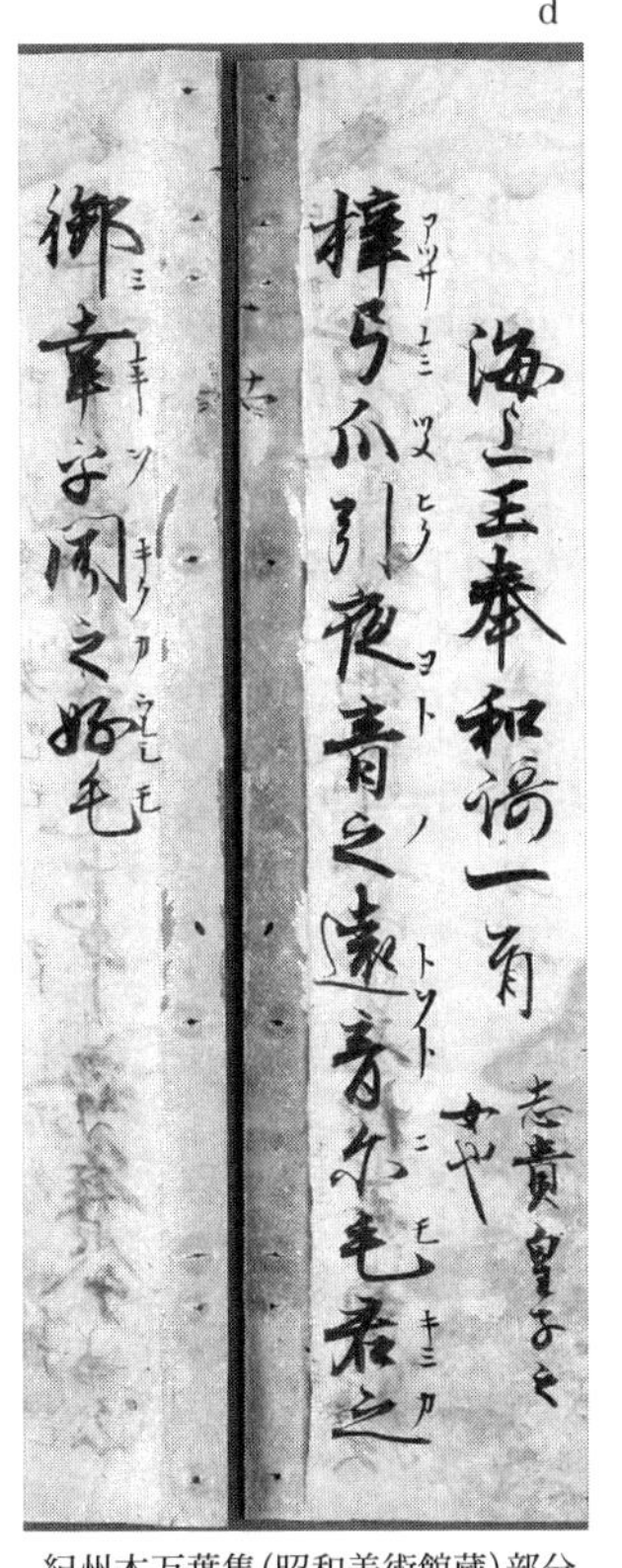

紀州本万葉集（昭和美術館蔵）部分

e

神宮文庫本万葉集（神宮文庫蔵）部分

f

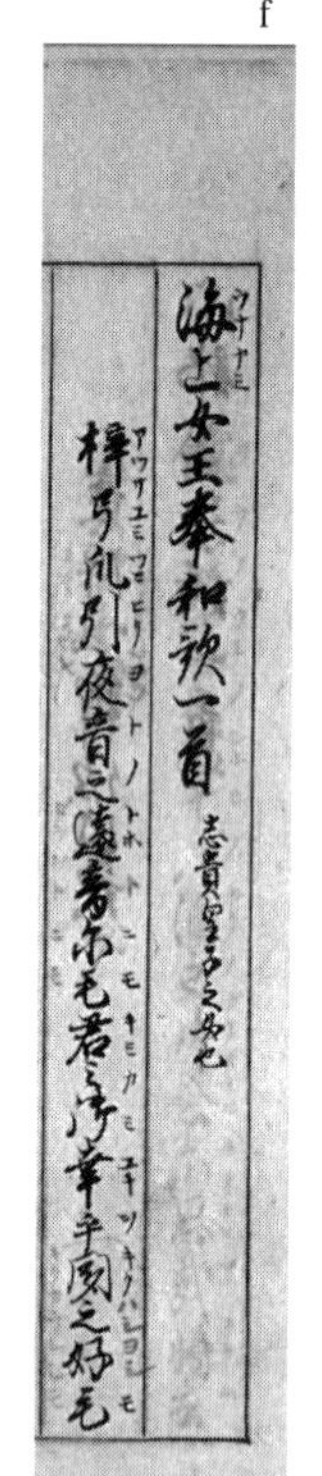
海上女王奉和歌一首　志貴皇子之女也
梓弓爪引夜音之遠音尓毛君之御幸乎聞之好毛

京都大学本（曼朱院本）万葉集（京都大学付属図書館）部分

訓が新点と区別し、さらに、従来の訓を仙覚が改めた訓などを、それぞれ墨・朱・紺青などで色分けしている。

（田中大士）

（3）写本と刊本

印刷本の登場

『万葉集』は、他の古典作品と同様、長い間手で写される書写本によって伝来してきた。しかし、近世期になると、印刷本が登場する。まず、木活字による古活字本が刊行される。はじめに無訓の本が刊行され（活字無訓本）、その後底本を改め、付訓された本が刊行された（活字附訓本）。いずれも刊記はないが、江戸初期の頃と考えられる。これら木活字本はあまり世上に出回らなかったようであるが、寛永二十年（一六四三）、活字附訓本を整版（板に彫った版本）した寛永版本が登場して、『万葉集』は、広く世の中に普及する。『万葉集』の歌は四五〇〇首あまり、歌は短歌だけでなく、長大な長歌も含まれる。それを手で写す手間を考えたならば、印刷本の登場は、飛躍的な普及につながったと推定される。ただし、当時の版本は、整版本でも、近代以降の印刷本とはいささか事情が異なる。

版本を写す！

印刷技術が発展した現代では、特別なことがない限り、入手した本を書き写すなどということはしない。それで、現代人は、江戸期でも同じような感覚であったと思いがちである。しかし、江戸期では、版本を写すという行為はごく普通に見られたのである。江戸期の『万葉集』写本に平仮名傍訓本というものがある。これは、美麗な表紙で仕立てられた豪華な調度品で、同じような本が複数伝存しているので、工房のようなところで作られていたと考えられる。底本は版本。版本の片仮名の訓を平仮名に直して、列帖装（れっちょうそう）の優美な造りにしている［田中　二〇一九］。芸術的な伝本を仕立てるためには、書写本で作る必要があったのであろう。

それだけではない。近世期の『万葉集』関係の伝本を数多く収蔵する関西大学図書館では、さまざまな興味深い本がある。たとえば、同図書館蔵の寛永版本は、本居宣長の書き入れのある本であるが、寛永版本に宣長が直接書き入れた本という訳ではない。書き入れのある寛永版本を元本として、別の寛永版本に書き入れ部分を移入した本である。書き入れ部分はかなり多く、一種の書写本の体(てい)をなす。また、版本を丸ごと写した本も少なくなく、たとえば、『万葉集傍注』という大部な版本をまるごと書写した本が見られる［乾　二〇一九］。

このようなことは、近代の印刷本とは異なり、近世期の版本は、一回に刊行される部数が少ないことに起因する。また、それ故、同じ刊記（たとえば、同じ寛永二十年の版本でも）の版本でも、内容は微妙に異なっていること（『校本万葉集』諸本輯影(しゅうえい)　百五十六、一九二四）にも気をつけなくてはならない。

（田中大士）

（4）金属活字本の万葉集

『国歌大観』

近代になって金属活字の『万葉集』テキストが作られたことで、一つ銘記すべきことは、『国歌大観』（一九〇一）の登場であろう。寛永版本を底本として作られた同書には、史上初めて歌番号が付された。歌番号の存在によって、我々は『万葉集』の歌々を従来より確実に同定しやすくなった。『万葉集』研究の画期的な出来事と言ってよかろう。ただ、底本に寛永版本を用いたことで、寛永版本が持つ巻七の歌の並びの大きな誤りが引き継がれ、それが歌番号にも反映したことは残念である〔武田　一九二三〕。現在、ほとんどの『万葉集』のテキストの底本は西本願寺本に変わっているが、歌番号を尊重すると歌順が底本通りでなくなり、底本通りにすると歌順が乱れるなど、良い解決案は見出されていない。『新編国歌大観』（一九八三）では、新たな番号を付している。

『校本万葉集』

近代の『万葉集』研究の画期と言えば、『校本万葉集』（一九二四）であろう。同書は、広く『万葉集』の諸本を集め、その歌本文、訓の異同を克明に記した、古典文学の文献学的研究の金字塔である。その底本は、『国歌大観』と同じ寛永版本である。しかし、大正期の終わりという時期に、その校異は、活字ではなく、手書きで記されている。

『万葉集』の根幹となる本文とは、漢字の歌本文である。それに訓が付随する形で伝来してきたわけであるが、訓は、『万葉集』の訓詁（くんこ）、読解が進むにつれ、更新されていく。万葉時代の『万葉集』の内実を示すのはあくまで漢字の歌本文である。ところが、仮名の異同とは異なり、漢字の異同は、より複雑である。異字、異体字などが数限りなく存し、その同定が難しいことがある。たとえば次頁は、『校本万葉集』の巻一・七七であるが、校異（「本文」とある部分）（二）の「嗣」の神・文の異文は、一見「副」に見えるが、実際は「嗣」の異体字とのことで

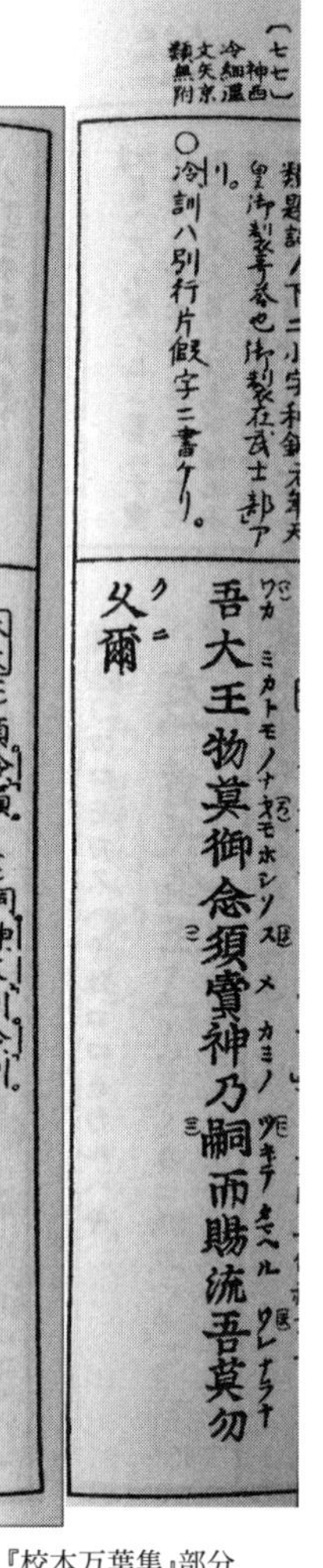

『校本万葉集』部分

ある［池原　二〇一六］。このような複雑な異同の様相をすくい取るためには、活字はあまりにも頼りなかったということであろう。

（田中大士）

【コラム⑦】写本をめぐる旅

『万葉集』写本を持つ都心の文庫・図書館

『万葉集』は、他の古典作品に比べ、比較的古い写本に恵まれている一方、そのような主要写本は全体としては数が少ないという側面がある。その結果、『万葉集』の主要伝本は、重要文化財や国宝に指定されたものが多く、閲覧が難しい（といっても、不可能というわけではない）という状況にあり、実際に調査ができる機会が少なく、伝本研究が振るわない遠因ともなっている。その中で、都心に位置し、『万葉集』の貴重書を蔵し、比較的閲覧が容易な文庫・図書館がある。一つは、幕末、明治期の万葉研究者、木村正辞の蔵書を多く持つ東洋文庫（文京区本駒込　JR山手線駒込駅）、もう一つは、明治から昭和にかけて活躍した万葉研究者、佐佐木信綱の蔵書を多く有する石川武美記念図書館（旧名お茶の水図書館・千代田区神田駿河台　JR中央線御茶ノ水駅）である。いずれも近代万葉学の泰斗が収集した『万葉集』伝本を今に伝える貴重な文庫・図書館である。両館の特徴は、二十巻ある『万葉集』の巻の一部しか伝えない伝本が多い中で、完本を蔵している点である。東洋文庫は、温古堂本（『校本万葉集』では「温故堂本」）、細井本、石川武美記念図書館は西本願寺本、大矢本などである。

東洋文庫

東洋文庫の細井本は、仙覚校訂本の第一次の寛元本系統の数少ない伝本。完本であるが、巻四〜六の三巻は、非仙覚本系統の広瀬本と同系統という混成の本である。ただ、寛元本系統の十七巻は、全巻揃いの同系統の神宮文庫本（神宮文庫蔵）に比べ後世の書き入れが少なく、内容が把握しやすい。もう一つの温古堂本は、仙覚文永本（第二次校訂本）のうちの文永十年本系統。仙覚校訂本がどのように進展していったかを知る上で貴重な存在である。また、東洋文庫には、木村正辞が模写した『万葉集』の断簡の集成『万葉切』がある。この中には、いまだ正体不明の断簡がある。

石川武美記念図書館

石川武美記念図書館には、西本願寺本がある。これは、仙覚文永三年本の伝本。書写も古く、信頼性も高い。現在の『万葉集』テキストのほとんどがこの本を底本としている。『万葉集』を代表する伝本と言ってよい。ただし、現在この本の閲覧は難しいようである。大矢本は、文永十年本の伝本。仙覚文永本は、訓の古さを墨・朱・紺青などと色分けしているが、それが十分に残らない伝本も少なくない。この本はその色分けが鮮明に残っている点でも貴重である。後世の書き入れがないのも大きな特徴。また、同館には、巻一と十九だけだが、仙覚文永本の一つ金沢(かなざわ)文庫本もある。全体で五、六巻しか残っていない本だが、不明な点が多い仙覚文永本の進展の真相を明らかにする鍵となると、近年注目の伝本である。

両館には、そのほかにも多くの重要な『万葉集』伝本が収蔵されている。いずれも、閲覧には事前の予約が必要である。都心において、長年『万葉集』の伝本を守り続けてきたこれらの文庫・図書館に敬意を払いつつ、その恩恵に浴し、調査を行っていただきたい。

（田中大士）

Ⅱ　万葉集のそとがわ

一、万葉集の広がり

（1）『古事記』『日本書紀』と万葉集

『古事記』『日本書紀』の引用箇所

『古事記』は上・中・下の三巻で構成され、神代から推古天皇までの御代（みよ）が記載される史書である。その序文によれば天武天皇の命により、稗田阿礼（ひえだのあれ）が誦習（しょうしゅう）したものを太安万侶（おおのやすまろ）が筆録し、和銅五年（七一二）に元明天皇に献上したとされている。その『古事記』について、『万葉集』中には以下のような記述がある。

　古事記に曰く、軽太子（かるのひつぎのみこ）、軽太郎女（かるのおほいらつめ）に奸（たは）けぬ。故（このゆゑ）にその太子を伊予（いよ）の湯に流す。この時に、衣通王（そとほりのおほきみ）、恋慕に堪（あ）へずして、追（お）ひ往（ゆ）く時に、歌ひて曰く、

君が行（ゆ）き　日（け）長くなりぬ　やまたづの　迎へを行かむ　待つには待たじ　ここにやまたづといふは、これ今の造木をいふ（2・九〇）

右は磐姫皇后歌群（2・八五〜九〇）の記述で、『古事記』では軽太子（かるのみこ）・軽大郎女（かるのおおいらつめ）の物語での

歌であるとした上で、記八七番歌謡の類歌を載せている。この歌と『古事記』との関係性については、梶川信行が諸説を詳しく整理しており、その論考の中で梶川は『万葉集』中の「古事記に曰く、」という注は、口承による伝承が文字化される過程で浮上してきた問題の一つであると指摘している［梶川　二〇〇三］。その他、『万葉集』中には、13・三二六三番歌の左注にも「古事記に曰く、」とあり、記九〇番歌謡の類歌が載せられている。

次に『日本書紀』の引用箇所についてである。『日本書紀』は養老四年（七二〇）に成立した、我が国最初の正史で、三十巻からなり（『続日本紀』に系図一巻を付すとあるが現存しない）、神代から持統天皇までの御代が記載されている。『万葉集』中では、「日本書紀」「日本紀」「紀」と表現され、行幸や人物の死去等の出来事を検証するのに用いられている。ただし、『万葉集』の引用する『日本書紀』は、天武天皇の末年のみの年号である「朱鳥」を持統天皇の御代において用いたり、年紀の形式や表現等が現存の『日本書紀』と異なることなどから、現在の我々が目にする『日本書紀』とは異なるものが参照されていた可能性が指摘されてきた。この点について、松田信彦は諸説を整理した上で、『万葉集』の『日本書紀』の引用箇所を考察し、左注に用いられた『日本書紀』は現存の『日本書紀』と同様のものを使用していただろうと推測している［松田　二〇一七］。

共通する伝承――『古事記』『日本書紀』と『万葉集』――

次は、「古事記に曰く」・「日本紀に曰く」のように、直接的な表現はないものの、『古事記』

『日本書紀』の記事と密接な関係が想定できるものを取り上げる。『古事記』『日本書紀』『万葉集』の三書に共通する伝承として、神功皇后にまつわる「鎮懐石」の物語がある。

・『万葉集』（5・八一三～四の序）

筑前国怡土郡深江村子負の原に、海に臨める丘の上に二つの石あり。（中略）古老相伝へて曰く、「往者、息長足日女命、新羅の国を征討したまひし時に、この両つの石を用ちて御袖の中に挿著みて、鎮懐と為したまふ。実はこれ御裳の中なり所以に行人この石を敬ひ拝む」といふ。乃ち歌を作りて曰く、

かけまくは　あやに恐し　足日女　神の尊　韓国を　向け平らげて　御心を　鎮めたまふと　い取らして　斎ひたまひし　ま玉なす　二つの石を　世の人に　示したまひて　万代に　言ひ継ぐがねと　海の底　沖つ深江の　海上の　子負の原に　御手づから　置かしたまひて　神ながら　神さびいます　奇し御魂　今の現に　尊きろかむ（5・八一三）

口にするだに、あまりに恐れ多いことながら、神功皇后さまが新羅の国を平定なさって御心を鎮められるため、お手に取って、たいせつに祭られた球状の二つの石を世の人にお示しになって、万代に語り伝えよと（海の底）沖つ深江の海上の子負の原に、お手づからお置きになって神として祭られている霊妙な石は、今もそのまま尊くあることだ。

・『古事記』（中巻）

即ち御腹を鎮めむと為て石を御裳の腰に纏きて、筑紫国に渡るに、其の御子は、あれ坐しき、故、其の御子を生みし地を号けて宇美と謂ふ。亦、其の御裳に纏ける石は、筑紫国の

伊斗村に在り。

・『日本書紀』（巻九・神功皇后摂政前紀）

時に、適皇后の開胎に当れり。皇后、則ち石を取りて腰に挿み、祈りて曰はく、「事竟へて還らむ日に、茲土に産れたまへ」とのたまふ。其の石、今し伊都県の道辺に在り。

まず、右の三書を比べてみるとき、『万葉集』（5・八一三〜四）の序文には注目すべき点がある。それは、「この両つの石を用ちて御袖の中に挿著みて、鎮懐と為したまふ。実はこれ御裳の中なり」という表現である。『古事記』はここを「石を御裳の腰に纏きて」と表現し、『日本書紀』は「石を取りて腰に挿み」と表現し、三者三様の表現をとっている。しかし、ここで注目すべきは序文の「実はこれ御裳の中なり」という注記である。この注記は『古事記』と同内容のものである。

次に『万葉集』（5・八一三）は、神功皇后が石をまく過程について、「足日女神の尊韓国を向け平らげて御心を鎮めたまふと」とあり、新羅を平定し帰ってくる途中に産気づき御心を鎮めたという文脈になっている。『日本書紀』はこの点について、新羅に行く前に産気づき鎮めてから新羅に渡るという文脈になっている。『古事記』は『万葉集』と同様の文脈である。青木周平は、この文脈の一致と先の注記から、序文と長歌の表現は『古事記』の伝承に基づいていることを指摘する。今後は、青木が指摘するような両書の表現や発想の一致により着目した考察が必要となろう。

（大館真晴）

（2）『風土記』と万葉集

『万葉集』と『風土記』

『風土記』とは、和銅六年（七一三）に、朝廷が諸国に対して「郡郷の地名として好字をつけること・土地の産物を記すこと・土地の肥沃度を記すこと・山川原野の地名の由来を記すこと・古老の伝える話を記すこと」を命じ、各国がそれに応じて作成した解文（報告書）のことである。この『風土記』、現在までまとまった分量が残されているのは、常陸・播磨・出雲・豊後・肥前の五ヶ国である。『風土記』と『万葉集』については、なんらかの関係性が想定できる箇所がある。以下、その箇所を示す。

左の表に掲げた、八例には、密接な関連性が想定できるものと（①③④⑤）、ゆるやかな共通性が認められる程度の関連性しか見出せないものがある（②⑥⑦⑧）。本稿では、紙数の関係上、『万葉集』と密接な関連性が指摘できるものを取り上げる。

『万葉集』と『播磨国風土記』

①の中大兄皇子の三山歌については、三山の関係性をめぐって多くの説がある。その主なものを示すと以下のとおりである。一つ目が、香具山（男）が畝傍山（女）を「愛し」と思って、

耳梨山（男）と妻争いをしたと解釈するものである。二つ目は、香具山（女）が畝傍山（男）を「雄々しい」と思って、耳梨山（女）と争ったと理解するものである。そして、三つ目が、香具山（女）が畝傍山（男）を「雄々しい」と思って、これまで親密だった耳梨山（男）と諍ったと理解するものである。この問題は、今後も、更なる考察が必要と考えられる。しかし、

	『万葉集』	『風土記』
①	中大兄近江宮に天の下治めたまひし天皇の三山の歌一首（1・一三〜五）	『播磨国風土記』（揖保郡）
②	那賀郡の曝井歌一首（9・一七四五）	『常陸国風土記』（那珂郡）
③	筑波嶺に登りて嬥歌会を為る日に作る歌一首（9・一七五九〜六〇）	『常陸国風土記』（筑波郡）
④	松浦佐用姫歌（5・八七一〜五）	『肥前国風土記』（松浦郡）・甲 『肥前国風土記』逸文・乙
⑤	鎮懐石歌（5・八一三〜四）	『筑前国風土記』逸文・甲 『筑紫国風土記』逸文・乙
⑥	水江浦嶋子歌（9・一七四〇〜一）	『丹後国風土記』逸文
⑦	讃岐国の安益郡に幸せる時に、軍王山を見て作る歌（1・五〜六）	『伊予国風土記』逸文
⑧	山部宿禰赤人が伊予の温泉に至りて作る歌一首幷せて短歌（3・三二二〜三）	『伊予国風土記』逸文

三山歌と『播磨国風土記』の関係性については、両書とも類似の伝承に基づく可能性が高いと考えらえる。

ただし、三山歌と『播磨国風土記』には大きな相違点も存在する。それはどのような相違点かというと、三山歌では、長歌の末尾部分に、「うつせみも妻を争ふらしき」（今の世の人も妻を奪い合って争うらしい）とあるように、興味の主眼が妻争いに置かれている点である。一方の『播磨国風土記』では、妻争いなどの、争いの原因についての具体的表現がなく、阿菩の大神の「神阜」に「坐す」由来を語ることが主眼となっている。この相違点について橋本雅之は「そのような隔たりが生じたのは、文学的情緒と地誌的叙事という、両者の視点の違いに由来する」と指摘する［橋本　二〇一三］。今後は、橋本の指摘にあるような、それぞれのテキストの視点に沿った表現分析が求められよう。

『万葉集』と『常陸国風土記』

③は筑波山で行われた嬥歌（歌垣）に関する内容をもつ。この③について橋本雅之は「往集」という熟字に着目し両書の密接な関係性を示す［橋本　二〇一三］。この「往集」という熟字は上代文献においてもう一例確認できる。それは『常陸国風土記』（筑波郡）の「其筑波岳、往集歌舞飲喫」という例である。橋本は熟字「往集」について、漢籍を含めて用例検討を行い、その共通性の理解を以下のように示す。

Ⅰ　筑波山の歌垣に関する文字資料がすでに存在し、それを『常陸国風土記』の編者と長歌の表記者が個別に利用した。

Ⅱ『常陸国風土記』の記事に基づき、長歌の表記者が歌表現に利用した。あるいはその逆。

Ⅲ『常陸国風土記』と長歌の筆録者が同一人物か、同一グループに属する人物である。

③の長歌の作者としては、高橋虫麻呂が想定でき、高橋虫麻呂と『常陸国風土記』（筑波郡）の関係性については、先行研究によって、『常陸国風土記』の編纂に関与したとされる藤原宇合と高橋虫麻呂の交友関係を中心に議論されてきた［佐佐木　一九一五、久松　一九三〇］。この点について橋本は「従来の考察は、いわば状況証拠の積み重ねであり」と述べ（前掲書）、「往集」という表現の一致に重きを置いた議論を展開する。今後は両書の表現の一致や相違点により着目した考察が必要となろう。

『万葉集』と「九州風土記」

現存する九州の『風土記』は、『豊後国風土記』『肥前国風土記』と西海道諸国の逸文がある。従来の研究では、これらを合わせて「九州風土記」と呼称してきた。また、九州風土記は、その表記方法から二種に分類でき、井上通泰がそれを甲類・乙類と呼んで以降、その呼称が定着した［井上　一九三五］。『万葉集』との関係性が指摘されている九州風土記としては④⑤がある。本稿では紙数の関係上④について述べる。④は巻五・松浦佐用姫歌の序の部分と『万葉集註釈』巻四が引用する『肥前国風土記』（逸文・乙類）との関係性が指摘されている。また、松浦佐用姫の物語は『肥前国風土記』松浦郡（甲類）にも確認できる。しかし、こちらには領巾振り嶺の記事の直前に「鏡渡」の記事が置かれ、領巾振り嶺の記事の直後には、三輪山型説話の後日談が付け加えられており、先の序文と逸文（乙類）と比較して大きな相違がある。また、「大伴佐提比古」（『万葉集』）の表記についても、「大伴紗手比古」（逸文・乙類）・「大伴狭手彦連」と姓（「連」）を記すか否かという意識の違いがある。さらには、先の序文および逸文（乙類）には、領巾振り嶺の記事に「烽」の記述は見られないが、『肥前国風土記』（甲類）には「烽」の記載が見られる。このようなことから、④の序文の筆者は乙類そのものではないにしても、乙類に近い記事を参照した可能性が高いといえよう。近年、九州風土記（乙類）の研究は着実に蓄積されつつあり［瀬間　二〇一五、宮川　二〇一八］、『万葉集』と九州風土記（乙類）の関係性についての議論は進展が期待できるものである。

（大館真晴）

（3）歌物語と万葉集

「歌語り」論の誕生

日中戦争・太平洋戦争の傷がまだ癒えないながらも新たな時代への意欲が漲っていた一九五〇年、益田勝実「『上代文学史稿』案」が世に出た。なお、この「上代」は平安時代を表している［益田　一九五〇］。文学を研究できる喜びと情熱がガリ版刷りの文字から伝わる。ここに術語「哥語り」は現れる。益田は「哥物語には口承世界の哥物語―私はそれを紫式部集の詞書によつて『哥語り』と呼んで、文献的歌物語と区別しようと思ふが―が先行してゐた」とし、我々が文学史上「歌物語」と呼ぶ『伊勢物語』『大和物語』が「『哥語り』の産物」であると述べる。三年後の一九五三年、益田は「歌語りの存在が上述の資料（益田論文中に示される『伊勢物語』『大和物語』『平仲日記』のこと）よりも遥かに溯ったものから支持されない限り、歌語りの存在がそのまま歌物語の解明には役立たないように見える」とし、「歌語りは読み人知らずの『古今集』の歌が抒情的精神の開花として生き生きと口伝えされた次の時期にしか出て来ない」と述べる［益田　二〇〇六］。「遥かに溯ったもの」は、国風暗黒時代を遡って考えられてはいない。

『万葉集』の時代の後の「国風暗黒時代」の断絶を越えて平安時代のやまとことばによる文学へと架橋したい願望は、文学研究を志す者すべてが等しく持つであろう。益田が言う「遥かに溯ったもの」を、もしも『万葉集』の中に見出すことができれば、「架橋」が叶う。この願望の成就を企図したのが伊藤博の一連の論考であった［伊藤　一九七五］。その伊藤論を見よう。

伊藤博の「万葉の歌語り」論

伊藤博著書の第三章「万葉の歌語り」には、第一節「歌語りの影」、第二節「歌語りの世界」、第三節「歌語りの方法」等がある［伊藤　一九七五］。まず第一節冒頭で「歌語りの実際を、古代の文献、すくなくとも万葉集に指摘することは、そうむつかしくはない。『歌語り』ということばは、平安朝に至って生まれたものであるとしても、その実体は、すでに古代にあった」とし、「巻十六に集中する『伝云』の左注を持つ歌どもが、その由来に興味をそそぎつつ、ある場面である人によって語られたもの、すなわち、歌語りを反映する記録であることは確実であ」ると述べる。さらには、「万葉集の歌語りには、『伝誦』と『伝云』の二つのばあいがあった。それでは、『伝誦』や『伝云』の注記のないものには、『歌語り』の俤(おもかげ)を見ることができないのであろうか。けっしてそうではない。『伝誦』の語も『伝云』の語もないけれども、あきらかに歌語りとして語られたものを反映すると見るべきものは、少なくない」と述べ、「進歩した」形として「左注的題詞型」を掲げる。第二節においては「歌語りは平安朝まで命脈を保った」とし、「国風暗黒時代にも、恋歌の往行とあわせて、歌語りが流行していた」と述べる。

批判と展開

この伊藤論に対して真っ向から批判を投げかけたのが神野志隆光「伊藤博氏の『歌語り』論をめぐって―『万葉集の表現と方法　上　古代和歌史研究5』を中心に―」である［神野志一九九二］。神野志は「歌の背景に人物や事件があってその話と歌とがかかわり合って行なわれるものとして『歌語り』を見ることが本来の立論点であった。事件や人物への興味を基盤として歌群によってロマンスを構想する営みをそのなかに認めることによって、その歌の物語的構成を見ることがそのまま『歌語り』論に〝串刺し(くしざ)し〟にされてくる」と述べ、また、「伊藤氏の『歌語り』論の理論化そのものの妥当性」をも批判する。神野志「『伝云』型と『歌語り』」では、「『書く』という契機をおさえずに『書か』れた形と謡われた形とを無媒介に通用させるわけにはいかない」とも述べる［神野志 一九九二］。「歌語り」論創始者の益田自身も伊藤論への批判を展開する［益田 一九七三］。これに対して伊藤諸論を批判的に継承しようとしたのが身崎壽である。「〈うた〉と〈散文〉―万葉時代の歌語り再論―」の最後の一文には「ともあれ、〈万葉の歌語り〉論をほうむりさるのではなく、これを純化し、伊藤氏の提起したものを、かつて益田氏のきりひらいたところへつなげていくことによって、〈うた〉と〈かたり〉、和歌文芸と散文文芸、そして古代前期と古代後期といったさまざまなカテゴリーのあいだに架橋するための基礎がうまれてくるのではないでしょうか。」とある［身崎 一九八二］。文学史理解の実りの追求は続く。

（廣川晶輝）

（4）『古今和歌集』と万葉集

万葉と古今のあいだ

『万葉集』の詠作年次が明らかな歌の最下限は、天平宝字三年（七五九）の正月一日に大伴家持が詠んだ頌春（しょうしゅん）の歌（20・四五一六）である。『古今和歌集』の奏覧（そうらん）の年は延喜五年（九〇五）

で（これを奉勅の年と見る説もある）、家持が没した延暦四年（七八五）を起点としても、約一二〇年の時が流れている。二つの歌集の間を埋める九世紀の和歌資料は、『日本後紀』『類聚国史』『日本紀略』などの史書に散見されるごく少数の歌に限られているので［山口　一九八二、小町谷　一九八四、近藤　二〇二〇］、万葉から古今への和歌史を考えるためには『古今集』自体を主な材料とせねばならない、という困難がつきまとう。

『古今集』内部の歌の歴史は、次のように捉えられている［小沢　一九七六］。まず全一一一一首（流布本である定家本系統による）の約四割が「よみ人知らず」で、この中には『古今集』の「古」にあたる歌、言い換えれば、平安和歌の基層をなす歌が多く含まれている。作者の明らかな歌は、次の三つの時期に分けて把握される（ただし、仁明天皇の時代に過渡期的な性格を認め、六歌仙時代にくり込む見方もある）。

唐風謳歌時代＝八〇六〜五〇年。平城・嵯峨・淳和・仁明天皇の時代。
六歌仙時代＝八五〇〜八七年。文徳・清和・陽成天皇の時代。
撰者時代＝八八七〜九一三年。宇多・醍醐天皇の時代。

唐風謳歌時代とは、みずからも優れた漢詩人であった嵯峨天皇を中心にして三つの勅撰漢詩集が立て続けに作られた時期である。九世紀後半には藤原氏の勢力伸長に伴って後宮の生活を彩る和歌にも目が向けられるようになり、在原業平・小野小町・僧正遍昭（遍照とも）ら六歌仙と称される歌人たちが現れた。そして、和歌を愛好する宇多天皇のもとで歌人たちが輩出し、つづく醍醐朝には最初の勅撰和歌集である『古今集』が編まれるに至る。これが『古今集』から看取される九世紀和歌史の見取り図である。

『古今集』の中の万葉歌

『古今集』の二十巻という巻数は『万葉集』に倣ったものであろう。また『古今集』「真名序」によれば、編纂の途上で「続万葉集」という名が用いられたこともあったという。古今撰者が『万葉集』の存在を意識していたことは間違いないが、彼らは書物としての『万葉集』にどの程度近づき得たのだろうか。「仮名序」は『古今集』の編纂方針について、

　万葉集に入らぬ古き歌、みづからのをも奉らしめ給ひてなむ。

と記している。これを文字どおりに解するなら撰者たちは、いかなる形のものであるにせよ『万葉集』をひもといて、撰集資料との照合を行い、重出歌を除く努力をしたことになる。

　こうした編纂方針にもかかわらず、『古今集』には少数ながら万葉歌が混入していることが知られている。『古今集』中の万葉歌とみなされるのは通常次の一二首である［小川 二〇〇七］。まず『古今集』の歌番号を記し、対応する万葉歌の歌番号を（　）内に記す。

一九二（9・一七〇一）、二四七（7・一三五一）、四八九（15・三六七〇）、四九二（11・二七一八）、五五一（8・一六五五）、六八三（11・二七九八）、七〇三（7・一三二六）、七二〇（7・一三七九）、七五八（3・四一三）、一一〇七（10・二二八三）、一一〇八（11・二七一〇）、一一一一（7・一一四七）

これら重出歌の残存は、万葉歌か否かの識別が難しかったこと、つまり、古今撰者たちに

とって万葉歌の表現がさほど違和感のないものであったことを示すのだと考えておきたい。

鎌倉時代初期の歌学書『八雲御抄』（順徳院撰）は、紀貫之撰の『万葉五巻抄』という書物があったとも伝えているが（院政期に成立した『和歌現在書目録』の「抄家集」の項には「万葉集抄　右一説紀貫之。一説梨壺五人抄之云々。同廿巻抄撰者可尋」とあり、梨壺五人説も併記されている）、貫之の歌には『万葉集』に学んだ形跡が認められる［水谷　一九八八、鈴木宏子　二〇一五］。たとえば、

三輪山をしかも隠すか春霞人に知られぬ花や咲くらむ（古今・春下・九四・紀貫之）

三輪山をそんなにも隠すのか、春霞は。その奥には誰も知らない秘密の花が咲いているのだろうか。

は、「花を隠す霞」という貫之が好んだ〈型〉を用いており、いかにも『古今集』的な歌であるが、この歌の初二句は明らかに、「三輪山を然も隠すか雲だにも心あらなも隠さふべしや」（1・一八、額田王）を踏まえたものであろう。『古今集』の撰者たち、とりわけ貫之には、かなりの程度の『万葉集』についての造詣があったと見てよいであろう。

継承される表現の〈型〉

古来『万葉集』と『古今集』には多くの類歌が存在することが指摘されてきたが［菊地　一九八〇］、個々の歌の類似という以上に、二つの歌集にはさまざまなレベルにおける表現・発想の〈型〉の共有が認められる。たとえば『古今集』四季歌には「梅と鶯」「時鳥と橘」「萩と

鹿」などの「景物の組み合わせ」の〈型〉があるが、それらの多くは『万葉集』の巻八・十、「家持の歌日誌」などの中で形を整えている。共通の〈型〉によりつつ、それぞれの歌集らしい達成が見られるのである［鈴木宏子　二〇〇〇］。また恋歌（相聞）の場合、同じく「忘る」という動詞を用いて歌っても、『万葉集』は「……忘れかねつも」「……妹は忘れじ」といった否定形の類句によって恋の情熱を訴えるのに対して、『古今集』では「忘らるる身」という新しい歌ことばによって恋の終局が見つめられる、といった変化も認められる［鈴木宏子　二〇〇〇］。遠くて近い『万葉集』と『古今集』。二つの歌集の関係は、古代和歌史という大きな文脈の中で考えるべきであろう［鈴木日出男　一九九〇］。

（鈴木宏子）

【コラム⑧】能楽と万葉集

『万葉集』は、中世の能作者たちにとって身近な歌集ではなかった。〈求塚(もとめづか)〉、〈三山(みつやま)〉のほか、世阿弥(ぜあみ)自筆本が残る〈松浦佐用姫(まつらさよひめ)〉は、『万葉集』所収歌に取材してはいるものの、『万葉集』そのものではなく、中世の万葉注や古今注、歌学書所載の説話等の影響下に成立した曲である。

たとえば〈草紙洗小町(そうしあらいこまち)〉中の「それ万葉は奈良の天子の御宇(ぎょう)　撰者は橘の諸兄　歌の数は七千首に及んで」は一見奇異だが、この理解は古今注『三流抄』や『万葉集註釈』等が伝える中世の俗説に通じるものである。世阿弥と同時代を生きた伏見宮貞成(ふしみのみやさだふさ)親王の『看聞日記(かんもんにっき)』には、秘蔵の

「万葉集累代御本」を披見、書写したとの記録があるが、世阿弥を含む芸能者層が『万葉集』本文に直接触れる機会はほぼなかったと考えられる。

ただし、『万葉集』の大和三山妻争いの歌（1・一三〜五）や桜児伝説歌（16・三七八六〜七）、耳成山の縵児伝説歌（16・三七八八〜九〇）を取り込んで成り立つ〈三山〉は、世阿弥周辺の作能傾向を否定できない曲である。大和三山を望む現橿原市一帯は、観阿弥・世阿弥親子が輩出した大和猿楽の故地でもあった。また、中将姫伝説をモチーフとする〈雲雀山〉は「夏草の茂みに交る姫百合の知られぬ御身なり」と『童蒙抄』『古来風躰抄』が引く『万葉集』歌（「夏の野の繁みに咲ける姫百合の知らえぬ恋は苦しきものそ」8・一五〇〇）を謡うことで、人知れず隠された可憐な姫の不幸を効果的に表現している。中世における『万葉集』受容と大和猿楽ゆかりの曲との関わりや、『万葉集』歌を引くことによって達成される能の表現について、さらなる解明が俟たれるところである。

（倉持長子）

（5）平安和歌と万葉集

「平安和歌と万葉集」といっても、その関係は時期によって大きく異なる。有間皇子が磐代に残した松を見て長意吉麻呂が詠んだとされる万葉歌「磐代之　野中尓立有　結松　情毛不レ解　古所レ念」（2・一四四）を軸に推移を見ていくことにしたい。

後撰集以降、拾遺集の頃まで

万葉集の体系的な訓読は天暦五年（九五一）に始まる。村上天皇の勅により宮中梨壺に和歌所が設けられ、藤原伊尹を別当に、坂上望城・紀時文ら（「梨壺の五人」）が後撰集の編纂と万葉集の付訓にあたった。その際の訓（古点）は伝わらないが、平安期の写本から、「いはしろの　のなかにたてる　むすびまつ　こころもとけず　むかしおもへば」であったと推定される。

前節（4）で述べたとおり古今集の時代から万葉集の存在は認められており（真名序によると古今集は編纂の途上で「続万葉集」と呼ばれた）、撰者の作歌にも万葉集由来の表現が観察されるが、天暦の訓読以降、その影響はさらに顕著となる。寛和年間（九八五～九八七）の内裏歌合の詠出歌には、万葉語や古歌表現の受容の態度が認められるという［金子　一九九七］。同じ頃、万葉集の人麻呂関係歌や作者不明歌から成る人麿集や巻十の作者不明歌から成る赤人集といった、万葉集の一部を平仮名書きした歌集が流布した。古今和歌六帖は、後撰集の頃までの四五〇〇首ほどの歌を題別に類聚した歌集であるが、うち約一二〇〇首を万葉歌が占める。人麿集や古今和歌六帖の訓は、現存する万葉集の平安写本の訓と必ずしも一致しておらず、古点を取り込んで成ったわけではなさそうである（注一）。また人麿集、赤人集と古今和歌六帖との間には本文異同も存し、それぞれが独自に訓んだ可能性すらある。

いはしろの　のなかにたてる　結び松　こころもとけず　むかし思はば（人麿集Ⅰ・三）

いはしろの　のなかにたてる　結び松　こころもとけず　むかしをぞ思ふ（古今六帖第五

「むかしをこふ」

平安後期に藤原清輔の記した袋草紙には、「朗詠の江注（和漢朗詠集の大江匡房注）に云はく」として、藤原公任と具平親王とが貫之と人麻呂の歌の優劣を論じたという説話が残り、後撰集成立以降、十世紀後半には万葉集を再評価する機運のあったことが知られる。三十六人撰でも人麻呂は貫之の対とされる。ただ、そこに載る人麻呂歌の多くは万葉集でなく人麿集を典拠としており、この時期の万葉受容が仮名万葉を通して行われていたありようが窺える。

さて、後撰集以降、拾遺集までに詠まれた歌を見よう。曾禰好忠の

わがことは　えもいはしろの　結び松　千歳は経とも　とけじとぞおもふ（好忠集Ⅰ・五八五。拾遺集・雑下・五二六）

は、万葉歌に取材しつつ掛詞を駆使した諧謔の歌である。古今集の頃の歌には万葉の「結び松」をふまえた例は見当たらないから（注二）、人麿集や古今和歌六帖のような平仮名書きの「万葉集」の普及がこの時代の詠歌に新たな材料を与えたと見てよい。

拾遺集には一一三首の万葉歌が採られており、「いはしろの中にたてる結び松心もとけずむかしおもへば」（恋四・八五四）には「題しらず／人まろ」とある。万葉集では長意吉麻呂の作歌とされており、この万葉歌の典拠は万葉集ではなく人麿集であったとわかる（注三）。

十二世紀にかけて

十世紀の後半になると、一人の歌人が一〇〇首の歌を詠む百首歌が流行する。長治二年（一

一〇六）頃には百の歌題について複数名の歌を組み合わせた堀河百首が成立し、後世に多大な影響を与えた。堀河百首において、「苗代」「早苗」など田園風の題が設定されたことによって、万葉集の、特に自然を表す表現が歌語の中に加わることとなったという［竹下 二〇〇四］。

院政期の歌人で、堀河百首にも歌を詠進した藤原顕季は、家集・六条修理大夫集において「いはしろの野中」の結び松を複数の歌で詠んでいる。多くは恋を主題とするが、中には、

すゑの世の　人も見よとや　いはしろの　のなかの松を　結びおきけん（二七六「懐旧」）

のごとく、万葉集に残る川嶋皇子（1・三四。山上憶良作とも）の、

白波の　浜松が枝の　手向草　いく代までにか　年の経ぬらむ〔一云 年は経にけむ〕（1・三四）

に呼応するかのような歌も見られる。堀河百首の「松」題には、

玉藻刈る　いらごが崎の　いはね松　いく代までにか　年の経ぬらむ（一三〇一・顕季。千載集・雑上・一〇四四）

と、万葉集の柿本人麻呂の羇旅歌八首（3・二五〇）の歌い出しに伊勢国行幸留京の歌（1・四〇～二）、麻績王伊勢国配流時の歌（1・二三～四）の表現を重ねつつ、右の川嶋皇子作歌を組み合わせた、万葉モチーフをモザイク状に寄せ集めた歌が見える。

このことが万葉集尊重の態度を表すわけでないことは［田口 二〇一六］に詳しいが、同論文や［家永 二〇〇三］の指摘するように、堀河百首の歌人たちは仮名万葉でなく万葉集を見ていたと推定されるから（注四）、六条藤家の祖たる顕季がどのような万葉集の写本に拠ったの

かという点は、享受の問題として万葉集研究に大きく関わり、注目される。

注

(一)［池原　二〇一六］によると、人麿集三類本には万葉集の古い訓が残るという。

(二)　結び松を詠んだ歌としては「結びきといひける物を結び松いかでか君にとけてみゆべき」(『小町集』Ⅰ・八。『玉葉集』恋一・一三一四)がある。

(三)　拾遺集は万葉歌の採歌にあたって、人麿歌や古今和歌六帖といった平仮名書きの万葉集と共に、万葉集そのものも参照していたと見られる［池原　二〇一九］。

(四)［田口　二〇一六］は顕季の表現に「『類聚古集(るいじゅうこしゅう)』の影響を想定できる例がある」ことから類聚古集を参照していた可能性を示唆する。なお、顕季の表現のうち「しらぬりの（すずもゆららに）」(六条修理大夫集・二四七「鷹狩」、堀河百首)は他に広がりを見せないが、万葉集の長歌(19・四一五四・家持)を典拠とし、類聚古集・元暦校本代緒(たいしゃ)書入れに片仮名訓「シラヌリノ」が見える。広瀬本は長歌のほぼ全体に片仮名傍訓あり。五代簡要に「とりふみたてしらぬりの小鈴もゆらに」とある。

(新沢典子)

(6)『新古今和歌集』と万葉集

『新古今和歌集』(以下『新古今集』と略称)は、後鳥羽(ごとば)上皇の命により、源通具(みちとも)・藤原有家(ありいえ)・藤原定家(ていか)・藤原家隆(いえたか)・藤原雅経(まさつね)の五名を撰者として、元久(げんきゅう)二年(一二〇五)に一応成立、その後もさらに修訂が加えられ、完成にはなお数年を要した。その間、ある程度の歌の編入・削除が施され、現在一般に用いられているのは、削除された歌を含まない精撰本の形態を持つ伝本である。『新編国歌大観』第一巻刊行（昭和五八（一九七三））以降は、その歌番号が用いられているが、それ以前に刊行されていた『日本古典文学大系』（岩波書店、旧版）や『新潮日本古典集成』（新潮社）などは旧『国歌大観』番号なので、若干のズレがあることに注意されたい。本稿の本文・歌番号は『新編国歌大観』によるが、表記は改めていることをお断りする。

さて、『新古今集』と万葉集との関わりには、二つの側面がある。第一に、『新古今集』が万葉集の歌をどのように採録したかということ、第二に、『新古今集』時代に作歌方法として確立された「本歌取り」の対象として、万葉集をどのように利用したかということである。以下、それぞれについて述べよう。

万葉歌の採録

『新古今集』は序文に「万葉集に入れる歌をば、これを除かず」と明記するように、積極的に万葉集を撰歌対象とした。どれだけの万葉歌が採録されているかを見るには、『新潮日本古典集成』の『新古今和歌集上・下』（久保田淳校注、昭和五四（一九七九））の下巻付録の出典一覧表が簡便で、これによれば、万葉集に収載されている歌の総数は六〇首と数えられる。

ただしそれは、撰者たちがこれだけの歌を万葉集そのものから採録したことを意味しない。人麻呂・家持・赤人の家集と考えられていた『人丸集』『家持集』『赤人集』など（いずれも彼らの家集ではなく、十世紀後半〜十一世紀に、万葉歌を中心にしつつ成立した歌集）から採られたと見るべき歌、あるいは『拾遺集』『古今六帖』『和漢朗詠集』などを経由した可能性のある歌が少なくないのである。総数六〇首のうち、右の一覧表に万葉集以外にもその歌を収録する平安時代の歌書が指摘されている歌は三六首に上る。そのほかに一覧表では省かれているものもある（作成者の判断であろう）ので、万葉集にしか見られない歌は一一首に過ぎない。『新古今集』が万葉集のみを資料として採録した歌の数は、実は二〇～三〇首程度であったかもしれない。『新古今集』は約二〇〇〇首の撰集なので、万葉集からの採録は多くはない。

しかし、それら万葉歌が『新古今集』の中で果たしている役割は、単なる比率以上に大きなものがある。それは、『新古今集』が古代から当代に至る歴史を重視した構成を持っていることと関わりがある。わかりやすい例として、巻十「羇旅歌」冒頭を挙げよう。この巻の全九四首のうち前半四九首では、明瞭（めいりょう）に「古」→「今」という一直線の時間進行が図られている。冒頭八九六番からの並びは、元明天皇御歌（万葉1・七八、平城遷都詠）・聖武天皇御歌（万葉6・一〇三〇、伊勢国行幸詠）・山上憶良（万葉1・六三）・人麿（万葉3・二五五）・大納言旅人（万葉4・五七四）と、万葉歌の連続である。以下、古今・後撰期の歌人の歌が並び、次いで拾遺・後拾遺期の歌人、金葉集期の歌人と時代が降（くだ）っていき、ついに新古今当代の俊成（しゅんぜい）・家隆・慈円（じえん）などに至る。五〇首ほどのうちに、五百年に及ぶ時間の流れが凝縮されているわけである。万葉が「古代」を強く印象づけるために用いられていることは明瞭だ。

『新古今集』の万葉歌については、その訓読に強い批判がある。たとえば赤人の富士山歌に関する「田子の浦にうち出でて見れば白妙の富士の高嶺に雪は降りつつ」（冬・六七五、万葉3・

三一八）という『新古今集』の訓は悪名が高い。しかし、原歌は、「当地に行ったら富士は真っ白で驚いた」と報告しただけの歌とも言えなくはない。中世歌人がそれを本当に良いと思っただろうか。曇天の下に広がる、冷えさびた空間を幻想させる訓で知っていたからこそ、『新古今集』や『百人一首』に採られたのではなかったか。

あるいは、「秋さればかり人こゆる立田山立ちても居ても物をしぞ思ふ」（雑歌中・一六八八、題しらず・人麿）のように、万葉原歌「秋されば雁飛び越ゆる（鴈飛越）竜田山立ちても居ても君をしそ思ふ」（巻十・秋相聞・二二九四）の「とひ」を「ひと」と誤ったようなミスは、万葉集の愛好者には受け容れがたいものであろう（『人丸集』にある歌なので、おそらくそちらの本文に転写上の問題があったのだろう）。しかし、万葉原歌の形では、上句は「たつたやま」→「たちてもゐても」という音の繰り返しのみによって下句に結びついており、雁が秋山を飛び越えることは何ら主想に貢献していない。平安時代以降、このように序詞が下句の内容と結びつかずに捨てられてしまうような歌い方は好まれなくなった。『新古今集』の形では、山路を行く狩人たちが立ち、あるいは坐るありさまも想像されて、下句と一応つながりがある。原歌の形であったら、採録されただろうか。

万葉歌からの本歌取り

『新古今集』には、万葉歌を本歌取りした歌が含まれる。新古今期は本歌取りという技法が確立した時代であり、その中心となって主導していたのはまさに撰者たちであった。新古今歌人は、万葉歌をどのように利用したのだろうか。

撰者の一人藤原有家の「朝日影にほへる山の桜花つれなく消えぬ雪かとぞ見る」（春上・九八）は「朝日影にほへる山に照る月の飽かざる君を山越しに置きて」（万葉4・四九五、田部忌寸櫟子）から初二句の美しい詞を借用しているが、原歌では比喩の中にあった句を、早朝の清浄な景を作り出すために用いている。万葉によって新たな自然描写が拓かれているのである。

優れた歌学者として知られる顕昭は、「萩が花真袖に掛けて高円の尾上の宮に領布振るや誰」（秋上・三三一）において、「宮人の袖付け衣秋萩ににほひ宜しき高円の宮」（万葉20・四三一五・家持）に拠りつつ、全体に古風な道具立てで、古代の宮人の姿を描いている。万葉歌の襲用が、古代的な一場面の形象を目指して行われた例と言えよう。

藤原定家の「白妙の袖の別れに露落ちて身に染む色の秋風ぞふく」（恋五・一三三六）は、「白たへの袖の別れは惜しけども思ひ乱れて許しつるかも」（万葉12・三一八二）に拠る。色のない袖に、暁の透明な露が落ち、それが肌を濡らしていく。秋風の寒さが濡れた皮膚に染み通る。別れのつらさが、目に見えない染料が布を深く染めていくかのように身体を支配する（「露」は袖に落ちる涙でもある）。条理を超えた詞続きによって、さまざまな感覚・心情が融合し、まさに独創的な高みに達した歌だと思うが、それは万葉の「白たへの袖の別れ」という、想像力を刺激する詞がなくては行き着けなかったイメージであったに違いない。

新古今歌人は、あくまで自分たちの感覚に引き寄せて万葉歌を詠んでいる。しかしそこから優れた新作が立ち上がっていったことも、認めるべきなのである。

（7）江戸時代の文学と万葉集

（浅田 徹）

国学との関わり、成果としての注釈書

江戸時代の文学と『万葉集』の関わりという点では、江戸時代前期における国学の勃興（ぼっこう）が鍵（かぎ）となる。日本人の純粋な精神を探究するという理念に従って、国学者たちは『万葉集』をはじめとする古代の文学作品を分析し、その表現に基づく和歌を創作した。

研究成果としての『万葉集』の注釈書のうち、代表的なものについて述べておきたい。

北村季吟（きたむらきぎん）『万葉拾穂抄（しゅうすいしょう）』（貞享（じょうきょう）三年（一六八六）成立、元禄（げんろく）三年（一六九〇）頃刊）は、本文を訓読した上での全歌にわたる注釈としては最初の試みである。頭注形式を駆使し、立体的でわかりやすい、季吟らしい啓蒙的な注釈となっている。

契沖（けいちゅう）『万葉代匠記（だいしょうき）』（貞享末頃初稿本成立、元禄三年精撰本成立）は、もともと徳川光圀（みつくに）が下河辺長流（しもこうべちょうりゅう）に依頼していたものだが、病気のため果たせず、契沖が引き継いで完成させた。徹底した用例主義によって、訓読が決定され、内容的にも極めて高度な考証が施された。今日の万葉研究の礎はここで出来上がったと言っても過言ではない。精撰本の惣釈雑説に「古の人の心に成りて、今の心を忘れて見るべし」とあるように、古代人の心に同化して、古語を忠実に再現

していく姿勢が見て取れるのである。

賀茂真淵『万葉集考（万葉考）』（明和六年（一七六九）～天保十年（一八三九）刊）は、契沖の実証主義に対して、むしろ鑑賞主義を徹底させたものといえる。ちなみに、次項で挙げる「東の」の歌の訓読も真淵によってなされたものである。真淵は巻一・二、十一～十四を『万葉集』の原形と考えて、その六巻に注釈を施し、残りは真淵の草稿に基づいて狛諸成が補訂し、明治三十六年（一九〇三）に一括して刊行された。

橘（加藤）千蔭『万葉集略解』（寛政八年（一七九六）～文化九年（一八一二）刊）は、学問的な考証に拘泥せず、むしろ穏当で簡略な解説につとめたため、広く流布した。契沖・賀茂真淵の説のみならず、本居宣長の説も多く参照している。江戸時代における、『万葉集』の全歌注釈は、ここで挙げる五つの著作であるが、このうち近世において全歌注釈として刊行されたのは『万葉拾穂抄』と『万葉集略解』である。

鹿持雅澄『万葉集古義』（弘化二年（一八四五）頃までに成立）は、本文の注釈以外に、枕詞・地名・人物・品物などについて考察し、近世で最も詳しい。明治時代になってから刊行された。

和歌作品と『万葉集』

『万葉集』の表現に依拠して和歌を制作することについては、「古の歌をまねびて古へ風の歌を詠」（『にひまなび』）むことを提唱して、真淵が積極的に推進した（もっとも、真淵が万葉主義に傾斜するのは五十歳頃からであって、それ以前はむしろ『古今集』に親しんでいた。そのことが真淵の歌人としての幅を広げている）。

真淵の名歌に、

にほどりの葛飾早稲のにひしぼりくみつつをれば月かたぶきぬ（賀茂翁家集・一八四）

葛飾の早稲で作った新酒を飲んでいると、月が西の空に傾いたことだ。

がある。この歌は、

にほどりの葛飾早稲を饗すともそのかなしきを外に立てめやも（14・三三八六・作者未詳）

葛飾の早稲を神に供えて祭る神聖な晩であっても、あのいとしい人を外に立たせたままにできようか。

東の野にかぎろひの立つ見えてかへり見すれば月かたぶきぬ（1・四八・柿本人麻呂）

東の野の果てにあけぼのの光がさし始めるのが見えて、振り返ってみると月が西の空に傾いたことだ。

という二首の万葉歌を踏まえる。前者からは、恋人に寄せる思いの純粋さを、後者からは、古代的な大きな景観を摂取し、古代人の心に学んでいるわけだ。その上で、穏やかな気分で酒を飲む江戸時代当時の現実も歌に反映されている点が好もしい。

真淵門の楫取魚彦（一七二三～八二）の歌も一首引いておこう。

天の原吹きすさみける秋風に走る雲あればたゆたふ雲あり（楫取魚彦家集・一四七）

大空を吹き荒れる秋風によって、すばやく移動する雲があるかと思えば、あちこちと揺

　　れ漂う雲もあることだ。

全体にゆったりとした万葉調が認められ、その中にやや口語的な下句がうまく溶け込んでいる。
良寛（一七五八〜一八三一）の歌も一首挙げておきたい。

　秋山をわが越えくればたまほこの道も照るまで紅葉しにけり（布留散東・三五）

　　秋山を私が越えて来たところ、道も照り輝くほど、あたり一面が紅葉していたことだ。

右のうち、「わが越えくれば」「紅葉」は、

　大坂を我が越え来れば二上にもみち葉流るしぐれ降りつつ（10・二一八五・作者未詳）

により、一首の景にも通じるところがある。「紅葉しにけり」は、

　我が衣色どり染めむうまさけの三室の山は黄葉しにけり（7・一〇九四・人麻呂歌集）

による。「秋山を」越えるというのは、

　二人行けど行き過ぎがたき秋山をいかにか君がひとり越ゆらむ（1・一〇六・大伯皇女）

が意識されていよう。
枕詞「たまほこの」も『万葉集』によく見られる。
逆に言うと、ほとんどが『万葉集』表現の切り貼りをしている中で、「道も照るまで」のみがそうではなく、ここがむしろ実感を伴った強い印象を醸し出しているとも言える。

（鈴木健一）

（8）近現代文学のなかの万葉集

万葉集の普及

明治維新以降、特に近代文学の草創期といえる明治初期は、万葉集が文学作品の中に取り入れられた例は見られない。品田悦一のまとめによれば、この時期にはまだ、人々が万葉集に触れるには、版本か、賀茂真淵『万葉考』、橘千蔭『万葉集略解』といった国学者による注釈書によっていた。明治二四年（一八九二）になって三冊本の洋装活版『万葉集』（『日本歌学全書』9～11）が発売される。これが、廉価で持ち運びしやすいサイズであり、簡潔な頭注も付いていたことから、読者を飛躍的に増加させ、以後万葉集の標準的なテキストとなった。森鷗外（もりおうがい）も、日露戦争の際はこのテキストを携行していたという（注一）。こうした万葉集の一般社会への普及を受け、文学作品のなかにも次第に万葉集が反映されるようになっていった。

明治～大正時代の文学

大正期には、アララギ派の台頭もあり、万葉集は韻文に大きな影響を与えた。「文豪」と呼ばれる作家たちも多く万葉集を意識した歌を詠んでいるが、散文は多くない。そのような中で、鷗外の「玉篋両浦嶼（たまくしげふたりうらしま）」（戯曲）、「生田川（いくたがわ）」（戯曲）、夏目漱石（なつめそうせき）の「草枕」は、万葉集の歌と関わる作品の嚆矢（こうし）といえよう。「玉篋両浦嶼」は「詠水江浦島子」（9・一七四〇〜一）を典拠の一つとし、セリフは七五調で書かれている。万葉歌の詞句を取り入れた部分もあるのが特徴である。「生田川」は、謡曲「求塚」を介しつつ、葦屋（あしのや）の菟原処女（うなひをとめ）の伝説歌（9・一八〇九〜一一）をモチーフとしている。「草枕」では同じ伝説と思（おぼ）しき話が、茶店の場面で婆さんによって語られる。個性を持つ歌人の作品よりも、伝承歌のほうが摂取しやすかったのであろうか。

昭和の文学

昭和に入っても、万葉集に依拠する小説が書かれるまでには時間がかかった。昭和一四年（一九三九）折口信夫「死者の書」が、その大きなきっかけとなる。研究者が研究成果をもとに小説を書く目的は、上野誠が「歴史資料を読解した実感、さらには文学作品の読解で得た実感、民俗調査で得た実感を表現する手段の一つとして、小説や劇や創作を提案し、それを自ら試みているのである」（注二）と述べている通りであろう。堀辰雄（ほりたつお）は「死者の書」について自作品の登場人物に、「唯一の古代小説だ。あれだけは古代を呼吸してゐるよ」と語らせた。堀は折口に傾倒し、大学で講義も受け、会得した万葉の知識を作品に反映した。「古墳」（「大和路・信濃路」）では人麻呂の「泣血哀慟歌」（2・二〇七〜九）の追慕に注目、鎮魂の心がリルケの「Requiem（レクイエム）」にも通ずることに気づき、「或る日萬葉集に読みふけつてゐるうちに一聯の挽歌に出逢ひ、あぁ此処にもかういうものがあつたのかとおもひながら、なんだかぢつとしてゐられないような気もちがし出しました」と述べている（注三）。

色合いの異なるものとして、中勘助の小品「鶴の話」は、山部赤人が「若の浦に潮満ち来れば潟をなみ葦辺をさして鶴鳴き渡る」（6・九一九）を詠んだ事情と丹頂鶴の頭が赤い謂れを、童話的に書いてユーモラスである。

第二次世界大戦終結後は、万葉集に取材した文学が花開いていく。昭和期の小説としては、一人の歌人を取り上げ、一代記的な作品をなすものが多い。取り上げられた歌人としては管見によれば、歌数の多寡ではなく、印象に残る有名歌を詠んだ、有間皇子、額田王、大津皇子（及び大伯皇女）が多い。この中では井上靖『額田女王』を挙げておこう。井上は歴史小説の主人公について、「歴史小説の主人公は、私の場合、いつもどこか一点、判らない点がある人物である。（略）書くことによって、その人物の判らないところを判ろうとする衝動を感ずるのである」（注四）と述べている。井上は、やはり折口をはじめとする当時の研究成果を取り入れながら、額田王を「額田は（中大兄）皇子さまの輝かしいお仕事を、輝かしい時代を、民の心で称える歌を詠いとうございます。（略）そのために額田はこの世に生を享けて来たのでございます」という、巫女性を帯びた宮廷歌人として造形し、深厚で詩情豊かな文章で描き出した。

その後は、永井路子、杉本苑子、黒岩重吾らによる歴史小説が多く書かれる。永井路子『美貌の女帝』は、それまでほとんど取り上げられることがなかった元正天皇にスポットをあて、古代の天皇の后、母后、女帝と女系を通して伝わった蘇我氏の命脈が、藤原氏の血を引く聖武天皇の即位により断たれたという新たな女帝史観を提示した。こうした通説を超えた独自の歴史観は、黒岩重吾『天翔る白日　小説　大津皇子』などにもみられる。そして彼らの作品は、万葉歌を引用しながらも、歌や歌が詠まれた場について、幅広い、作家ならではの新解釈を加えていった。万葉集がより普及し自由な読みが許されるようになった証しであろう。

平成〜現代の文学

万葉集に題材を求めた文学作品は一時沈滞したように見えたが、平成に入り、殊に二〇〇〇年以降は相次いで刊行されるようになってきた。また小説への取り上げ方にも多様性が見られる。壬申の乱など大きな歴史的事件を中心に取り上げ、それを取り巻く人物群像を描いていくスタイル、登場人物の設定を大胆に変更したもの、または作中に架空の人物か、実在はしていてもほとんど来歴不詳な人物をキャラクター化する手法で、より自由でファンタジックなストーリー展開を試みる。澤田瞳子『日輪の賦』は持統天皇の物語であるが、架空人物として男装の女性を腹心として登場させるとともに、人麻呂、憶良などの歌人も、「どこか浮世離れした」人間の姿で描いている。三田誠広は、『白村江の戦い　天智天皇の野望』で中臣鎌足を渡来人の設定とした。他には、光明子を取り上げた葉室麟『緋の天空』や、玉岡かおる『天平の女帝　孝謙称徳――皇王の遺し文』などの作品が注目される。

こうした「大人向け」の小説とはジャンルを区切って、若者向けの書物にも触れておきたい。大原富枝・文、岩崎ちひろ・画『万葉のうた』は、岩崎ちひろのモノクロの挿絵が印象深い。山本藤枝『万葉のうたひめ　額田女王』とともに、ジュニア層に万葉歌の存在と味わい方を示してくれる良質の指南書である。若年の頃から万葉集に接する機会を広げ、やがて全歌テキストに目を向けるきっかけとなることを期待したい。

近現代のその先へ

近現代とよばれる約百五十年の間にも、万葉集は時代のあり方によってさまざまに切り取られ、文学の中に生き続けてきた。ごく大摑(おおづか)みに言えば、個々の歌人や、歌を「読み解く」文学から、万葉集を一つの素材として古代という時代を読む方向へと変化していることは確かであろう。

テキストは時代とともにある。どのように読み継ぎ読み換えて新しい作品が生まれるか、注視していきたい。

（太田真理）

注

（一）品田悦一　二〇一九年『万葉集の発明』新装版　新曜社（初版二〇〇一年）
（二）上野誠　二〇一八年『折口信夫的思考　越境する民俗学者』青土社
（三）堀辰雄　一九八二年「古墳」、「『死者の書』古都における、初夏の夕ぐれの對話」『堀辰雄作品集　第四巻』筑摩書房（初出　二作品とも一九四三年）
（四）井上靖　二〇〇九年「歴史小説の主人公」『新編　歴史小説の周囲』講談社文芸文庫（初出『歴史読本』一九六〇年）

（9）近代短歌と万葉集

万葉崇敬は子規やアララギ派ばかりではない

明治四三年（一九一〇）に出版された吉井勇の第一歌集『酒ほがひ』（昴発行所）に「君にちかふ阿蘇のけむりの絶ゆるとも万葉集の歌ほろぶとも」という歌がある。明治一九年（一八八六）、元薩摩藩士の伯爵家に生まれた吉井は二〇歳で与謝野鉄幹の主宰する新詩社に入社し、『明星』に短歌を発表して北原白秋と共に新鋭として注目を集めた人物である（翌年に離脱）。その後四二年（一九〇九）には森鷗外監修のもと石川啄木、平野万里と共に雑誌『スバル』を創刊。戯曲を多く発表して耽美派の歌人・劇作家としての地位を確かなものとしている。

近代における万葉集評価は根岸短歌会を組織した正岡子規に始まり、この流れを引き継いだアララギ派の伊藤左千夫から島木赤彦、齋藤茂吉、土屋文明へと受け継がれていったとするのが一般的だが、アララギと対抗する勢力だった新詩社『明星』の側にルーツを持つ歌人にも万葉集は崇敬の対象とされていたことを、右の『酒ほがひ』の歌から知ることができるだろう。

万葉集と近代国民国家の確立

明治三一年（一八九八）二月から一〇回にわたって新聞『日本』に発表した「歌よみに与ふ

る書」で子規は、「貫之は下手な歌よみにて古今集はくだらぬ集にて有之候」（「再び歌よみに与ふる書」）とこき下ろし、万葉集への回帰と写生による作歌を説いたが、小泉苳三『近代短歌史　明治篇』（白揚社、一九五五）によれば、実は子規はこの時点で万葉集を熟読していなかった。

「四たび歌よみに与ふる書」で子規は「さて人丸の歌にかありけん」として宇治川作歌（3・二六四）に触れ、併せて「「足引の山鳥の尾の」といふ歌」を引いて「この歌を名所の手本に引くは大たはけに御座候」と評するが、これは百人一首に人麿作とされるものの、万葉集では巻十一・二八〇二に「或本の歌に曰く」として引かれる作者未詳歌だ。同じことは「五たび歌よみに与ふる書」でも繰り返され、百人一首の凡河内躬恒の歌を「嘘の趣向」とする一方で、「上手な嘘は面白く候」と述べる例歌として、やはり百人一首の「鵲のわたせる橋に」の歌を引きながら、「家持のは全くない事を空想で現はして見せたる故面白く被感候」と評している。万葉集にこの歌が無いことは通読した者には明らかだし、よしんばそれを知っていたとしても、同じ百人一首のなかで躬恒と家持との優劣を論じたところで万葉優位を説く論旨の利益にはなるまい。

　ではなぜ半可通の子規が殊更に万葉への回帰を主張したのか。品田悦一『万葉集の発明』（新曜社、二〇〇一）は、万葉集をこの国の聖典とする動きが子規以前からすでに存在していたのだと説いている。明治二三年（一八九〇）に出版された日本最初の文学史書である、三上参次・高津鍬三郎『日本文学史（上・下）』（金港堂）には、「奈良の朝は、和歌の時代なり。上は万乗の貴きより、下、匹夫に至るまで、皆、歌を詠まざるなし。而して其精粋は、万葉集に載れるもの即是なり」との記述を見るし、同じ年の識語を有する関根正直講述『日本文学史』（哲学館）にも「（万葉時代には）上は天皇皇后より、下は賤しき民の、名だに知られざる者すら、事に臨み折にふれ、楽しみ悲しみに就きて、歌い出だせるなりけり」と記されている。これと同時期の明治二二年（一八八九）に大日本帝国憲法が公布、翌年第一回帝国議会が開会されたことを想起しておきたい。国民とその一体化の象徴である国語にとっての古典を確立することが、憲法や議会と同様に急務だったことが知られる。

また右の傍線部が似通っていることにも注意を向けておこう。同じフレーズはアララギ派の領袖だった島木赤彦の『歌道小見』（岩波書店、大正一三年（一九二四））にも、「そこで万葉集は如何なるものであるかと申しますと、第一の特徴は、万葉集は民族的の歌であります。日本民族全体が赤裸々になって膝を交へて、お互に人間としての共通した感情を有りのままに歌つて居ります。上は天皇から下は潮汲む海女、乞食までが皆左様であります」（「万葉集の系統」）となぞられている。この傍らに、元号「令和」が発表された際の首相談話で「天皇や皇族、貴族だけでなく、防人や農民まで、幅広い階層の人々が詠んだ歌が収められ、我が国の豊かな国民文化と長い伝統を象徴する国書であります」と述べられていたことを添えてもよい。近代国民国家の枠組みにおいて万葉集は「民族的」な「国書」として発見され、崇敬を約束された古典となった。子規や吉井勇らもその流れに沿って歌い、あるいは論じたのであって、決してその反対ではなかった。

歌人と和歌の研究

戦後のある頃までは万葉集のみならず、和歌文学の研究は歌人が多くを担っていた。万葉集の最初の現代語訳は釈迢空＝折口信夫の『国文口訳叢書　万葉集』（文會堂書店、大正五年（一九一六））だし、土岐善麿の万葉調歌人の研究も見逃せない。齋藤茂吉『万葉秀歌』は広汎に読まれ、窪田空穂『万葉集評釈』や土屋文明『万葉集私注』など現代でも利用される全注釈書を著した歌人もいる。

中でも、たった三年間学生を募集した東京帝国大学古典講習科を明治二一年（一八八八）になぜか一六歳で卒業した佐佐木信綱は、二三年から翌年にかけて父弘綱と共編で『日本歌学全書』十二巻（博文館）を出版し、三一年から翌年にかけては続十二巻を完成させて、和歌文学のテキストを広く一般に入手できるものとした。この『日本歌学全書』の第九編と十一編が金属活字版によって印刷された最初の『万葉集』だった。

続十二巻の刊行と時を同じくして「竹柏会」を組織し、いまにつながる短歌結社誌『心の花』を創刊した信綱は、明治四五年（一九一二）に橋本進吉、千田憲と共に文部省文芸委員会から万葉集の定本作成事業の嘱託を受ける。その後、武田祐吉、久松潜一の協力を得、大正十二年（一九二三）九月一日の関東大震災で印刷済み五〇〇部をはじめ、底本や印刷用原稿、清書原稿などをすべて焼失する事態に見舞われながらも、翌一三年に和装本全二五冊、五帙での『校本万葉集』の出版開始にこぎつけた。この校本が増補版、新増補版、新増補追補版と万葉集さながらに雪ダルマ式の増補を重ねて、現在でも万葉集の本文研究の基礎文献として用いられている。

信綱はこの間、大正六（一九一七）年に『和歌史の研究』（大日本学術協会、大正四年（一九一五））で学士院恩賜賞を受けたことなどが評価され、昭和一二年（一九三七）、幸田露伴や横山大観らと共に第一回文化勲章を受章しているが、その際の専攻分野は「和歌・和歌史・歌学史」だった。信綱の研究がいかに評価されたかが知られよう。

（月岡道晴）

【コラム⑨】ポップカルチャーと万葉集

一九九〇年代初頭の冷戦終結を機に、社会が急速にグローバル化する中、改めて自国の文化を現代的な感覚で捉えるポップカルチャーが注目されるようになった。『万葉集』をはじめ古代文化・文学もこの流れの中で捉え直され、海外に向けても発信されている。

中でも第一に取り上げるべきは、マンガ・漫画であろう。もはや古典ともいえる『天上の虹』（里中満智子）は、持統天皇の一代記であり、額田王をはじめとした万葉歌人が、歌とともに多く登場する〝大河漫画〟である。以来、人物を中心に時代を描く物語が多かったが、近刊では『あをによし、それもよし』（石川ローズ）のように、現代から奈良時代へタイムスリップしたミニマリストである主人公の目を通して、古代を改めて意義づけるような作品がみられるようになった。

アニメ映画では人麻呂の「鳴る神のしましとよもしさし曇り雨も降らぬか君を留めむ」（11・二五一三）などの歌をモチーフに、不器用な恋の物語を紡ぎ出した「言の葉の庭」（新海誠）がある。歌世界と相俟って繊細な雨の風景描写が美しい作品だ。同じ作者の「君の名は。」は、過去の少女と現代を生きる少年が時空を超えて交差するＳＦファンタジーであるが、交差する時や場が「誰そ彼時」「坂（堺）」であることなど、設定に古代的な要素がちりばめられている。同じような仕掛けは、スタジオジブリ作品の「となりのトトロ」「千と千尋の神隠し」等にもみられる。こうした仕掛けを探しながら〝万葉的視点〟で作品を見直すのも楽しい。

ゲームは、『古事記』等に比べてほとんどみられない。スサノオやヤマトタケルのようなヒーロー性を持った登場人物がいないのが理由であろう。しかし最近、ライトノベル（ラノベ）の世界で、万葉時代に関わる〈妖〉を登場させ、作品内で問題解決するゲーム的展開を持つ作品もみられる。

コスプレも、ポップカルチャーの大きな要素である。以前は、百人一首の絵札の影響があってか、万葉時代も束帯・十二単を着ていたイメージを持つ人が多かったようだ。しかし、平城遷都千三百年記念イベント等を機に万葉時代の衣装が注目され、着装体験が人気となり認知度も上がってきた。万葉装束を着装しての結婚式プランもあるとのことだ。

万葉集は多様な面を持っている。今後どのような点に着目した文化が生まれるか、期待される。

（太田真理）

二、注釈書の歴史

（1）万葉集のなかの万葉歌の注釈

「注釈」を抱え込むテクストとしての『万葉集』

万葉歌の注釈と言えば、まずは本文校定（複数の伝本を比較して本文を定めること）、訓読（万葉仮名を読み下すこと）、語釈（語句の意味を明らかにすること）といったことが思い浮かぶのではないだろうか。さらには、作者の系譜や経歴、歴史的背景、作歌事情、資料の出所、といったことなどの考証も注釈の範疇に含まれるであろう。

実はこのような「注釈」に類する記載は『万葉集』の随所に見受けられる。『万葉集』の一つの特徴は、原資料に書かれていたと見られる注記や、編者自身による注記などが、テクストの内部に取り込まれているというところにあるが、それらが個々の歌に関するさまざまな情報を提供していることは注目に値しよう。『万葉集』はその内部に「注釈」を抱え込んでいると言っても過言ではないのである。

「注釈」の種々相

　たとえば、『万葉集』には「或本の歌に曰く」（2・八九題詞）などという形で、「或本」「一書」「或書」「古本」といった文字資料を参照した旨が随所に記されている。対象となる本文を他資料の本文によって校合していることが注意されるが、これは一種の本文校定と言ってよいだろう［城崎　二〇〇四］。但し、これらの記載には、その巻が編まれた当初からあったものと、増補の過程で追記されたものとがあったと思われる。その峻別は必ずしも容易ではないが、巻十三の「或本」の歌のように編纂の根幹に関わって初めから存在したと見られるケースも認められる［村瀬　二〇〇二］。なお、「旧本」という記載もあるが（1・一五左注、一九左注）、これは校合の資料ではなく底本を指している可能性もある［伊藤　一九七四a］。

　このように他資料を参照した旨を断る注記は巻一～十六に見られるが、それらの中には、資料の出所として歌集名を挙げる場合（柿本人麻呂歌集、田辺福麻呂歌集、高橋虫麻呂歌集、笠金村歌集、古歌集など）や、歴史的背景や作歌事情の考証のために史書などを参照している場合（『古事記』『日本書紀』など）も見受けられる。後者には「補任の文」（6・九七二左注）、「案内」（6・一〇〇九左注）といった文書も用いられているが、特に注目されるのは、山上憶良の編纂した『類聚歌林』（逸書）を利用した注記であろう。たとえば、額田王の歌の左注に、

　右、山上憶良大夫の類聚歌林に検すに、曰く、「一書に、戊申の年、比良宮に幸せるときの大御歌」といふ。……（1・七左注）

とあるが、ここには行幸時の作であるという作歌事情と共に、天皇御製であるとする注目すべき作者異伝が見える。題詞には「額田王の歌」とあるのでこの左注は増補の過程で追記された「注釈」と見られるが、同種の注記は巻一に散見する〔伊藤　一九七五、神野志　一九九二〕。その注記者は不明であるが、大伴家持らと推測する向きもある（『全注』1・六の「考」など）。

なお、作者の系譜・経歴に関する注記は非常に多い〔中西　一九九五〕。一例を掲げよう。

　大伴宿禰、諱を安麻呂といふ。難波朝の右大臣大紫大伴長徳卿の第六子にあたり、平城朝に大納言兼大将軍に任ぜられて薨ず（2・一〇一題詞の細注）

また、歌の内容から作歌の年月を推測したという注記（6・九一七～九左注）や、地名や語句などに基づいて歌のありように疑義を呈する注記（6・一〇三〇～一、13・三二六一、三二八四の左注）など、編者による考証が記されているケースもある。次もその一例。

　右の一首の歌は、今案ふるに反歌に似ず。ただし、旧本にこの歌を以て反歌に載せたり。故に、今も猶しこの次に載す。……（1・一五左注）

この「今案」という注記は巻一～四、六、十三、十六に一七例見える〔城﨑　二〇〇四〕。

一方、語釈的な注も散見する。「ここにやまたづといふは、これ今の造木をいふ」（2・九〇細注）や「月の別名をささらえをとこと曰ふ、この辞によりてこの歌を作る」（6・九八三左注）などは、それぞれ読者を意識して語の注釈を施したものと認められる。

なお、「東風」（19・四〇一七の原文）について「越の俗の語に東の風をあゆのかぜといふ」と細注を付して「東風」と訓ませているのは、語釈的な内容を含んではいるものの、一種の訓

注（訓読のための注）と言ってよいだろう。『万葉集』には訓注と見られる注記は多くないが、計九例ほどが指摘されている［古屋　一九九八］。

各巻首に備わる「目録」も注釈的な面があり、注目される。巻十五以前の目録が古体をとどめており、目録の筆者が主体性を持って本文に対していること、また巻十五の目録が貴重な情報を提供していることなどがすでに指摘されている［木下　二〇〇〇、伊藤　一九七四b］。

「注釈」と「編纂」

家持歌日記の性格を持つ巻十七～二十には、家持の「自注」と見られるものが少なくない。「書持挽歌」（17・三九五七～九）の歌中に記された細注などは明らかに読者を意識した説明的自注であろう［上野　二〇一八］。家持の自注としては巻十九の巻末記も注目される。

> 春日遅々に、鶬鶊正に啼く。悽惆の意、歌に非ずしては撥ひ難きのみ。仍りてこの歌を作り、式て締緒を展べたり。ただし、この巻の中に作者の名字を偁はずして、ただ年月所処縁起のみを録せるは、皆大伴宿禰家持が裁作れる歌詞なり。（19・四二九二左注）

ここには家持自身しか知り得ない作歌事情と共に巻十九の編纂方針が併記されているのであるが［松田　二〇一七］、この「注釈を施しながら編む」という編纂姿勢は、万葉集全体に底流するものではないだろうか。少なくとも現存する『二十巻本万葉集』の歌々は、編者による「注釈」と共に読まれることを前提として編まれていると見るべきであろう。

（松田　聡）

（2）万葉集注釈の始まり

万葉集注釈の嚆矢

万葉集の独立した注釈として最も古いものは平安末期に成った『万葉集抄』である（注一）。万葉集の掲出順に沿った初の万葉集専門の注釈書であったが、抄出歌数が一七三首と万葉集全体の四％に満たず、注釈としての評価はそれほど高くない。写本としては、永仁六年（一二九八）の藤原資経（すけつね）写による冷泉（れいぜい）家時雨（しぐれ）亭文庫蔵本と、その写しである宮内庁書陵部本が確認できるのみであり（注二）、読者の広がりも限定的だったと考えられる。

鎌倉中期（文永六年（一二六九））に成立した仙覚『万葉集註釈』は総歌数八〇〇首以上であるから、分量も内容も及ぶべくもないが、仙覚『万葉集註釈』には『万葉集抄』の釈文をそっくりそのまま引き写した箇所が複数見られる（一〇〇、一七〇八、一七一七、二六五七など）。その多くが典拠を断っておらず、仙覚の自説に紛れる書き方がしてある。仙覚『万葉集註釈』は、江戸時代前期には版本で刊行され世に流布したから、『万葉集抄』自体が広く読まれなくとも、その説は仙覚『万葉集註釈』を通して後代の注釈に影響を与えたと見てよい。

『万葉集抄』の作者については、奥書に「撰者範永朝臣」とあるものの、書写者（資経）が書写奥書に「今案若範永以後之人撰之歟」と記すように、藤原範永（のりなが）の撰とは考えにくい［竹下一九九四]。佐佐木信綱は、『万代集』巻十八に残る平忠度と盛方妻との贈答の詞書「藤原盛方朝臣かきおける万葉集の抄をかりて侍りけるを……」(雑五・三五四一)を『万葉集抄』と見て盛方の撰かとする[佐佐木 一九二六](注三)。後藤祥子は、範永に仮託された後人の所為と見る[後藤 一九八六]。辞書・解説書類には盛方とする記述が多いが、ここでは不明としておきたい。

先行歌学書からの影響

平安末期に万葉集専門の注釈が現れたのはなぜか。

平安中期の歌学書『能因歌枕』には一四首、平安後期の歌学書『隆源口伝』(成立年未詳、『後拾遺集』以降)には一八首の万葉歌が引かれている(注四)。万葉語への関心の高まりを示すようだが、引用のあり方を見ると、もっぱら歌語をどのように詠み込むべきかに関心があり、万葉歌はその証歌として引かれるに過ぎない。典拠についても『隆源口伝』は、「春の霜」の例歌として「万葉集歌」と明記しつつ、「あざみ摘む春の夕霜置きそめてしばしも見ねば恋しきものを」の一首を引くのだが、この歌は万葉集には見あたらず、現存の資料では『人麿集』Ⅱ~Ⅳ類本に見えるのみである。『人麿集』は万葉集の作者不明歌や人麻呂関係歌から成る平仮名書きの万葉集抄であるから、「万葉集歌」とはいっても、いま見る『万葉集』と同じ体裁のものではなく、『人麿集』のような平仮名書きの万葉集抄出本を参照していた可能性が高い。

なお、『袋草紙』には、「江記(十一世紀後半~十二世紀初頭に書かれた大江匡房の日記)に云はく」として、土御門右府大納言の歌合で講師を務めた平棟仲が敵方から歌を難ぜられて、その場で古万葉集の歌と称し歌を詠んで証歌としたとの話が見える。また、十二世紀初頭に成立した『俊頼髄脳』には、永承四年（一〇四九）一一月九日の内裏歌合での藤原資仲詠「岩代のをのへの風に年ふれど松のみどりはかはらざりけり」について、「岩代の松はうせたる人の塚の木にはあらずとも、有間の皇子のよからぬ事によりてまどひあるき給ひけることのおこりを思へば、歌合にはよまでも有りぬべしとぞ承りし（有間皇子が謀反の咎で護送されたとの背景をふまえれば、歌合の場で詠む必要もなかろう、と聞いている）」との批評が残る。十一世紀半ば以降、歌合の判において語の用法が問題とされるに伴い、歌の背景までを含めた万葉語のより深い理解が求められるようになったことがわかる。

仙覚『万葉集註釈』へ

そうした流れの中で誕生した『万葉集抄』もまた、たとえば「……此歌ハ、舟ト云事モヨマデ、タダ「コギイデツリス」ナドヨミタル也。サレバスヱノ（虫損）人モ舟ト云心ヲヨマムニ、「アマ」トヨミテハ「ツリス」ナドヨミタランハ、アシカルベシ」（9・一六七〇の釈文）のごとく、作歌のための語法に関心の中心があって、先行する歌枕や髄脳の内容を超越してはいない。ただし、先行する歌枕や髄脳の類いは、「これもさやうの心なめり。万葉の歌なり」（『俊頼髄脳』「つばめ」）のごとく、万葉歌を勅撰集歌や拾遺抄の歌と並べて引用するのみで、古歌として区別したり、作者に関する興味を示したりはしなかった。その点、題詞・作者を記し、次に本文を掲げ、その横に釈文を記していく勅撰集風ともいうべき『万葉集抄』のスタイルは、他の歌集の用例に混ぜて用法のあかしとして万葉歌を引用するこれらの髄脳類とは一線を画し、同じ頃に成った藤原教長(のりなが)や顕昭の『古今集註』(文治(ぶんじ)元年(一一八五)成立)に似る。

なお、釈文の内容や方向性に教長の『古今集註』との近さが感じられるものの、『万葉集抄』には、顕昭『古今集註』に見られるような、先行文献中の用例、先行説への目配りや「今案」との区別、諸本間の本文異同への関心は確認できない。古今集註に見られるこうした姿勢や、校勘と一体の、歌語よりさらに小さな単位である音韻(五音相通)への関心が万葉集注釈の上に現れるには、仙覚『万葉集註釈』の出現を待たねばならない。

注

(一) 「萬葉抄云」として顕昭『袖中抄』にも引かれており、『袖中抄』成立の文治二~三年(一一八六~八七)頃までには成立していたと考えられる。

(二) 『冷泉家時雨亭叢書 第三十九巻 金沢文庫本万葉集 巻十八 中世万葉学』(朝日新聞社)、『萬葉集叢書 第九輯 秘府本萬葉集抄』(古今書院)にそれぞれ影印が載る。

(三) ただし[佐佐木 一九二六]も文末の「附記二」において、「かきおける」は書写の意とも取れるとして、「著者に就いては、なほ疑を挿む余地が無くはない」と判断を留保している。

(四) 渋谷虎雄『古文献所収万葉和歌集成 平安・鎌倉期』による。本文中の万葉歌引用数はすべて本書による。

(新沢典子)

【コラム⑩】校本万葉集と索引

日本文学の作品で最初に校本と索引とが整ったのが『万葉集』である。これらによって『万葉集』研究は飛躍的に発展し、今日もその恩恵のもとに研究が行われている。

『校本万葉集』は、佐佐木信綱らによって編纂された。明治三十八年（一九〇五）に東京帝国大学文科大学講師に就任した佐佐木は、『万葉集』の古写本の蒐集（しゅうしゅう）と探訪を行い、元暦校本や西本願寺本をはじめとする貴重な古写本を発見していった。その成果は、明治四十五年（一九一二）に明治天皇の東京帝国大学卒業式臨幸の際に示され、さらに森鷗外の推薦によって、文部省監督下の文芸委員会の事業として「『万葉集』定本の作成」が決定する。佐佐木が責任者となり、橋本進吉、千田憲が嘱託を受け事業は開始され、文芸委員会の解散後の大正五年（一九一六）からは東京帝国大学が事業を引き継ぎ、佐佐木、橋本が嘱託され、同年三月からは武田祐吉も加わった。以後、武田が中心となり諸本校合が行われた。

大正七年（一九一八）には桂本、元暦校本、西本願寺本など二〇種の古写本などとの対校を終えたが、ここで定本を作成する前に校本として公刊することとなり、仙覚以後の学説を収録するため久松潜一が新たに嘱託を受ける。翌年には、財団法人啓明会の出資による出版が決まるも、異体字の多さなどから活字整版は断念され、手書きの原稿によって整えられることになった。校本の底本には寛永版本が用いられ、寛永版本の本文を数行ごとに切り離した本文と、諸本の校異と諸学説が手書き文字で付された。

構想から十年以上の歳月をかけて原稿は整い、浄書され印刷されたが、大正十二年（一九二三）九月の関東大震災により、校合底本二〇冊、原稿本一二八冊、浄書本二〇冊、印刷された五〇〇部など、すべて焼失してしまう。だが幸いなことに校正刷りが佐佐木と武田の元に一部ずつ現存しており、復旧刊行することとなった。予定していた書肆（しょし）が出版を断ったため、佐佐木は「校本万葉集刊行会」を興して資金を募り、皇室、宮家、華族、大学、神社、財界人から援助を受けたのであった。震災前に刊行予定であった校本は洋紙洋装の六冊本であったが、再興された校本は和装本二五冊（五帙）として刊行された。

『校本万葉集』は、古写本をはじめ諸本を校合することで、諸本の本文・訓を一覧化し、加えて古文献に引用された万葉歌や主要な訓説もあわせて掲示している。また、諸本解説、『万葉集』研究史などの論考も収録する。その後、増補を繰り返し、昭和六年（一九三一）からは増補・普及版として洋装一〇冊が、昭和五十四年（一九七九）からは新増補版として洋装一七冊、そして平成六年（一九九四）からは新増補追補版として洋装一八冊、別巻三冊が刊行された。新増補追補版の別巻には、広瀬本の影印を収める。

『校本万葉集』の恩恵を受けつつ、それに匹敵する大業として正宗敦夫（まさむねあつお）『万葉集総索引』がある。本書は昭和四～六年（一九二九～三一）に刊行され、「本文篇上」「本文篇下」「単語篇」「漢字篇・丁数篇・諸訓説篇」の五部四冊からなる。「単語篇」が根幹をなし、『万葉集』中の歌辞のすべてを単語・熟語に分割して五十音順に採録してある。「漢字篇」は『万葉集』本文の漢字の位置を明らかにし、その用字格がわかるようになっている。「丁数篇」は底本とした寛永版本の丁数を元に諸注釈の丁数と対校してあり、「諸訓説篇」は「単語篇」の補助をなし、異訓の決定について述べている。「本文篇」は総索引の付巻で、二十数種の諸本をもって校訂される。『万葉集』の索引は、『万葉集類林』『万葉集類語』のように近世にも少なからず存在してきたが、ほとんどが写本として伝わり、また歌のみの索引であり題詞左注などには及んでいなかった。

　この索引は、刊行から遡る（さかのぼ）こと約二十年前の明治四十三年（一九一〇）に、橋本進吉の発案によって着手された。この総索引の刊行によって、『万葉集』の語釈・文法などの研究は著しく精密に行われるようになり、橋本も本書を活用しつつ、上代仮名遣いの研究を完成させた。なお「単語篇」の作成には橋本門下の森本治吉（もりもとじきち）が関わったとされる。

　その後、本書は昭和三十年（一九五五）に平凡社の『万葉集大成』の一部として増補訂正して再版され、そのとき国歌大観番号が入れられ利便性が高められた。さらに昭和四十九年（一九七四）には同社から「単語篇」「漢字篇」が、それぞれ一巻本として補訂復刻された。

　これら校本と索引によって、近代的万葉研究の基礎が固められたのである。


（渡邉　卓）

（3）仙覚と契沖の注釈

仙覚の『万葉集』研究

『万葉集』研究史上における仙覚と契沖の重要性は言うまでもない。この二人の研究は画期をなす業績であり、それぞれ中世と近世の研究でありながら後世に与えた影響は大きい。

　天台宗の学僧である仙覚は、平安初期の源順ら梨壺の五人が付した『万葉集』の古点に対して、新しい訓点（新点）を付けるに到った。

仙覚は著書『万葉集註釈』にある自伝的文章に拠れば、建仁(けんにん)三年（一二〇三）に「東路(あづまじ)の道(みち)の果(は)て」とされる常陸国（現在の茨城県）に生まれ、七歳頃には『万葉集』の研究を志すも、その写本を見ることは叶わなかったとある。幼き頃に寺院に入り、十三歳の時から「やまと言の葉の源(みなもと)」として和歌の根源を悟ることを願い、神仏へ祈願をはじめている。

仙覚の『万葉集』研究については、文永三年（一二六六）に書写された『万葉集』にある二つの奥書に詳細に語られている。はじめ、寛元元年（一二四三）の初秋頃に将軍藤原頼経(ふじわらのよりつね)が、歌人で将軍の和歌指南であった源親行(みなもとのちかゆき)に『万葉集』の校訂を命じたことを契機とする。親行は、同時期に父の光之(みつゆき)と『源氏物語』の校訂（河内(かわち)本源氏物語）を行っているが、『万葉集』にあっては自家の伝本をもとに他三本と校合を行った。この校訂作業に仙覚が加わり、親行本および校合本三本を受け取り作業を引き継いだこととなる。仙覚は、寛元四年（一二四六）に親行の校合本と親行の得た三本に加え数本と校合を行い、翌年に最終的な確認を終えた。これを「寛元本」という。それまでの『万葉集』の写本は、漢字本文の次に改行して訓を平仮名で書く（別提訓形式）のが一般的であったが、「寛元本」は、歌の漢字本文の傍らに片仮名で訓を書き入れる形式（傍訓形式）を採用した。また、この校訂によって当時は訓が記されていなかった『万葉集』全歌に訓が施された。仙覚は寛元四年に見た写本で読み下しが書かれていない歌百五十二首に対して新しい訓を付したのである。その内訳は、長歌百十二首（うち二首を現在では旋頭歌(せどうか)とする）、短歌三十九首、旋頭歌一首である。この仙覚による訓を「新点」と称し、

「新点」が付けられた本を「仙覚校訂本」と称す。本文と訓を完備したテキストの様式はここにはじまり、現在でも定説となっている訓を含んでいる。

建長（けんちょう）五年（一二五三）には、百五十二首を記した文書とともに『万葉集』の用字などを論じた『奏覧状』を後嵯峨院に献上した。これを機縁に後嵯峨院とその皇子で鎌倉将軍の宗尊（むねたか）親王らの支援を受け、新たな写本を見る機会を得て『万葉集』校訂作業を再開する。文永二年（一二六五）には校合書写本を増補して、新たな本文を定め（文永二年本）、同三年にも上梓（じょうし）（文永三年本）、さらに同九年にも本文を校訂したとされる。仙覚自筆の校訂本は現存しないが、現存する『万葉集』諸本のうちほとんどが、これら仙覚の校訂本に遡るため、現行のテキストも含めた『万葉集』は書式をはじめ仙覚の校訂を基礎とする。「文永三年本」の写しである西本願寺本が『万葉集』完本としては最古写本であり、現行テキストの底本として広く用いられているのもその顕れである。西本願寺本の訓は傍訓形式であり、仙覚以前の訓が墨、仙覚が改めた訓が紺青、新たに付けた訓が朱で色分けされている。

仙覚は校訂作業を基礎として抄訳ながら、文永六年（一二六九）に『万葉集註釈』（仙覚抄、万葉集抄、万葉集註抄とも）十巻を著した。抄注であるが、『万葉集』研究史にとって重要な位置をしめる注釈である。総論で『万葉集』の名義や成立について述べ、本文では『万葉集』中の詞句を抄出して注釈する。短歌六百九十首、長歌百十三首、旋頭歌八首の注釈である。その注釈態度は、文献の引用も豊かであり、諸本を調査した基礎的研究の上に立ち、「道理」（論理）と「文証」（文献）による釈義を試みている。引用文献には各国「風土記」など今日では逸書となってしまったものも含まれているため、文献資料的価値も認められる。注釈した歌数も多く、本文校定の面における成果とともに、研究史上最初の注意すべき著作といえる。

契沖と『万葉集』

もう一人、『万葉集』研究史上の画期となる人物は、仙覚と同じく僧侶である契沖（寛永十七年（一六四〇）～元禄十四年（一七〇一））である。契沖は真言宗であるが、若い頃より和漢の古典研究に励み『万葉代匠記（だいしょうき）』を著す。この『万葉集』注釈は、はじめ契沖の友人である下河辺長流（しもこうべちょうりゅう）に徳川光圀から依頼のあったものであるが、長流は病のために果たすことができず、契沖に受け継がれることになった。光圀から依頼を受けた契沖は、長流が若い頃に著した『万葉集管見』を参照しつつ、自説を加筆し、貞享五年（一六八八）頃に『万葉代匠記』（初稿本）を完成させた。これを光圀に献上するが、流布本である寛永版本に頼り諸本校合が行われていなかったため再度稿を求められ、版本以外の有力な写本を見合わせ、元禄三年（一六九〇）に改訂版を完成した（精撰本）。初稿本は写本で世上に流布し、精撰本は長く水戸（みと）藩で秘蔵されていた。

『万葉代匠記』の「代匠」とは、「匠に代わって」の意であるが、「匠」とは下河辺長流、もしくは依頼した徳川光圀を指すと考えられる。井野口孝によると「代匠」は『遍照発揮性霊集（へんじょうほっきしょうりょうしゅう）』に見られる空海（くうかい）を指す表現「代良匠」や、それが典拠として踏まえる『老子』の「夫れ大匠に代はりて断（き）れば、其の手を傷つけざること有る希（まれ）なり」に関わるとする［井野口　一九九六〕。

　初稿本は、漢字平仮名交じりで書かれ長流の説を引くことが多く、歌に対する契沖の批評が述べられている。一方、精撰本は漢字片仮名交じりの文体で、長流の説を削り独自の考証を加える。初稿本に示した考えを、精撰本では和書・漢籍・仏典および悉曇（しったん）にわたる該博な知識と和語研究とで裏付けしており、その点では、精撰本のほうが文献学的考証においてまさってい る。契沖は諸文献を引用するとき「引テ証スル」とするが、これは真言宗の教学から学んだ方法論を用いたものである。また精撰本の〈総釈〉の部で述べる『万葉集』成立論は、複次（段階）成立論、家持私撰説の先駆けをなすものである。そして、契沖は『万葉代匠記』編纂の成果として、それまでの仮名遣いの誤りを正すべく『和字正濫鈔（わじしょうらんしょう）』（元禄八年（一六九五）刊）も著した。

仙覚と契沖

　契沖は、長流の他にも、仙覚の『万葉集註釈』を熟読していたといえる。契沖は精撰本においては、仙覚の『万葉集註釈』を「仙覚抄ハ簡略ナル上、オホツカナキ事ノミアル物ナリ」と学問的な確実性に乏しく信用しがたい注釈であると繰り返す。精撰本では『万葉集註釈』への言及が多くあるのに対して、初稿本では仙覚への言及をできるだけ避けている。ただし『万葉代匠記』の特色に豊富な漢籍の引用があるが、その引用は『万葉集註釈』を参考にしていたとも考えられ、『万葉集註釈』が引用する漢籍をそのまま引用する態度が認められる。『万葉集註釈』の漢籍引用については、『続日本紀』からの孫引きの可能性が指摘されるが、契沖はそれも承知した上で『万葉集註釈』から示唆を受け、『万葉集註釈』を介して文献の引用を行っているのである。

一方で、歌の解釈について契沖は、仏教説話に基づく仙覚の注釈を排した傾向がある。だが、仙覚が用いた「道理」と「文証」を、契沖は「理」「証」という用語にて釈義することがある。「証と理」は、仏教経典の注解を施す場合の一般的な方法であり、互いに僧侶であることから仏教学の方法を古典注釈に応用したと考えられる。本文校訂から始まった仙覚の注釈書と、注釈活動を継承し本文校訂を行った契沖の注釈書は、ある意味で作業過程が反対であるが、注釈方法は近似し、いずれも『万葉集』研究史の画期を為すのである。

（渡邉 卓）

（4）国学者と万葉集

近世における『万葉集』研究の始まり

『万葉集』の注釈は近世において本格化したといってよい。江戸期の出版活動も相俟って、文化の担い手は貴族や武士から下級武士や神官、町人、農民にまで広がっていく。中世には政権が武家に移ったことに伴い、鎌倉将軍家を中心として武士は『万葉集』を尊重したが、それ以外は『古今集』を重視することが伝統的な歌学であった。近世になり自由な詠歌が主張されるようになると、そのなかで『万葉集』の文学的価値が再発見されてゆく。江戸前期には下河辺長流が『万葉集』に関する著書を複数著しており、なかでも『万葉集管見』（寛文年間（一六六一〜七三）成立）が知られる。注釈としては簡略であるが近世の『万葉集』研究の先駆をなすものである。一方、北村季吟が『万葉拾穂抄』（貞享三年（一六八六）稿）を著す。元禄三年（一六九〇）には、序を付して公刊されるが、内容は中世以来の注の集大成で、著者の新見はほとんど無いものの、『万葉集』全歌に注釈を施した嚆矢と位置づけられる。『万葉拾穂抄』が刊行された元禄三年には契沖の『万葉代匠記』精撰本が成立した。

草創期の国学と『万葉集』研究

『万葉代匠記』の影響を受けて江戸中期からの『万葉集』研究を担うのが国学者（和学者とも）たちである。国学者は、日本の古典を研究し、日本古代の精神を明らかにしようとした。その古典の一つに『万葉集』があり、国学の隆興にともない『万葉集』研究はさらに発展してゆく。

契沖を国学者とするか否かについては見解が分かれるところであるが、国学の祖とされる荷田春満も『万葉代匠記』（初稿本）を書写し、契沖の影響を受けながら『万葉集』の注釈活動を行っている。また、春満は仙覚の『万葉集註釈』も書写していることからも、先行する『万葉集』研究を文献学的に享受して自身の注釈活動を行っている。京都の伏見稲荷神社の社家であった春満は、家学として神道と歌学を学び、『万葉集』『日本書紀』などの古典研究を主としつつ、京都と江戸で学問を広げた。春満は『万葉集』に関する著作も多いが、『万葉集』全巻の注釈書はない。享保年間（一七一六〜三六）の『万葉僻案抄』（巻第一）と、これを受け継ぎ、享保十年頃に春満の講義をもとに編まれた『万葉集童蒙抄』（巻第二〜十七まで。うち二四首を欠く）および元文年間（一七三六〜四一）の『万葉集箚記』（巻十七から二十までの全歌）によって、荷田春満の『万葉集』研究の全容をみることができる。春満は、『万葉集』の難語だけではなく、中世までは取り上げられることのなかった、わかりやすい語にも注を施し、また歌の「情」と歌の様式である「体」を重視して解釈を施した。春満が『万葉集』研究において、契沖説を享受することで会得した文献学的方法による訓釈姿勢は、春満にももたらされていた「古今伝授」といった中世的な和歌史観からの転換を意味している。これは春満が国学の祖として定位される一因でもある。

　春満の門弟である賀茂真淵は、春満の学統を受け継ぎ研究を展開させる。真淵は延享三年（一七四六）から「和学御用」として八代将軍徳川吉宗の次男である田安宗武に仕えた。この頃から諸文献の注釈活動を本格化させてゆく。『万葉集』の注釈もいくつかあり、宝暦二年（一七五二）の『万葉新採百首解』は、宗武の命により姫君の嫁入りの持参品として編まれた注釈である。最も力を注いだ注釈としては、『冠辞考』（宝暦七年（一七五七））と『万葉考』（宝暦十年（一七六〇））がある。『冠辞考』は『万葉集』の枕詞研究であり、春満の「冠辞説」を受けて書かれたと考えられる。『万葉考』は真淵の『万葉集』研究の集大成であるが、『万葉集』の巻の順序や歌の配列を大きく変え、『万葉集』の原形は巻一・二および十一～十四までの六巻からなるとの主張により、これらの歌の注釈に力を注いでいる。また『万葉考』の本文校訂も諸本によらず改めることもある。しかし、真淵が『万葉集』の歌を四期に分けて歌風の変遷を説くことは卓越した見解である。残る十四巻については、真淵歿(ぼつ)後に草稿に基づき門人の狛諸成(こまもろなり)が増訂して刊行された。真淵は『万葉集』研究を経て、実作においても『万葉集』の歌風を「ますらをぶり」と評し、和歌の理想として歌を詠んだ。

真淵門人の『万葉集』研究

真淵の『万葉集』研究は門人の本居宣長(もとおりのりなが)、橘千蔭(たちばなちかげ)、荒木田久老(あらきだひさおゆ)らによって継承されていく。実作においても門人たちは真淵と同じく「ますらをぶり」を和歌の理想とした。

本居宣長は万葉調の歌を詠むことに対して、はじめは否定的であったが、後に真淵の指導を受け変化している。真淵と宣長との『万葉集』についてのやりとりは『万葉集問目(もんもく)』（明和五年（一七六八））として残されている。『万葉集』の選定について論じた『万葉集重載歌及巻の次第(じゅうさいかおよびまきのしだい)』（明和三年（一七六六））は、真淵に送り非難されたが、用字の上から『万葉集』は大伴家持による二回の撰とした。『万葉集玉の小琴(おごと)』（安永八年（一七七九））は、『万葉集』巻一～四までの歌を抄出した注釈で『万葉考』の補説にあたり、宣長をまって解明された訓詁(くんこ)上の説が散見される。このほか宣長の門人田中道麿(たなかみちまろ)の質問に答えた『万葉集問答』（天明二年（一七八二）頃）、『万葉問聞抄(もんぶんしょう)』（安永七年（一七七八））や、橘千蔭『万葉集略解(りゃくげ)』にも宣長説が引かれ、ほぼ全巻にわたる宣長説を見ることができる。そして、宣長の『万葉集』研究は『古事記伝』の中において大いに活用されている。

橘千蔭の『万葉集略解』（寛政八年（一七九六）～文化九年（一八一二）刊）は先行する説を多数引用し創見には乏しいが、『万葉集』全巻を平易に注釈したため、テキストとしても広く流布し『万葉集』の普及に貢献した。また荒木田久老の『万葉考槻乃落葉』（天明八年（一七八八）自序、寛政一〇年（一七九八）刊）は、『万葉集』巻三の注釈とその別記であり、真淵の『万葉考』を継ぐ意で書かれた。

このほか真淵門人の加藤宇万伎に学んだ上田秋成には国学の万葉研究の学統を意識して書いた『万葉集会説』（寛政六年（一七九四））、『冠辞考続貂』（寛政八年（一七九六）序、享和元年（一八〇一）刊）や、秀歌を選んで評した『金砂』『金砂剰言』（享和四年（一八〇四））、巻一から五までの全注『万葉集楢の杣』（寛政十二年（一八〇〇）起稿）がある。おなじく真淵門人の村田春海の弟子である岸本由豆流の『万葉集攷証』は、巻六までの注釈でありながらも精細である。春海門人の清水浜臣に学んだことのある橘守部は、『万葉集墨縄』（天保一二年（一八四一））を著すも、詳細な注釈ゆえに巻一の途中で中断した。『万葉集檜嬬手』（嘉永元年（一八四八））は、巻一から三までであるが、歌謡の立場から論じており創見が多い。

鹿持雅澄『万葉集古義』

このほかにも国学者による『万葉集』研究は多く残されている。そして国学者の『万葉集』

研究は注釈以外にも、仮名遣い、用字、語彙、索引、書誌、人物、地理などの研究に分化していき、それぞれ詳細な研究に展開している。

それら分化する『万葉集』研究を大成させたのが土佐の国学者鹿持雅澄である。雅澄は荷田春満からの国学の学統をうけながら、生涯をかけて『万葉集古義』を著した。『万葉集』本文の注釈に九五冊、総論や人物伝など四六冊の計一四一冊からなる。草稿成立は文政十一年（一八二八）頃であり、天保十一年（一八四〇）完成後も天保末年（一八四四）頃まで改訂を重ねる。雅澄が歿する安政五年（一八五八）まで増補が続けられた。雅澄は契沖以来の学説をほぼ集大成しており、まさに『万葉集』の総合研究であり、それまでにない精密さを持っている。ここに近世国学の方法において発達した『万葉集』研究の到達点を見ることができる。本書は、後に明治天皇の命によって明治十三～二十三年（一八八〇～九〇）に宮内省から刊行された。

近世にあって『万葉集』研究は、これら国学者によって大いに進展し、近代の思想や学問に影響を与えていくこととなる。

（渡邉　卓）

（5）近代における万葉集の注釈

近代の万葉享受と『万葉集略解』

歴史的な区分で日本の「近代」といえば、明治元年（一八六八）から。しかし、その明治になったとたんに『万葉集』の注釈も近代化したわけではない。『万葉集』評価を一新させた近代の象徴的な出来事として、正岡子規による再評価があったわけだが、そのはじまりを象徴する「歌よみに与ふる書」の連載が、新聞『日本』紙上で始まるのが明治三一年である。明治も後半に入ってようやく『万葉集』の近代が始まったことになる。この近代的評価は、正岡子規個人によって成し遂げられたものではない。欧米に対抗すべく、富国強兵や殖産興業を旗印とした新しい国家づくりを目指した近代日本の状況は、平安時代の貴族階層の文化の精髄という趣の強い『古今和歌集』に代わる、《国民歌集》的存在を求めるようになっていた。すでに日清戦争前の明治二三年に刊行された高津鍬三郎・三上参次の共著『日本文学史』（金港堂）の中で、「上は万乗の貴きより、下、匹夫に至るまで、皆、歌を詠まざるなし。而して其精粋は、万葉集に載れるもの即是なり」と評し、《国民歌集》としての『万葉集』への注目が始まっていたことが窺える。『万葉集』の近代は、その頃に始まりを認めることができる。日清戦争（一八九四～五）によって、その国民国家意識は一層の高揚をみせた。

明治二〇年代に『万葉集』の近代が始まったとはいうものの、それで注釈も一挙に近代的様相に一新されたわけではない。明治三九年に発表された夏目漱石「草枕」には、『万葉集』巻九の歌が一部改変して取り込まれているが、漱石が参照した『万葉集』は、橘千蔭『万葉集略解』（略解）であったことがわかっている。アララギ派の歌人で後に『万葉集私注』を著した土屋文明も、中学校四年生の頃（明治四〇年頃）初めて『万葉集』を読んだのは、『略解』によってであったという。日露戦争直後の頃は、『万葉集』を通読しようとする場合は、江戸時代後期に成立した『略解』が、もっともポピュラーな注釈だったのである。

歌学全書から『口訳万葉集』まで

とはいえ、『万葉集』の注釈にも徐々に近代化の動きが見えつつあった。先掲『日本文学史』出版と同年の明治二三年に刊行が始まった日本歌学全書（全一二冊、博文館）には『万葉集』も収められていた（第九～一一冊の全三冊、明治二四）。校注は佐佐木弘綱（ひろつな）・信綱（のぶつな）親子。勅撰八代集や平安時代～鎌倉時代までの私家集に後続するかたちでの刊行であり、その点は近世以来の和歌観に沿ったラインナップといえるが、活版印刷による四六判三冊というコンパクトな体裁で、『万葉集』の全文と簡略ではあるが頭注が施されている。たとえば略解の版本が大本（美濃紙半折大、タテ約二七センチメートル）三〇冊というかさばる体裁であったのに比して、『万葉集』という文献を、携帯可能な身近なものとする役割を果たした。正岡子規も歌学全書本を利用したことがわかっている。歌学全書版の『万葉集』は、今日では注釈としての価値はほぼ顧みられることがないが、《国民歌集》として『万葉集』が普及するには大きな役割を担った。近代に成立した『万葉集』の全注釈としても、この歌学全書版は最初の成果であった。一方で、『略解』も歌学全書版『万葉集』の刊行に前後して四六判活版刷で出版され（全七冊）、和装本よりはかなりコンパクトに揃えることができるようになった。そのため、一首ごとの大意が記される利便性もあり、『略解』の需要はなおしばらく継続した。

近代に入って本格的な全注釈は、井上通泰『万葉集新考』（新考）（全八冊、歌文珍書保存会、後に国民図書、大正四〜昭和四）であった。刊行開始時すでに明治は終わり大正になっていた。井上通泰は医師を本業とする一方で、大学同窓の森鷗外・落合直文らと新声社同人として文芸活動にも携わった。新声社の訳詩集「於母影」（『国民之友』明治二二年八月号掲載）は、北村透谷・島崎藤村ら後の詩人を感化したが、井上通泰は和歌の実作においては、正岡子規らの新短歌運動とは対蹠的に旧派和歌に属し、明治四〇年には御歌所（宮中の和歌に関する事務を職掌する部局）寄人（歌人）となっている。文語体で語釈中心の『新考』の内容も、近世国学者の注釈と連続する性格が濃い。明治期には、近藤芳樹『万葉集註疏』（執筆は明治初年か、歌書刊行会、明治四三）、木村正辞『万葉集美夫君志』（光風館、明治三四〜四三）といった注釈も刊行された（いずれも部分的注釈）が、それらの著者はまさに国学者であり、『新考』もその系列に連なる注釈と捉えられる。

『新考』刊行中の大正五年（一九一六）、若き国文学者の折口信夫が『口訳万葉集』（口訳）を出版する（全三冊、文会堂書店、完結は翌年）。新考の文語体と対照的に「口訳」をうたう本書の画期性は大きい。古典和歌の口語訳は、本居宣長『古今和歌集遠鏡』（寛政九年（一七九七）刊）など江戸時代にもあった試みではあるが、本居宣長の「口訳」はいわば在所言葉ともいうべきものであったのに対し、折口のそれは、明治の言文一致運動を経て確立した標準語（《在所》の存在しない言葉）であり、まさに近代の所産であった（とはいえ独特の折口カラーは濃厚である）。もっとも、『口訳』の出版は、芳賀矢一が企画した、国文口訳叢書というシリーズ全六冊の内であった（他に芳賀の担当で徒然草・大鏡・増鏡が口訳された）。古典作品の「口訳」をうたう文献は、早く大正元年の鴻巣盛広（こうのすもりひろ）『口訳落窪物語』（博文館）などが確認できるが、古典教養の新しい提供のあり方として需要が見込まれたのであろう。折口信夫は大正八年に『万葉集辞典』（文會堂書店）を刊行するが、これは『口訳』に対する語釈的な性格を有する。

歌人たちの活動と『万葉集』注釈

近代の『万葉集』の注釈の傾向を方向づけるのに大きな役割を担ったのは、短歌の実作者たちであった。そもそも《国民歌集》としての評価の普及と定着は、正岡子規が創始した根岸短歌会や、それに連なる歌誌『馬酔木（あしび）』『アララギ』で活躍した歌人たちの活動によるところが大きいことは、よく知られる。『馬酔木』誌上では、明治三七年二月号に伊藤左千夫（さちお）が「万葉集短歌通解」を掲載し、これが連載化され、以後「万葉集短歌私考」「万葉集新釈」「万葉新釈」などとタイトルを変更しつつ、掲載誌も『アララギ』に継承され、明治四四年九月号まで継続する（全二六回）。それまでの国学者や研究者の注釈と異なり、実作のための万葉歌鑑賞に重点を置いた注釈的成果といえる。『馬酔木』『アララギ』には、この他にも個人による万葉歌の評釈・評論がしばしば掲載される。語句の解釈といったことにとどまらず、一首の作品としての感動をどのように捉えるか、そこに現代の実作者としてどのような実践的裨益（ひえき）を汲み取るかといった評論は、この時期に始まる。先述の『口訳』の著者折口信夫も、アララギ派の歌人であった。もちろんそのような鑑賞重視の注釈は、『万葉集』を対象としたものにとどまらない、近代的な古典へのアプローチであった。このような古典鑑賞の動きは、根岸短歌会やアララギ同人の範囲を超えて、同時代に広く共有された。短歌結社「心の花」を主宰した佐佐木信綱には『万葉集選釈』（明治書院、大正五）があり、明星派に属した窪田空穂も古典評釈を得意とし、『万葉集選』（日月社、大正四）を著した。これらは、後の島木赤彦『万葉集の鑑賞及び其批評』（岩波書店、大正一四）や、斎藤茂吉『万葉秀歌』（岩波書店、昭和一三）の先蹤をなす、歌人による万葉歌評釈である。

大正一〇年に佐賀高等学校教授の次田潤が著した『万葉集新講』（新講）（成美堂書店）は、当時なお刊行途中の『新考』が文語体であるのに対し、口語体の注釈書であった。『新講』は全注釈ではないが、歌本文・釈（語釈）・訳（大意）・考（考察と鑑賞）という截然とした構成からなり、今日一般的な注釈書のスタイルを明確に打ち出した最初期の著作である。「考」の部分は多分に鑑賞的要素を含んでおり、歌人たちによる評釈活動に影響を受けるところがあったものだろう。鴻巣盛広（第四高等学校教授）による『万葉集全釈』全六冊（大倉広文堂、昭和五～一〇、その後昭和二九～三三に鴻巣隼雄による補修版あり）は、『新講』などが打ち出した新しいスタイルによる個人執筆の『万葉集』注釈として、最初の全注釈となった。

昭和一〇年から翌年にかけて刊行された『万葉集総釈』（全一二冊、楽浪書院）は、一巻ごとに執筆担当を異にする全注釈という珍しい試みであった。執筆担当者に、武田祐吉（國學院大學、巻一担当）・久松潜一（東京帝国大学、巻十二）・高木市之助（京城帝国大学、巻十六）ら研究者と、土屋文明（巻二）・窪田空穂（巻七）・川田順（巻九）・折口信夫（巻十四）ら歌人とが混在しているところが、この時期の万葉研究を支えていた層をうかがわせて興味深い（もっとも、窪田空穂〈早稲田大学〉・折口信夫〈國學院大學および慶應義塾大学〉は大学の教員でもあった）。新村出（巻六）・春日政治（巻十一）ら国語学の専門家が入っていることにも注目される。近世期にあっては、語学・文学そして実作のすべてをこなすのが国学者であることの前提であったが、明治期以降、教育システムの整備、その結果としての学問領域の細分化と精密化、そして職業的作家の確立といったさまざまな状況が進行した。『総釈』の執筆担当者の顔ぶれにはその近代的状況が如実に反映している。今井邦子（巻十五）・豊田八十代（巻二十）と女性の執筆者も見えている。この注釈書の担当者の中から、武田祐吉・土屋文明・窪田空穂・佐佐木信綱（巻十七）が、後に個人で万葉集の全注釈を刊行することにもなる。『万葉集注釈』を執筆する澤瀉久孝も、第一一冊の『新校万葉集』を佐伯梅友とともに担当していた。

　昭和三年に刊行されはじめた山田孝雄『万葉集講義』（講義）（宝文館）は、『総釈』完結の翌年（昭和一二）に巻三を刊行した後続刊されずに終わった。文語体で語釈中心という体裁は、一見すると『新考』と同じく江戸の国学を継承するようであるが、最新の国語学の知見が多く盛り込まれた訓詁注釈の成果として、特記されるべき注釈である。『総釈』等多くのこの時期の注釈書が、《国民歌集》としての万葉集の普及啓蒙を企図し、わかりやすさや作品の鑑賞に重きを置いたものである中で、東北帝国大学での講義ノートに基づくという『講義』は、孤高の存在といった観があるが、その科学的態度は、後の注釈書に少なからぬ影響を与えている。

太平洋戦争後から現代まで

太平洋戦争をまたいで、窪田空穂『万葉集評釈』（東京堂、昭和一八～二七）が刊行されたのをはじめ、武田祐吉『万葉集全註釈』（全一六冊、改造社、昭和二三～六、後に角川書店より増訂版全一四冊、昭和三一～二）、佐佐木信綱『評釈万葉集』（全七冊、六興出版部、昭和二三～九）、土屋文明『万葉集私注』（全二〇冊、筑摩書房、昭和二四～三一、後に補訂版・新補訂版あり）と、次々に個人による全注釈が刊行される。それぞれに積年の万葉研究の末に執筆された注釈で、その個性とともに今日もなお参照されるべき内容を有する。

そのような動向の中、澤瀉久孝『万葉集注釈』（全二二冊、中央公論社、昭和三二～五二、但し、巻二十までの注釈は昭和四三年で完結）は、近代万葉研究の集大成的な位置を占める記念碑的注釈書といえる。歴史的仮名遣い・正字体の漢字（そして活字のフォントも現在の一般的なものと異なる）という本書は、現代の大学学部生にとっては親しみ難い文献となってしまったが、『万葉集』の諸本の本文状況を踏まえ、訓詁注釈の歴史的経緯も紹介しつつの語釈には、極めて豊かな情報が含まれる。『万葉集』を本格的に読むためには、現在でも、やはりまずここからという注釈である。また、続く『日本古典文学全集』（全四冊、小学館、昭和四六～五〇）や『新潮日本古典集成』（全五冊、新潮社、昭和五一～九）、『万葉集全注』（全二〇冊、有斐閣、昭和五八～未完）、『新編日本古典文学全集』（新編全集）（全四冊、小学館、平成六～八）、伊藤博『万葉集釈注』（釈注）（全一一冊、集英社、平成七～一二）といった注釈書（『釈注』以外は複数執筆者）には、多く澤瀉門下の研究者が携わっており、澤瀉の解釈がどのように継承されまた乗り越えられていったかという観点で、研究動向の流れが追えることも興味深い。

一方で、初心者がとりあえず『万葉集』を通読してみる場合には、中西進『万葉集 全訳注原文付』（全四冊、講談社、昭和五三～八）が最適である。文庫版というコンパクトさと安価な定価設定の割に、原文・語釈・現代語訳という豊かな情報量が魅力的で、たとえば通学通勤の電車中に携帯し、少しずつ読み進めるのにふさわしい体裁を有している。文庫版の全注釈には、旺文社文庫（桜井満（みつる）、昭和四九～五〇）などもあった。『新編全集』は、広瀬本『万葉集』の本文情報をも取り込んだ諸本情報と、日本語学の知見を十分に踏まえた訓詁とによって、今日ではもっとも標準的な『万葉集』の本文として、研究論文等の引用本文に採用されることが多い。『新日本古典文学大系』（新大系）（全四冊、岩波書店、平成一一～五）は簡潔ながら漢詩文の影響に関する指摘に新見が多い。『万葉集』（岩波文庫、全七冊（うち二冊は原文篇）、岩波書店、平成二五～八）は新大系に基づくが、改訂箇所も少なくない。個人による全注釈としては、稲岡耕二『万葉集』（和歌文学大系、全四冊、明治書院、平成一〇～二七）、阿蘇瑞枝（あそみずえ）『万葉集全歌講義』（全一〇冊、笠間書院、平成一八～二七）、多田一臣（かずおみ）『万葉集全解』（全七冊、筑摩書房、平成二一～二二）があり、それぞれに参照すべきである。

（高松寿夫）

【コラム⑪】景の歌表現

かはづ鳴く　神奈備川に　影見えて　今か咲くらむ　山吹の花　（8・一四三五）

厚見王作のこの一首は、後世『和漢朗詠集』や『新古今和歌集』にも採録され、『万葉集』の中でもよく知られる作である。しかし、改めてよくみると、不思議な詠み方がされた一首である。一首は、目に見えない光景を思いやることだけから成り立っている。「今か咲くらむ」といっているので、春の山吹が咲く頃に詠んでいることは確かだが、作者はなぜ、目の前に見える春の美景を詠まずに、わざわざ遠方の見えない景を詠むのだろうか。厚見王は万葉第四期の歌人だが、その頃の万葉歌には、同様に見えない光景を思いやることだけから成り立っている作が少なからず見出せる。大伴家持の弟で夭折した書持の詠にも一首見出せる。

あしひきの　山のもみち葉　今夜もか　浮かび行くらむ　山川の瀬に　（8・一五八七）

橘奈良麻呂邸で開催された宴席での詠（8・一五八一～九一）一一首のうちの一首で、宴席には奈良麻呂がわざわざ取り寄せた黄葉の切り枝が飾り付けられていた。他の列席者は皆、その目の前の黄葉を話題に詠歌して盛り上がっているのだが、書持はひとり山中の闇の中に川面を流れゆく黄葉を思いやっている。書持独特の感性といってもよいのだろうが、兄の家持にも、同じ趣向の詠は複数見出せる。

高円の　野辺の秋萩　このころの　暁露に　咲きにけむかも　（8・一六〇五）

高円の　宮の裾廻の　野づかさに　今咲けるらむ　をみなへしはも　（20・四三一六）

厚見王詠も含めて、ほぼ同時代に同様の趣向の歌がいくつか見出せることには、共有される時代状況があったことをうかがわせる。

そもそも自然の景は、古くは国見歌謡のように、共同体にとって理想的な景を幻視するものとして歌の表現に表れていた。やがて漢詩文の影響もあって、自然鑑賞の態度が定着していく。季節の美景を主題にした詠作は、巻十掲載の『人麻呂歌集』歌に確認することができる。文武天皇朝（六九七～七〇七）の頃に、短歌を詠作することが広く宮廷社会の人々の間に定着すると、折々の宴席などでは、眼前の季節の美景を題材に互いに詠歌することも盛んに行われた。季節の自然詠が詠み継がれていくと、注目すべき美景やその捉え方にさまざまなヴァリエーションが生じ、蓄積されていった。

厚見王・大伴書持・大伴家持らの詠には、眼前の景より想像の景を優先させる作歌態度が認められるが、それは「主題にとってもっともふさわしい景とはなにか」を優先させる意識のめばえだといえる。

春ふかみ　枝さしひぢて　神奈備の　川辺に咲ける　山吹の花

『古今和歌集』撰者の一人、凡河内躬恒（おおしこうちのみつね）の詠である（西本願寺本『躬恒集』）。厚見王詠の影響下にあることは明白だが、躬恒詠はまさに神奈備川のほとりで山吹の花を見て詠んでいる態（てい）である。実際に躬恒が山吹の花が咲く頃に神奈備川を訪れたことがあるかどうかに関係なく、自在に「いま」「ここ」を設定した詠歌が、やがて当たり前に詠作されるようになっていく。（高松寿夫）

三、新しい万葉研究の芽ぶき

(1) 木簡と万葉集

木簡に書かれた『万葉集』の歌句の発見

木簡は木に字が書かれたもので、転写を経ない、当時の文字の実態を示す一次資料として、考古学、歴史学における研究だけでなく、『万葉集』をはじめとする古代文学や日本語学の分野でも注目が高まっている。たとえば、本書Ⅰ－四－(1)「歌を記すということ」でもふれられているが、人麻呂歌集の非略体歌のような表記と、万葉仮名を利用する表記の先後関係についての議論も、難波宮跡出土の、七世紀半ばとみられる一字一音表記の木簡(「皮留久佐乃皮斯米之刀斯□」(注一))によって、万葉仮名用法が決して遅れてできたものではないという決着をみることができた。さらに、二〇〇八年には万葉歌の歌句の一部が記されたとみられる木簡が初めて発見される。後世の写本でしか見られない『万葉集』の歌の文字列が、『万葉集』成立と近い時期に存在していた人々の文字によって私たちの目の前に現れたことは衝撃的で、新聞報道などでも大きく取り上げられた。ただその衝撃の反面、完形品で、記述も一首すべてという例がまだ見られず、『万葉集』との関連や歌を詠む行為・場面の検討は慎重にならざるを得ない。依然、粘り強く、類例の出土をまつという段階にあるといえるだろう。以下、関連する実例を紹介する。なお、本稿での例示は紙幅の関係で釈文および出土情報は大幅に省略した。詳細は奈良文化財研究所データベース『木簡庫』および出典欄に記される報告書等に拠られたい。

実例紹介1――『万葉集』の歌句が記されたとみられる木簡の例

二〇〇八年には、このような木簡が三点出土、再発見された。以下、発表順に『万葉集』の歌句とみられる文言の部分のみを引用し、『万葉集』の歌との対応箇所を傍線によって示す。

①「阿佐可夜（中欠）流夜真」（滋賀県・宮町遺跡）（注二）

あさかやまかげさへみゆるやまのゐのあさきこころをわがおもはなくに（16・三八〇七）

②「（左行から）阿佐奈伎尓伎也（改行右へ）留之良奈弥々麻久」（奈良県・石神（いしがみ）遺跡）（注三）

あさなぎにきよるしらなみみまくほりわれはすれどもかぜこそよせね（7・一三九一）

③「阿支波支乃之多波毛美智」（京都府・馬場南遺跡）（注四）

あきはぎのしたばもみちぬあらたまのつきのへぬればかぜをいたみかも（10・二二〇五）

①の表面は、難波津の歌（難波津に咲くやこの花冬ごもり今は春べと咲くやこの花）とみられる「奈迩波ツ尓（中欠）□〔久カ〕夜己能□□由己□〔母カ〕」がすでに報告されていたが、栄原永遠男（さかえはらとわお）の調査

［栄原　二〇一一］を契機に裏面の字句が再発見された。『古今集』仮名序に「歌の父母」とされる手習い歌が木簡の表裏に記されていることも注目された。中欠をはさむが、このような歌句のある木簡の例を収集した栄原前掲書［栄原　二〇一一］において、材の残り具合と文字の数から、元は二尺（約六〇センチメートル）におよぶ木簡であり、用途として典礼の場などが想定され、「歌木簡」という用語が初めて提唱された。②の文字は墨書ではなく刻書で、台形の材に二行に渡り、左行から始まる。時期は①③より古い、七世紀後半となっている。③は「神雄寺」という寺院跡から出土し、その用途も注目される（注五）。

実例紹介2—『万葉集』の歌句ではないが一字一音で歌句とみられる文言がある木簡の例

次に、前項①木簡表面の難波津の歌を取り上げる。『万葉集』にはないが、出土例数が最も多い点も特徴であり、墨書土器にもみられる。七世紀後半のものに観音寺遺跡出土木簡（注六）や、石神遺跡、藤原京跡からも出土例がある。八世紀の平城宮跡からの出土例（平城宮木簡七－一二七六四他）や、九世紀の平安京跡からも出土例がある（平安京左京四条一坊二町出土［山城郷土資料館　二〇一八］他）。難波津の歌のひろがりに注目される。なお文学作品としてのこらない難波津の歌のあり方と木簡との関わりについては［犬飼　二〇〇八］に詳しい。この他、「木簡に書かれた『万葉集』の歌句の発見」に記した「はるくさ」木簡、平城宮跡の「目毛美須流」（『平城宮発掘調査出土木簡概報』12－13頁下（97））、「阿万留止毛宇乎弥可々多」（平城宮木簡一－六）、「多可也万乃」（同五五一）などの歌句らしき文言がある。各地の出土例については前掲［栄原　二〇一一］に詳しい一覧がある。

実例紹介3――『万葉集』の歌句ではないが漢詩風の文言がある木簡の例

歌の営為を考えていく上で参考になると思われる漢詩風の木簡も紹介しておく。長屋王（ながやおう）邸跡出土「翼遊魚賤謗鱗分階散花影鐃砌動」の字句は五言詩の一部とされている（注七）。他には、「昨夜」「万里」「誰為送寒衣」などの文字が並ぶ二点（注八）、「山東山南」（注九）がある。

検討課題

これらの出土例によって、木簡という素材に歌を記す行為についての新しい視点が生まれつつある。しかし、ごく僅（わず）かな字句の残存例から結論を導き出すのは難しく、「習書」（練習書き）の域を超えるのかということや、残存する断片の解釈など、木簡としての性質を踏まえた多くの検討課題が残っている（注一〇）。

注

（一）　大阪市文化財協会所蔵。『葦火』125号。図版は［奈良文化財研究所　二〇一〇］にもある。
（二）　甲賀市教育委員会所蔵。初出『宮町遺跡出土木簡概報』2－1頁－（6）。報道発表後の検討の知見を加えた詳しい報告と赤外線写真などの図版は『木簡研究』三一号（木簡学会）に掲載。
（三）　奈良文化財研究所所蔵。『飛鳥・藤原宮発掘調査出土木簡概報』18－26頁上（149）、同22－22頁下。
（四）　京都府埋蔵文化財調査研究センター所蔵。『京都府埋蔵文化財情報』第107号。同センターＨＰ「出土遺物ギャラリー」で画像がみられる。また、『山城郷土資料館　二〇一八』に掲載されている。

（五）　上野誠「秋萩木簡と仏前唱歌と―吉川真司氏の批判に答える―」（『萬葉』224号、萬葉学会、二〇一七）などに、歌が詠まれた場面についての検討がある。

（六）　徳島県埋蔵文化財センター所蔵。『観音寺遺跡Ⅰ』（徳島県埋蔵文化財センター調査報告書第40集）第六九号木簡。［奈良文化財研究所　二〇一〇］、４K映像がYouTube「観音寺　敷地木簡」にて公開されている。

（七）　奈良文化財研究所所蔵。『平城宮発掘調査出土木簡概報』23－15頁上（150）。多田伊織「長屋王の庭―『長屋王家木簡』と『懐風藻』のあいだ」『長屋王家・二条大路木簡を読む』（『奈良国立文化財研究所学報』第61冊、奈良国立文化財研究所、二〇〇一）、「歌木簡の成立　紙木併用時代の『木簡』とその意味」（『万葉古代学研究年報』第11号、奈良県立万葉文化館、二〇一三）に詳しい。

（八）　奈良文化財研究所所蔵。『平城宮発掘調査出土木簡概報』14－13頁下（79）、同15－13頁上（55）、村田右富実「木簡に残る文字列の韻文認定について―「送寒衣」、「七夕四」など―」（『上代文学』一〇五号、上代文学会、二〇一〇年十一月）がある。また、「万里」については、正倉院文書続々修十六－三裏－第七紙（『大日本古文書』十一－一七七頁）にもみられる。これについては、仲谷健太郎「「造東大寺司牒案」紙背の七言絶句について」（『上代文学』一一九号、上代文学会、二〇一七）に詳しい。

（九）　奈良文化財研究所所蔵。同注八22－42頁（479）。仲谷健太郎「平城京二条大路出土木簡の『山東山南』詩について」（『美夫君志』九六号、美夫君志会、二〇一八）に詳しい。

（一〇）　渡辺晃宏「新刊紹介　栄原永遠男著『万葉歌木簡を追う』」（『木簡研究』三四号、木簡学会、二〇一二）において、木簡の資料性を重視する見地から、多くの検討課題が提示されている。

（井上　幸）

（2）古代史と万葉集

歌と歴史の関係

これまで『万葉集』にはさまざまな分野からアプローチがなされてきた。北山茂夫（きたやましげお）・直木孝次郎（なおきこうじろう）・東野治之（とうのはるゆき）をはじめ、歴史学者や考古学者による万葉研究の成果も、研究史上に重要な位置を占めている。

歴史学の立場からは、『万葉集』も歴史資料の一つとなる。万葉の歌には、歴史的事件の記憶が刻印されたものが少なくない。有間皇子や大津皇子の謀反事件、斉明天皇の新羅征討行、あるいは近江大津宮・藤原京・平城京・恭仁京への遷都といった歴史的大事件に際して、その現場で詠まれた歌が『万葉集』には記録されている。「歌」が、生々しい歴史の証言となっているわけである。

平安時代以後になると、歴史的事件を詠んだ和歌はほとんど見当たらなくなる。源平の争乱や南北朝の動乱の最中であっても、和歌の世界では、のどかに季節の風物が詠まれている。しかし『万葉集』の時代は、歌と現実の政治状況が密接に結びついていた。「歌」の社会的意味が、飛鳥・奈良時代と平安時代以後とでは、大きく違っていることがわかる。

『万葉集』という書物は、歌の調べの美しさだけを鑑賞することを許さないような造りになっている。『万葉集』は、左注にしばしば『日本書紀』を引用し、歴史への参照を促す。つまり、歌の意味を正しく理解するためには、その背後にある歴史的事象の把握が不可欠だという考えが、その編集方針には込められているわけである。

『万葉集』の歴史書的性格

現代の感覚ではなかなか理解し難いが、奈良時代には、「歌」が歴史叙述にとって有用だとする考え方があったようだ。『古事記』と『日本書紀』は、『万葉集』と同じ頃に作られた歴史書だが、どちらも一〇〇首以上もの「歌」を掲載している。『続日本紀』以後の歴史書からは歌の掲載数が極端に減っていくことを考えあわせると、歌と歴史を結びつける考え方は、『万葉集』の時代に特有の思考であったということになるだろう。

『万葉集』の巻一と巻二には、時代区分を表す標目が立てられている。それぞれの歌が、どの天皇の御代に作られたものかが見てわかるようになっている。天皇代ごとに事柄をまとめて記すのは『古事記』や『日本書紀』の構成と一緒であり、歴史書と同じ方法で編纂されていることがわかる［並木　一九七八］。つまり『万葉集』の編纂は、初期の構想では一種の歴史書として計画されていたと想像できる。巻三以後も、天皇代の標目こそ消滅するが、歌を年代順に並べようとする基本方針に変わりはなく、歴史書的構成は保たれているといえる。また多くの巻において、題詞や左注にできるだけ年月日を記そうとする傾向も認められる。詠作年次の特定にこだわることにも、『万葉集』の歴史書的性格の一端が表れている［渡部　二〇〇〇］。

たとえば『古今和歌集』の場合は、テーマに沿って歌が配列されており、年代順になってはいない。詞書や左注に年月日が記されることもほとんどない。むしろ『古今集』は、和歌から歴史性を排除しようとしているようにさえ見える。このように平安時代以後の和歌集と比較してみれば、『万葉集』の歴史書的性格がいよいよはっきりと見えてくるだろう。

歴史と物語のあいだ

だが、「歌」という様式性の強い言語が、現実そのものであるはずはない。そこに文学的な誇張や虚構が含まれているのは当然である。『万葉集』に書かれていることを、そのまま歴史的事実として認定するわけにはいかない。

『万葉集』を見ると、謀反の罪で捕らえられた大津皇子が、密かに伊勢神宮に行き、姉の大伯皇女に会ったことになっている（２・一〇五題詞）。これを事実と考える歴史学者も少なくない。だが『日本書紀』を見れば、朱鳥元年（六八六）九月二四日、天武天皇殯宮で発哀が行われているときに、大津皇子が皇太子草壁皇子に謀反を起こした（天武紀下）とあり、また十月二日に謀反が発覚し、翌三日に死を賜った（持統紀）ともある。『日本書紀』内部でも記事に齟齬があるように感じられるが、いずれにしても書紀が記すような事態の推移の中で、大津皇子が伊勢まで往復する暇があったのかどうか不審である。また『万葉集』では、大津と草壁との間に恋愛をめぐる確執があったことが示唆されている（２・一〇七〜一一〇）が、そのような記事が『日本書紀』に見られないのはもちろん、恋愛のこじれが「謀反」になる（しかも恋愛の勝者は大津の方である）というのも理屈が通らない。

つまり、『万葉集』が語る大津皇子謀反事件というのは、赤穂（あこう）事件に材を取った『仮名手本（かなでほん）忠臣蔵（ちゅうしんぐら）』のような「物語」なのであって、事実に対する一つの「解釈」だと見るべきである［都倉　一九七三、伊藤　一九七五］。歴史記述は事実そのものではない。そのことは『日本書紀』についても同様である。

しかし、そのような「物語」を生み出した想像力のかたちや、その「物語」に投影された精神のかたちは、紛れもなく『万葉集』の時代と人々の考え方を示している。事実を記しているから貴重なのではなく、当時の人々の考え方を記しているという意味で、『万葉集』は貴重な歴史の資料となるのである。

歴史という「物語」を読む

見てきたように、『万葉集』という書物にとって、歴史が重要な構成要素であったことがわかる。しかしそれは、『万葉集』に歌われ、書かれていることがそのまま事実であったということを意味するものではない。

歴史とは、起こった事実そのものではなく、それを解釈した一つの「物語」である。『万葉集』の歌は、その「物語」の文脈の中で読まれることを欲している［土佐　二〇二〇］。それは『万葉集』の歴史書的な構成と配列に示唆されている。古代史の補助資料として『万葉集』を利用するのではなく、『万葉集』自らが語ろうとする「歴史＝物語」に、まずは耳を傾けたい。

そして、その「物語」に託された古代日本社会の考え方を読み取ることが必要ではないだろうか。

（土佐秀里）

（3）歴史地理学と万葉集

万葉歌が詠まれた「場」

長年、大宰府の古代遺跡の調査に携わるなかで、なぜ、『万葉集』に詠まれた歌が点在して残されているのか、以前から気になっていた。

たとえば、福岡県の太宰府市に、「水城」という平地を塞いだ古代の土塁がある。六六三年の白村江の敗戦後、唐・新羅軍侵攻の脅威から、倭国がとった防衛設備である。水城の前に立ったときには、誰しも遺跡のその壮大な姿に、『日本書紀』に「大堤を築きて水を貯へしむ」とあるその構造と激動の七世紀を感じることができる。

一方で、『万葉集』を見ると、大宰府の長官であった大伴旅人が平城京へ旅立つ際に、この水城という境界で送別宴が行われたかと見られる記述がある。古代の万葉びとたちがその歌を詠んだ「場」とした都城や各地の官衙（役所）、全国各地へ移動するための媒体であった官道や駅家は、その背景として存在している。今日までに、古代遺跡の発掘調査成果は飛躍的に増加し、大宰府やその近郊でもさまざまな発見が相次いでいるが、万葉歌が詠まれた「場」を都市空間の一部として捉え、歴史地理学や考古学などの成果との融合を試みる視点は極めて重要であると考える。

西都大宰府への道―歴史地理学と考古学―

日本の歴史地理学は、国府や条里の研究をはじめ、古代道の復原について歴史学や考古学などとの連携が古くから進められてきた。このことによって、実態がよくわからなかった古代の道が、幅広の「直線的な大道」であったとの共通認識が生まれるようになった。

歴史地理学では、古地図や古写真などからその情報を抽出する。

古地図や航空写真などに見える直線的な旧道・地割、線状・帯状の直線的な行政境界線、条里余剰帯（一〇～二〇メートル）、切り通しや盛土・築堤状地形などを抽出することで、古代道の位置が復原された。地名についても、「駅家・馬屋・廏」（ウマヤ・マヤ）、「馬込・馬籠・間米・真米・孫女」（マゴメ）、「大道」（オオミチ・ダイドウ）、「作道・造道」（ツクリミチ）、「車路・車地」（クルマジ）、「立石」（タテイシ）などが道沿いにあった駅家や道そのものに関係するものであることがわかってきた。特に「車路・車地」は九州北部に多くみられ、天智朝に築造された古代山城の近くに多い。古代山城を結ぶ軍事用道路として計画されたものが、後に全国への駅路となっていったのではないかと考えられている。これらの成果をあわせて考古学的な古代道の認識が生まれ、一九九〇年代までには、全国で平野を一直線に突き抜ける古代道が次々に姿を現した。道幅は、九～一二メートルと大規模なものが多い。

大和国・河内国の古道は、『日本書紀』推古二一年（六一三）に「難波より至る大道を置く」（横大路か）、白雉四年（六五三）に百済・新羅使節が来朝するときに「処々の大道を修治」したことが記され、七世紀初めには、宮都と一体となった広域交通路（今の高速道路のようなもの）が整備されていった。発掘されている道路遺構の道幅も、下ツ道二三メートル、中ツ道一五メートル（後に二五メートル）、横大路三五メートル、難波大道一八メートルなどと大規模で高規格な直線道路であった。

こういったあり方は、古代大宰府にも共通している。大宰府は、天智天皇二年（六六三）の白村江の敗戦によって、百済の王都泗沘都城をモデルとしたとされる。その最初の姿は、大野城や基肄城などの古代山城に囲まれた城塞都市であった。その閉ざされた都市空間に、宮都に準ずるような大宰府政庁を北端に据えた条坊都市が形成されていった。

万葉歌と大宰府の「境界」

大宰府における万葉歌と古代遺跡、そして交通路との関係で、最も象徴的なのは西の境界としての「水城」である。天平二年（七三〇）、大宰府を後にする大伴旅人と遊行女婦児島の歌は、水城東門で詠まれたとされている（6・九六五、九六七～八）。

水城には二つの門があって、それぞれ、海外（唐・新羅）と平城京への二つの交通路が延びていた。それぞれ古代の迎賓館であった筑紫館（のちの鴻臚館）、そして平城京へ通じる山陽道へとつながる道である。交通路としては平城京へ通じる山陽道（大路）が優位であった。また、水城は、平野から見える古代最大の土構造物でもあり、またその外側には、幅六〇メートルともいわれる大きな堀が設けられ、海と陸を史上初めて遮ったという境界性を示すものであった。このために、その後も命脈を保ち続け、大伴旅人が水城から去っていくという象徴的な情景が重なっていると考えられるのである。

こういった視点で万葉歌と交通路を比較してみると、大宰府からは六つの道が放射状に、複線的に延び、それによって生じた衢（交通路の結節点）や駅家において詠まれた『万葉集』歌群の集中するエリアが、大宰府を中心として同心円状に「圏域」をなすように分布していることがわかる。

東の境界にも目を向けてみると、大伴旅人をはじめ送別宴が行われたとされる蘆城駅家がある。「境界」という意味では、西の水城に対する東の蘆城であったものと考えられる。現在でも筑紫野市に「阿志岐」の地名が残っており、関や衢などがある大宰府の外郭に位置している。「大宰の諸の卿大夫幷せて官人等」が「宴する」場で詠まれた歌々（4・五六八〜七二）（8・一五三〇〜一）が残されている。

筑前国の万葉歌にみえる駅家は、深江・夷守・蘆城の三つの駅があるが、深江駅は肥前国（松浦郡）と筑前国（怡土郡）との国境付近、夷守駅は糟屋郡家に近接し山陽道（大宰府路）と大宰府方面からの伝路との衢、蘆城駅は糟屋郡からの伝路と豊前道との衢となる拠点駅でもある。こういった「場」は、地勢的には「坂」や「峠」にも通ずるものであった。

『万葉集』の筑前国・肥前国・豊前国に関係する地名に関連する歌を集めてみると、その分布には地理的な偏りがあることがわかる。現代の地名との比較や古代の郡の推定範囲などから大体の位置は特定できる。それぞれ、筑紫・豊前・肥前の各国の宗像（むなかた）・糟屋・御笠（みかさ）・志麻（しま）・怡土・那珂（なか）・松浦・嘉麻（かま）・企救（きく）の各郡などが主な分布圏で、なかでも松浦、志賀、大宰府（筑紫館）に関連する歌が極めて多い。特に松浦と志賀は、海・亭（泊）・浦・崎などとの関わりがとても強く、都と地方とをつなぐ陸路としての古代道とは別に、「海域」を指向した交通路の二重構造が重視されていたことが万葉歌から読み取れる。

古代に生きた人々を立体的に語る

これまでの歴史地理学や考古学による研究の蓄積によって、万葉歌に詠まれた風景との融合が可能となってきた。古代に生きた人々の生活や感性を、相互に補完し立体的に語っていくことができる段階に入ったと思う。『万葉集』に収められた歌は文学作品ではあるが、詠み人の心象風景が投影され、ヒトと場が織りなす歴史的風景が描写されたものである。現代に残された情報をもとにその歴史景観を復原する歴史地理学や考古学にとって、欠くことのできない重要な史料であるといえるであろう。

（小鹿野　亮）

【コラム⑫】明日香の風土

「飛鳥」は『日本書紀』などに見える表記であり、『万葉集』においてはむしろ「明日香」と表記される場合が多い。「飛ぶ鳥」は、アスカにかかる枕詞であり、土地に対するほめ言葉であった。鳥がたくさん飛ぶのはそこに餌となる生物が豊富に在るからであり、それは人間にとっても豊かな恵みの土地であることを意味する。「飛ぶ鳥」と言えばアスカの地が連想されるまでに歌の表現が定着して初めて、アスカを「飛鳥」と表記できたといえよう。

志貴皇子は「采女(うねめ)の袖吹き返す明日香風京(みやこ)を遠みいたづらに吹く」(1・五一)と詠んだ。藤原京遷都後の歌であり、都が遠くなったことで空(むな)しく吹く風とは、律令制に基づく中央集権国家が完成するに伴いあらゆる面で変革を余儀なくされた、一人の人間の感慨を象徴したものと思われる。

『万葉集』において明日香はふるさととも表現された(4・六二六、6・九九二)。それは、国史跡である「飛鳥京跡」があるとおり、歴代の天皇宮が営まれたことによるとみられる。『万葉集』の実質的な幕開けは舒明天皇の国見歌(1・二)であり、『古事記』は編纂の契機を天武天皇に求め、『日本書紀』が持統天皇巻で終わることなどをみても、奈良時代に明日香が特別な意義を持つ地であったことは想像に難くない。山部赤人も、現実には存在しない理想の景を表現することで明日香を讃美した(3・三二四～五)。天平勝宝四年(七五二)に「大君は神にし坐(ま)せば」と、後句に人間業では実現不可能な内容を詠むことで神性を強調し、天武天皇をたたえる歌が記録されたことも特筆に値する(19・四二六〇～一)。

そして近年、そのほとりに「苑池（えんち）」が造られていたことが判明した「明日香川」は、その名の響きも相俟（あいま）って後世に歌枕化し、繰り返し歌に詠まれていった。

ぜひ、『万葉集』を携えて明日香川のほとりに立ち、風に吹かれながら古代に思いを馳（は）せていただければと思う。

（井上さやか）

（4）数量的研究のはじまり

統計学的研究の現在

「『万葉集』の統計学的研究」というと、ほぼ間違いなく色眼鏡で見られる。残念ながら、二〇二一年時点ではそうである。「そんなもので歌がわかるのか」といわれたこともある。統計で歌がわかるわけがない。歌がわかるために統計的な手法を用いているわけでもない。コンピュータは電子万葉の夢を見ない。ところが、コンピュータを知らない人ほど、コンピュータを用いた研究を嫌う傾向にある。自分の心の領域に土足で踏み込まれる感じがするのだろう。ここには大きな誤解がある。この誤解をなんとか解きたい。

堅牢なデータ

巻	歌	句	種	本文	訳文
01	0031.0	001.0	UT	左散難弥乃	ささなみの
01	0031.0	002.0	UT	志我能大和太	しがのおほわだ
01	0031.0	002.0	I	一云	
01	0031.0	002.1	UTI	比良乃	ひらの
01	0031.0	003.0	UT	與杼六友	よどむとも
01	0031.0	004.0	UT	昔人二	むかしのひとに
01	0031.0	005.0	UT	亦母相目八毛	またもあはめやも
01	0031.0	005.0	I	一云	
01	0031.0	005.1	UTI	将會跡母戸八	あはむともへや
01	0032.0	001.0	D	高市古人感傷近江舊堵作歌	
01	0032.0	001.0	Z	或書云高市連黒人	

数量的、統計学的という以前にすべての研究の基本にあるのは、堅牢（けんろう）なデータである。現在、『万葉集大成　第十五〜十九巻　総索引』（平凡社、一九五三〜四）を使用している人はいないだろう。かといって、本文校訂から付訓までをひとりでこなしてデータ化しても、そのデータの正確性を検証することは難しく、データの堅牢性が保証されない。そこで、既存のものを使用することになるが、稿者は自分で入力し校正を施した鶴久・森山隆『万葉集』（おうふう、一九七二）と、木下正俊『万葉集　CD-ROM版』（塙書房、二〇〇一）とを併用している。

しかし、なにより重要なのは、そのデータの構築方法である。どのようにデータを構築するかで、その後の研究が決定されるといっても過言ではない。たとえば、

楽浪（ささなみ）の　志賀（しが）の一に云ふ「比良（ひら）の」大わだ　淀（よど）むとも
昔の人に　またも逢はめやも一に云ふ「逢はむと思へや」
（1・三一）

の、第二句異伝「比良の」をこのまま処理すると、第二

句の字足らず句となってしまう。「比良の大わだ」というデータにして処理すると、「大わだ」の用例数が一例増えてしまう。稿者は、『万葉集』に存在しない文字列を付加することはあってはならないと考えるため、「大わだ」をプラスすることなく、かつ、異伝であることを明示することによって、第二句の字足らずとして計算されないようにしている。しかし、この方法は、『万葉集』の短歌第二句を一例切り捨てていることにもなる。これはデータの設計思想である。明確かつ、可能な限り客観的な、そして、構築者（自分）にとって有利にならないデータを作ることが肝心である。参考までに稿者のデータの該当部と次歌の題詞の部分を掲げた。

データの作成

データの作成には、必然的にコンピュータを使うことになるが、エディタと表計算ソフトが基本である（稿者は秀丸エディタとエクセルを使用している）。プログラミングを覚える必要はない。ただし、文字列検索とgrep（検索結果を一覧表示できるコマンド。エディタには実装されているのが普通）に不可欠な正規表現（文字列の集合を記号化する方法。カ行の文字、イ列の文字などを一括して検索できる。さらに行末や文字数の指定など、さまざまな検索が可能となる）、エクセルの文字列関連の関数とピボット・テーブル（エクセルの機能の一つで、複雑なデータを可視化することができる）は勉強したほうがよい。といっても、それほど難しいものではない。インターネットで検索すればいくらでも解説が出てくるし、大きな書店でそれらしい本を探してもたくさん売られている。難しく考えずに触ってみることをお勧めする。

データの利用

データが揃うと次はその利用である。正規表現は多様な検索を可能にする。関数やピボット・テーブルは一度覚えたら手放せない。使いこなせるようになると飛躍的にデータ検索が楽になる。たとえば、「者」が歌の句頭に立つ例は集中に一例(16・三八〇〇)しかない。手許(てもと)のファイルでこの事実を知るために必要な時間は数秒である。また、「者」の訓仮名例も当該例しかない。こちらは別のファイルだが、ピボット・テーブルを用いて数十秒程度である。極端な時間短縮といってよいだろう。そして、こうした検索方法は、数日もあれば、おおよそのところは覚えられる。是非試してみてほしい。

統計学を利用したデータ解析

ここから先は、向き不向きがあるだろう。多変量解析と呼ばれる手法を使うと、時間短縮ではない解析が可能になるが、統計学との学際的研究の領域に足を踏み入れることになる。そのためには、研究のパートナーが必要になるが、統計学の研究者は堅牢なデータには強い興味を示してくれると思う。その際、統計検定3級程度の知識を身に付けておくと、共同研究に役立つ。稿者は、パートナーから『改訂版　日本統計学会公式認定　統計検定4級対応　データの活用』(東京図書、二〇一九)、『改訂版　日本統計学会公式認定　統計検定3級対応　データの分析』(東京図書、二〇二〇)を推薦してもらった。共同研究をはじめる前に読んでおきたかった。

　実際に共同研究をはじめると、最初はお互い何を言っているのかほとんどわからない（稿者はそうだった）。信頼関係の構築が重要であり、わからないことをわからないと発言できる環境が不可欠である。また、双方が幸せになる結果はなかなか出ない。統計学は人間の感覚の外在化に目的の一つがあるため、解析結果の多くは文学研究の側からすると当たり前すぎて論文化できない。逆もまたしかり。文学研究の側から見て、極めて新しい結果が出ても、統計学の側からは「この結果は、本当に人間の感覚に基づいているのか？」という疑問が出る。しかし、共同研究の基本が文学研究側によるデータ解析に適した課題提案にあることは間違いない。今までにない発想で学際共同研究を進める研究者の登場を期待している。

（村田右富実）

（5）博物館のなかの万葉集

「博物館」とは

『万葉集』は現存する日本最古の歌集であり、日本文学史においても最古級の主要作品である。その写本には国宝や重要文化財に指定されているものもあり、博物館やそれに類する施設に収蔵されている。

日本における博物館は、明治五年（一八七二）に行われた湯島（ゆしま）聖堂博覧会に始まり、常設の帝国博物館（現在の東京国立博物館）に発展したとされる。昭和二六年（一九五一）に公布、翌年施行された博物館法（昭和二六年法律第二八五号）第二条第一項によれば、博物館とは「歴史、芸術、民俗、産業、自然科学等に関する資料を収集し、保管（育成を含む。以下同じ。）し、展示して教育的配慮の下に一般公衆の利用に供し、その教養、調査研究、レクリエーション等に資するために必要な事業を行い、あわせてこれらの資料に関する調査研究をすることを目的とする機関」であると規定されている。法制上は、「登録博物館」とそれに準じる扱いを受ける「博物館相当施設」、博物館法の適用外である「博物館類似施設」に分かれるが、いずれも資料の収集・保管・展示・調査研究を目的とした施設であることに変わりはない。近世以前、名家や社寺などに伝来した『万葉集』の古写本が、近代以降は博物館などに収蔵されるようになった意味もそこにあるといえよう。

国宝・重要文化財としての『万葉集』

現存最古の『万葉集』の写本は桂本（平安時代中期写）であるが、「御物」（皇室の財産）であり、文化財保護法（昭和二五年法律第二一四号）に基づく国宝や重要文化財の指定対象外となっている。

国宝や重要文化財に指定された『万葉集』の伝本とその所蔵先は次のとおりである。

【国宝】

藍紙本（平安時代後期写）京都国立博物館蔵
元暦校本（平安時代後期写）東京国立博物館蔵
金沢本（平安時代後期写）公益財団法人前田育徳会蔵
【重要文化財】
天治本（平安時代後期写）冠纓神社蔵
尼崎本（平安時代後期写）京都大学附属図書館蔵
嘉暦伝承本（鎌倉時代前期写）国立歴史民俗博物館蔵
金沢文庫本（鎌倉時代後期写か）公益財団法人冷泉家時雨亭文庫蔵

これらに加えて、万葉歌を類題によって編集しなおした『類聚古集』（平安時代後期写、龍谷大学附属図書館蔵【国宝】）や『古葉略類聚鈔』（一二五〇年写、興福院蔵【重要文化財】）もある。

博物館と『万葉集』研究

博物館などに所蔵される『万葉集』の伝本類が、研究に不可欠の資料であることは言を俟たない。さまざまな伝本から漢字本文の復元を試み、それがどう訓読されたかを探ることで、現代において初めて〈読む〉ことができる。ただ、すべての伝本を研究者個人が網羅的に調査することはなかなかに困難でもある。

その意味で、大正一三年（一九二四）に初版が刊行された『校本万葉集』は、諸本の概要を知ることができる必須の書である。寛永二〇年（一六四三）に刊行された寛永版本を底本として、桂本、藍紙本、金沢本、天治本、元暦校本、嘉暦伝承本、伝壬生隆祐(みぶのたかすけ)筆本、紀州本(神田本)、伝冷泉為頼(ためより)筆本、細井本、活字無訓本、西本願寺本、温故堂本、東京帝国大学本、大矢本、金沢文庫本、京都帝国大学本、活字附訓本、類聚古集、古葉略類聚鈔といった諸本を校合し、『万葉集』の写本研究や本文研究に画期をもたらした。その後も、諸本の断簡、春日本や広瀬本といった新出資料が加えられ、増補、新増補と拡充されてきた。しかしながら、その偉大な業績を前に、写本や版本に立ち戻ることがおろそかになったことが指摘されている。

一方、『校本万葉集』による本文復元のために捨象された諸本の書物としてのありようは今後の重要な研究課題といえる。書物の形態や料紙、書風や字形などを画像データとして蓄積し、古筆切や断簡のデジタル処理により復元を試みるなど、新たな研究の方向も提示されている。

また、編纂物としてではない木簡や墨書土器、金石文などの出土文字資料も、今後の『万葉集』研究には欠かせないものといえよう。ことに、新たな発掘と整理により更なる深化が見込まれる木簡研究が今後もたらす恩恵は計り知れない。

古写本や出土文字資料の所蔵先という意味でも、データの収集・保管・調査研究の場としても、博物館が『万葉集』研究に果たす役割は今後ますます大きくなると考えられる。

『万葉集』をどう魅せるか

博物館は、資料を収集・保管するだけでなく、「展示して教育的配慮の下に一般公衆の利用に供し、その教養、調査研究、レクリエーション等に資する」ことも重要な責務である。『万葉集』の伝本類を貴重な文化遺産として保存し次世代へ伝えるためには、先述のとおり書物としてのありように着目し、その意義を十全に理解し広める必要がある。そこで、保存しつつ実物の持つ力をいかに魅せ伝えていくか、という一見相反する行動が求められることになる。

たとえば、筆者の勤務先である奈良県立万葉文化館では、『万葉集』に関連する近世以前の古典籍だけでなく、近代の外国語訳本や現代の画家による絵画化作品なども収集し、考古資料などを交えた複合展示を試みることで、博物館と美術館とを合わせた総合文化施設を目指している。

はじめに述べたとおり、日本における博物館は明治時代にはじまる。「博物館」は Museum の訳語であり、日本語でいう美術館、記念館、資料館、文学館、歴史館、科学館などもその概念に含まれる。『万葉集』の伝本類が単なる親本のコピーではなく、それぞれの時代を背景として生まれた書物としての魅力を有するように、現代においては、マンガやアニメなども含めたさまざまな創作物が生まれている状況がある。今後は、そうした現代文化への変相も含めた資料収集も有意義であると思われる。

『万葉集』研究と博物館のこれから

博物館において、『万葉集』の伝本類や出土文字資料の収集・保管・展示・調査研究は基本的な業務である。それに加えて、日本列島がこれまでに幾度もの災害を経験し、そのたびに貴重な資料が失われてきたことを思えば、現存する貴重資料の高精細デジタルデータの蓄積と管理を担うことも急務であると考えられる。
『万葉集』は古代日本および各時代の日本文化のありようの一端を伝えるだけでなく、古代東アジアの中で位置づけられる文化遺産でもある。今後はＳＤＧｓ（持続可能な開発目標）に基づく共同研究など、国際的な協調もより重要となるだろう。人間を尊重し、体系的な思考力を育(はぐく)んで持続可能な社会の創造を目指すＥＳＤ（持続可能な開発のための教育）の観点に立つことで、『万葉集』研究の新たな可能性も拓(ひら)かれるように思う。

（井上さやか）

（6）多文化社会のなかの万葉集

韓国語で万葉集は読めない

今から三十年ほど前に万葉集は韓国語で解読できると主張する書物が出版された。李寧熙(イヨンヒ)の『もう一つの万葉集』（文藝春秋、一九八九）や『枕詞の秘密』（文藝春秋、一九九〇年）などがそれである（その他、藤村由加『人麻呂の暗号』（新潮社、一九八九）など）。これらは出版当時に話題になって一時的な反響はあったものの、従来の万葉集研究とは相当かけ離れた方法を取っており、その後、顧みられることはなかった。この類いの書物が認められなかった根本的な理由は、万葉集の言語表現の源泉は韓国語だという前提から出発したことである。実際、万葉集の表記形式と新羅の吏読(イドゥ)による郷歌(ヒャンガ)の表記形式は類似するところが多い。李寧熙はこの類似性を吏読の表記形式がそのまま『万葉集』に反映された結果であると考えた。万葉集には未だ訓の決定を見ないものが多数あるが、李はそれらの解読に韓国語を取り入れることで新しい訓を提示したり、訓の安定している万葉歌に対して従来とは全く異なる解釈を試みたりしている。

万葉集に古代韓半島由来の表記が存在していることは事実である。たとえば、

　さ雄鹿(をしか)の　妻問(つまど)ふ時に　月を良(よ)み　雁(かり)が音(ね)聞こゆ　今し来らしも　（10・二一三一）

　雄鹿が妻問いをする時に、月が良いので雁の鳴く声が聞こえる。今やってきたらしい

の第四句の「雁が音聞こゆ」に当たる本文は「切木四之泣所聞」であって、「雁」は「切木四」と記される。これが韓半島の伝統的な遊びの「ユンノリ」の用語にもとづくことはよく知られている。そのほか、「一伏三起（コロ）」（12・二九八八）、「三伏一向（ツク）」（10・一八七四）、「諸伏（マニマニ）」（4・七四三）も同じ遊びに由来している。このように、万葉集の中にはいくつか古代韓国語の断片が見られることはあっても、万葉集のほとんどが古代韓国語の影響云々(うんぬん)とはあり得ない話である。そのうえ、管見による限り、李が万葉歌解釈の根拠とした韓国語も、当時の古代韓国語であるという保証もない。

一般に万葉集の時代は七世紀前半から八世紀の中頃までの百三十年間ぐらいであるといわれている。当時はもはや日本と韓半島は言語的に通じなくなっていた。『続日本紀』に見える「訳語(をさ)」や、『延喜式』の「大蔵省式」における新羅や渤海(ぼっかい)などの「通事」関連記録は、当時の日韓両国間に通訳が必要だったことをものがたる。また韓国の言語学者李基文(イキムン)は、両国の言語

に親族関係は認められても相当早い時期からかけ離れていたことを指摘している（『国語史概説』（韓国語）太学社、一九九八）。このような事実を別の観点から見るならば、万葉集の時代は既に多文化社会であったといえよう。ややズレはあるだろうが、現代社会における多文化社会の概念を取り入れてもそれほど狂いはないように考えられる。

多文化社会と万葉集

多文化社会とは多様性を持つ各々の民族がお互いの多様性を尊重して共存していく社会である。先述した『もう一つの万葉集』類の主張がこじつけに終わってしまうのは、このような多様性を認めないところに発生するのであろう。常識的に考えれば、新しい文物が伝来した当初は直接的影響を受けたとしても、時間が経つにつれて変容していくのが自然な成り行きである。たとえ郷歌（ヒャンガ）における吏読（イドゥ）表記様式が万葉集の万葉仮名表記様式と類似しているとしても、その類似性が、万葉歌は古代韓国語による、という図式につながることはなかろう。お互いの多様性を尊重するという、多文化社会の視座から郷歌と万葉歌を見るとき、どちらが先で、どちらが影響されたということなどは、それほど問題ではない。

私見の域を出ないが、現代の日本にはＪ・ＰＯＰがあって韓国にはＫ・ＰＯＰがあるように、千何百年をタイムスリップしたそこには、類似しながらも別々の特色を帯びた郷歌と万葉歌があったのではなかろうか。想像をたくましくすることが許されるなら、もしかすると長屋王の佐宝楼（さほろう）で行われた新羅使臣の歓迎会などでは、漢詩以外にヤマト歌と郷歌が披露されたかもしれない。

それぞれの民族が相互の多様性を認め合う世界は、かえって各々の国の持っている文化的独創性が要求される世界でもある。その独自性は共感される方法によって発信されて初めて多文化社会の中で市民権を得られる。そうだとすれば、万葉集はいかなる方法をもって現代の多文化社会に市民権を得ることができるだろうか。

多文化社会への伝達様式を考えるとき、まず挙げられるのは翻訳であろう。万葉集に関する専門知識を備えた研究者の手による翻訳は、多文化社会へ万葉集を伝播（でんぱ）するのに格好の手段になる。しかし、翻訳は限られた対象にしか受け入れられないおそれがある。万葉集が多文化社会にもっと親密に近づき、幅広く伝播されるためには、伝達様式のバリエーションが必要になってくる。

ここで万葉集の文芸性を多文化社会へ発信するために積極的な試みを図るグループを紹介したい。そうすることによって多文化社会のなかの万葉集のあり方を考えてみたい。それは女優松坂慶子（まつざかけいこ）氏を中心とした活動である。氏は早くから万葉楽劇や万葉朗読劇という形で多文化社会に万葉集を伝えてきた。

主な実績をあげると、二〇一三年には上海とソウルで、野村万蔵（のむらまんぞう）氏・野沢聡（のざわそう）氏と共演して「『万葉』と『伎楽』のアマルガム　楽劇　万葉楽」を上演した。タイトルから推察できるように、伎楽（ぎがく）のルーツをたどるというコンセプトで、万葉集からモチーフを持ってきて朗読と踊りを見事にコラボしている。また二〇一五年には万葉集朗読劇という形でハワイ大学で、二〇一七年には韓国の国立劇場で、そして二〇一九年には「令和」のはじまりを祝う朗読劇を韓国の中央大学で公演した。後者の朗読劇も万葉集の歌や歌人からモチーフを取りそれを脚色して、わかりやすくしている。これは、万葉集の研究者による台本と専門俳優によって具現化したといってよい。

しかし、ここで忘れてはいけないことがある。多文化社会への発信における伝達言語の重要性である。日本語だけではどうしても言語上の障壁を乗り越えられない。これを解決するために当地の言語への翻訳は必須である。そして公演に必要な効果音楽として公演する国の音楽を使えば、伝播効果は最高になる。また最新のＩＴ技術を使えば、伝達効果は飛躍的に増すだろう。万葉集を多文化社会のなかの万葉集として各国の人に理解してもらうためには、これからも方法論的にいろいろな模索が必要だろう。

（具廷鎬）

【コラム⑬】外国語訳万葉集

万葉集が初めて外国語に翻訳されたのは一八三四年、ドイツのハインリヒ・ユリウス・クラプロードによるという。詳しくは佐佐木信綱（『万葉集事典』、「翻訳」、平凡社、一九五六）や井上さやか「第5回万葉文化館主宰共同研究　海外における記紀万葉の受容に関する比較研究―翻訳にあらわれる日本文学の特色について―〈概要報告〉」（『万葉古代学研究年報』第十五号、二〇一七、奈良県立万葉文化館）を参照されたい。井上は、二〇一五年現在、部分訳を含めてドイツ語やフランス語や韓国語など、一五種類以上の言語に翻訳されたことを報告している。万葉集を翻訳するということは気が遠くなる作業である。時間的隔たりや言語的乖離（かいり）を克服しなければならない。そして、四五〇〇余首の歌を翻訳するには相当の時間が要求される。こうした難関をどうやってクリアしていくかが、翻訳の完成度を左右するといえよう。

このような観点に立つとき、遠くて近き国の韓国語は万葉集を訳するのにもっとも適したものであろう。韓国語は日本語と同じく膠着語（こうちゃくご）である。何よりも語順がほぼ同じである。当然韓国語訳は他言語と比べて万葉集の表現に精緻（せいち）にアプローチできる。たとえば短歌ならば、五・七・五・七・七の音数律に合わせて翻訳することができる。もちろん解決できないこともある。それは枕詞をどう処理すべきかということである。訳者によって枕詞の意味を韓国語にかえたり省略したりするが、このような措置は歌本来のリズムを乱したり歌の本質を損なうことにつながる。最近の韓国語訳においては、枕詞を日本語の発音そのまま韓国語で表記してから、注釈をつけることによって解決しようとしている。こうした日韓両国語の同質性の高さからだろうか、韓国における万葉集の翻訳成果は目立つ。二〇二〇年現在、完訳本やそれに準ずる翻訳本で注目されるのは次の三種である。

本格的な韓国語訳万葉集の始まりは金思燁（キムサヨプ）の『韓訳万葉集』（成甲書房）であろう。氏は一九八四年から八八年にかけて巻一から巻十六までを翻訳出版した。残りの四巻は氏の逝去によって未完となってしまった。金の『韓訳万葉集』における最大の特徴は訳の音数律にある。氏は五・七・五・七・七の音数律を、韓国伝統詩歌の「時調（シジョ）」の音数律の、「三・四・三・四……」の形に訳した。『韓訳万葉集』後、二〇一八年には競争でもするかのように、李研淑（イヨンスク）の『韓国語訳万葉集』（図書出版バックイジョン）と崔光準（チェグワンジュン）の『万葉集』（国学資料院出版）がほぼ同時に出版された。一つの国でこれほどの万葉集の訳が出版されたのはかつてないことであろうが、いくつか問題がないわけではない。

問題は二点に絞られる。まず一点は、三人ともにテキストの本文批評の過程を省略していることである。金は岩波書店の日本古典文学大系『万葉集』をテキストにして訳していたが、途中から中西進の『万葉集』（講談社文庫）に切り替えた。李は中西進の『万葉集』をテキストとし、崔は翻訳に使ったテキストを明らかにしていない。次に挙げられる問題は、あまりにも簡潔すぎる注釈にある。本文批評はともかく、いくら精緻に翻訳したとしても、オリジナルの持っている意味表現を完璧（かんぺき）に表現することは不可能に近い。双方の隔たりを埋めるためには詳細な注釈を施すことが必要なのだが、三人の翻訳にはその点において物足りなさが感じられる。今後、この二点をのりこえる翻訳が出版されることを期待したい。

（具延鎬）

四、万葉集とその時代

（1）都城と万葉集

「都城」と「みやこ」と

ここでいう「都城」とは、日本語でいう「みやこ」のことである。「や」は建物を表す言葉で、「み」は尊いものにつく接頭語である。だから、「みや」とは、神や天皇が居住する建物を意味する。「こ」は場所を表す接尾語で、この場合、特定の場所を表すと考えておけばよい。

『万葉集』の時代においては、国家はその威信をかけて都城を造営していた。飛鳥を最初期の日本の都城とすると、最後の都城は平安京（七九四〜）ということになる。

だから、万葉の都城といえば、飛鳥（五九二〜六九四）、藤原京（六九四〜七一〇）、平城京（七一〇〜八四）と大きく考えておけばよい。ただし、この間に、難波（なにわ）、久邇（くに）、紫香楽（しがらき）にも都城が計画され、短期間ではあるけれども都が実際に置かれている。

都への憧憬、鄙への蔑視

都城の道路は直線道路で、道路を東西南北の正方向に走らせる都市計画を持っている。そこに巨大建物群が配置されたのであった。この都に対する地方が、「ゐなか（田舎）」「ひな（鄙）」ということになる。単純化すると、

都――先進性／豊か／権力の中心（憧憬）
鄙――後進性／貧しい／権力の周縁（蔑視）

ということになる。こういう都と鄙の考え方が端的に表れた歌がある。

式部卿藤原宇合卿、難波の都を改め造らしめらるる時に作る歌一首
昔こそ　難波田舎と　言はれけめ　今は都引き　都びにけり（3・三一二）

昔はね　難波田舎と　言われたけれど……　今は都らしくなってきて（もうすっかり）
都みたいな景色です！

「難波田舎」という言い方は、明らかに差別的な言葉であるが、作者の藤原宇合は、自分の力で、ここ難波も立派な都になった、と誇っているのである。

都の地を定める権限は、天皇の大権であった。

大君は　神にしませば　赤駒の　腹這ふ田居を　都と成しつ（19・四二六〇）

わが大君は　神であらせられるので……　赤駒が　腹まで浸かる泥田であったとしても
かの地をミヤコとしてしまったのだ――

という歌があるが、いかなる土地であっても、天皇の命とあらば立派な都となるということが

表現されているのである。

都の先進性は、衣食住すべてに及び、その上、立ち居振る舞いにも及んでいたことは、次の歌からわかる。

天離る　鄙に五年　住まひつつ　都のてぶり　忘らえにけり（5・八八〇）

（天離る）田舎に五年も　住みつづけ　都のてぶりも（今は昔）すっかり　忘れてしまいました（そんなわたしの歌でも聞いてくださいな）。

おそらく、「都のてぶり」に対して、田舎の人のてぶりというものもあったのだろう。

遷都歌と旧都歌の世界

こういった都が遷るということは、時の一大事であった。旧都となった都への愛着、新都への期待が歌で表現されるのも、それほどに衝撃が大きかったからである。飛鳥と藤原は、三キロメートルも離れていないが、その空虚感は大きく、志貴皇子は、こう歌った。

明日香宮より藤原宮に遷居りし後に、志貴皇子の作らす歌

采女の　袖吹き返す　明日香風　京を遠み　いたづらに吹く（1・五一）

采女たちの　袖を吹き返していた　明日香風は　都が遠のいてしまったので……　今はむなしく吹いている。

また、平城遷都にあたって、元明天皇は、飛鳥・藤原での君との生活の時間を想起して、こう歌っている。

和銅三年庚戌の春二月、藤原宮より寧楽宮に遷る時に、御輿を長屋の原に停め古郷を廻望みて作らす歌　一書に云はく、太上天皇の御製

飛ぶ鳥の　明日香の里を　置きて去なば　君があたりは　見えずかもあらむ〈一に云ふ、「君があたりを　見ずてかもあらむ」〉（1・七八）

（飛ぶ鳥の）明日香の里を　置いていってしまったなら　君のいるあたりは　見えなくなってしまうのではないか。一には「君のいるあたりを　もう見ないで過ごすことになるというのか」と伝えている。

『万葉集』には、こういった遷都歌、旧都歌が多く収載されている。ちなみに、平城京に生きる人々にとって、旧都となった飛鳥・藤原は「フルサト」となってゆく。

平城京の郊外での遊び

そして、都城生活者である彼らは、休みの日ともなれば、都城の郊外に遊んだ。平城京時代においては、春日野がその郊外にあたる。

春　若菜摘み（10・一八七九）／春の野遊び（10・一八八〇）／打毬（6・九四九）／梅の花見（8・一四三七～八）／桜の花見（6・一〇四七、8・一四四〇、10・一八六六、一八七二）

夏　藤の花見（10・一九七四）

秋　萩の花見（7・一三六三、8・一六〇五、10・二二二一、二二二五）／もみじ狩（8・一五七一、一六〇四）／秋の野遊び（20・四二九五）

季節のわからないもの

　狩り（6・一〇二八）／月見（6・九八〇、九八七、7・一二九五）

まさしく、春日野は、平城京生活者の遊びの空間なのであった。以上の諸点を勘案するならば、『万葉集』は、その基本的性格として、都城生活者の文学ということができよう。

（上野　誠）

（2）白村江の戦いと万葉集

白村江の戦い

「白村江」の文字列は、今や「はくそんこう」と読むのが一般的ではあるが、新編日本古典文学全集『日本書紀』（小学館）では、「はくすきのえ」と読む。「白村江」が、日本ではない朝鮮半島であることと、漢字（中国語）という表語文字の表音機能を考慮すると、「白村江」の文字列は、字音で「はくそんこう」と読むべきであろう。

白村江の戦いは、古代日本における最大の対外戦争である。その詳細は、『日本書紀』の斉明六年（六六〇）七月から、同天智二年（六六三）九月にかけて記される。当時、朝鮮半島では、高句麗、新羅、百済の三国が対立していた。斉明六年（六六〇）に百済は、唐、新羅連合軍に敗れ滅亡する。なお、百済滅亡については『三国史記』、『冊府元亀』に詳しい記述がある。

その後、百済再興軍が国を興す。百済再興軍は、日本（当時「倭国」。以下同じ）に百済の王子余豊璋がいたことから、豊璋を国主にと願い出て、日本に救援を求めるのである。従前より百済と緊密な関係にあった日本は、百済復興を支援し、天智二年（六六三）に白村江の戦いにのぞむ。しかし、戦いは、『旧唐書』（劉仁軌伝）が、

> 仁軌、倭兵と白江の口に遇し、四たび戦い捷つ。其の舟四百艘を焚く。煙焔天に漲り、海水皆な赤し。

と記すように、白村江において、日本の舟が四百艘焼かれ、その煙や炎が空を覆い、日本の兵の死傷者の血で海水が赤く染まるという大敗であった。

翌年、天智三年（六六四）二月に、日本では、律令国家形成に向けて体制整備の政策が出される。いわゆる甲子の宣である。さらに、筑紫の防衛の要衛である大宰府に大堤を築き、水を貯めた防衛施設の水城を設け、対馬島、壱岐島、筑紫国等に防人と烽を置き、辺境の防衛や情報伝達機能を整える。石母田正が、国際関係に対する軍事的な対応として「軍国」の体制を敷く［石母田　一九七一］と述べる通りである。この対外的防衛における体制は、天平四年（七三二）の節度使の発足によって、さらなる強化が図られることとなる［小田　二〇一三］。

白村江の戦いは、森公章が指摘するように、結果として古代国家完成への体制整備の契機［森　一九九八］につながったのであり、日本の律令制の性質を考える上で重要である。

万葉集関係歌

白村江の戦いに関連すると思しい歌は次の額田王の歌である。

熟田津に　舟乗りせむと　月待てば　潮もかなひぬ　今は漕ぎ出でな（1・八）

熟田津で船出しようとして、月の出を待っていると、潮も満ちてきた。さあ漕ぎだそう。

この歌の研究史については、平舘英子に詳しい［平舘　一九九九］。ここでは、史実と歌に関する問題について述べる。当該歌には、左注がある。その左注には、山上憶良の『類聚歌林』の記述がある。それは、

……後岡本宮に天下治めたまふ天皇の七年辛酉の春正月、丁酉の朔の壬寅に、御船西つかたに征き、始めて海路に就く。庚戌、御船、伊予の熟田津の石湯の行宮に泊つ。……

……斉明天皇の七年正月六日、天皇の御船は海路筑紫に向って出発した。十四日、御船は伊予の熟田津の石湯の行宮に泊まった。……

という内容である。『万葉考』以来、多くの注釈書や研究者は、左注にひく『類聚歌林』の記述と、『日本書紀』斉明七年（六六一）一月の「御船西に征きて、始めて海路に就く。（中略）御船、伊予の熟田津の石湯行宮に泊つ」という記述とを関連させる。その上で、当該歌を、百済救援にあたって、熟田津の地からの出航に際して斉明天皇自ら前線に立ち、筑紫に向かう征旅の様子を歌う歌と解するのである。

しかし、身﨑壽が、「うたの表現そのものからはこの『船乗り』が筑紫にむけての出航を期してのものかどうかは決定できない」［身﨑　一九九八］と指摘する通り、歌表現が、歴史的事

実を詠んでいるかどうかを、当該左注から判断することはできない。一度、歌と左注を切り離し、歌表現の分析からはじめるべきである。

当該歌、第一句では、「熟田津」という場が提示され、続く第二句で「船乗りせむ」と、自己の意志が客観的に歌われる。その客観的な視座には、第三句「～と月待てば」の「待てば」と歌われ、過去を内在させていることがわかる。第一句から第三句、「熟田津に 舟乗りせむと月待てば」は、熟田津からの出航にあたって、「月」を待ち続けていたという、過去から現在の時間の流れが歌われていることになる。そして、第四句「潮もかなひぬ」と現在の瞬間を歌い、第五句「今は漕ぎ出でな」と現在を基点として、未来に向かっての視野を開き歌い収められる。当該歌は、熟田津からの出航にあたり、前掲、身﨑壽が述べるように、短歌の形式の中で、過去、現在、未来を動的に歌っている海の景の歌［身﨑　一九九八］ということになる。これに、史実や外部情報を充てるのであれば、当該歌は、斉明天皇の船旅において、熟田津の海の景の時間を動的に歌う歌とするのが穏当である。これまでの研究は、外部情報を無条件に歌の読みに反映させていたが、そうではなく歌表現そのものの分析につとめることが重要である。

なお、中大兄の三山歌、巻一・一三～五番歌の三首も、諸注、斉明天皇が百済救援に出兵するために瀬戸内海を西航した時の作と考えている。しかし、三首の歌表現から西征の船旅の様相を読み解くことはできない。しかも三首は、それぞれ解釈上の問題を孕（はら）む。さらに、一四番歌は、神野志隆光が述べるように、歌の表現自体では理解しきれない点がある［神野志　一九九九]。その結果、外部情報を歌の読みに反映させて、前述の理解が成り立ってきたのである。三山歌は、「そういうものとして、何らかを歌のそとに共通了解としてもって成り立つ」[神野志　一九九九]と考えるのも一つの方法であるけれども、今一度、それぞれの歌について外部情報を持ち出さずに慎重な表現考察が必要である。そのうえで、三首がどのような歌であるのかを見極めるべきである。

（小田芳寿）

(3) 壬申の乱と万葉集

壬申の乱

壬申の乱の子細については、『日本書紀』天武天皇条に記述がある。そして、乱の背景に関しては、井上光貞や、星野良作が綿密な論を提出している[井上　一九六五、星野　一九七三]。また乱の背景だけでなく、多角的に壬申紀を読むものに西郷信綱の論がある[西郷　一九九三]。ここでは、壬申の乱の概要を述べる。天智十年（六七一）に大友皇子が太政大臣に就く。これにより大海人皇子は、大友皇子を皇太子に推挙し、吉野に下る。翌年（六七二）、天智天皇が崩御すると、大海人皇子は、吉野を脱して東国で兵を起こす。すなわち、天皇の太子、大友皇子に対して皇弟、大海人皇子が兵を挙げるという古代日本における最大の戦乱を、その年の干支に基づいて、壬申の乱と呼ぶのである。乱を起こした大海人皇子は、実子である高市皇子や、大津皇子と合流して、戦いを有利に進める。六七二年七月二三日に大友皇子が自死し、大海人皇子が乱に勝利する。壬申の乱に勝利した大海人皇子は、六七三年に飛鳥浄御原宮で即位して、天武朝の政治が始まる。詳細は後述するものの、白村江敗戦以後の中央集権体制が、天武朝によってより強固なものへと整えられていき、律令国家としての体制が完成に近づくのである。

万葉集関係歌

壬申の乱に関係する歌に、柿本人麻呂の「高市皇子挽歌」である長歌（2・一九九、以下同じ）が挙げられる。「高市皇子挽歌」の長歌は、『万葉集』中、最長の一四九句を擁する。当該長歌の構成や研究史については、金沢英之に詳しい［金沢　一九九九］。長歌の構成の中で、壬申の乱に関わると思しい箇所は、第十三句「やすみしし」から第八六句「覆ひたまひて」までの七四句である。なお、壬申の乱の叙述に該当する箇所については村田正博に詳しい［村田正博　一九七七］。その中でも、

……大御身に　大刀取り佩かし　大御手に　弓取り持たし　御軍士を　率ひたまひ　整ふ
る　鼓の音は　雷の　声と聞くまで　吹き鳴せる　小角の音も〈一に云ふ「笛の音は」〉あ
たみたる　虎か吼ゆると　諸人の　おびゆるまでに……（2・一九九）

……皇子は御身に、大刀を取り佩かれ、御手に弓をお持ちになり、軍卒に号令なさって布陣する鼓の音は、雷の声かと聞くほどで、吹き鳴らしている角笛の音も〈また「笛の

音は」〉猛り狂った虎が吠えるのかと敵方が怯えるほどで……

という表現は、高市皇子が司令官として軍を率いる様子と、その軍の偉容と敵軍への戦いぶりが歌われる。ただし、当該表現について、吉永登は、『日本書紀』の瀬田の会戦の部分と比較検討し、この会戦に高市皇子が参戦していないことを指摘する［吉永　一九六七］。当該、壬申の乱に際しての戦いの描写は、歴史的事実としての壬申の乱がそのまま描かれているわけではないのである。当該戦闘場面は、村田右富実が説くように「当時における壬申の乱の記憶の最大公約数的な表現、聴衆の誰しもがみずからの記憶のなかにあるそれぞれの壬申の乱を想起できるようにしくまれた表現」である［村田右富実　二〇〇四］。そして、壬申の乱を神話化するところに表現の本質がある。壬申の乱を神話化することは、天武天皇の存在を神格化するところにつながる。壬申の乱という古代最大の戦乱を勝ちぬいて王位に即した天武天皇は、天皇神格化表現［神野志　一九九二］と称される表現をもって神として位置づけられる（2・一六七等）。さらに、天武の後を継いだ持統天皇（1・三九）や、天武天皇の皇子たち（弓削皇子等、2・二〇四～五）までを神（最高神）として処遇するのである。壬申の乱後の天武朝の成立（六七二年）から律令国家の成立といわれる大宝律令の制定（七〇一年）、そして平城京遷都（七一〇年）までの約四十年間は、天武天皇を中心として、その皇子までを現神として造型する時代であった。当該戦闘場面は、村田正博が説くように、天武の存在を神格化した上で、神・天武の分身として軍勢を率いる高市皇子が歌われていると捉えるべきである［村田正博　一九七七］。なお、「高市皇子挽歌」の長歌後半部では、高市皇子もまた神として位置づけられている。その点、梅田徹に詳しい論がある［梅田　一九九八］。

万葉集には、他に、壬申の乱の平定後に歌われたと伝えられる歌（「壬申の年の乱の平定まりにし以後の歌二首」）も存在する。

大君は　神にしませば　赤駒の　腹這ふ田居を　都となしつ（19・四二六〇）

大君（天皇）は、神でいらっしゃるので、赤駒の腹這っていた田んぼでも都となさった。

大君は　神にしませば　水鳥の　すだく水沼を　都となしつ（19・四二六一）

大君（天皇）は、神でいらっしゃるので、水鳥の集う沼でも都となさった。

二首ともに「大君は　神にしませば」と、ヒエラルヒーの頂点に位置する天皇を神として歌表現上に現出させ、そして、その存在が「赤駒の腹這ふ田居」や「水鳥のすだく水沼」という立地にそぐわない空間をも「都」となした、と歌われる。神格化された「天皇」の所業が歌われるのである。この天皇神格化表現は、万葉歌の一つの特徴と捉えてよいだろう。

壬申の乱以後の国家体制

壬申の乱以後、天武朝は、中央集権国家として急速にその形をとりはじめる。天武四年（六七五）正月からは新しい宮廷行事が行われ、天武七年（六七八）十月の詔では、官僚機構の統制ならびに法制度の整備が行われる。そして、天武十三年（六八四）閏四月には、「凡そ政要は、軍事なり」（『日本書紀』）という詔が出される。これは、「軍事」という国家の本質的な、固有の属性を備えることを表す［石母田　一九七一］。それとともに、百官に官人としての振る舞いと装備を徹底させるのである。その他、藤原宮、京の造営や、宗教統制［井上　二〇〇二］等が進められる。「近代的」な律令国家としての陣容が整えられていくのである。そうした時代の動向の中で、『帝紀』および上古諸事の記定事業が始まる。これらが『古事記』、『日本書紀』編纂事業の起点になったのである。

（小田芳寿）

【コラム⑭】班田と万葉集

『万葉集』の時代、国家財政を支えていたのは「米」であった。米を確実に収穫するためには、稲を植える田がなくては始まらない。国は人々に田を貸し出し、稲作を行わせ、収穫の一部を「租」として上納させた。このシステムが「班田収授法」である。皇族や五位以上の貴族にも田が支給されたが、やはり課税対象となっていた。身分の高い人々にとっても、租税は重い負担であった。まして農民たちの困苦は計り知れない。筑前国守の山上憶良は、「貧窮問答歌」（5・八九二〜三）においてその悲惨な実態を活写し、告発した。もはや食べるものすらなく、農民一家は餓死寸前だというのに、それでも里長は笞（むち）を手に怒鳴り散らし、情け容赦なくノルマ通りの租税を徴収しようとする。

苦しんでいたのは農民だけではない。田の支給、すなわち「班田」は六年に一度行われ、その度に「班田使」という臨時の官吏が雇われるが、そうした臨時雇いの人々もその現場で疲弊していた。天平元年（七二九）の班田は最大規模の事業となったが、その現場では丈部龍麻呂という名もなき若者が自殺していた。龍麻呂は、摂津国の班田史生という末端の吏員に採用されたが、その業務の最中に首を吊って自殺してしまう。直属の上司である摂津国班田判官の大伴三中は、『万葉集』に龍麻呂を悼む歌を詠んでいる（3・四四三〜五）。三中は田舎で龍麻呂の帰りを待つ家族のことを思い、その早すぎる死を嘆く。

　龍麻呂の自殺の原因は、班田使の過酷な業務に起因するストレスにあると、瀧川政次郎は喝破する［瀧川　一九七四］。いつの時代も、直接文句を言われ、責められ、負担を背負わされるのは現場であり、末端の者である。憶良も三中も貴族ではあるが、末端の人々の思いを歌で代弁しようとする。これもまた『万葉集』の一面である。

（土佐秀里）

（4）長屋王の変と万葉集

長屋王と政変

長屋王は天武天皇の長男高市皇子と、天智天皇の皇女御名部皇女の間に生まれた。生年については叙位の年齢規程から天武十三年（六八四）と推測する説［川崎　一九五二］と、『懐風藻』記載の享年に基づき天武五年（六七六）とする説［木本　一九九三］とがあり、今日後者を支持する論も多い。
『続日本紀』大宝四年（七〇四）正月七日条には、長屋王が無位から正四位上に叙されたと記される。これを官人キャリアのスタートとし、以後、式部卿や大納言を歴任し、養老五年（七二一）正月、右大臣となり政権の中枢を担うこととなる。長屋王政権下では、東北の蝦夷対策や、租税徴収制度の改革など、さまざまな政策が積極的に執られた［寺崎　一九九九］。
しかし神亀六年（七二九）二月十日、漆部造君足と中臣宮処連東人が「長屋王が密かに左道を学び、国家を傾けようとしている」と密告した。即日長屋王の邸宅を軍勢が包囲し、翌十一日、舎人皇子や藤原武智麻呂らが取り調べを行う。そして翌々日の十二日、長屋王は妻の吉備内親王や子の膳夫王らと共に自死し、家内の者たちも捕らえられた。いわゆる「長屋王の変」である。

長屋王を悼む歌

『万葉集』には長屋王の死を悼む歌が収められる。

　神亀六年己巳、左大臣長屋王、死を賜はりし後に、倉橋部女王の作る歌一首

大君の　命恐み　大殯の　時にはあらねど　雲隠ります（3・四四一）

　天皇の仰せのままに、殯の宮にお祭りするときではないのに、世を去られた。

作者の倉橋部女王は伝未詳。長屋王の娘、あるいは妻（『井上新考』など）、もしくは長屋王の身辺の人［西宮　一九八四］と推測され、また、8・一六一三の左注にある「椋橋部女王」

と同一視する説（『新大系』）もある。

題詞の「死を賜る」の原文「賜レ死」は、君主が臣下に自殺を命じる意の漢語である。ここでは、長屋王の最期が「自尽」であったこと（『続日本紀』天平元年二月十二日条）を指す。また、朱鳥元年（六八六）には、謀反が発覚し逮捕された大津皇子が、訳語田の家で「賜レ死」している（「持統称制前紀」朱鳥元年十月三日条）。令制下においては、

五位以上及び皇親、犯せること悪逆以上に非ずは、家に自尽すること聴せ。（「獄令」七）

五位以上の者及び皇族は、罪状が「悪逆」以上でなければ、自宅での自死を許せ。

という、高位の者に死罪の代替として自死を許す規定が存在した。大津皇子や長屋王の自死もこの規定に則ってのことだろう。

そうした長屋王の「賜レ死」は、歌の中でも触れられる。上二句「大君の命恐み」は、天皇からの御命令を謹んで受ける、の意である。長屋王同様、刑罰を受けることを「大君の命恐み」と表現することは、石上乙麻呂が藤原宇合の妻、久米若売との密通により土佐へ配流されたことを詠んだ歌に、

……馬じもの　縄取り付け　鹿じもの　弓矢囲みて　大君の　命恐み　天離る　夷辺に罷る……（6・一〇一九）

……馬でもないのに縄をかけられ、鹿でもないのに弓矢で囲まれて、大君のご命令を受け、遠くの国へと流される……

とみえる。しかしこの表現は、国司の赴任（3・二九七など）や遣唐使（8・一四五三）・遣

新羅使（15・三六四四）、防人（20・四三二八・四三五八など）のように、朝廷からの命を受け、公的な任に就いた際の歌に多く用いられる。本来的にはそうした栄誉を詠う表現といってよい。

「賜レ死」の本質は、

> 廉恥節礼は以て君子を治め、故に賜死有りて戮辱亡し。（『漢書』賈誼伝）
>
> 恥を知り礼を知る君子の治世では、賜死こそあっても、刑罰による辱めはない。

とあるように、罪人の尊厳の保護にある。長屋王への「賜レ死」も同様の発想に基づくものであり、故に歌中では、「大君の命恐み」と大任を授かるかの如く詠われるのだろう。

しかし、長屋王が画策したとされる謀反は、罪状としては悪逆より上に位置し、前掲「獄令」の規定の適用外のはずである。にもかかわらず実際は自死を認められており、そこには何らかの温情と配慮があった［瀧浪　二〇一七］といわれる。『続日本紀』によれば、長屋王自尽の翌日、二月十三日、殉死した吉備内親王の名誉回復がされ、家内の者も放免となった。さらに、同十七日には長屋王に連座した者のうち上毛野朝臣宿奈麻呂ら七名のみを配流とし、その他九十名は許される。加えて天平十年（七三八）七月十日、かつて長屋王に重用された大伴宿禰子虫が、謀反の密告を行った中臣宮処連東人を斬殺する事件が起きている。『続日本紀』は殺害された東人について、長屋王を「誣告」――虚偽の告発をしたと記す。

正史にこう記される長屋王の謀反は、当時世間にはいわれなき罪と認識されていたのだろう。「大君の命恐み」からは、人々の事件に対する意識を垣間見ることができるのである。

長屋王と文学

長屋王は『万葉集』に短歌五首、『懐風藻』に漢詩三首を残す。その数からいえば、決して詩人とはいえないだろう。しかし『懐風藻』には、長屋王有する「作宝楼」における折々の詩宴の様子が記される。そこでは新羅使の歓待が行われ、参宴者の中には、『万葉集』に大伴旅人との書簡（5・八六四書簡部）も残る吉田宜（『懐風藻』七九）や、藤原房前（同八五）・宇合（同九〇）までもが名を連ねる。まさに文学サロンともいうべきコミュニティが形成されていたといえ、その存在を「神亀文学の機縁」［中西　一九七二］と評する声もある。

長屋王は辣腕を振るい非業の死を遂げた政治家というイメージが根強い。しかし一方では詩歌を愛し、その振興に寄与した、文学の世界に身を置く人でもあったのである。

（仲谷健太郎）

（5）古代官僚制と万葉集

律令官人は歌を詠む

「万葉歌人」と呼ばれる人々は、歌を詠むことを職業にしていたわけではない。彼らには「律令官人」という本職がある。女性や僧侶、皇族も含めて、歌人たちは何らかの形で官僚機構に組み込まれている。作者未詳歌も、その多くが中下級官人の作と見られる［中川　一九九三］。

律令官人とは、要するに国家公務員である。歌を詠むことはかれらの職務ではないが、かといって仕事とは無関係な遊びや趣味とも言い切れない。接待ゴルフや接待麻雀（マージャン）も仕事のうちである。社員旅行や社内レクリエーションに参加しなければ白い目で見られる。律令官人も、上司が主催する宴会への参加を断るわけにはいかなかった。宴会に出れば、歌の一つも詠まされることになる。

かくて律令官人は歌を詠まねばならなくなる。公的な場なのだから、「空気」を読まなくてはならない。くだらない宴会だとか、つまらない景色だと思っても、そんなことを正直に言ってはならない。今日の日のこの宴会は、すばらしいと歌わなければならないし、この風景はすばらしいと歌わなくてはならない。官僚の歌とは、そういうものである。

「功に申さば、五位の冠」

律令官人を縛りつけているものは、位階である。官人たちはみな、上は正一位から下は少初位下まで、三〇段階もある位階のどこかに位置を与えられている。人間として優れているとか有能であるという以前に、ひとりひとりに「正六位上」とか「従（じゅ）五位下」といった目に見える序列が与えられる。

このころの　我（あ）が恋力（こひぢから）　記し集め　功（くう）に申さば　五位の冠（かがふり）（16・三八五八）

最近の俺の「恋愛努力」ときたら、それを全部記録して、集めて、業績として申請したなら、五位に昇進できるほどたいしたものさ。

たとえば右のような歌が生まれるほどに、位階や昇進が官人たちにとって関心の的になっていたことがわかる。「恋力」というのは造語で、そんな言葉はないが、何でも業績に数える成果主義を皮肉ったものであろう。「記し集め功に申さば」というのは、官人の人事考課を定めた「考課令（こうかりょう）」の条文に、「考（こう）すべくは、皆具（つぶさ）に一年の功・過・行・能を録して、並（とも）に集め、対（むか）ひて読め」という規定があることを踏まえている［上野　一九九七］。

もちろんこの歌は冗談に決まっているが、それにしても、なぜ「五位」を望むのだろうか。冗談ならば冗談らしく、「俺は正一位になる」ぐらいの大風呂敷（おおぶろしき）を広げてもよさそうなものではないか。しかし三位（さんみ）以上は、特定の家柄の、僅（わず）か数人に寡占されていた。一位というのは名誉の称号で、位人臣を極めた者でも、死後追贈されるかどうかという非現実的な位階でしかなかった。

つまり、五位という位階にはなかなかの現実味があったのである。たとえば四十過ぎまで無位であった山上憶良は、渡唐を機に一気に正六位上に抜擢（ばってき）され、さらに従五位下にまで引き上げられている。手柄次第では、五位に昇進することは夢ではなかった。そして五位以上は「貴族」として扱われるのである。「五位になりたい」という願いは、下級官人たちにとっては慎ましくも大きな夢であった。

「人なぶりのみ好みたるらむ」

出世競争を繰り広げる官人たちは、自らの業績や能力を少しでもよく見せようとしたはずだが、同時に、ライバルを蹴落とすことにも必死になっただろう。位階に応じて官職が決まっている「官位相当制」においては、官僚のポストも限られており、椅子取りゲームもおのずと熾烈にならざるを得ない。

さすだけの　大宮人は　今もかも　人なぶりのみ　好みたるらむ（15・三七五八）

宮廷に集うあいつら官人どもは、今日もまた性懲りもなく、いじめやパワハラばかりして、面白がっているんだろうね。

流刑に処された中臣宅守の恨みがましい悪口歌だが、「人なぶり」が「大宮人」に固有の属性であるかのように歌っているところが、注目される。宅守の罪状は明らかではないのだが、この歌からは、同僚からのいじめや嫌がらせが流刑の契機ないしは遠因であったようにも読み取れる。

奈良山の　児手柏の　両面に　かにもかくにも　佞人が伴（16・三八三六）

奈良山に生えている児手柏の葉っぱみたいに、あっちとこっちの両方にヘイコラして、調子のいいことばっかり言ってる、セコい奴らだな、あいつら。

消奈行文の「佞人を謗る歌」である。「伴」と言うのだから、行文が罵倒する「佞人」とはグループである。両方にいい顔をするというのだから、ゴマをするだけではなく、告げ口だの悪口だのも両方に伝えているのだろう。おそらく宮廷内には、そういういじましい官人がうようよしていたのではないか。

官人たちの裏の顔

官人たちは歌を詠ませられる。だから「大君は神にしませば」とか「白玉の見がほし君」といった歯の浮くようなおべんちゃらを、彼らの本心とばかり見るわけにはいかないだろう。それどころか、こんな歌もある。

昼見れど　飽かぬ田子の浦　大君の　命恐み　夜見つるかも（3・二九七）

昼間ならいくら見ても見飽きない田子の浦を、天皇陛下の命令が畏れ多いので、夜にしか見られなかったんだよ。

田口益人のこの歌などは、昼間の田子の浦が見られなかったことの不平不満を、天皇の命令のせいにしているように読めてしまう。「面従腹背」が自分のモットーだと言った官僚がいたが、上の命令に逆らえないのも官僚のマインドなら、コソコソ不満を漏らすのも、実に官僚らしいマインドである。万葉の歌が官人の歌であるからには、タテマエの裏に隠された本音を読み取ることも必要であろう。

（土佐秀里）

（6）大伴家持と奈良時代の政変

奈良時代の政変

聖武朝の神亀六年（七二九）、藤原四子との対立により長屋王が排斥される（長屋王の変）。これを皮切りに、以後平安朝に至るまでの七十余年の間に、幾度となく政変が繰り返された。養老二年（七一八）頃に生まれ（注一）、延暦四年（七八五）に没した大伴家持は、まさにこの政変の時代を生きたのである。神亀四年（七二七）頃の父旅人の大宰帥任官は、長屋王排斥に向けての藤原氏による左遷［川崎　一九五二］ともいわれ（注二）、家持の身辺には幼少期から政変の影があった。そして自身もやがて政変へと関わることになる。

藤原広嗣の乱と伊勢行幸供奉

天平十二年（七四〇）九月三日、大宰少弐藤原広嗣が、橘諸兄政権を構成する玄昉・吉備真備の排除を求め九州にて挙兵する（藤原広嗣の乱）。この乱の最中、聖武天皇は「思うところがあって関（注三）の東へ行く」と宣言し（『続日本紀』天平十二年十月二十六日条）、十月二十九日に平城京を発つ。行幸は伊勢（三重県）・美濃（岐阜県南部）・近江（滋賀県）・山背（京都府南部）の各郡や頓宮への滞在を経て、十二月十五日に造営中の恭仁京（京都府木津川市）へ到るまで続いた。

この行幸に家持は内舎人（注四）として供奉していた。『万葉集』にはこの時詠まれた歌（6・一〇二九〜三六）があり、うち五首が家持による詠作である。家持は「狭残の行宮（注五）」で次のような歌を詠んだ。

狭残の行宮にして、大伴宿禰家持が作る歌二首

大君の　行幸のまにま　我妹子が　手枕まかず　月そ経にける（6・一〇三二）

御食つ国　志摩の海人ならし　ま熊野の　小舟に乗りて　沖辺漕ぐ見ゆ（6・一〇三三）

天皇の行幸にお供して、妻の手枕もせずに月が経ってしまった。

あれは御食つ国の志摩の海人ではないか。熊野の小舟に乗って、沖の方へ漕ぐのが見える。

一〇三二番歌では、私的な妻への感懐が詠われる。行幸歌らしからぬ表現であるが、真下厚は家妻恋慕を詠むことが道中の無事を祈る機能を持ち、集団性を負う作であると指摘する［真下　一九九〇］。それを踏まえ廣川晶輝は、「単純に『妹への思慕』だけをモチーフとする歌とみるのをためらわせるものがある」［廣川　一九九八］と評した。

一方、一〇三三番歌は、行幸地での叙景という従駕らしい作である。この歌の上三句は、山部赤人の神亀二年（七二五）十月の難波行幸歌、

朝なぎに　梶の音聞こゆ　御食つ国　野島の海人の　舟にしあるらし（6・九三四）

朝なぎに梶の音が聞こえる。あれは御食つ国の淡路は野島の海人の舟らしい。

の下三句の表現に学んだ可能性を指摘される［吉井　一九八四］。初句の「御食つ国」は天皇の食料を奉る国のことで、志摩国（三重県東部）はさまざまな海産物を献じていたことが平城京木簡などから窺える。また第三句「ま熊野の小舟」は紀伊国（和歌山県）熊野の地の木材を使用した船のことか。「浦廻漕ぐ熊野舟着きめづらしく」（12・三一七二）とあるように、特徴的な舟であったらしい。小野寛はこの語について、赤人の「ま熊野の舟」（6・九四四）や高市黒人の羈旅歌（3・二七〇）に連なるものであり、「行幸従駕の天皇讃美と古代への回想」が読み取れる表現であると論じる［小野　二〇〇一］。

この二首はいずれも類型性の中から新たな表現を獲得したものである。またそうした二首を対にすることで「自分たち従駕の官人集団と、現地御食つ国の奉仕集団との、二面の奉仕を描く」［森　二〇〇二］という刷新的な構図をかたちづくる。行幸歌に新たな視点をもたらすという、若き家持の才の片鱗を、この歌々にみることができるだろう。

橘奈良麻呂の変、そして万葉の後

孝謙朝の天平勝宝八歳（七五六）五月十日、朝廷を誹謗したとして、出雲（島根県）国守の大伴古慈斐と淡海三船が衛士府に拘禁される。三日後に釈放されるが、古慈斐は国守を解任された。当時大伴氏出身者も多く政権に参与しており［藤井　二〇一七］、その中での同族への処罰は衝撃的であっただろう。家持はこれに際して「族を喩す歌一首」（20・四四六五～六七）を作り、その長歌の末尾を、

～あたらしき　清きその名そ　おぼろかに　心思ひて　空言も　祖の名絶つな　大伴の氏と名に負へる　ますらをの伴（20・四四六五）

惜しむべき高潔なその家名であるぞ。いい加減に考えて、かりにも先祖の名を絶やすな。大伴氏の名を負っている大夫たちよ。

と、一族への忠告で結んだ。しかし翌天平勝宝九年（七五七）七月三日、橘奈良麻呂の謀反が発覚する。家持の忠告も空しく、大伴氏からも五名が関与の廉で処罰され、家持と親しい古麻呂や池主らも獄死した［小野寺　二〇〇八］。

家持は事件への連座を免れたものの、この影響からか、翌天平宝字二年（七五八）六月十六日に因幡（鳥取県東部）の国守に任ぜられる。そしてその翌年、因幡の地で詠まれた歌（20・四五一六）が、『万葉集』の掉尾を飾ることとなった。

その後の家持の足跡は、『続日本紀』によって辿ることができる。薩摩（鹿児島県西部）の国守などの地方官や中央の官職を歴任するも、天応二年（七八二）正月に発生した氷上川継の謀反への関与を疑われ、解官の憂き目に遭う。この疑いは晴れたらしく、同年五月十七日には早良親王の春宮大夫として復職した。

そして延暦四年（七八五）八月二十八日、その生涯を終えた。しかし没後の九月二十三日夜、長岡京にて造営監督中であった藤原種継が矢で射られ翌日薨去し、犯人として大伴継人・竹良が捕縛・斬首された。家持も生前これに関与していたとして、官籍から除かれることとなる。

『万葉集』の中心人物ともいえる家持は、その人生の中で数々の政変と、巻き添えともいえる関わりを持った。まさに人生波乱万丈、歌人の顔とは裏腹に、荒波に揉まれた政治家としての姿も見ることができるのである。

注

（一）『公卿補任』天応元年（七八一）条に「大伴家持　六十四」とあるが、一方内舎人の任官年齢などを考慮することで、霊亀二年（七一六）から養老四年（七二〇）までの諸説が展開されている［藤井　二〇一七］。
（二）外交および九州南域の律令支配の課題解決を期待されての人選との説［五味　一九八二］もある。
（三）鈴鹿関（三重県亀山市関町）、不破関（岐阜県不破郡関ケ原町松尾）を指す。
（四）中務省に属する、天皇近侍の官職。
（五）諸説あるが所在地未詳。狭残をサザラと読み、久留倍官衙遺跡（三重県四日市市大矢知町）に比定する説［岡田　二〇〇四］が有力か。

（仲谷健太郎）

（7）正倉院宝物と万葉集

「正倉院」とは

奈良市の東大寺大仏殿の北北西に位置する校倉造の高床式倉庫を「正倉院」と呼びならわし、聖武天皇・光明皇后ゆかりの品をはじめとする奈良時代を中心とした多数の美術工芸品や文書などが収蔵されている。それらを総じて「正倉院宝物」といい、中には万葉歌と直接関わる品も含まれている。

正倉院は、天平勝宝八年（七五六）の聖武太上天皇の七七忌（しちしちき）に際して、光明皇太后が太上天皇遺愛の品約六五〇点、薬物六〇種を東大寺の盧舎那仏（るしゃなぶつ）に奉献したことに始まる。「正倉」とはほんらい「正税を収める倉」の意で、その「正倉」が幾棟も集まっている一画を「正倉院」と称した。各地から上納された品々を保管するため官庁や大寺に設けられていた施設であり、南都七大寺にはそれぞれに「正倉院」が存在したが、現存するのは東大寺正倉院内の一棟だけであることから、現在は固有名詞と化している。

北倉・中倉・南倉の三室に分かれており、特に北倉は聖武天皇と光明皇后のゆかりの品を収めることから、早くから厳重な管理がなされた。長い年月の間には、修理などのために宝物が倉から取り出され返納の際に違う倉に戻された例もあり、近代的な文化財調査が行われるようになった明治時代以降に再整理された。

明治八年（一八七五）に、収蔵されていた宝物の重要性を踏まえて東大寺から内務省の管理下に置かれ、以後いくつかの省庁の所管を経て、明治四一年（一九〇八）に帝室博物館の主管となり、第二次世界大戦後は宮内府図書寮の主管となった。現在は宮内庁の施設等機関である正倉院事務所によって管理されている。

平成九年（一九九七）に国宝に指定され、正倉院周辺地域も国史跡に指定された。翌年には「古都奈良の文化財」の一部としてユネスコの世界文化遺産に登録された。

正倉院宝物の特徴

正倉院宝物の最大の特徴は、すべてが出土品ではなく伝世品であるという点である。由緒伝来や製作年代、使用年代が明らかな宝物が多く含まれ、学術的な価値は極めて高い。

収蔵されている宝物は、文房具・調度品・楽器楽具・遊戯具・仏教関係品・年中行事用具・武器武具・飲食器・服飾品・工匠具・香薬類・文書類など生活の全般にわたっており、奈良時代の文化を具に知ることができる。

宝物に用いられている材料や技法、意匠や文様などには、八世紀の主要文化圏であった中国やインド、ペルシアやギリシャ、ローマ、エジプトに及ぶ国々の文化的要素が指摘されてもいる。奈良時代の日本文化の精華をいまに伝えるだけでなく、当時の世界的な文化を知ることをも可能にする貴重な文化財である。

万葉歌と正倉院宝物

万葉歌と正倉院宝物との直接の関わりが指摘されるのは、次の例である。

初春の初子の今日の玉箒手に執るからにゆらく玉の緒（20・四四九三）

天平宝字二年（七五八）正月三日に催された初子の儀式に関連して詠まれた歌である。初子とは各月の最初の子の日のことだが、ここでは特に一年で最初の子の日に行われる宮中の儀式を指す。天皇が農耕を象徴する辛鋤を、皇后が養蚕を象徴する玉箒を用いて、豊作と養蚕の成功とを願い、国の繁栄を祈る儀式である。

この歌は、その初子の儀式の後に玉箒を飾って催された宴席で披露されることを想定して詠んだ、と作者である大伴家持自身によって記されている。玉飾りの付いた箒を手にとるとゆらゆらと揺れ、それにより魂の活動が増幅されることを表現した、祝意の込もった歌である。しかし実際には、大蔵省の政務のために宴席に参加できず歌を奏上できなかったとあり、宴では各自の能力に応じて心中を詩や歌にせよという勅命が下って皇族や廷臣らが思い思いに詩や歌を作ったが、それらの作品はまだ入手できていないことも記されている。

『万葉集』も当時の様子を詳しく伝えているが、この時の儀式において用いられたとみられる「子日目利箒(ねのひのめとぎのほうき)」が正倉院に現存する(正倉院宝物 南倉七五)ことには驚きを禁じ得ない。コウヤボウキの茎を束ね、把には紫色の渋皮を巻いた上に金糸を巻き、枝には色ガラスの小玉が差し込まれていたようである。

家持が表現したように、玉飾りの付いたこの箒を手にとれば、色ガラスの玉がゆらゆらと揺れたことだろう。

当時の文化を知る手がかり

万葉歌との直接の関係はなくとも、正倉院文書からは万葉歌人たちの役人としての顔や古代の市井の人々の暮らしが垣間見えるし、正倉院宝物は当時の文化を知る手がかりを与えてくれる。

たとえば、大伴旅人が藤原房前に歌とともに贈った「日本琴」(5・八一〇～八一二)とは、新羅琴とは似て非なる「檜和琴」（南倉九八）のような六絃の琴であったと考えられる。金銀泥で麒麟・尾長鳥・鹿・飛鳥・人物・山岳・草木花などが描かれ、往時のきらびやかな様子がしのばれる。

また、「春霞流るるなへに青柳の枝くひ持ちて鶯鳴くも」（10・一八二一）は、霞が流れる春の日に青柳の枝をくわえた鳥が鳴きながら飛んでいる、という歌である。鳥は枝をくわえたまま鳴くことはできないはずで、「花喰鳥」と呼ばれる装飾文様をモチーフにした歌とみられている。「花喰鳥」とは、その名が示すとおり花のついた枝を鳥がくわえている文様であり、ササン朝ペルシアに起源があるとされる。「紅牙撥鏤尺」（北倉一三）や、「紅牙撥鏤碁子」・「紺牙撥鏤碁子」（北倉二五）など、正倉院宝物にはしばしば用いられている。

有名な「鳥毛立女屛風」（北倉四四）も、起源は西方にあるとされる意匠である。樹下の女性を唐風に描く一方で、着衣や樹木には日本産のヤマドリの羽毛が貼り付けられていたとみられる。一部の下貼りには「天平勝宝四年」（七五二）の日付のある文書の反故紙が用いられていることから、七五〇年代に日本で製作された屛風であったと考えられる。各扇に描かれた樹下美人図は、大伴家持の「春の苑紅にほふ桃の花下照る道に出で立つ娘子」（19・四一三九）を彷彿とさせる。

正倉院展

現在も続く「正倉院展」は、終戦直後の昭和二一年（一九四六）に、戦時中は奈良帝室博物館に疎開させていた宝物の中から三三件を陳列し一般公開したことに始まる。令和二年（二〇二〇）には世界的なコロナ禍の中で、感染拡大防止策をとり第七二回正倉院展が開催された。

正倉院宝物は千二百年以上ものあいだ一度も土に埋もれることなく今日に伝わった。その間、正倉院は幾度もの戦火や災害に耐えてきた。そこにどれほど多くの有名・無名の人々の尽力があったかと思うと、感慨深い。

（井上さやか）

【コラム⑮】万葉びとの技術

岐阜県は飛騨高山といえば木工家具が有名だが、その源流は上代にまで遡る。「賦役令」斐陀国条によれば、飛騨国は庸・調の税を免除される代わりに、木工職人の供出を要求されていた。その職人たちは「飛騨工」「飛騨匠」と呼ばれ、『延喜式』には都で木工寮（宮内省に属する、宮殿の造営や木材の調達などを担当した役所）などに属し公役に従事したことが記されている。『万葉集』には、その「飛騨匠」の活躍を詠う歌がある。

かにかくに　物は思はじ　飛騨人の　打つ墨縄の　ただ一道に（11・二六四八、寄物陳思）

あれこれと物思いはするまい。飛騨人が打つ墨縄の線のように、ただ一筋に思おう。

飛騨匠が操ったと詠われる「墨縄」は現代の墨つぼ。材上に墨を含ませた糸をピンと張り、弾くことで直線を引く木工具である。この道具の歴史は存外に古く、平城宮跡や兵庫県川西市の栄根遺跡から奈良時代の「墨縄」が出土しており、墨の付着や糸の擦過痕といった実用の形跡が残る［奈良国立文化財研究所 一九八五］。また実用の形跡はないものの、正倉院宝物にも「銀平脱龍船墨斗」（南倉一七四）がある。文献上も正倉院文書「造講堂院甲可山所解」（東大寺の講堂建設に携わる部署からの事務文書）（天平勝宝五年（七五三）一月二十二日）に、製材のために「墨縄二十條」を受領したことが記されるなど、頻繁に用いられたらしい。

職人技に真摯な恋心を託すというのも、なんとも面白いものだ。真剣な顔で作業をする飛驒匠の姿がありありと思われる。

（仲谷健太郎）

栄根遺跡から出土した墨縄（写真資料提供 川西市教育委員会）

五、中国文学と万葉集

（1）中国文学を踏まえて万葉集をどう読むか

受容研究のはじまり

『万葉集』における中国文学の影響については、これまでに多くの研究が積み重ねられてきた。漢詩文の受容のありようを具体的に解明しようとする試みは、契沖『万葉代匠記』によって本格化したといえる。歌の注釈という作業を通して、背後に存在する中国詩文の姿を捉えようとする。このような姿勢は、現在に到るまでさまざまな形式で連綿と続いている。また、個別課題によって追究した結果、新たな受容の態度を解き明かした成果が論文や著書として発信されてきた。これらの成果を個別の歌ごとに集積していく作業が、中国文学を踏まえた歌作りの様相を示すことになる。対象を巨視的に捉えたり、微視的に捉えたりする分析の結果が一覧されると、更に新たな視点を提供することにもつながることになるであろう。

受容の解明の現在

歌を詠む営為に中国文学がどのように関わるかは、語・語彙や表記、さらには思想面など多様である。しかも典籍の注釈をも参照しながら表現に磨きをかけていたことを考えれば、一首の歌に対する影響を把握するのは容易ではない。このような実態を理解した上で中国文学との関係を探ろうとする場合、芳賀紀雄「典籍受容の諸問題」の「前言」に示されている実態解明に対する態度は、次のように厳密を極めている。

当時いかなる典籍が舶載されていたかを押さえ、あるいはまた、舶載された可能性を推定しつつ、上代びとが、それらの典籍を、いかに表現の糧として活用したかを問題とすることが、もっとも基本的かつ肝要な態度と言うべきである。

このような姿勢によって中国文学と『万葉集』とを比較することの実例を示したのが、芳賀紀雄「万葉集と中国文学」である。上代びとの表現に中国文学がいかに影響をあたえていたかを具体的に分析して提示した最後に「一つの課題として」と題する章を設けている。ここでは『万葉集』の表現と素材とを対象とした検討から、さらに多様な受容の実態があることを「主題・形式に到るまで、詩文との比較の対象となるべき例は、なお多岐にわたっている」と述べる。そうした課題は、漢語と歌表記の問題や歌に漢文の序や書簡を附す形式の問題と、具体的な作品を伴って示されている。

中国文学の受容の特徴として芳賀紀雄は最後に次のように述べていることは重要である。

　中国文学のひとつの思潮ないし傾向に根ざして歌を作るということは、遂になかった。ある特定の詩人に追随することも顕著ではなく、みずからの選び取った主題・素材にかかわって、詩文の例を取り込んだにすぎなかった。その点で、方法的に自覚的であったとは思えぬが、しかし、次々と舶載される厖大(ぼうだい)な詩文をいかに受けとめ、そして歌のなかでわがものとしていったか、この運命的な出会いを前提として、『万葉集』と詩文との比較の問題は、なお一つの大きな課題として存するといえるだろう。

ここで提起された課題に対して、新たな課題設定が行われ、その成果が示されつつある。受容実態の幅を見極めながら提起された課題を丁寧に解明しなくてはならないだろう。

水口　幹記（二〇〇五）『日本古代漢籍受容の史的研究』汲古書院

水口　幹記（二〇一四）『日本古代と中国文学　受容と選択』塙書房
仲谷健太郎（二〇一九）「引用書名に見る漢籍の利用―比較文学の研究史を踏まえて」（『万葉をヨム―方法論の今とこれから』笠間書院）

これらは広く受容の実態を捉えようとする立場からの成果と位置づけられる。個別の課題については、従来緻密な検討が十分でなかった『千字文（せんじもん）』の受容を明らかにした奥村和美の研究や、文筆という観点から新たな受容実態のありようを提起している高松寿夫の成果も個別研究として注目される。

以上のように比較研究が活況を呈している要因としては、各種のデータベース環境が整ったことがあげられる。これまで紙資料を見ることによって受容の把握を進めてきたのとは異なり、データベースによって多くの資料から必要な表現を入手することができるようなった。このように環境が整備されたことによって、見出された典籍の用例と歌との関係を、より一層慎重に比較・検討する必要が生じた。その上で注意しなければならないのは、大量に存在する用例が典籍の受容を確実に示すものではないということである。

個別事例の成果―書簡表現・形式の受容―

芳賀紀雄が提起した課題の一つである、歌に附された書簡文の表現・形式の受容について、その現状を見通してみたい。芳賀紀雄は「典籍受容の諸問題」の「書儀（しょぎ）・尺牘（せきとく）類」の項目において「書儀・尺牘類と万葉集の表現との比較は、ひとつの重要な課題」と位置づけており、表現のみならず書簡文の形式の受容などがある。また、歌に附された書簡文そのものの表現受容から、歌表現・表記への受容などと多様な実態がある。すでに指摘されているものとしては、

　相見ずて　日長くなりぬ　比日は　奈何に好去や　いふかし我妹（4・六四八）

の三句目以下が、書家として知られる晋の王羲之の「此春以過帖」（『右軍書記』二九二）の「不審尊体何如」等の類型的な尺牘表現を踏まえている。贈歌であることからも尺牘の形式を受容していると捉えて問題はない。また第三句の「比日」も「比日何似」（王羲之「月半哀感帖」『淳化閣帖』巻五）等と尺牘に頻出する表現である。加えて第四句の「好去」の表記も当時の口語としての性格を持ち、尺牘等にも用いられた表現である。また奥村和美は、大伴家持が坂上郎女に贈った歌の「白玉の見がほし御面」（19・四一六九）が書儀に見られる書簡表現を歌に取り込んだと指摘する。歌の性格から詩文受容の特質を明らかにした成果といえる。

　歌の表現に書儀・尺牘が受容されていることの解明とともに、歌に附された書簡文に書儀・尺牘が与えた影響については西一夫の考察がある。書儀・尺牘と『万葉集』に収められている書簡文とを比較すると、書儀の規定が厳密化する唐代以前の状況が色濃く反映していると考えられる。その際、王羲之の尺牘は「東大寺献物帳」に記載があることから伝来が確実であった。対して書儀類は、正倉院文書に残る試字等に書儀が用いられていることから推して伝来が確実といえるものの、確認できる資料としては王羲之と同じく「東大寺献物帳」に書名が残り、かつ本文が残る光明皇后筆の『杜家立成雑書要略』がある。本書の冒頭部分が記された木簡が宮城県の市川橋遺跡から出土していることから、上代の官人たちに広く知られた書物であったと

推測される。すでに中国では散佚して残らない書簡文例集である。この文例集が『万葉集』に与えた影響としては、大伴家持と池主との贈和作品で、家持が池主に贈った長反歌（17・三九六九～七二）に添えられた書簡文に見られる類似表現を指摘することができる。本書が上代文学への影響を持つことは確実であるといえるものの、注意しなければならないのは、他にもさまざまな書儀が伝来していたという状況を忘れ、ここにある文例との対応のみを論じてしまうことである。類型的な表現であれば、多くの書儀に類似例を指摘することが可能となる。書簡文は、相手に用件を伝えるために類型化された表現をとる傾向にある。それを集積したのが書儀であり、用途に応じてさまざまな内容の書儀が作成され、伝来していたことが知られる。そうした大量の書儀類のなかで、たまたま残ったのが『杜家立成雑書要略』なのである。書儀は文例が探しやすいように類別されて編纂されるのが一般的であり、敦煌文書の書儀類もほぼその傾向にある。だが、『杜家立成雑書要略』はその傾向から外れていて、雑纂的な構成になっているのである。

　文例集としての活用実態は、先の大伴家持の書簡への影響が見られることから、ある程度知られるところである。しかも、文例の内容は友人間での贈答を基本としており、下級官人にとって身近な話題であることから推せば、活用されたであろう可能性が高い。とは言え、すでに述べた文例の雑纂的な配列は利活用に適していないという事実については、なお検討すべき余地がある。かたや正倉院御物として残る光明皇后筆の『杜家立成雑書要略』は文例集としての性格を持っていたであろうか。「東大寺献物帳」での記載内容からすれば、「書芸の手本」としての性格を強く持ち得ながら、文例集としての性格をも有した可能性は、なお残るであろう。

多様な受容の実態

一つの書物において、それを受容する目的が異なる可能性がある。上級官人から下級官人に至る多様な身分層は、それぞれの目的に応じて典籍を受容していたのである。その露わな状況の事例として、芳賀紀雄が課題として示した書簡文（書儀・尺牘類）の受容を手がかりに示した。この状況は書簡文の受容に限ったものではなく、広く受容されていた『文選』等の典籍にも同様な可能性がある。これらを明らかにするためには、対象を巨視的かつ微視的な視点から捉える必要があり、資料を重層的に位置づけることが必要となる。

（西　一夫）

（2）六朝思想と万葉集

六朝思想への憧れ

中国の六朝時代（三国時代の呉・東晋、南朝の宋・斉・梁・陳の時代（二二二〜五八九））の思想は、系統的に上代に取り込まれた形跡は露わではない。すでに芳賀紀雄が述べるように、ある一つの思潮や傾向に拠って歌作がなされるという大きな展開はなかったとの見通しが立つ。絶えて典籍などの伝来がなかったのではなく、それぞれの歌人が歌作において、必要となる素材を取り上げていたに過ぎないのではないか。

晋の時代では隠逸的または仙郷を指向する意識が強く、そうした展開を上代びとも受け取りながら、歌の表現や表記に取り込んでいた事実は動かないだろう。そうした『万葉集』に見える六朝思想のありようを概観し、上代びとの創作意識への影響を探ることとする。

仏教・儒教・道教―典籍の受容と利用―

上代びとの学問の基盤は「学令」の規定に拠れば、以下のような経書であった。

周易・尚書・周礼・儀礼・礼記・毛詩・春秋左氏伝・孝経・論語

これらの経書に準じて文選・爾雅も用いていたと考えられる。これらの典籍は「学令」の規定に従って、拠るべき注文が定められていた。ただし、規定と実態とはやや異なる状況であって、実際に用いられていた注文としては、『周易』が王弼注、『尚書』は孔安国注、『周礼』『儀礼』『礼記』『毛詩』は鄭玄注、『春秋左氏伝』は杜預集解が用いられた。また『孝経』は孔安国注、『論語』は何晏集解となる。また付随的に位置づけられている『文選』は李善注、『爾雅』は郭璞注が用いられていた。これらの書籍は、あくまでも大学寮で学ぶべき基本典籍であった。それ故、恩恵が受けられていたのは一握りの人材であっただろう。

その他にもさまざまな典籍が伝来していたと推測される。ある程度の確実性がある資料としては、『老子』（河上公注）『荘子』（郭璞注）があり、当時の神仙思想への注目から『淮南子』

（許慎注・高誘注）と『抱朴子』（内篇）も挙げられる。さらには史書では『史記』『漢書』『後漢書』を基本とするものの、六朝時代においては『史記』『漢書』『東観漢記』を指すことになる。

仏典としては、正倉院文書に残る厖大な経典名を収集した、石田茂作「奈良朝現在一切経疏目録」によれば、『開元釈教録』以降の経典類や中国撰述の主要な経典が奈良時代に伝来していた状況が明らかである。また天平年間に入ってからは東大寺の写経所において多くの経典が写されていた。さらに護国三部経である『金光明経』『仁王経』『法華経』の講経が行われており、『金剛般若経』や『大般若経』などの転読が行われていたことが知られる。これらの経典は上代びとにとって親しみのある存在であろうことは想像に難くない。経典のみならず中国撰述の各種詩文を集めた梁・僧佑撰『弘明集』や初唐・道宣撰『広弘明集』等も目に触れる機会があり得たであろう。さらには梁・慧皎撰『高僧伝』、道宣撰『続高僧伝』等も同様であったと考えられる。これらとともに聖武天皇宸翰「雑集」（正倉院蔵）に残る釈霊実（初唐から盛唐に活躍した中国僧）の『鏡中釈霊実集』所収の仏教的詩文は、中国でも散佚しており、受容のありようを知るのみならず、当時の中国での仏教文学を知る上で貴重な資料となっている。

また『老子』『荘子』の受容は、典籍の受容という点においては明示的ではない。これは老荘思想を排斥しようとするものではなく、越智広江の「述懐」（『懐風藻』）には「荘老我好む所」と述べていることからすれば、典籍に根ざした受容があったとみるのではなく、老荘思想や神仙境への嗜好は、奈良朝官人たちのなかで周知のことであったといえるのではないか。また、持統朝頃から吉野の地を老荘的な仙郷と見做して聖地と位置づけようとする風潮が現れてくる。このように官人たちの老荘的なものへの憧憬が明示的になっていると言え、しかもこのような傾向は「学令」の規定に拠って得られたものではなかった。さらに平城京遷都の後には、邸宅での造園技術が進展をみせた結果、庭園の造作に隠逸的な雰囲気を醸し出すようになる。このような傾向が長屋王邸での宴席での詩作に顕在化してくるのである。

以上のように、典籍による学問としての受容と、官人たちの嗜好としての受容とがあり、それらが混在していたと理解するのが、より現実的なのではないか。その上で個々の文学営為において取捨選択されて詩文の述作に活かされていたとみるべきである。

表現としての六朝思想

以上のような典籍等の影響が具体的に認められる『万葉集』の作品を概観したい。

まず、老荘や神仙境に対する憧憬の念は、『荘子』の「藐姑射の山、神人有りて居る」（逍遥遊篇）等を踏まえた、

　心をし　無何有の郷に　置きてあらば　藐姑射の山を　見まく近けむ（16・三八五一）

が、その好例である。また、「忍壁皇子に献る歌一首　仙人の形を詠む」の題詞が附された柿本人麻呂歌集歌、

　とこしへに　夏冬行けや　裘　扇放たぬ　山に住む人（9・一六八二）

は、紙などに描かれた仙人の姿を詠んだと思われる作品である。

また山上憶良の「沈痾自哀文」（巻五）には、種々の漢籍を引用するなかで葛洪の『抱朴子』を引きながら仙薬や神仙への憧憬を表明している。

仏典との関係では、次の歌をまず挙げなくてはならないだろう。

しぐれの雨　間なくな降りそ　紅に　にほへる山の　散らまく惜しも（8・一五九四）

題詞には「仏前の唱歌一首」とあり、左注の内容からすれば、光明皇后の皇后宮における維摩講で楽器の伴奏と共に歌われた作品である。また仏典に関わる表現や語彙は、巻十六の作品に目立つ。

餓鬼（三八四〇）仏（三八四一）法師（三八四六）壇越（三八四七）波羅門・幡幢（三八五六）

加えて、「世間の無常を厭ふ歌二首」と題する次の二首（三八四九・三八五〇）にも仏典の影響が強く表れている。

生き死にの　二つの海を　厭はしみ　潮干の山を　偲ひつるかも

世の中の　繁き仮廬に　住み住みて　至らむ国の　たづき知らずも

左注には「右の歌二首、河原寺の仏堂の裏に、倭琴の面に在り」と記されているなど、仏典との関わりが明らかな詠作が見られる。ただし「餓鬼」等の語彙の摂取が顕著な作品には戯笑性が表れている。

以上のように老荘や仏教の影は、さまざまな形で歌表現のなかに溶かし込まれているといえる。経書等の受容については、『文選』との関わりの中で述べる。

（西　一夫）

(3)『文選』と万葉集

『文選』について──概要・伝来──

『文選』は、中国六朝時代の梁の武帝の王子である蕭統(諡は昭明太子)(五〇一〜五三一)が選定した三十巻からなる詩文集である。全体の構成は賦・詩をはじめとして三八の文体を分類の指標として類別されている。撰ばれている詩文の多くは美しく文飾が凝らされている作品を中心とし、文飾が凝らされていない哲学や政治的な文章、さらには歴史に関わる文章は除かれている。この『文選』は現存する中国最古の総集(大人数の詩文を集めたもの)である。

『文選』成立後には、早くから文意や語義に関しての注釈が数多く行われていた。その先駆けとなるのは、昭明太子の従姪にあたる隋の蕭該の『文選音』と言われている。これ以降さまざまな注釈が行われる中で、現存するまとまったものは初唐の李善(?〜六九〇)による李善注本『文選』(六十巻)である。李善の「文選注を上る表」に拠れば、注の完成は高宗の顕慶三年(六五八)になり、この李善の注釈によって『文選』研究が隆盛を見ることになる。

日本への『文選』伝来は不明であり、確定はできない。当然、正文のみの三十巻本が先行して伝来し、李善注本等が続いたと推察することはできる。『続日本紀』(宝亀九年(七七八))に拠れば、唐人の袁晋卿(七一九〜?)が清村宿禰の姓を与えられた折の記事に、天平七年(七三五）に遣唐使と共に来日した際、『文選』『爾雅』の音を学んで大学音博士になったとあるのが初見となる。

　このような『文選』受容の背景には、『養老令』の「学令」（5経周易尚書条）に規定されている大学寮で取り上げる経書がみえ、『大宝令』では、この条文に「文選・爾雅亦読」との注記が施されていたらしい。これに拠れば、大学寮において学ぶべき経書の次に『文選』と『爾雅』が位置づけられていたことになる。また『養老令』の「選叙令」（29秀才進士条）には『文選』『爾雅』を読むことが示され、さらに「考課令」（72進士条）では、両書についての試験方法までが定められている。以上のような律令の規定は受容の実態を把握する上で重要である。

『文選』の受容

以上のように奈良時代の律令官人たちにとって、『文選』は重要な典籍の一つであったことは間違いない。上代びとの『文選』に対する認識の具体像は、正倉院文書をはじめ、全国各地から出土する遺物からも確認できる。

　正倉院文書からは『文選』がさまざまな形で写されていた実態が知られる。天平四、五年頃の書写と推定される「皇后宮職移」（大日本古文書1・四四三〜四四四）には「文選上帙九巻　紙□□」「文選下帙五巻　紙一百廿」と『文選』の書写に関わる記録が残る。また曹憲の『文選音義』の書写記録が同書に「文選音義七巻」とあわせて見えるなど、『文選』の書写記録は枚挙にいとまがない。さらには光明皇后の筆となる王巾の「頭陀寺碑文」（巻五十九）が「東大寺献物帳」に録されたり、正倉院文書の断簡に同碑文の本文と李善注とが完全一致で残ったりするなど、『文選』、なかでも李善注本が広く受容されていた実態が知られる。

このように『文選』の受容は種々知られるのであるが、李善注『文選』の書写状況は次の文書が最古となる。『文選』巻五十二に収める「王命論」「典論論文」「六代論」などの本文と李善の注文とを適宜抄出した文書がそれである（『南京遺芳』二九図）。裏面の文書から天平十七年（七四五）以前の書写と推定される志斐麻呂の文書断簡である。

また木簡に見られる李善注『文選』の習書木簡としては、前掲の文書断片と時代的にも近い天平十七年から十九年頃と推定できる削屑木簡（六八八・六八九・六九六・七六四等）が平城宮跡から出土している。さらに出土木簡には「文選五十六巻」と記されたものがあり、これは李善注本の巻数と考えられる。このように平城宮で仕事をする実務官人、なかでも兵衛府などの下級官人たちにとって、天平末年頃には李善注『文選』が浸透しており、頻繁に目にして書写する典籍の一つと理解されていたのであろう。

次に地方における『文選』の受容については、秋田城跡から出土した曹植「洛神賦」（巻十九）の習書木簡があり、書写の時期は天平勝宝五年（七五三）頃と推定されている。このような時代推定により、同時代の東北地方における『文選』の存在の一端が明らかとなった。また岩手県の胆沢城跡出土の漆紙文書の習書の例も同様な状況といえるだろう。平城京にとどまらず地方社会においても、官人達の手元には『文選』が存在していた実態が明らかである。

しかも、上代の官人たちの周囲には『文選』ばかりではなく、多くの伝来の典籍が存在したはずである。そうした環境の中で『文選』が殊更に重視されていたかと言えば、出土木簡などの状況をあわせてみても、さほどではないのが現実である。受容という意味では、『北堂書鈔』（隋・虞世南撰、成立年未詳）や『芸文類聚』（初唐・歐陽詢ら撰、六二四年成立）、『初学記』（初唐・徐堅ら撰、七二五もしくは七二七年成立）等の類書が官人たちにとってはより身近な存在であった。また『千字文』も盛んに利用された形跡が認められる。さらには中国では散佚しているものの、我が国に残巻が伝わる、故事を類聚した『琱玉集』（初唐から盛唐初の成立か）や対句の作成に利用できる『翰苑』（初唐・張楚金撰）も上代の官人たちに利用された資料である。

このように、『文選』以外にも多くの典籍が伝来していたにもかかわらず、なお『文選』が価値を持ち得たのは、役人に期待される中国的な教養であり、上代文献に見られる典籍が当時の官人たちに求められていた、あるいは必要とされる環境にあったからだといえる。残された『文選』等の習書などは下級官人たちが書き記したものである。そうした典籍の習書が求められる、言いかえれば漢籍に対する教養がなければ理解できない詩文に接する機会が相応に設けられていたのであろう。起草する文章は文飾を凝らした漢文体が基本であり、さまざまな性格を持つ公的な場では、詩歌を披露することもあったはずである。そうした場には官人たちが多く集い、文飾を凝らした詩歌をある程度理解する能力が求められていた。

『文選』は文例や故事を用いた作品を収めており、注文をも併読することで詩文に対する理解を深めることができた。それゆえ『文選』を学ぶことは、官人として備えるべき詩文を読み書きする力量のみならず、作成するための技量を身に付ける効果があったといえる。

時代は降るものの、藤原佐世（八四七〜九八）『日本国見在書目録』には『文選』の他に『文選音義』『文選音決』『文選鈔』等の書名が残る。これらの列記は、律令官人や貴族たちが中国文学に対する教養を身に付けようとする手段として、『文選』が大きな影響を連綿と与え続けていたことを示しているといえる。

万葉集と『文選』

『文選』が上代文学全般に与えた影響は大きい。李善の注文とともに『文選』が『日本書紀』の述作に参照されていたことは明らかである。さらに漢詩集である『懐風藻』（天平勝宝三年（七五一）成立）の序文をはじめ、採録作品の作成過程で参照されていたであろうことも疑いない。

『文選』が『万葉集』にどのような影響をもたらしているのか。『万葉集』のながい注釈史の中で、訓詁あるいは表現の背景に『文選』が存在したであろうとの指摘は、はやく仙覚『万葉集註釈』に見られる。歌の表現解釈に『文選』の詩文が引用され、そこに影響関係が存することを示している。このような姿勢は契沖の『万葉代匠記』にも見られ、『万葉集』の解釈に『文選』の詩文が深く関わりを持ったことが知られる。その意味で『文選』が『万葉集』に与えた影響は大きいといえるだろう。

このように中世から近世にかけての注釈では、表現や表記の類似等に着目して受容が議論されてきた。受容研究の一つの到達点は小島憲之の一連の著作にまとめられている。さらに先鋭化されて、李善注の訓詁を通して表現研究が深化を見せている。漢語と和語との関係を見据えながら歌表現の内実を明らかにする芳賀紀雄・内田賢徳等の研究成果からは、『文選』本文と李善注の訓詁とを駆使しながら歌を詠み記していた上代びとの姿が浮かび上がる。

研究史を概観することで、『文選』の受容がいかなるものであったかを知ることができるだろう。つまり、歌の背景として『文選』を位置づける姿勢や、本文と李善注とを活用しながら自らの歌作をなす人々の存在等、注釈史のあり方は、そのまま上代びとの『文選』との向き合い方の多様性を示している。繰り返しになるけれども、『文選』が『万葉集』に与えた影響は大きい。それだけに受容実態にも濃淡があり、一律に定位するには、なお課題があるだろう。

上代びとの漢籍受容は学問の修養のみならず、教養的な位置づけも存在したことから推せば、自らの述作のために活用していた書籍の一つが『文選』であるものの、その位置づけは経書と並ぶ重要性をもって受け取られていたことに揺るぎはない。

（西　一夫）

【コラム⑯】敦煌文書と万葉集

敦煌文書とは何か

敦煌（とんこう）文書とは、中国甘粛（かんしゅく）省の敦煌市にある莫高窟（ばっこうくつ）から発見された文書群を指す。さらに西方にある吐魯番地域から発見された文書も含めて、広く「敦煌・吐魯番文書」とも呼ばれている。この文書の大部分は漢文で書かれており、その内容は仏教関係の資料が中心であるが、当時使われた教科書や啓蒙書等の日常的なものまで含んだ幅広い内容から構成されている。そのため、この地域の民俗や政治の様子を知ることができる貴重な資料価値を持っている。

一九〇〇年に管理人の王円籙によって偶然発見された。発見されてから間もなく、当地にやって来たイギリスとフランスの探検隊が価値のある文書を中心に持ち出してしまった。その後、中国が文書の管理に着手したものの、ロシアや日本にも文書が持ち出されるなどして、現在は世界各地の研究施設等に散在した状態になっている。

万葉集への影響

中国の中央地域ではすでに失われていた文献が西域の敦煌に残ったように、海東の日本にも伝えられていた。『万葉集』との関わりで言えば、次の三点が特徴的だといえる。

一つ目は『日本国見在書目録』に書名が残る、隋末から初唐の人と思われる王梵志の詩集の発見である。この詩集は山上憶良への影響が指摘されているが、受容の実態については意見が分かれている。

二つ目は類書の受容である。多くの類書の中で大部分はすでに失われているが、名古屋の真福寺に伝わる『琱玉集』(巻十二・十四)があり、敦煌文書にも初唐から盛唐頃の成立と思われる写本(S二〇七二、「S」はイギリスの探検家オーレル・スタイン(Aurel Stein)の「S」、「二〇七二」は整理のために後に付けられた文書番号)が存在している。『琱玉集』は『万葉集』巻十六に収められている歌への影響が考えられる（三八二一、三八五三、三八五四等）。いずれも人に関わる話題（痩人・肥人等）を取り上げて、そのエピソードを紹介しながら簡潔に紹介している類書である。

三つ目は手紙の模範文例集の「書儀（しょぎ）」との関わりである。敦煌文書にはさまざまな種類の書儀が残巻を含めて存在している。そうした書儀文例の影響を受けたと認められるものとしては、大伴家持と大伴池主との贈和作品群（17・三九六五～七七）に付された書簡文があり、書儀文例に用いられる語彙や文体等の影響が確実である。また家持の父大伴旅人の作品（5・七九三等）や山上憶良の作品（5・八六八～八七〇）、吉田宜（きちたのよろし）の作品（5・八六四～七）等、多くの書簡文に書儀の影響が認められている。さらに歌の表現にも書儀特有の語彙や文体の影響が明らかにされている。

このように中国文学の影響を考える上で敦煌文書の存在は『万葉集』を含めた上代の文学全般に少なからぬ影を落としているのである。

（西　一夫）

Ⅲ　万葉歌を味わう

鉄野昌弘　編

籠もよ　み籠持ち　ふくしもよ　みぶくし持ち　この岡に　菜摘ます児　家告らせ　名告らさね　そらみつ　大和の国は　押しなべて　我こそ居れ　しきなべて　我こそいませ　我こそば　告らめ　家をも名をも（1・一、雄略天皇）

籠はまあ、よい籠を持って、ふくしはまあ、よいふくしを持って、この岡で菜を摘んでおられるお嬢さん。家を教えてください。名前を教えてくださいな。（そらみつ）大和の国は、押しなびかせて私が君臨しているのだ。敷きなびかせて、私が統治なさっているのだ。私の方から言ってしまうぞ。家も名前も。

解説　『万葉集』の歌は、七、八世紀に制作されたものであるが、巻頭歌はそれよりずっと昔の五世紀の天皇の歌である。天皇という称号すらなく、この歌の主は、当時はワカタケル大王と呼ばれていた。その名は埼玉県行田市の稲荷山古墳や、熊本県玉名郡和水町の江田船山古墳出土の鉄剣の銘に見える。中国の南朝宋に遣使して（四七八年）、倭王に任ぜられた武もこの人である。列島全体を支配し、代表した大王だった。

しかしこの歌に見える王者は、ひどく牧歌的である。野に出て若菜を摘む女性に、持っている籠やふくし（シャベルの類）をほめる体で寄ってゆき、家や名前を聞いて仲を深めようとする。それに応じないと見るや、自分はこの国全体の支配者だ、その俺様から名のらせようというのか、と恫喝する。

それは、後代に創られたイメージである。『古事記』雄略天皇条には、強引に迫っては、逃げられたり、体よく追い返されたり、あるいは召し上げる約束を忘れてむざむざと老いさせてしまったり、といった女性に対する失敗談が並んでいる。エネルギーに満ちている一方、粗野で滑稽な王者が、文明化の進む七、八世紀の人々によって、自分たちから見た「古」の時代の支配者として造形されたのである。当該の歌も、そのイメージに沿って歌われている。そしてそのような「古」から、やまと歌は連綿として歌い続けられていることを証明するものとして、『万葉集』（永い時代を経る和歌一の集）の巻頭に飾られたと考えられるのである。

（鉄野昌弘）

やすみしし　我が大君の　朝には　取り撫でたまひ　夕には　い寄り立たしし　みとらしの　梓の弓の　中弭の　音すなり　朝狩に　今立たすらし　夕狩に　今立たすらし　みとらしの　梓の弓の　中弭の　音すなり（1・三、中皇命）

（やすみしし）我が大君が朝には取って撫でられ、夕には寄ってお立ちになる、ご愛用の梓の弓の中弭の音がする。朝の狩に今お立ちになっているのであろう。夕方の狩に今お立ちになっているのであろう。ご愛用の梓の弓の中弭の音がする。

解説　舒明天皇が宇智野（現在の奈良県五條市付近）で狩を催した時に、中皇命が間人連老に天皇へ献上させた歌と題詞に記す。中皇命は『万葉集』以外に見えず、誰を指すかには諸説あるが、老と関係する人物として、間人皇女（舒明皇女、孝徳天皇后）とする説が有力。女性なので狩には参加せず、飛鳥の都から歌を奉ったのであろう。天皇の催す狩は一種のまつりごとであり、『万葉集』中でもさまざまに歌われている。

「弭」は、弓の弦を付ける場所で、弓を射る時に音がする。ただしそれは末（上部）と本（下部）の二ヶ所のはずで、「中弭」（原文「奈加弭」）が弓のどこを指すのかははっきりしない。「金弭」の誤りとする説もあるが、とりあえず「中弭」としておく。

さて「朝狩に今立たすらし、夕狩に今立たすらし」を一日の狩への出発と捉え、「梓の弓の中弭の音すなり」を出発時の鳴弦の儀礼とする説もあるけれども、「狩（に）立つ」は、他例からして、狩をすることそのものを意味するので不適当であろう。この歌は、「大君が朝に夕に愛してやまない弓の音が聞こえてくる、ああ今大君は狩をなさっているのでしょう」と詠っているのである。無論、狩場の弓の音が都まで聞こえるわけはない。しかし、それが聞こえると詠うのが予祝の讃歌なのである。朝に夕に大君の弓の音が世界中に鳴り響く。それは疑いなく豊猟であることを表し、ひいては国土の豊饒を象徴する。朝と夕、二つの「今」があるが、どちらが本当の「今」か、などという問いは意味を持たない。この歌では、まつりごとの幸福な一日、弓の音が響くたびに「今」が現れるのである。　（鉄野）

冬ごもり　春さり来れば　鳴かざりし　鳥も来鳴きぬ　咲かざりし　花も咲けれど　山をしみ　入りても取らず　草深み　取りても見ず　秋山の　木の葉を見ては　黄葉をば　取りてそしのふ　青きをば　置きてそ嘆く　そこし恨めし　秋山そ我は（1・一六、額田王）

春がやってくると、鳴かなかった鳥も現れて鳴き、咲かなかった花も咲くけれども、山が繁ってしまうために分け入って手に取ることは無く、草が深くなってしまうために取って見ることも無い。秋の山の木の葉を見ると、黄色くなったものは手に取って味わい、青いままのものはそこに置いてため息をつく。その点こそが残念です。秋山です、私は。

解説　題詞に「天皇、内大臣藤原朝臣に詔して、春山万花の艶と秋山千葉の彩とを競ひ憐れびしめたまふ時に、額田王、歌を以て判る歌」とある。およそ、天智朝に漢詩によって春山・秋山の優劣が競われたとき、額田王が日本の歌によって判定したものだ、の意に理解されている。

なぜ、額田王はこの歌の中で、秋山を支持する結論に至ったか。この点について特に注意されるのは、「「しのふ」とか「嘆く」「恨めし」といった如き、感情のこもったことばが（中略）いずれも秋の方にあって春にあらわれていない」という指摘である［毛利　一九八五］。題詞によれば、天智天皇は春山・秋山を「競ひ憐れびしめたまふ」、すなわち「いずれが深い「憐情」「哀情」を催させるか」［渡瀬　一九九五］を問うた。万葉歌中には「綾尓憐」（2・一九六）の例があり、これによれば和語で言うところの「かなし」という観点から春山・秋山の優劣を判定することを、額田王は求められたことになる。そうであれば、春の部分に感情語が詠まれていないという点は、春の劣勢を決する有力な一因となるだろう。

秋山についての「しのふ」「嘆く」「恨めし」という心情は、その前提として、黄葉を取り、青きを置くという行為が伴っている。まず対象を手に取った上でそれから感情が湧いてくるのであって、手に取れない物に対してはじゅうぶんに心が動かないのだ、という感性が、当時一般のものであったか、額田王の個性であったかは今はおいておくとしても、当該歌が「我は」と結んでいる以上、少なくともこれが額田王の論理であったのだと受け取っておく。

（森　陽香）

春過ぎて夏来るらし白妙の衣干したり天の香具山（1・二八、持統天皇）

春が去り、夏がやってきたらしい。真っ白な衣を干している。天の香具山が。

解説　この歌の下の句が、新古今和歌集や百人一首では「白妙の衣干すてふ天の香具山」となっていることはよく知られているが、なぜ伝聞（テフはトイフの縮合形）になっているのかに触れる注釈は少ない。それは、中世では、この歌が、山あるいは山の神の衣更えを歌っていると見られていたからである。「白妙の衣」が何を指すかは、霞、雲、卯の花など、注釈によってさまざまであるが、ともあれ夏になると山が衣更えをするという神話・伝説を伝聞の形で歌ったと解する点は動かない。この歌を本歌取りした中世の和歌もまた同様である。

現行の訓を定め、人々が衣更えをしているのだと解を改めたのは、近世初期の契沖である。霞など歌われていないではないか、と断ずる契沖の解釈は合理的にも見える。しかしなぜ人々が香具山に衣を干しに来るのか、という新たな疑問も生まれる。それで、これは神事の衣なのだとする弥縫策も唱えられた。

しかし、訓み方は文字に即した契沖の訓に従うとしても、「衣干す」の主語を「天の香具山」とする中世の解釈は顧みられるべきではないか。天の香具山は、「天降りつく」（3・二五七）と讃えられる神山だった。持統は、天つ神の子、天皇としてその山の変化を衣更えと見て取り、夏の到来を宣言したのであろう。持統は、その治世の四年（六九〇）、元嘉暦と儀鳳暦とを施行し、自らが支配す

る時間の秩序を明確にした天皇でもあった。　（鉄野）

玉だすき　畝傍の山の　橿原の　聖の御代ゆ　生れましし　神のことごと　つがの木の　いや継ぎ継ぎに　天の下　知らしめししを　天にみつ　大和を置きて　あをによし　奈良山を越え　いかさまに　思ほしめせか　天離る　鄙にはあれど　石走る　近江の国の　樂浪の大津の宮に　天の下　知らしめしけむ　天皇の　神の尊の　大宮は　ここと聞けども　大殿は　ここと言へども　春草の　繁く生ひたる　霞立ち　春日の霧れる　ももしきの　大宮所見れば悲しも（1・二九、柿本人麻呂）

（たまだすき）畝傍山のふもとの橿原宮の日の御子、神武天皇の御世以来現れ出られた神のことごとくが、樛の木のように次々また次々に天下を治められたのに、その（天に満ちる）大和を後に置いて（青丹よし）奈良山を越え、どう思し召されたのか、畿内を遠く離れた田舎であるのに（石走る）近江の国の楽浪地方の大津宮で天下をご統治になったのだろうか。その天皇の神の命の大宮はここと聞くが、その大殿はここと言うが、春草の生い茂り、霞の立ち込めて春の日の霞む、（ももしきの）大宮の跡地を見ると悲しくてならない。

解説　荒れ果てた大津宮に立ち寄って人麻呂が詠んだと題する歌。「過～」題は伝説的人物の墓や景勝地での詠で、この歌もそれらと同様にまず土地の来歴から述べようとする。一般に来歴表現にはそれを根拠とする繁栄と讃美の表現が続くが、その期待は「天の下知らしめししを」と逆接表現により途絶してしまう。次いで叙述は空間軸に移って都の適地を探しはじめる。格別な来歴の無い地では、「今造る久邇の都は山川のさやけき見ればうべ知らすらし」（新造の久邇京はこの地の山河の清々しさを見ると、なるほどここに都をお定めになるとわかる）（6・一〇三七）の歌で久邇京が殊更「今造る」都とされながらも、山河の清けさから宮殿の適性が肯われるように、景物によって適性が保証されるからだ。「大和を置きて……奈良山を超え」と、遷都の主体と同じ道行きの表現をたどって

［斉藤　一九八六］作中人物はその意思を追認しようとするが、この視点は大和盆地を出ると、鎮座の地を見出すどころか、一転して天智と同化を果たせないと表明するのだ。ここは天離る鄙、石走る近江。宮殿のあるべき処には草が繁るばかり。なぜこんなご遷座をなさったのかと途方に暮れて、作中人物は末尾の悲傷の辞を発する。つまりこの歌は、遷都を肯う期待が時間軸からも空間軸からも裏切られながら到った地の空しさを詠んだものだ。なお伊藤博は「いかさまに思ほしめせか」の類句全六例が挽歌に見えることから、これを「挽歌の定型的なくどき文句」として鎮魂の発想を読み取ろうとする［伊藤　一九七五］が、渡来人尼理願の挽歌に「里家はさはにあれども　いかさまに思ひけめかも　つれもなき佐保の山辺に　泣く子なす慕ひ来まして」（3・四六〇、坂上郎女）とあるように、この歌句は場所や時の選択の理由を思いあぐねる意の表現だろう。　（月岡道晴）

玉葛　実成らぬ木にはちはやぶる神そつくといふ成らぬ木ごとに（2・一〇一、大伴安麻呂）

（玉葛）実のならない木には（ちはやぶる）神が憑くと言いますよ。実のならない木ごとに。

玉葛花のみ咲きて成らざるは誰が恋ならめ我は恋ひ思ふを（2・一〇二、巨勢郎女）

（玉葛）花だけ咲いて実がならない、それはどなたの恋のことでしょう。私は恋しく思っていますのに。

解説　巻二、相聞の部からの二首。「実のならない木には神が憑く」というような俗信が当時存したのだろう。また、「実がなる」とは恋の成就の喩えとしてしばしば用いられる表現であった。それらを踏まえ、応じないとあなたにも神が憑きますよと戯れながら求婚してきた男の歌。それに対し、「花（言葉の巧みさ）」ばかりで「実（誠実さ）」がないのは、むしろあなたのことではありませんかと切り返した女の歌である。恋の歌は、男が贈り女が答えるのが一般的であったが、その際、女は贈られた歌の語句や表現を用い、心情はどうあれ反発的に応じることが基本的な型としてあった［鈴木　一九九〇］。掲出の二首は古代の歌における男女のやりとりの典型である。

大伴安麻呂は旅人の父、家持の祖父にして、文武朝に大納言に任ぜられ大伴氏の氏上だったと考えられる人物。巨勢郎女は近江朝の大納言巨勢人の娘。安麻呂の正妻にして旅人の母でもあった可能性がある。掲出歌は天智天皇の御代の作として配列されており、有力氏族同士のめでたき結婚のドキュメントという意味を持っていよう。

なお、ここでは「玉葛」を枕詞として捉えたが、実際のつる植物として解釈することもできる。エビカズラやビナンカズラは雌雄異株であり、雄株は花は咲くが実が生らないため、特に一〇二番歌はそれを念頭に置いていたとする説も有力である。

（鈴木崇大）

石見の海　角の浦廻を　浦なしと　人こそ見らめ　潟なしと　人こそ見らめ　よしゑやし
浦はなくとも　よしゑやし　潟はなくとも　いさなとり　海辺をさして　にきたづの　荒磯
の上に　か青く生ふる　玉藻沖つ藻　朝はふる　風こそ寄らめ　夕はふる　波こそ来寄れ
波のむた　か寄りかく寄る　玉藻なす　寄り寝し妹を　露霜の　置きてし来れば　この道の
八十隈ごとに　万度　かへり見すれど　いや遠に　里は離りぬ　いや高に　山も越え来ぬ
夏草の　思ひしなえて　偲ふらむ　妹が門見む　なびけこの山（2・一三一、柿本人麻呂）

石見の海の角の浦のあたりを、「見るべき浦がない」と他人は見るだろう。「見るべき潟がない」と他人は見るだろう。ええいそれはどうでもよい、浦はないとしても。ええいどうでもよい、潟はないとしても。（いさなとり）海辺を目指して熟田津の岩がちな磯に青々と生える美しい藻、水底の藻よ。朝は鳥の羽ばたきのように風が寄せるだろう。夕べは鳥の羽ばたきのように波が寄せる、その波とともにあちらこちらへ寄ってゆく美しい藻、その藻のように寄り添って寝た妻を（つゆじもの）置いて来たので、この道のたくさんの曲がり角のたびに何度も何度も振り返って見るけれど、いよいよ遠く里は離れてしまった、いよいよ高く山も越えて来てしまった。（夏草の）恋しい思いに力を失って、私を偲んでいるであろう妻の家の門を見よう。靡き寄せよ、この山よ。

解説　題詞には、柿本人麻呂が妻と別れて石見国（島根県西部）から都へ上る時の歌とある。官命によって任地を離れ、都へ向かう人麻呂のような下級官人にとって、任地に残した妻との再会はほとんど期待できないものであったろう。

石見の角（現在の島根県江津市都野津町付近）の海辺には、船の停泊に適した浦、釣りに適した潟がないという人々の評価を、「よしゑやし」、すなわち、ええいままよ、どうあってもよい、と退け、海岸の方に向かって生育する美しい藻に目を転じてゆく。「沖つ藻」の「沖」は「奥」の意で、水底の藻を指す。「朝はふる」「夕はふる」の原文は「朝羽振」「夕羽振流」。他に用例を見出しがたいが、鳥の羽ばたきのように音を立てる風波の様子を示すと思われる。「朝」に「風」、「夕」に「波」が打ち寄せるということは、つまり朝夕を問わず風波の強い土地であることを示していよう。その波とともに揺れ動く藻の様子が、「か寄りかく寄る玉藻なす寄り寝し妹を」において、かつて寄り添って寝た妻の肢態にかさねられ、別離を述べる契機となる。冒頭以下、一首の過半が石見の海辺の風光や藻に関する表現に費やされるが、それは単なる「妹」の説明ではなく、妻と過ごした土地の様子をも感じさせているのである。

妻をあとに残して、何度も何度も振り返りながらいくつもの角を曲がり、妻の住む里を遠ざかり、山を越えて来てしまった、という後段は、いよいよ別離が決定的になる過程を強調する。「露霜の」は「置く」を導く枕詞だが、妻のはかなさを感じさせる比喩的な意味も持っていよう。「夏草の」も枕詞と解されるが、「思ひしなえて」とともに、盛んに生い茂る夏草が秋になって萎れるさまを、意気消沈した妻の様子に喩えている。妻は「藻」から一貫して植物的なイメージによって描出され、すでに眼前にはないながら、その印象は鮮明である。結句は、なおも自分を偲んでいるであろう妻の家の門が見たいと願って山に呼びかける。妻の方角に対する「かへり見」を阻んできたのが「山」であり、その「山」に「なびけ」と命じることで、「見む」という意志を実現しようと宣言するのである。

類似した二句をかさねる対句的な表現がくり返し登場し、その他の人麻呂長歌の対句と比べても、整然とした構成は際立っている。冒頭の「海」から結句の「山」への展開も巧みで、緻密な構想をうかがわせる。（大島武宙）

天地の　初めの時の　ひさかたの　天の川原に　八百万　千万神の　神集ひ　集ひいまして　神はかり　はかりし時に　天照らす　日女の尊　天をば　知らしめすと　葦原の　瑞穂の国を　天地の　寄り合ひの極み　知らしめす　神の尊と　天雲の　八重かき分けて　神下し　いませまつりし　高照らす　日の皇子は　飛ぶ鳥の　浄御原の宮に　神ながら　太敷きまして　天皇の　敷きます国と　天の原　石門を開き　神上り　上りいましぬ　我が大君　皇子の尊の　天の下　知らしめす世は　春花の　貴からむと　望月の　たたはしけむと　天の下　四方の人の　大船の　思ひ頼みて　天つ水　仰ぎて待つに　いかさまに　思ほしめせか　つれもなき　真弓の岡に　宮柱　太敷きいまし　みあらかを　高知りまして　朝言に　御言問はさぬ　日月の　まねくなりぬる　そこ故に　皇子の宮人　行くへ知らずも（２・一六七、柿本人麻呂）

天地の初めの時のこと、（ひさかたの）天の川原に八百万もの神、一千万もの神が集まりに集まりなさって、神の差配をご議論になった時に、天照らす日女様は天をお治めになり、葦原の瑞穂の国は天地の寄り合う果てまでこの神様がお治めになると、幾重も重なる天雲を掻き分け神々の下された高々と照らす日の皇子（天武天皇）は、飛鳥浄御原の宮で神そのままに太々とした柱を宮殿として押し立てなさり、この国は天皇が代々お治めになるものと定めて、天の原の岩戸を開いて天へお上りになった。我らが大王、皇子の命（草壁皇子）が天下をお治めになる世は春の花のように貴くあるだろうと、望月のように満ち満ちているだろうと、天下の隅々に至るまで、人々は大船に乗ったつもりで恵みの雨のように仰ぎ待っていたのに、どう思し召されたのか縁もゆかりもない真弓の岡に宮柱を太々と押し立てになって御在所を高々と営まれ、朝にご命令のことばもお掛けくださらずに月日が重なってしまった。そのために皇子の宮の宮人たちは途方に暮れていることだ。

解説　「日並皇子尊の殯宮の時に柿本朝臣人麻呂が作る歌」と題詞にある。日並皇子は草壁皇子を指す。日、すなわち天皇と並んで天下を治める皇子の意［山田孝雄『万葉集講義』］。「皇子尊」も草壁皇子への尊号で（1・四九では「皇子命」）、同じ号は草壁薨去の後に持統朝の太政大臣を務め、「後皇子尊」と称された高市皇子（2・二〇二左注等）にしか用いられない。『日本書紀』は持統三年（六八九）四月に草壁薨去を記すが、その殯宮は記録に無い。だが歌の末尾「朝言に御言問はさぬ日月のまねくなりぬる」や、この歌に続く舎人らの慟傷歌の表現からは、殯宮が長く続けられ、これらの歌々が薨去の後長く時を経て詠まれたことが窺われよう。「一に云ふ」としてこの歌が多くの異伝を記すのもこの点と関わる。異伝は歌の公表の機会ごとに、場に相応しく推敲を繰り返した跡をとどめていると考えられる［渡瀬　一九七六］。この挽歌は「神上り上りいましぬ」の箇所で分かれており、前段では「天照らす日女の尊」と天地の統治を分け合い、天孫降臨のごとく「天雲の八重」を掻き分けて飛鳥浄御原宮に下された「高照らす日の皇子」（天武天皇）が、葦原瑞穂国の統治を確立して天の原へ上るまでを描く。後段でやっと詠まれる草壁は、統治をそのままに引き継ぎ理想の世を（［伊東　一九八三］によって本文「世者」を「世は」と訓む）築くものと天下万民に期待された存在として叙べられる。草壁は天武とその皇后だった持統天皇（日本書紀はその諡号を「高天原広野姫天皇」と記す）との子で、天武十年（六八一）二月に皇太子とされた。期待を一身に担った皇子が不意に真弓の岡の殯宮にお移りになり、物言わぬ存在になった混乱を、皇子に仕えた舎人らが途方に暮れる様子によって描き出すことでこの長歌は閉じられる。（月岡）

荒たへの藤江の浦にすずき釣る海人とか見らむ旅行く我を

一本に云はく、「白たへの藤江の浦にいざりする」（3・二五二、柿本人麻呂）

（荒たへの）藤江の浦で鱸を釣る海人とでも人は見ているのだろうか。旅行くわたしを。ある本に言う、「（白たへの）藤江の浦で漁をする」。

解説　柿本人麻呂の羈旅（旅）の歌八首の内の一首。一首目の「船なる君」（本文「舟公」の訓みには諸説ある）からは主君に供奉しての船旅だと考えられる。藤江は明石海峡に近く、次歌の稲日野（印南野）一帯の土地に属する。「海人と見る」歌の類例は万葉集中に四首あり、うち一首は柿本人麻呂歌集の「網引する海人とか見らむ飽の浦の清き荒磯を見に来し我を」（7・一一八七。網を曳く海人とでも人は見ているだろうか。飽の浦の清らかな荒磯を見に来たわたしを）で、この歌と同一の構成をとっている。海人と誤解される（おそらく旅装の汚れによって）のは任務を帯びて旅する官人にとって不本意なことと詠まれる一方、「これやこの名に負ふ鳴門の渦潮に玉藻刈るとふ海人娘子ども」（15・三六三八、遣新羅使人田辺秋庭。これがあの名高い鳴門の渦潮のなかで玉藻を刈るという海人乙女らなのだな）のように、海人に好意的な評判を立てることもあり得た。万葉びとが海人に向ける視線は、そのように相反する両面を併せ持っていたと見なければなるまい。なお人麻呂の羈旅歌八首は万葉びとにとってもすでに名高い作だったらしく、巻十五の前半部を占める遣新羅使人らによって「白たへの藤江の浦にいざりする海人とや見らむ旅行く我を」（三六〇七。（白たへの）藤江の浦で漁をする海人と人に見られてしまうだろうか。旅行くわたしを）など、この一連の歌の替え歌らしき小異歌が続けて詠まれながら、丁寧なことに両者の歌句の異同が「柿本朝臣人麻呂が歌に曰く、『荒たへの』、また曰く『すずき釣る海人とか見らむ』」などと丹念に記されている。この羈旅歌八首に注記される「一本」の歌はまさにこの巻十五の替え歌と一致しており、現行の万葉集の巻三と巻十五が相互に参照された跡をとどめている。（月岡）

もののふの八十宇治川の網代木にいさよふ波の行くへ知らずも（3・二六四、柿本人麻呂）

もののふの八十氏族がひしめいた過去を思わせる宇治川の網代の杭に白くたゆたっている波よ。この波のようにもののふは幾代も経て行方知れずになったことだ。

解説　橘守部『萬葉集檜嬬手』に「すがた高く意味深くすぐれたる歌なるべし」と絶賛される秀歌。柿本人麻呂が近江国から帰京する途次に宇治河の辺で作った歌と題する。歌意も『檜嬬手』の解説に尽きていよう。大津宮の荒墟の跡を見、百官もたちまちに滅び失せたことを思えば、もののふの八十氏もの人々とてこの白波と同じく、宇治川の網代の杙にしばし滞るばかりで、終の行方は知りがたいことよ、という内容だ。「氏」・「宇治」の掛詞（人麻呂の創出らしい〔小野　一九八五〕）を利用して過去のもののふの記憶を現在の宇治川の景に転換し、結句の「行くへ知らずも」で再びもののふへと視点を引き戻す、非常にテクニカルな歌だとも分析できる。ただ、この歌で特筆すべきは歌の表記面にこそある。前述の「八十氏河」は地名の音よりも「八十氏」を印象の前面に押し出すべく文字が選ばれているし、「去邊白不母」についても「阿白木」と「白」の字を合わせ用いながら、波の白さを際立たせるべくあえて常套的でない訓読みの当て字で記されていることがわかる。「知らず」を「白不」と記すことも、打消の助動詞「ず」を「〜不」と記すことも万葉集で他に例を見ず、「網代」を「白」で記すことに至っては、「ロ」の音が上代特殊仮名遣の甲乙の使い分けの規範と異なっている。上代特殊仮名遣については「不知代経浪」についても同様で、ここでは「ヨ」が甲乙の規範の違例であることを承知の上で、あえて「幾代を経たかわからない」という意が読み取られる文字列を選択したのだろう。人麻呂の関連歌では、歌全体における文字の表意性を統一的に用いることでイメージを喚起させる側面により重きが置かれる際、歌の音を正確に記すことに対しては比較的頓着せずに文字列を並べてゆく傾向が認められる。　（月岡）

四極山うち越え見れば笠縫の島漕ぎ隠る棚なし小舟（3・二七二、高市黒人）

四極山を越えて見渡すと、笠縫の島の陰に漕ぎ隠れてゆく舟棚のない小舟が……。

—**解説**　高市黒人の旅の歌八首の三首目。「四極山」、「笠縫の島」の所在は愛知とも大阪とも言われ、八首が帰京の道順を示すとすれば愛知説が肯われる。だがこの八首を、ある地点から景色を眺める歌が三首、舟を漕ぐ歌が三首、陸を行く歌が二首、という構成と見る西宮一民『万葉集全注　巻三』や、笠縫氏との縁などから、「四極山」を現在の大阪市東住吉区付近とする説が有力となっている。「うち越え見れば」は「千葉の葛野を見れば　百千足る家庭も見ゆ　国の秀も見ゆ」（記四一）などに見られる「……見れば……見ゆ」の形式を踏まえて、山を越えて視界の一変したことをいう。「漕ぎ隠る」は連体形で「棚無し小舟」にかかり、末尾の「見ゆ」は省略されている。底板を張っただけの小さな舟が「棚無し小舟」で、「いづくにか船泊てすらむ安礼の崎漕ぎ廻み行きし棚無し小舟」（1・五八。どこに停泊するのだろうか。安礼の崎を漕ぎまわって行った棚無し小舟は）も黒人の作。粗末で頼りないその様子に、旅愁が託されたのだろう。

「見れば」を承けながら広大な景色を示すのではなく、小さな「棚なし小舟」に注目し、しかもそれが隠れてゆくまでの時間的な幅を示す点に、齟齬や矛盾を見る向きもある。だが瞬間的な視界の変化と、舟が隠れてゆくまでの時間的な経過を二つながら示すことによって、楽しさと不安の併存する複雑な旅の思いが表現されたのであり、そこに伝統的な形式を相対化する新味があったとも考えられる。似た形式を持つ歌に「逢坂を打出でて見れば近江の海白木綿花に浪立ち渡る」（13・三二三八。逢坂山を越えて見渡すと、近江の海には白い木綿花のように波が立ち渡っている）などがあり、また古今集の大歌所御歌に「しはつ山ふり」として「しはつ山うちいでて見ればかさゆひの島漕ぎかくる棚無し小舟」とある。

（大島）

天地の　分れし時ゆ　神さびて　高く貴き　駿河なる　富士の高嶺を　天の原　振り放け見れば　渡る日の　影も隠らひ　照る月の　光も見えず　白雲も　い行きはばかり　時じくそ雪は降りける　語り継ぎ　言ひ継ぎ行かむ　富士の高嶺は（3・三一七、山部赤人）

田子の浦ゆうち出でて見れば真白にそ富士の高嶺に雪は降りける（三一八）

天と地が分かれた時から神々しくて高く貴い駿河の国の富士の高嶺を大空はるかに振り仰いで見ると、空を行く太陽の姿も隠れ、照る月の光も見えず、白雲も進みかね、時もなく雪は降っている。語り伝え言い継いでゆこう、この富士の高嶺こそは。(三一七)

田子の浦を通って見晴らしのよいところに出て見ると、真っ白に富士の高嶺に雪が降っていたことだよ。(三一八)

解説　日本文学に富士山が初めて登場するのは『万葉集』および『常陸国風土記』においてである(『古事記』『日本書紀』には登場しない)。『万葉集』では一一首の歌に詠まれているが、山部赤人の手になる長反歌は最も知られた作だろう。特に反歌は小異をもって『百人一首』に収められ、現代でも人口に膾炙した一首と言える。

　長歌は冒頭から天地開闢の時以来そびえている悠久にして崇高な山として富士を提示する。それを作中主体が見ると続くのだが、その描き方に注目したい。「天の原振り放け見れば」はこの時代にしばしば見える表現であり、それらは「「天の原」を「振り放け見」ると」という用法を示しているが、当該歌は「「天の原」に「富士の高嶺」を「振り放け見」ると」というのである［小野　一九九九］。神話的イメージを持つ広大な空間を背景に設定することで、富士の聖性を強調する効果を狙ったものと見られる。都のあった奈良盆地にあって高い山と言えば標高千メートル程度の金剛の山々になろうが、ならば標高三五〇〇メートルを超え、万年雪を頂く富士はさぞ神々しく見えたことだろう。反歌でも雪が詠まれているのはそのことと関わる。末尾の「語り継ぎ言ひ継ぎ行かむ」とは、そのような尋常でない山である富士を空間的(=都の人々)にも時間的(=後世の人々)にも語り伝えていこうという意思を示したものと読めるが、これは時間的・空間的に壮大に歌い起こされた冒頭の表現と照応している。緊密な構成による一首である。

　反歌は、作中主体が「田子の浦」(現在の静岡市の蒲原・由比・倉沢)を経由して眺望の利く地点(現在の静岡市の薩埵峠を越えたあたりか)に差しかかった時、雪を冠した富士が目に飛び込んできたと

―いう趣である。動きと視座、焦点を構えたことで富士が際やかな像を結ぶ作である。（鈴木崇大）

あしひきの山さへ光り咲く花の散りぬるごとき我が大君かも（3・四七七、大伴家持）

（あしひきの）山まで光り輝かせて咲く花のように散ってしまった我が君よ。

解説　「安積皇子挽歌」（3・四七五～八〇）の一首。安積親王は聖武天皇の第二皇子。母は県犬養広刀自。光明皇后の産んだ第一皇子は生後すぐに皇太子に立てられたものの、満一歳に満たずに夭死してしまったため、本来であれば安積が皇太子になるのが順当のはずが、第一皇子の姉にあたる阿倍内親王が皇太子に立てられる。女性が皇太子になるのは異例であり、外戚にあたる藤原氏が強引に事を進めたのだろう。それをよしとしない勢力にとって安積は「次の次」という期待をかけられていた存在であった。しかし彼は天平十六年（七四四）閏一月、「脚病（足の病気）」により十七歳で亡くなってしまう。家持はその死を悼み、二度にわたって挽歌を詠作。掲出歌は安積の死から三七日にあたる二月三日に詠まれた第一歌群の中の一首（第二反歌）である。山さえも光り輝かせるほどに咲き誇る花に親王を喩える。それは家持が寄せていた思いの反映に他なるまいが、だからこそその死に限りない悲嘆が伴う。

　家持はこの挽歌群の二つの長歌において、人麻呂の「高市皇子挽歌」（2・一九九～二〇二）および「草壁皇子挽歌」（2・一六七～七〇）等を踏まえる。家持は安積を皇太子になれなかった高市に重ねながら、同時に皇太子であった草壁にもなぞらえている［鉄野　二〇一五］。しかも、大宝元年（七〇一）施行の大宝令では「皇子」は「親王」と表記するよう定められたが、家持は当該歌の題詞に「安積皇子」と記している。大伴氏は武をもって天皇に近侍してきたという祖先伝承を持つが、律令体制が確立した当時にあってそのような古代的な主従関係はすでに過去のものとなっていた。にもかかわらず家持はそのような氏族意識に執し、誇りさえ抱いていたのである。「安積皇子」と記したこの歌に、自分にとってはほとんど皇太子であった安積に――古き良き時代のように――側近くお仕

えしていたかったという彼の無念の思いを読み取りたい。（鈴木崇大）

来むと言ふも来ぬ時あるを来じと言ふを来むとは待たじ来じと言ふものを（4・五二七、大伴坂上郎女）

来ようと言っていても来ない時があるのに、来ないと言っているのを来るかしらなどと思って待ちはすまい。来ないと言っているのに。

解説　左注によれば、坂上郎女は、大伴安麻呂の女で、最初穂積皇子（天武皇子）の後妻となり、皇子薨去後は藤原麻呂が求婚したという。この歌は、麻呂の贈歌三首に答えた四首の中の一つ。約束していてもすっぽかされるのに、訪れないと言っているのを、もしかして、などと期待はすまい、と自分に言い聞かせている。「来」を繰り返すのは、「梓弓引きみ緩へみ来ずは来ず来ば来そをなぞ来ずは来ばそを」（11・二六四〇。梓弓を引いたり緩めたりするように翻弄しないで。来ないなら来ない。来るなら来てよ。それなのに何でよ。来ないなら、来るなら、何で?）に倣ったものか。戯歌めかして、来ないとわかっていても期待してしまう、愚かな我が恋心を自虐的に歌っている。贈答を通じて、麻呂とはあまりうまくいかなかったことが窺われる。やがて坂上郎女は、異母兄宿奈麻呂との間に二人の女子を産み、それぞれ大伴氏の男子（家持・駿河麻呂）に嫁がせ、永く大伴氏の家刀自（主婦）として活躍した。（鉄野）

瓜食めば　子ども思ほゆ　栗食めば　まして偲はゆ　いづくより　来りしものぞ　まなかひに　もとなかかりて　安眠し寝さぬ（5・八〇二、山上憶良）

瓜を食べれば子どもたちのことが思われ、栗を食べればいっそう偲ばれる。どこから来たものであるか、目の前にやたらとひっかかって、安眠させないのは。

解説　子どもたちのことを思う歌。筑前国（現在の福岡県北西部）に赴任していた山上憶良が、神亀五年（七二八）七月二十一日に嘉摩郡（現在の福岡県嘉麻市）で仕上げたという、いわゆる「嘉摩三部作」の一つ。この歌の漢文の序は、釈迦でさえ自身の子を深く愛したのであり、ましてその他の人間たちが子を愛さないことはない、という。仏教では忌避されるはずの肉親への情愛を、釈迦でさえ捨てられなかったと述べて、自身の子を思う気持ちを正当化するのである。釈迦の言葉の引用が正確でないと見られることについて多くの指摘があるが、渡唐経験もあり、漢籍、仏典に通じた憶良が単純な過誤を犯したとは思われない。歌の内容に説得力を持たせるための、意図的な曲解であろう。

瓜や栗は弥生時代から食用にされていたらしく、売買されていたことは正倉院文書から知られる。「子ども」の「ども」は複数を示し、都に残してきた子どもたちのことを指す。瓜や栗を口にするたびに、それらと親しんでいた子どもたちが思われるのである。「いづくより来りしものぞ」の解釈には、いかなる宿縁でこの子たちが我が子として生まれたのか、と解する説と、目の前に浮かぶ子らの面影はいったいどこからやって来たものか、と解する説があるが、『涅槃経』の類似表現などから、前者の説が肯われよう。「寝さぬ」は「寝」の使役動詞「寝す」に打消の助動詞「ず」の連体形がついたもので、「来りしものぞ」と係り結びになる。離れていてもこうして目の前にやたらと面影がちらつくが、この子どもというものは、一体どこからやって来て我が子となったのだろうか、と問う。瓜や栗を食べるたびに慕わしく思われ、また安眠をも妨げる、親にとっての子という存在の不思議さが主題である。

憶良はたびたび、子への情愛を歌う。「憶良らは今は罷らむ子泣くらむ」（3・三三七。憶良めはここで退出しましょう、子は泣いているでしょう）と、家で泣く子を持ち出して宴席を退出した歌もあった。また年老いて病臥した際には「ことことは死ななと思へど　五月蠅なす騒く子どもを　棄つてては　死には知らず」（5・八九七。いっそ死んでしまおうと思うが、（さばへなす）騒ぐ子どもらを捨てたままでは死ぬこともできず）と、子を持つ苦しさを歌う。妻子への情愛が、かえって自身の悲しみや苦

—しみになって身に迫るのである。（大島）

春さればまづ咲くやどの梅の花ひとり見つつや春日暮らさむ（5・八一八、山上憶良）

春がめぐってくると真っ先に咲く家の梅の花を、一人で見ながら春の日を暮らすことなどできようか。

解説　天平二年（七三〇）正月十三日、大宰帥であった大伴旅人邸で開かれた宴会で歌われたとされる「梅花の歌三十二首」の、四首目にあたる歌で、「筑前守山上大夫」すなわち山上憶良の作。「三二首中、出色の作といってよい」（『万葉集釈注』）という高い評価を見るものの、大勢の参会者がいるはずの宴の歌でありながら「ひとり見つつや」と歌われていることについて解釈は諸説並行し、難解である。おおまかに整理しておくと、まず、「や」については、憶良自身が一人で梅を見る状況に対する詠嘆の意に解する説（この場合、当該歌は実際に宴の場で歌作されたものではないと認めることになる）や、反語と見て当該歌の宴の歌としての機能を説く説などがある。一方「ひとり」を〈参会者集団に対する個〉の意ではなく〈共にいるべき人を伴わない独り〉の意に解して、この地で妻を失った旅人の心境を慮った表現だとする立場もある。今は、ひとまず題詞に書かれた宴の状況をそのまま受け取った上で本歌を理解する場合、「ひとり」は〈集団に対する個〉であり、「や」は反語と見なしておくのが穏当かと判断した。なお〈集団に対する個〉の意に用いられた「ひとり」の用例として［岡部　一九六二］は、『万葉集』中、本歌のほか家持歌「うらうらに照れる春日にひばり上がり心悲しもひとりし思へば」（19・四二九二。うららかに照っている春の日にひばりが飛び上がり、心は悲しいことよ。独りで物を思っていると）のみを挙げている。個としての自己がなぜ特に「春日」に意識されるのか、憶良・家持の心性を考察する余地などもあろうかと目される。（森）

我が園に梅の花散るひさかたの天より雪の流れ来るかも（5・八二二、大伴旅人）

私の庭園に梅の花が散る。天から雪が次々と降って来るのだろうか。

解説　天平二年（七三〇）正月十三日、大宰帥（だざいのそち）であった大伴旅人邸で開かれた宴会で歌われたとされる「梅花の歌三十二首」の、八首目にあたる歌。作者は「主人」と記され、宴会の主催者である旅人の歌であると知られる。当時、梅は中国から日本に渡来したばかりの植物で、主に奈良朝の文人たちの間で「みやびたる花」（5・八五二）と認識され、急速に文雅の素材としての人気が高まった。当該歌に「雪の流れ来るかも」とあるとおり、旅人らが愛（め）でた梅は白梅であった。紅梅の登場は『続日本後紀』嘉祥（かしょう）元年（八四八）に記録が見え、さらに時代が下り『枕草子』になると、三十五段「木の花は」の中で、真っ先に「濃（こ）きも薄きも、紅梅」と挙がるようになる。

さて当該歌は、外国への玄関口であった大宰府に勤める官僚などを集めて開かれた宴において舶来の梅を題に集められた歌の一首であること、「蘭亭序（らんていじょ）」などに多くを学んだ序を持つこと、といった歌の枠組みに加えて、内容面においても、諸注の指摘するとおり梅の花を雪に見立てる趣向は六朝以来の漢詩に例が多く、渡来文化に対する意識を濃厚に打ち出している。当該歌について、散る梅や流れ来る雪から旅人の亡妻に対する悲傷を読み取る説もあるが、大伴書持（ふみもち）の「大宰の時の梅花に追和する新しき歌六首」のうち、本歌に和した「み苑生（そのふ）の百木（ももき）の梅の散る花し天（あめ）に飛び上がり雪と降りけむ」（17・三九〇六。庭の梅の木から散る花が、天に飛び上がり、雪として降ったのだろう）は、いかにも明るく、軽やかな空想に富む。少なくとも書持は、当該歌に深刻な悲しみを見出してはいないと見えるから、本項では亡妻のことは積極的に持ち込まずに、漢風を意識した高尚さと、「ひさかたの」という枕詞に感じられる万葉びとらしいおおらかな調べとを、そのまままっすぐ味わっておきたい。

（森）

やすみしし　わご大君の　高知らす　吉野の宮は　たたなづく　青垣隠（あをがきごも）り　川並（かはなみ）の　清き
河内（かふち）ぞ　春へには　花咲きををり　秋へには　霧立ち渡る　その山の　いやますますに　こ
の川の　絶ゆることなく　ももしきの　大宮人は　常に通はむ（6・九二三、山部赤人（やまべのあかひと））

（やすみしし）わが大君が高々と造られた吉野の離宮は、連なり重なる青垣のような山々に囲まれ、川の流れの清らかな河内に位置する。春の頃、山には花が咲きたわみ、秋の頃、川には霧が一面に立ち渡る。あの山々のように引き続いて、この川のように絶えることなく、（ももしきの）大宮人はいつもいつまでも通い続けることだろう。

解説　神亀元年（七二四）首親王が即位する。聖武天皇である。天武―草壁―文武の血統を継ぐ十七年ぶりの男帝だが、皇位継承の可能性を持つ天武の皇子たちはまだ健在であり、加えて生母が皇族でなかったため、元正太上天皇および外戚である藤原氏は新帝の権威化に意を砕く必要があった。王権讃美を主題とする人麻呂的な行幸従駕歌がこの頃三十年ぶりに復活したのは、そのような背景と関わる。掲出歌は神亀元年ないし同二年の吉野行幸の際の作と思われる。

ところがこの歌、「霧立ち渡る」の句以外、人麻呂の吉野讃歌（1・三六、三八）から採った語句から成っている。現代の感覚からすれば盗作ないし手抜きと思われもしようが、これはむしろその人麻呂の作を想起させる意図に基づいていたと考えられる。つまり人麻呂歌が想起されることで天武天皇から始まる嫡系相続を守ってきた持統天皇とその理念が浮かび上がってくるのであり、それによって聖武の正統性が感得されるという仕儀である。そもそも吉野は天武・持統王権にとっての聖地であった。

作品の構成は極めて綿密である。「たたなづく」以下十二句は、二句ごとの「山」・「川」の対句を三度繰り返し、二首の反歌（6・九二四〜五）もそれぞれ日中（朝か）の山と夜の川を描いている。赤人の作り出す対句は端正なことで知られるが、これほどまで整斉に意を配られた景は赤人歌のみならず『万葉集』中でも屈指である。その反面、結果として生動性を持ち得ず、近代以降しばしば批判の対象ともなった。たしかにそれは言葉だけで組み立てられた観念的な景であるといえるが、しかしこのような隙のない景こそが王権の完璧性の喩えとなっていると捉えるべきである。（鈴木崇大）

振り放けて三日月見れば一目見し人の眉引き思ほゆるかも（6・九九四、大伴家持）

振り仰いで三日月を見ると、一目見たあの人の眉が思い出されるよ。

解説　配列によれば天平五年（七三三）、十六歳の家持が詠んだ歌である。作歌年次が判明する歌の中で最初の作であり、少年らしい初々しさが感じられる。ただしこの歌は雑歌の部に置かれており、実際の恋を詠んだものではないらしい。題詞に「初月の歌」とあるが、この前に置かれた歌も同題で「月立ちてただ三日月の眉根掻き日長く恋ひし君に逢へるかも」（6・九九三。月が立ってまだ三日ばかりの月のような眉を掻いているうちに何日もの間恋しく思っていたあの人に逢ったことだ）とある。作者は大伴坂上郎女。家持は歌の名手である叔母の作にならって掲出歌を詠んだと思しい。天平三年（七三一）に家持の父旅人が亡くなったため、彼女がまだ若い家持の後見を務めるようになり、歌作の手ほどきもその一環であったと考えられる。

三日月を女性の眉に喩えるという趣向は漢籍の影響が指摘されている。ただ、「眉がかゆくなると思う人に逢える」という俗信を踏まえつつ、三日月から自分の眉へと焦点が移動し、そして思いが叶う結末を迎える坂上郎女の歌に対し、家持の歌では眺められる三日月もそれによって想起される女性もあくまで遠い。その遠さには憧れが滲んでいる。家持の詠風として繊細な情感が挙げられるが、その特質はすでに少年のうちに表れていたといえる。

（鈴木崇大）

あしひきの山川の瀬の鳴るなへに弓月が岳に雲立ち渡る（7・一〇八八、柿本人麻呂歌集）

（あしひきの）山川の瀬が鳴り響くのと共に弓月が岳に雲が一面立ち上ってゆく。

巻向の山辺とよみて行く水の水沫のごとし世人吾等は（7・一二六九、同）

巻向の山の辺を轟かせて流れゆく川の水の泡のようだ。世間無常の中に生きる人である我らは。

——**解説**　柿本人麻呂歌集の「巻向歌群」と呼ばれる一五首中の二首。巻向を詠む歌はほとんどが人麻呂歌集所出歌に集中し、他には4・六四三の紀女郎歌と12・三一二六の「問答」歌しかない。そこで武田祐吉は巻七・十・十一の人麻呂歌集歌から巻向関係歌を「人麻呂の伝記のある部分をなす」と考えて抽出し、巻向の痛足川辺りに隠し妻とした官女が亡くなるまでをそこに読み取ろうとした〔武田　一九四三〕。だが巻向地方は三輪山を取り巻く大和王権の聖域であり、一五首には讃歌に見られる表現が頻出する〔和田　一九八五〕。纏向遺跡の発掘でこの地に大和政権最初期の宮殿が確認されたことも視野に収めたい。日本文学史上最初期の無常観の表現として次歌一二七〇と共に注目される一二六九歌も、「所に就きて思いを発す」題のもう一首「児らが手を巻向山は常にあれど過ぎにし人に行き巻かめやも」（一二六八。巻向山は名のごとく、愛し子の腕を常に枕としているが、過ぎし昔の人と出逢って共枕はできぬのだなぁ）と一連の作として、宇治川作歌（3・二六四）などと同様に旧跡で過去の人々を回顧する歌と読むのが適当だ。「行く水の水沫のごとし」の比喩も、『維摩経』の十喩「是の身は泡の如し」や『論語』子罕篇の「子、川の上に在りて曰く、逝く者は斯くの如きかな」等を踏まえており、一女性よりは古人全般を念頭に置くのだろう。斎藤茂吉『柿本人麿　評釈巻之下』が「写生の極致」と評する一〇八八歌もまた単なる叙景歌ではない。「山の際にいさよふ雲は妹にかもあらむ」（3・四二八。山際に滞っている雲はあの子なのだろうか）のように雲は多く魂の表出とされ、『古事記』でも「狭井河よ雲立ち渡り……風吹かむとす」と「雲」が叛乱の前兆とされる。弓月が岳に立ち渡る雲も故地巻向の霊力の顕現なのだろう。

（月岡）

うちひさす宮路を行くに我が裳は破れぬ玉の緒の思ひ乱れて家にあらましを（7・一二八〇、柿本人麻呂歌集）

燦々と日の照りつける都大路を行くとわたしの裳は破れてしまった。玉の緒のように思い乱れて家に居ればよかったのに……

―**解説**　旋頭歌は五七七の音句の単位を二度繰り返す歌の形式で、頭を二つめぐらせている意からそのように呼ばれる。内容は「主題―説明」関係からなる二段構造を持つものとして一元的に説明され［品田　一九九四］、前段で思い切った謎かけのような主題を提示し、後段でその謎を解きほぐすように説明して広げた大風呂敷を回収する型をとる。テレビ番組「笑点」のコーナー「大喜利」を想像するとわかりやすい。この歌でも都大路を行く作中主体の女性の裳（現代のスカートのような衣類）が破れてしまった！　と衝撃的な前段が掲げられる。「裳」は万葉集中に一五例（類例に「赤裳」（一例）や「玉裳」（六例）等がある）あり、うち一二例が「あみの浦に船乗りすらむ娘子らが玉裳の裾に潮満つらむか」（1・四〇、人麻呂。あみの浦で船に乗る官女の美しい裳の裾に潮がかかっているだろうか）のように裳や裳裾の濡れることを詠む。労働のせいでとする例が多いが、男性歌人がそれを詠む際にはやはり性的な視線が含まれよう。なぜ裳が破れるような恥ずかしい事態になったのか？　と読者が抱く疑問に対して、後段は恋に思い乱れる余りに家を飛び出してしまったからと、その説明をつけるのだ。同じ人麻呂歌集の正述心緒歌に「うちひさす宮道を人は満ち行けど」（11・二三八二）と詠まれるように、万葉集中に三例のみの表現「うちひさす宮路」は、現代で言えば渋谷のスクランブル交差点のような都の雑踏を意味する歌句だ。察するに女性の住むのは郊外で、逢いに行く相手には都の中心に住む高位の官人などが想定されるのだろう。現代でも田舎出のお上りさんが渋谷の交差点にうっかり立ち入って困惑するのと同様に、この女性も慣れない都の人波に飲まれて裾を踏まれるなどした結果、裳を破損するに至ったと考えられるだろう。（月岡）

石走る垂水の上のさわらびの萌え出づる春になりにけるかも（8・一四一八、志貴皇子）

岩にぶつかって水しぶきをあげる滝のほとりのわらびが芽吹きだす春になったなぁ。

解説　美智子上皇后の愛唱歌としても知られる［美智子上皇后　一九九八］、「志貴皇子の懽びの御歌一首」と題された巻八の巻頭歌。「春雑歌」の冒頭歌でもあり、春夏秋冬の季節によって歌を分類して、さらにそれぞれを「雑歌」と「相聞」に分ける巻八の典型を示す役割があると考えられる。志貴（芝基、施基、志紀とも）皇子は天智天皇の第七皇子で、称徳で天武系の皇統が絶えた後に即位し

た光仁天皇の父。宝亀元年（七七〇）に春日宮御宇天皇を追号され、御陵の田原西陵（現在の奈良市矢田原町）にちなんで田原天皇とも称される。中西進はこの巻頭歌の存在をもって、巻八の最終的な形成を宝亀年間とする［中西　一九六七］。

　歌の調べは助詞「の」を三度重ねながら、下二句で「萌え出づる春になりにけるかも」と力強く結ばれており、次々に生命力の萌え出る春の気分の高揚と調和する。「なりにけるかも」で結句を結ぶ歌は万葉集中に六例あり、「昔見し象の小川を今見ればいよよさやけくなりにけるかも」（3・三一六、大伴旅人。昔見た象の小川を今みると、いよいよ清々しくなったなぁ）や「竹敷の宇敝可多山は紅の八入の色になりにけるかも」（15・三七〇三、遣新羅使人少判官。竹敷のうへかた山は幾度も紅で染め抜いた色になったなぁ）などからも、この結句を感動の極まりの表現として理解できよう。なお初句「石激」について、『類聚古集』が本文を「石灑」と記すことから（「灑」は『文選』郭景純「江賦」の李善注に「散也」とあって飛び散る意）「いはそそく」と訓む説があるが、小島憲之によると寧ろこの古訓に合わせて『類聚古集』が本文を改めたのだという［小島　一九六四］。「石走垂水の水の」（12・三〇二五）や「伊波婆之流滝もとどろに」（15・三六一七）などの表現を参照したい。

（月岡）

秋萩の散りのまがひに呼び立てて鳴くなる鹿の声の遥けさ（8・一五五〇、湯原王）

秋萩の散り乱れるなかに妻を呼び立てて鳴いている鹿の声の遥かなことよ。

解説　湯原王は志貴皇子の子で、詳しい経歴は不明。『万葉集』には短歌のみ一九首、娘子との贈答歌、叙景的な独詠歌、宴席の歌が載り、歌の素材の選択や取り合わせに新風が認められている。本歌は「秋の雑歌」の部で「鳴く鹿の歌」と題詞にある。「秋萩」は初秋の萩の花で、しだれた枝に小さな花を多くつける。「散りのまがひ」はその小さな花が散り乱れている状態を指し、「秋山に落つるもみち葉しましくはな散りまがひそ妹があたり見む（2・一三七。秋の山に散る黄葉よ、しばらくは散り乱れるな、妻のいるあたりを見たい）のように、視界をさえぎることにつながる。「鳴くなる」が伝

聞推定の助動詞「なり」を用いて、目に見えてはいない鹿の様子を述べるのもそのゆえであろう。「呼び立てて」は声を高くあげる意にもとれるが、鹿の声は妻の牝鹿を呼ぶものとして詠まれる場合が多く、「さ雄鹿は　妻呼びとよめ」（6・一〇四七、田辺福麻呂歌集）などの例がある。「遥けさ」は万葉集中に三例あり、他の二例は「夏山の木末の繁にほととぎす鳴きとよむなる声の遥けさ」（8・一四九四、大伴家持。夏の山の梢の茂みでホトトギスが鳴き響かせている声の音の遥かなことよ）のように、姿を見せずに鳴くホトトギスの声について用いられている。本歌もまた、姿を見せない鹿の姿をその声によって認知するのだが、近く目に捉えられる「秋萩」と、遠く耳に捉えられる「鹿の声」の対置により、視覚と聴覚のみならず近景と遠景の対比も明瞭になっている。目にははっきりと見えない山野の広大さが、遥かに聞こえる音によって鮮明に感じられるのである。（大島）

夕月夜心もしのに白露の置くこの庭にこほろぎ鳴くも（8・一五五二、湯原王）

夕月夜に、心がしみじみとなるほどに、白露の置くこの庭園に、コオロギが鳴くことよ。

解説　「夕月夜」は夕方に月の出ているその夜のこと。「白露」は秋の草花に生じる水滴のことだが、玉にたとえられるなど賞美の対象となる。「こほろぎ」は現在のコオロギと同じとも、ひろく秋に鳴く虫を指したとも言われ、秋の夜に鳴く様子が万葉集では多く詠まれる。末尾の「も」は詠嘆。「夕月夜」、「白露」、「こほろぎ」のいずれもめずらしい語彙ではないが、一首に共存するのはこの歌のみである。『文選』や『玉台新詠』の詩にコオロギを月光や露のなかに描く例が見え、それらに学んだものであろう。

「しのに」はしおれ、萎える意の「しなふ」と関係する語と見られる。「心もしのに」は、「近江の海夕波千鳥汝が鳴けば心もしのに古思ほゆ」（3・二六六、柿本人麻呂。近江の海の夕波千鳥よ、お前が鳴くと心もしみじみとして昔が思われる）のように、「思ほゆ」など外界に触発された内面的な情の様相を形容するのを通例とする。本歌のように「夕月夜」からただちに「心もしのに」と続くのは異例であり、またこれが何の状態を指すのかも判然としない。「夕月夜」、「白露の置く」、「こほろぎ鳴くも」との関係がそれぞれ指摘されてきたが、以上の「三つのものを結んだ奥にほのぼのとかかってゐる」という『万葉集注釈』の説が穏当であろう。「夜降ちに寝覚めて居れば川瀬尋め心もしのに鳴く千鳥かも」（19・四一四六、大伴家持。夜更けに目覚めていると、心がしみじみとするほどまでに鳴く千鳥であるよ）はやや近い例だが、これは明確に「鳴く千鳥」にかかっている。本歌はより曖昧に、場面全体が「心もしのに」というべき状態であるというのである。

近代以降の評価はおおむね高く、佐佐木信綱が「作者の感じた秋のあはれが、千年の時の隔たりを超えて、今日の読者の胸臆にもそつくりそのまま流れて沁みこむ思がする」と激賞したのも、「心もしのに」が一首内部の要素をゆるやかに接続したためであろう。「秋風の寒く吹くなへ吾がやどの浅茅が本に蟋蟀鳴くも」（10・二一五八。秋風が寒く吹くその時に、家の庭の浅茅の根元でコオロギが鳴くことよ）などと比較すると、この句の意義が得心される。（大島）

草枕　旅の憂へを　慰もる　こともありやと　筑波嶺に　登りて見れば　尾花散る　師付の田居に　雁がねも　寒く来鳴きぬ　新治の　鳥羽の淡海も　秋風に　白波立ちぬ　筑波嶺の良けくを見れば　長き日に　思ひ積み来し　憂へは止みぬ（9・一七五七、高橋虫麻呂歌集）

（草枕）旅の憂いを慰められることもあろうかと筑波嶺に登って見ると、尾花が風に散る師付の田居に、雁も来て寒々と鳴きはじめた。新治の鳥羽の湖も、秋風に白波が立っている。筑波嶺のこの佳景を見ると、長い間思い積みためてきた　憂いは止んだ。

解説　高橋虫麻呂は一時、藤原宇合と共に常陸に赴任していたとみられ、その頃の作と思われる。

山に登り見た景色を歌うのは、天皇が山に登り国土を讃える「国見歌」の伝統を引き継ぐものである。一方でこの歌は、「旅の憂へ」を慰めるために登っている点が特殊である。さらに、「憂へ」が眺めた佳景、すなわち「筑波嶺の良けく」によって止んだとするのは、この歌独自の文脈である。

しかし、「筑波嶺の良けく」として描かれる景は、決して明るいものではない。景色は、「尾花散る師付の田居に雁がねも寒く来鳴きぬ」「新治の鳥羽の淡海も秋風に白波立ちぬ」と、地名を含む四句ずつの対句で描かれる。対句は多くの場合、山川、春秋、朝夕など対をなす語を含み、景色や時間を構造化する。しかし、この歌に用いられる対句の地名や風物は対をなすものではなく、むしろ列挙的であり、山頂の歌い手の視線を追うものとなっている。歌い手はまず尾花の揺れる「師付の田居」に目をやり、寂しい雁の声に耳を澄ます。そして視線を「鳥羽の淡海」へと移し、強い風に白々と立つ波をみとめる。そのようにして、冷たく清らかな秋の情景を眺めるうちに、歌い手の抱える「憂へ」は景へと溶け出し、霧消してゆく。慰めを求めて山に登った歌いだしから、その結果を述べる「良けくを見れば―憂へは止みぬ」へと、歌の進行に沿って心が浄化されてゆく経緯を歌うのである。

虫麻呂は、真間の手児奈伝説（9・一八〇七～八）や浦嶋伝説（9・一七四〇～一）といった、伝説を叙事的に歌った作品で知られる。当該歌の対偶を作らない、重ね述べるような対句のあり方は、語る歌を詠む虫麻呂歌の一つの特徴と言うことができよう。

（瀧口　翠）

あからひく色ぐはし児をしば見れば人妻故に我恋ひぬべし（10・一九九九、柿本人麻呂歌集）

（あからひく）色美しいあの子を何度も見ていると、人妻だというのに私は恋をしてしまいそうだ。

解説　秋雑歌部の七夕歌。「人妻」は織女である。夫が一年に一度しか訪れないため、いつも寂しそうに天の川の河原で向こう岸を眺めている。美しい人を何度も見かけて同情しているうちに、人妻だというのについ恋に落ちてしまいそうだ、と言うのである。柿本人麻呂歌集の七夕歌三七首には、七夕当夜以外を時点とする歌が多く、当該歌のような第三者の立場の歌も散見する。さまざまな想像力が働いているのである。宴席で興じながら作られたのであろう。

（鉄野）

かくばかり恋ひつつあらずは朝に日に妹が踏むらむ地にあらましを（11・二六九三）

これほどに恋しく思わないでいられるならば、朝に昼に貴女が踏んでいるであろう、土でありたいのに。

解説　「恋ひつつあらずは」は、『万葉集』中に何度も現れ、恋しさに耐えかねて、この苦しみを逃れるためならば、どんなことだってする、という類型を作る。死んでしまいたい、という場合が多いが、当該歌のように、物に化することを願う歌も散見する。これは踏んづけられてでも貴女の近くにいたい、という男の歌。マゾヒズムを感じさせる。巻十一・十二の恋歌には、本人は大真面目でも、傍から見たら滑稽に見えるような作も多いのである。（鉄野）

針はあれど妹し無ければ付けめやと我を悩まし絶ゆる紐の緒（12・二九八二）

針はあるが、愛しいあの人がいなければ付けられるものか、とばかりに、私を困らせて切れる服の紐よ。

解説　旅行く男の歌。当時の服は、紐を結んで止める仕組みであった。男女が別れ際に互いの服の紐を結んで、次に会うまで解かないことを誓う歌は数多い。旅に出れば、紐を解かないままに寝ることもあって、それを「丸寝」と言い、旅の辛さの象徴ともなる。

一方、古代において裁縫はやはり女の仕事で、紐を付けるのは「妹」なのであった。「丸寝」を繰り返していれば、紐は切れてしまい、男は不慣れな針仕事をしなければならない。防人の妻の歌、「草枕旅の丸寝の紐絶えば我が手と付けろこれの針持し」（20・四四二〇、椋椅部弟女。（草枕）旅先で、着たまま寝て紐が切れたら、自分の手で付けなさい。この針で）は、それを女の側から歌ったもの。この歌は、紐をうまく付けられない男が、紐を擬人化して、俺を馬鹿にしてるんだろう、と八つ当たりしているところが面白い。それが妻恋しさの表現ともなっている。（鉄野）

さし焼かむ　小屋の醜屋に　かき棄てむ　破れ薦を敷きて　打ち折らむ　醜の醜手を　さし交へて　寝らむ君故　あかねさす　昼はしみらに　ぬばたまの　夜はすがらに　この床のひしと鳴るまで　嘆きつるかも（13・三二七〇）

燃やしてやりたい汚らしい小屋に、打ち棄ててやりたいぼろぼろの薦の敷物を敷いて、へし折ってやりたい汚らわしく醜いあの女の手を、自分の手と交わしながら今頃共寝をしているのであろうあなた。そんなあなたへの思い故に、私は昼のあいだずっと、そして夜は一晩中、この寝床が「ひし」と音を立てるほどにため息をついたことだ。

解説　相聞、作者未詳。恋人だった男性が別の女性へ心変わりしてしまった、その嫉妬や怨恨の情を詠んだ歌。酒席で身振りなどを伴ってもてはやされた歌かとも考えられている。

　ところで、「ひし」と鳴るという「床」とは、どのような床であろうか。「枯葦か藁の上を想像してもよし」（『万葉集私注』）、「具体的にどのようなものを想定しているのか不明」（『万葉集全注』）などと言われる。「ひし」という擬声語は、『万葉集』中この一首のみ。似た表現に「負ひ征箭のそよと鳴るまで嘆きつるかも」（20・四三九八）、「しきたへの枕もそよに嘆きつるかも」（12・二八八五）があり、その「そよ」は他に「はたすすき本葉もそよに秋風の吹き来る夕に」（10・二〇八九）の例があるので、およそ物と物とがこすれ合う音を表しているのが「そよ」であるとわかる。だから、「そよ」であれば「枯葦か藁の上」と見ることもできるが、当該歌の床は「ひし」と鳴るのであって、これが現代語で言う「みしみし」もしくは「ぴしっと」に当たるとすると、そのような音を発する「床」の形状を別に考えてみてもよいだろう。

　正倉院に「御床」二張が残されている（北倉49）。どちらも檜製で、長さ約二三七センチメートル・幅約一一九センチメートルの長方形の枠組みの中に、八本の木材が横渡しされ、高さ三八・五センチメートルの脚が四隅にそれぞれ付いている。現代のいわゆる「簀子ベッド」のようなもので、このような木製の「床」の上で輾転反側すれば、木材が軋む音が発するのではないだろうか。正倉院の御床は聖武天皇と光明皇后とがご使用になったと考えられる寝台であるから、そうした脚付きの床が高貴な人々の専有物であったとすれば、いま当該歌で「ひしと鳴るまで」嘆いている女は、裕福な暮らしをしているのかもしれない。その自尊心が、相手の女を酷く罵倒する激しい嫉妬の源に横たわっているのではなかったか。一案として挙げておく。（森）

日の暮れに碓氷の山を越ゆる日は背なのが袖もさやに振らしつ（14・三四〇二）

日暮れに碓氷山を越えて行く日には、夫はきっと袖さえもはっきりと振ってくださったことだ。

解説　東歌（上野国・相聞）作者未詳。本歌、①初句「日の暮れに」を枕詞と見るか否か、②「袖もさやに振らしつ」という夫の動作はどこで行われたものであるか、という二点について、見解が分かれている。まず①について、枕詞説は日暮れ時に碓氷峠を越えることの不自然さを説くわけだが、『万葉集』の枕詞三九八種類のうち「……に」型は「いもがいへに」「わぎもこに」「をとめらに」の三例のみとされていて〔廣岡　二〇〇二〕、その三例はいずれも、その枕詞に縁のある動詞と同音の名詞が掛詞式に続いてゆく形で使われている（「妹が家に伊久里」17・三九五二、「我妹子に棟の花」10・一九七三、「我妹子に逢坂山」10・二二八三、15・三七六二、「我妹子に近江の海」13・三二三七、「我妹子に淡路の島」15・三六二七、「娘子らに行きあひの早稲」10・二一一七、「娘子らに逢坂山」13・三二三七）。これらと見比べる時、「日の暮れに」は『万葉集』中における「……に」型の枕詞としては不自然と判断し、実景説を妥当と見る。

②については、碓氷山で振ったとする説と、別離の折に実見できる距離で振ったとする説とが対立する。しかし『万葉集』には、大伴家持が帰京する田辺福麻呂に対して越中から五〇キロメートルほども離れた五幡坂で袖を振ってくれるようにと呼び掛けた歌（「かへるみの道行かむ日は五幡の坂に袖振れ我をし思はば」18・四〇五五）や、足柄峠で自分が振る袖を家に残した妹は見るだろうかと心を配る武蔵国埼玉郡の防人歌（「足柄のみ坂に立して袖振らば家なる妹はさやに見もかも」20・四四二三）

などが確かめられるので、歌のまま碓氷山で振ったと見て問題ない。旅に出た者は妹が「さやに見」むことを期待して峠で袖を振り（四四二三）、妹がそれを「さやに振らしつ」（当該歌）と受け止めることは、旅に出た夫を斎い待つ妻にとって、一つの務めでもあったはずだ。（森）

まかなしみ寝れば言に出さ寝なへば心の緒ろに乗りてかなしも（14・三四六六）

「かなし」（切ないほどに愛しい）いので体を合わせると噂に上ってしまうし、かといってそうしないでいると、彼女が僕の心の上にずんと位置を占めて、ますます「かなし」いことだ。

解説　東歌（未勘国歌・相聞）、作者未詳。初句と結句に「かなし」の語を重ね置いて、何をしようにも結局は「かなし」いのだという恋の煩悶を歌っている。「かなし」は、「自分の力では如何ともしがたい情動が心に湧き起こってくる状態をいう語」であり〔大浦　二〇一四〕、現代語に言う「悲しい」だけではなく「愛しい」など広がりある意味を持つが、特に「相手の肌合いを持ちこんだ性愛表現であり、東歌に集中する」（『万葉集釈注』）ことが指摘されている。

「妹は心に乗りにけるかも」・「心に乗りて」・「乗りにし心」といった表現は、『万葉集』中、本歌以外に一一例を数えるが、その心を「心の緒」と表現するのは本歌のみで、「緒」（紐など糸状の細長い物）と「心」とがどのような関わりを持っているのかが問題になる。これまで、①緒は長く続く心の比喩だとする説、②心そのものの形状を言うとする説、③漢語「心緒」の翻訳語とする説などが林立してきた。①について言うと、「白玉の緒の絶ゆらく思へば」（7・一三二一）、「さ寝らくは玉の緒ばかり」（14・三三五八）などの例から見て、そもそも「緒」が長いものであるとは限らない点が問題になる。そして、その「玉の緒」という語から推察すれば、「玉の緒」とはいくつもの玉を連結する緒のことであるから、その理解をそのまま「心の緒」にあてはめると、心をつなぎ結んでおく緒、ということになろうか。

「確かなる使ひをなみと心をそ使ひに遣りし夢に見えきや」（12・二八七四。確かな使いがいないので、心を使いに送りました。夢に見えたでしょうか）、「広橋を馬越しがねて心のみ妹がり遣りて我はここにして」（14・三五三八。広い橋を馬では越しかねて、心ばかりを貴女のところに送って、自分はここに居て）。これらの例は、万葉びとたちのあいだに、心は肉体から遊離し得るものであるという認識があったことを伝える。こうした発想は、よく知られる「遊離魂」の観念に近いものであろう。すると「心の緒」とは、あくがる心を肉体につなぎ留めておくための「緒」ではなかったかと考えてみることができる。今はこれ以上追究しないが、本歌の「心の緒」という表現が、「心」「たま（玉・魂）」「を（緒・命）」といった語彙と関わって、古代日本における霊魂信仰の具体相を示す貴重な例であることを指摘しておく。

（森）

君が行く道の長手を繰り畳ね焼き滅ぼさむ天の火もがも（15・三七二四、狭野弟上娘子）

あなたの行く長い道のりを手繰り重ねて焼き滅ぼしてくれるような、天の火がほしい。

解説　「中臣朝臣宅守、狭野弟上娘子と贈答する歌」の題の下に収められた六三首のうちの一首。この歌群について、目録には「中臣朝臣宅守、蔵部の女嬬、狭野弟上娘子を娶りし時、勅して流罪に断じて、越前の国に配す。ここに夫婦、別れ易く会い難きを相嘆き、各慟む情を陳べて贈答せる歌六十三首」とあり、新婚間もなく夫が流罪となり、離れ離れになった夫婦の悲恋を背景に持つ歌群として収載されている。当該歌は三七二六番歌の左注「右の四首、娘子が別れに臨みて作る歌」により、別離の場面の作と伝わる四首のうちの二首目である。

「君が行く道の長手」は、夫の流刑先である越前への長い道程である。第三句以下、他の歌に見られない特異な語が続く。「繰り畳ね」は長いものを手繰り寄せて畳み重ねる意で、道を手繰り寄せるという奇抜でダイナミックな発想が際立つ。それを「焼き滅ぼ」すことについては、『万葉集新考』が「焼亡して近くしたきと也」と、流刑地との距離を縮める意図を見る一方、『万葉集童蒙抄』が「サル事モシカナハバ君ニ越ニ下ラデモアルベキヲといへるなり」と述べるように、越前への道をなくしてしまうことで夫が行けないようにする、と見る立場もあり、多くは後者を採る。第五句の「天の火」は漢語の訳語かとされるが、道を焼き尽くすという、人の力を超えることを可能にするものとして発想されたとみても無理はないように思われる。

第三句の「繰り畳ね」はやはり、距離を縮めることを想起させる。それは一面では、『万葉集童蒙抄』の述べるように、夫との離れがたさから越前との距離を少しでも近くしようという意図の言葉であろう。さらに、前の歌「あしひきの山道越えむとする君を心に持ちて安けくもなし」（15・三七二三。（あしひきの）山道を越えようとする貴方を心に抱え持っていて安らぎません）を鑑みれば、夫の道中を少しでも楽にしてあげたいという思いやりも読み取れる。それが、第四句「焼き滅ぼさむ」によって、道を消滅させ一気に事態を覆す願いへと変貌する。離れがたい思いと、夫の身を案じる気持ちが渾然とあり、言葉を重ねる中で、激昂してゆく様相である。しかもすがるのは、現実にはあり得ない「天の火」である。狂気じみた願いは、それを請わずにはいられない娘子の思いの苛烈さの表現である。（瀧口）

さすだけの大宮人は今もかも人なぶりのみ好みたるらむ（16・三七五八、中臣宅守）

（さすだけの）大宮人は今もなお、人をなぶることばかり好んでいるだろうか。

解説　宅守が、流刑地から都の今を想像する歌である。配流の地は弟上娘子の「味真野に宿れる君が帰り来む時の迎へを何時とか待たむ」（15・三七七〇。味真野に泊っている貴方が帰ってくる時がやってくるのを、いつと思って待ったらよいのでしょうか）により、越前国味真野であったことが伝わる。

「さすだけの」は「大宮」にかかる枕詞で語義未詳。そうした枕詞は、かかる語に重々しさを与える。「さすだけの大宮人」と、枕詞を冠して歌われる「大宮人」は、いかにも立派な人々という印象である。しかし、その気高い彼らは、人をなぶりからかうことを好む、と宅守は歌う。含みのある落差である。

「今もかも」は宅守が都にいた当時に対する「今も」であり、都で実感した大宮人の「人なぶり」好みが、現在も続いているのではないか、と想像している。都に残して来た妻、狭野弟上娘子が「人なぶり」を受けているのではないか、と案じているのである。前歌が「我が身こそ関山越えてここにあらめ心は妹に寄りにしものを」（15・三七五七。自分の身は関や山を越えてここにあるが、心は貴女にすっかり寄ってしまっているのに）と、体は離れていても心は都の妹と共にあることを歌う通りである。宅守の歌はそのように、都に残して来た娘子を思いやるものが目立つ。娘子を取り巻く環境がありありと想像されるからこその歌で、残して来た者ならではの歌いぶりである。（瀧口）

寺々の女餓鬼申さく大神の男餓鬼賜りてその子孕まむ（16・三八四〇、池田朝臣某）

寺々に居る女餓鬼が申すには、大神の男餓鬼をいただいて、その子を孕もうとさ。

仏造るま朱足らずは水溜まる池田の朝臣が鼻の上を掘れ（三八四一、大神奥守）

仏像を造るための朱が足りなければ（水溜まる）池田の朝臣の鼻の上を掘るといいぞ。

解説　三八四一歌の作者、大神奥守はがりがりに痩せていたらしい。池田某は、それをからかって、餓鬼道に堕ちた亡者に喩えるのだが、女の餓鬼が「あの人素敵、子供産みたい」と言っている、と歌うのは下品と評する他ない。奥守は、池田某が酒の飲みすぎで鼻が赤いのを、丹砂（朱の原料）でも埋まっているんじゃないか、と反撃する。巻十六は、とびきり変わった巻で、こうした「嗤笑歌」を何首も集めて載せている。悪口雑言の類いまで含めることが『万葉集』の幅広さを形作るのである。そして彼らが仏教を揶揄の材料に使っていることも見逃せない。仏教は外来の文化・文明の代表で、それが説く無常の摂理には誰も異を唱えられない。しかしそうした権威に対する反発もまた、歌の主題になりうるのであった。（鉄野）

立山の雪し消らしも延槻の川の渡り瀬鐙浸かすも（17・四〇二四、大伴家持）

立山の雪が解けているらしいなあ。延槻川の渡り瀬で鐙まで水に濡らしたよ。

解説　天平十八年（七四六）、家持は国守として越中国に赴任する（当時の越中国は現在の富山県および石川県能登地方）。以降、天平勝宝三年（七五一）に少納言に任ぜられて帰京するまでの五年間、彼は歌人として劇的な成長を遂げる。要因はさまざまあろうが、都とは異なる越中の風土の経験が大きかったことは疑えない。

天平二〇年（七四八）春、家持は政務のため国内を巡行した際、各郡ごとに一〜二首の歌を残している。それらは「諸郡巡行歌群」（17・四〇二一〜九）とも呼ばれているが、新川郡（現在の富山県神通川以東）にて立山を水源とする延槻川（現在の早月川）を渡った時に詠んだのがこの歌である。春の到来を詠んだ歌は多く、それらは花や鳥などによって表現されることが一般的だが、ここでは雪解けによる川の増水という珍しい素材が選び取られている。「鐙浸かすも」という句は驚きとともにみずみずしい身体感覚を表し得ており、詠み手は神の山（17・四〇〇〇）とも見ていた立山へと思いを馳せている。越中の清冽な自然とそれに抱かれた家持の心の震えが伝わってくる一首である。

なお、第二句を「雪し来らしも（雪が解けて流れてきたらしいよ）」とする説も有力である。しかし、「らし」は明確な証拠に基づく推量の助動詞である。「鐙」が浸かるほどの増水（＝明確な証拠）によって立山の雪解けが推量されている、と理解したい。

（鈴木崇大）

天皇の御代栄えむと東なる陸奥山に金花咲く（18・四〇九七、大伴家持）

天皇の御代が栄えるであろうと、東国の陸奥の山に黄金の花が咲いた。

解説　天平十五年（七四三）に聖武天皇は盧舎那仏造営を発願、遷都を挟んでの天平十九年（七四七）に鋳造が開始される。しかし本体に鍍金するための金が不足しており、聖武は頭を悩ませていた。当時、国内で金は出土しないと考えられており、輸入に頼っていたのである。ところが天平二十一年（七四九）、陸奥国小田郡（現在の宮城県遠田郡）で金が産出される。聖武は大いに喜び、東大寺に行幸して二つの宣命を読み上げさせた。そこでは神仏、皇祖、功績のあった人々への感謝が述べられたが、特に大伴・佐伯の両氏は「海行かば水漬く屍、山行かば草むす屍、大君の辺にこそ死なめ、のどには死なじ（海を行くのなら水に浸かった屍、山を行くのなら草の茂る屍となろうとも大君のおそばでこそ死のう、穏やかには死ぬまい）」と言立てて古来天皇に仕えてきた一族であり、自分（聖武）もまた「内の兵（親衛隊）」として頼りにしていると述べたのである。宣命は謄写され各地に届けられたが、越中でそれを読み感激した家持が詠作したのが、長大な長歌と三首の反歌からなるこの「陸奥国に金を出だす詔書を賀く歌」（18・四〇九四～七）である。

　長歌前半では国土の豊かさ、神々と皇祖の加護による金の産出、そして聖武の統治の素晴らしさを詠み、長歌後半および第一・第二反歌では、「ますらを（武人）」たる大伴氏の使命と誇りを熱く歌い上げ（長歌後半に大伴氏の言立てである「海行かば……」を引いている）、掲出の第三反歌では聖武の御代を祝福して全体を収める。

　家持の思いがほとばしる作だが、この二ヶ月後、阿倍内親王が即位する。孝謙天皇である。そして実は聖武の宣命は、阿倍への譲位に向けた布石という意味を持つものでもあった。つまり、軍事氏族である大伴・佐伯の両氏を顕彰し氏族意識を刺激することで、阿倍の即位に対する不満（3・四七七参照）を封じておく意図を含んだものであったと見られる。しかし家持はそのような政治的意図にまったく気づいていない。当該歌が「錯誤の記念碑」［多田　一九九四］とも評されるゆえんである。

（鈴木崇大）

春の苑　紅にほふ桃の花下照る道に出で立つ娘子（19・四一三九、**大伴家持**）

春の園は紅色がにおい立つ。そこの桃の花の、樹下が照り輝いている道に、出て立っている娘。

――**解説**　巻十九の巻頭歌。「天平勝宝二年（七五〇）三月一日の暮に、春苑の桃梨の花を眺矚して作る二首」（題詞）のうち、桃の花を詠んだ一首である。当該歌は、「美麗にして濃厚」（齋藤茂吉『万葉秀歌』）、「艶麗」（『万葉集全註釈』）、「絢爛」（『万葉集私注』『万葉集全注』）などと評されて秀作と見做されてきたが、歌の解釈についてはさまざまな問題点があり、通説といえる見解が確立していない。主な問題点としては、まず第二句・第三句のどちらに句切りを置くべきかという課題がある。最近の諸注釈書は三句切れ説のほうがやや優勢かと見えるが、桃の花だけではなく春の苑全体が「紅にほふ」ているのだと読み取り、また「桃の花下照る道に」と続いたほうが理解しやすいと考えて、二句切れと見ておく。次に、「娘子」は一人であるか複数であるか。当該歌の内容と正倉院の「鳥毛立女屏風」などいわゆる「樹下美人図」の構図との共通性を認め、当該歌に絵画性を見出す研究が多く成されてきたが、その場合は一人の「娘子」を想定するわけである。当該歌が「娘子ら」と複数であることを明示していないことも、まずは単数の娘子を描いたものであると見做すことを妨げないだろう。

当該歌以前の万葉歌で当該歌の内容に最も近いものは「橘の下照る庭に殿建てて酒みづきいます我が大君かも」（18・四〇五九。橘の樹の下が輝く庭に御殿を建てて、酒盛りをなさる我が大君よ）であろうか。試みに見比べると、当該歌は「娘子」を取り囲む「春の苑」「桃の花」についての表現に多くの比重が置かれている。この特徴は、当該歌の題詞の内容とよく符合する。また四〇五九歌が明確な「我が大君」讃歌であり、「殿建てて酒みづきいます」と大君の具体的な行動を描き「かも」という感動で結ぶのに対し、当該歌の娘子は「出で立つ」と記されるのみで比較的静的に描写され、娘子に対する感慨も言葉にしない。このことは、従来諸説の見出してきた当該歌の絵画性という特徴と齟齬しない。桃の花という新しい素材を前面に押し出し、そこに娘子を置いて、視野に収められた景の全像を感情に頼らずに切り取って、その美を表現した歌である。

（森）

春まけてもの悲しきにさ夜更けて羽振き鳴く鴫誰が田にか住む（19・四一四一、**大伴家持**）

待ち受けていた春になって、もの悲しい気分でいるところに、夜が更けて羽を打ちながら鳴くシギは、誰の田に住むのだろうか。

解説　巻十九巻頭歌二首（四一三九〜四〇）が「天平勝宝二年（七五〇）三月一日の暮」の作であり、当該歌を挟んで続く四一四二が「二日」の歌だから、当該歌の「夜更け」は三月一日から二日にかけての夜を指す。すると家持は、この時期に「羽振き鳴く」シギについて「誰が田にか住む」と思いを馳せたことになるが、その理解に二説ある。すなわち、①シギがこれから飛び立って行く先の場所を思案したものと見るか、②飛び去るはずのシギがまだ越中にとどまっていることについての感慨と見るか、である。①は、『万葉集私注』に「今眼前を飛び行く鳥が、行きて停るは何処ぞといふ感動」、『万葉集全解』に「「鴫」の行方に、望郷の思いを重ねる」など。②は、『万葉集全注』に「誰の田圃に心を残してまだ居ついているのか。（中略）北へ飛び帰ると見た鴫なのに、棲みなれた田を立ち去れないでいる心情に、郷愁の念を言外にした歌」、『万葉集釈注』に「誰の田んぼに心を残してまだ棲みついているのか。（中略）「田」は作者家持の居ついていたい奈良の都、鴫の目指した北の国は作者家持の今居る異郷越の国をなぞらえている」などである。

　ところで、当該歌の題詞は「翻び翔る鴫を見て作る歌」である。題詞に「見て」とあるのに対し、歌では「鳴く鴫」が詠まれていることについてもさまざまな議論があるが、こころみに両者の内容をそのまま受け取ってみると、まず題詞において、家持はシギの渡りを目視によって確認している。上記②説による場合、すでに渡りを開始した「翻び翔る鴫」を捉える題詞と、未だ居残って「羽振き鳴く鴫」を捉える当該歌との間で、対照的な生態を示すシギの姿に、家持は関心を払ったのだということになる。一方、「羽振き鳴く鴫」の行方を案じたものと見る①説は、「羽振き鳴く鴫」と「翻び翔る鴫」とについて、どちらも渡りの過渡期にあるシギを二様に表現したものと捉えているのだと理解される。たいへん後代の資料になるが、『日葡辞書』には「Fabuqi　鳥が飛び立とうとする格好をして身構える。詩歌語」とあり、これを参照してよいとすれば、歌の中の「羽振き鳴く鴫」は、すでに「翻び翔る」シギを追って夜更けにいざ旅立たんとしているシギであると、理解し得る余地も見出せるように思われる。題詞と歌の内容とにどのような関係性があり得るか、さらに考究する必要があるが、今は、両者を一致した文脈の中に読み進める①説のほうに従っておきたい。

なお、シギは非常に種類が豊富だが、タシギなどは冬鳥であり、オオジシギやイソシギは夏鳥である。上掲した従来説はいずれも冬鳥のシギを想定しているわけだが、その根拠ははっきりしない（たとえば新編全集本にはタシギの挿図があるが、なぜタシギに特定したのか理由は記されない）。当該歌のシギをオオジシギと認める説もある［川口　一九八二、『万葉集全歌講義』］。家持が見聞きしたシギが夏鳥・冬鳥どちらのシギであったのかは歌の解釈に大きく関わる問題であるため、いちおう付言しておく。

（森）

難波津に装ひ装ひて今日の日や出でて罷らむ見る母なしに（20・四三三〇、丸子多麻呂）

難波の港で、支度に支度を重ねて、今日、出航して去ってゆくのか。見てくれる母もいないのに。

解説　作者丸子多麻呂は、相模国鎌倉郡から来た防人で、「上丁」という階級を持っていた。防人は、明瞭な規程は無いが、東国の軍団に所属する兵士が務めるのが習わしで、難波まで各国の国司（部領使）が引率し、難波から船に乗せられて九州に向かい、三年間、そこの防衛に携わった。総数三千人で、毎年千人ずつが交替する。天平勝宝七歳（七五五）、九州へ向かう防人の歌は、当時、大伴家持が兵部少輔（兵部省の次席次官）の官にあり、難波で防人の検校に当ったために、彼の手に入り、『万葉集』に載ることになった。防人たちの歌は、国ごとに部領使が書きとめて提出しているのだが、家持は半数近くを「拙劣」だとして捨てている。載せた歌も、家持は水準の高い作としているわけではないのだろう。

防人たちの歌は非常に類型的で、当該歌もそうであるように、両親を歌うことが多い。令の規程によれば、全員が二十歳以上の成年だったはずなのに、奇妙なことである。そして「おしてるや難波の津ゆり舟装ひ我は漕ぎぬと妹に告ぎこそ」（20・四三六五、常陸国信太郡、物部道足。（おしてるや難波の港から船の支度をして私は漕ぎ出て行ったと妻に告げてくれ）や、「津の国の海の渚に舟装ひ立し出も時に母が目もがも」（20・四三八三、下野国塩屋郡、丈部足人。摂津国の海の渚で船の支度をして出立する時に、母ちゃんが見てくれたらなあ）と当該歌は、「難波で」「船の支度をして」「出発するのを」「家族に知って（見て）もらいたい」という構造を完全に共有している。違う国で会ったこともないはずの防人同士の歌が、こんなにも似ているのは、共通の手本があったからとしか考えられない。つまり彼らは自発的に心情を和歌にしているのではなく、歌を奉ることを求められて歌っているのである（部領使が提出したサインのところに「進」とある）。防人の歌は、ほどんど「大君の命かしこみ」（天皇の命令を恐れ多く思って）、故郷や家族と別れて来た、という悲しみに染められている。どれだけの苦痛を耐え忍んで大君に仕えているのか、と述べ立てることが忠誠の誓いになったのであり、家持の琴線に触れたのも、まさにそこだったと考えられるのである。（鉄野）

新しき年の初めの初春の今日降る雪のいやしけ吉事（20・四五一六、**大伴家持**）

新たな年の初めの初春の今日、降っている雪が重なるように、どんどん重なれ、よい事よ。

解説　万葉集巻末の歌。天平宝字三年（七五九）正月一日、因幡国庁で、国郡司を宴する歌と題詞にある。「新しき年の初めの初春」とはずいぶん重複しているようであるが、それはこの年が元日に立春が来るという、まことに珍しい年だったのを反映している〔新谷　一九八九、大濱　一九九二〕。その重なりは、その日降り重なる雪に重ねられ、さらには来るべき「吉事」の重なりへと重ねられている。歌の諧調が、めでたさへの期待を表わす、姿と心の一致した名歌である。

　しかし、年も改まり、立春も迎えたのに、雪が降り重なるのは、ここが山陰の因幡だからでもある。家持はそこに左遷中なのであった。巻十七以降では、讃歌や祈りの歌が、かえって危機や困難な状況の存在を示唆することが多い。この歌もまた、よきことの重なりへの願いが、不遇の思いと表裏していることは否めない。それが表わすのは、『万葉集』が下降史観の書であり、「いやしけ吉

「事」の祈りが、二十巻を通して歌われてきた歴史を遡(さかのぼ)って昔を回復したい、ということでもあったと思われるのである。　（鉄野）

【コラム⑰】名歌とは何か

どのような歌が名歌か、というのは難しい問題ではあるが、説明的でなく、自ら奥にゆかしくなるような作品である、ということは必要条件と言えようか。それは、多様な読み方を許容する、ということでもある。そういう歌は多くの人の思い入れを可能にする。ただし、評価が一変してしまうことも歌によってはある。大伴家持(おおとものやかもち)作の巻十九巻末三首などはその例である。「絶唱」などと言われるのは、近代に入ってからのことである。

　春の野に霞たなびきうら悲しこの夕影(ゆふかげ)にうぐひす鳴くも　（四二九〇）

（春の野に霞がたなびいて物悲しい。この夕方の光の中で鶯(うぐいす)が鳴くよ）

　我がやどのいささ群竹(むらたけ)吹く風の音のかそけきこの夕(ゆふへ)かも　（四二九一）

（我が家の庭の少しばかり群れた竹に吹く風の音が微(かす)かに聞こえるこの夕べよ）

　うらうらに照れる春日(はるひ)にひばり上がり心悲(こころがな)しもひとりし思へば　（四二九二）

（うららかに照っている春の日にひばりが上がり、心悲しいよ。一人で物思いをしていると）

窪田空穂(くぼたうつぼ)・折口信夫(おりくちしのぶ)といった歌人兼学者だった人たちが、大正時代に「発見」したことが知られている［稲岡　一九七八、橋本　一九八五］。近世までは、ほとんど評価された形跡がない。三首の造形は、いずれも極めて独自である。四二九〇歌は、上二句と下二句に景が述べられ、「うら悲し」という情の表現はその間に浮いたようになっている。四二九一歌は、情の表現が排除され、ただ切れ切れの竹の葉擦れの音が夕暮れの中から聞こえることだけが述べられている。四二九二歌は、上三句に景、下二句に情が述べられるが、両者は全く対照的で、景が明るいほど情の暗さが際立つ体になっている。景を描く視覚や聴覚は非常に鋭敏に働いている一方、その景と情とは、「霞たなびき」や「ひばり上がり」の連用中止法に窺われるように、ただ並存しているだけで、有機的に結び付けられることがない。

和歌は、自然に対して親和的に歌うのが普通で、これら三首の表現は極めて例外的である。先行歌を受け継ぎつつ歌ってゆく前近代の和歌世界で評価が低かったのは当然である。オリジナリティを絶対視する近代短歌の中で、初めてこれら言わば異常な歌が評価された。そして近代文学では、「風景」を感覚的に描くことで、それに対立する孤独な「内面」を切り出すことが行われたのである［柄谷　一九八〇］。三首の構造に「近代人のする感傷」［折口　一九五一］を思わせるところが確かにあった。家持の他の歌は、先行歌に倣い、引用することが多く、それが近代における評価を低くしている。その家持だからこそ、全く類型から外れた歌も制作できたのである。和歌は宮廷社会の共有物であるから、共有を拒否する歌はそれだけで孤独を表現する。その主要な方法である感覚表現は、漢詩に学んだものであった［鉄野　二〇〇七］。

三首は、巻十九の巻末に置かれて、この巻を閉じる時の家持の心情を示す。それは巻頭からの三年間の「歌日誌」的な展開の帰結で、越中より帰京後の政治的な苦境抜きでは本来理解しえないものである。しかし一首ずつを取り出して見た時、そこに人間の絶対的な孤独を読み取ることも不可能ではない。それがこの三首の名歌たる所以（ゆえん）であろう。

（鉄野昌弘）

Ⅳ　万葉集をよむための小事典

井ノ口史編

『万葉集』の基本から研究用語まで、『万葉集の基礎知識』を読み解くためのキーワードを選び四分類し、それぞれ五〇音順に配列した。各項目の概要は以下の通りである。

一、『万葉集』の基本
――『万葉集』中に用いられた語や和歌の修辞法など、『万葉集』を知るための基本用語。
二、『万葉集』探究のためのキーワード
――歴史、風土、主要な古典籍、江戸時代までの『万葉集』享受に関する事項など。
三、『万葉集』研究のためのキーワード
――国語学関連用語や漢籍に関する事項を含む、『万葉集』研究に関わる用語。
四、万葉歌人小事典

「小事典」の性質上、参考文献の掲出は最小限度に留めた。本書関連ページを御参照いただきたい。各項末尾に分担執筆者名を記す。

一、『万葉集』の基本

【東歌（あずまうた）】『万葉集』巻十四に収められた全歌の総称。巻頭に「東歌」とあることに基づく。「東」は東国地方を指す。遠江（とおとうみ）、信濃（しなの）から陸奥（みちのく）まで一二の国名が見え、現在の関東地方を中心に東海地方・東北地方の一部も含んでいる。歌数は二三〇首（異伝（いでん）なども含めると二三八首）。どれも短歌形式で作者名はない。原則として一字一音の万葉仮名表記である。東歌は国名がわかる九〇首と国名が明らかでない一四〇首に大別できる。前者は雑歌（ぞうか）・相聞（そうもん）・譬喩歌（ひゆか）に分類され、各分類のなかでさらに国別にまとめられ、都に近い国の歌から配置されている。後者は雑歌・相聞・防人歌（さきもりか）・譬喩歌・挽歌（ばんか）に分類されている。表現の特徴としては、民謡との類似や性愛表現の直截性が指摘されているほか、方言らしき語やほかの巻にはない特異な語が使用されている。【参考文献】亀井孝「方言文学としての東歌・その言語的背景」（『文学』18-9、一九五〇）、水島義治『万葉集東歌の研究』（笠間書院、一九八四）（吉岡真由美）

【柿本人麻呂歌集】人麻呂自身の編纂になると考えられる、『万葉集』の編纂資料の一つ。三六四首（うち長歌二、旋頭歌三五）が『万葉集』中に残る（引用総歌数の認定に諸説ある）。特に巻七・十・十一・十二では他の歌群に先行して配列され巻の核をなしており、詠歌の規範と位置づけられていたといえる。助辞がほとんど表記されない「略体歌」と、その多くが表記される「非略体歌」の二種の書式で記されている。従来は「略体歌」から「非略体歌」への展開が有力視されてきたが、二十一世紀初頭に相次いだ歌木簡の発見により見直しが迫られている。歌集歌には他人の作と判明している歌もあり、すべてを人麻呂作とすることはできないが、「非略体歌」は人麻呂作の可能性が高いといわれる。（大石真由香）

【掛詞】一つの語に二つの意味が掛けられた修辞法。後世は一首中にいくつもの掛詞が用いられた歌が見られるようになるが、『万葉集』においては序詞と関連して歌われることが多く、序の部分と主意の部分とをつなぐ要として機能する。（中川明日佳）

【笠金村歌集】笠金村により編纂された、『万葉集』の編纂資料の一つ。「歌集出」と明記されるのは志貴親王挽歌（2・二三〇〜二）のみであるが、『万葉集』中の金村歌四五首はすべて歌集出と見るのが一般的である。用字法に一貫性が認められ、題詞に作歌年月と干支を記す点が特徴的である。この題詞の記載法により、金村歌集には少なくとも霊亀元年（七一五）から天平五年（七三三）の歌が収

録されていたことがわかる。内容は行幸従駕の作品が中心で、中でも宴席での遊興的な作品に特徴がある。（大石）

【寄物陳思】相聞歌の表現形式の一つで、正述心緒と対になる分類。ものに仮託することで心情を述べる技法。序詞を用いる序歌形式が典型。たとえば「遠山に霞たなびきいや遠に妹が目見ねば我恋ひにけり」（11・二四二六）は、一・二句の序詞が三句を起こし、四・五句の「あの子に会っていないので恋しい」という心情表出へつながる。柿本人麻呂歌集の分類を継承したもので『万葉集』巻十一・十二に見える。（吉岡）

【羇旅歌】公的・私的を問わず、旅先で詠われたものを総称していう。「羇旅作」（巻七）や「羇旅発思」（巻十二）など、分類として立てられ集められた歌の他に、個別に詠われた羇旅歌もある（柿本人麻呂の巻三・二四九～五六など）。また、題詞や左注に記されなくても、歌の内容から羇旅歌と判断できるものも多く存する。内容は、家郷や妻を思って詠んだものと、旅先の景を詠み込みそれらを賞美するものとに大別される。（中川）

【古歌集・古集】詳細不明。歌集として現存しないものの、『万葉集』成立以前に編纂されたものと思われる。「古歌集」の名は巻二・八九左注、一六二題詞、巻七・一二六七、一二七〇左注、巻十・一九三八左注、巻十一・二三六七左注に見え、計二七首存する。また、「古集」の名は巻七・一二四六左注、巻九・一七七一左注に見え、計三八首である。「古歌集」「古集」ともに歌体、分類、作者層のいずれも多種多様で、同一の書名を持つ歌集が複数あった可能性がある。（中川）

【嘱目】注意して物を見る意。「属目」「矚目」の形で題詞や左注に六例（17・四〇二九、18・四〇七二、四〇七七、四〇七九、19・四一五九、20・四五一一）が見える。ほぼ大伴家持周辺においてのみ使用される用語である。（中川）

【序詞】 主に景物を契機として本旨を導く技巧をもつ歌において、契機となる詞句の方をさす。元来、集団的・社交的な場において、景物を提示し主想部に転換する発想形式であったとされる。本旨連接部との関係は、①音の関係、②意味の関係によって説明される。【参考文献】土橋寛『古代歌謡論』（三一書房、一九七二）、白井伊津子『古代和歌における修辞』（塙書房、二〇〇五）（大石）

【正述心緒】 相聞歌の表現形式の一つ。「かくばかり恋ひむものそと知らませば遠くも見べくありけるものを」（11・二三七二）のように心情を直接表す技法。分類基準は曖昧。重出歌「朝影に我が身はなりぬ玉かきるほのかに見えて去にし児故に」は巻十一・二三九四では正述心緒、巻十二・三〇八五では寄物陳思に分類される。柿本人麻呂歌集の分類を継承したもので『万葉集』巻十一・十二にみえる。（吉岡）

【旋頭歌】 音数が「五・七・七、五・七・七」の歌体。頭（最初）に旋る（戻る）意か。『万葉集』に六二首、うち三五首を柿本人麻呂歌集歌が占める。片歌の問答から派生したという説もあるが、旋頭歌の主体はほぼ転換しない。平安時代以降には衰退しており、まとまった数が残るのは『万葉集』のみである。（阪口由佳）

【雑歌】 雑歌・相聞・挽歌という『万葉集』の三大部立の一つ。巻一、三、五〜十、十三、十四、十六の諸巻にみえる。「くさぐさの（色々な）歌」の意であり、相聞・挽歌以外をさす。三大部立においては「雑歌」が先に配列され、ほかより高く位置づけられている。行幸、国見、遊猟など公的な場

での作が多く、天皇・宮廷に関わる要素が強いが、旅先の景や季節の風物など天皇に関わらない作も含む。（阪口）

【贈答・贈報】二人の間で歌が詠み交わされること。『万葉集』では「贈」歌と「報」歌の組み合わせであることが多いが、「贈」歌と「答」歌の組み合わせや「贈」歌と「和」歌の組み合わせ、「贈」歌のみのもの、ある歌に続けて「和」歌や「答」歌とあるものなどがあり、贈答歌としての書式が固定化されていなかった様が窺える。『万葉集』中に「贈答」の語が見えるのは巻四の七五九番歌左注や巻五の八六四番歌題詞など、ごく一部である。（中川）

【相聞】雑歌・相聞・挽歌という『万葉集』の三大部立の一つ。巻二、四、八〜十四の諸巻にみえる。「相聞」の語は『文選』にもみえ、お互いの様子をやりとりする意だが、『万葉集』は相手を思う私的な歌を広く収めている。男女の恋情が大半だが親族や同性の知人への歌なども含み、必ずしも贈答されているわけではない。相聞のみの巻（巻四、十一、十二）もあり、歌数においても『万葉集』の中心をなすといえる。（阪口）

【高橋虫麻呂歌集】高橋虫麻呂による編纂とされる、『万葉集』の編纂資料の一つ。巻六・九七一〜二を除く虫麻呂作品のすべてを含む。全三四首（長歌一四、短歌一九、旋頭歌一）のうち三〇首が巻九所収。「詠不尽山歌」（3・三一九〜三二一）のうち三一九、三二〇を虫麻呂歌集歌と認めない説もある。虫麻呂は生没年未詳。養老年間（七一七〜二四）に国守藤原宇合の属官として常陸にあったと推測されているが、天平中・末期の歌人とする説もある。伝説歌人、叙事歌人と言われ、葛飾真間の手児名（9・一八〇七〜八）など伝説に取材した歌、常陸国・筑波山など東国を舞台とする歌に特徴がある。歌集成立については、宇合が西海道節度使に派遣された（6・九七一〜二）天平四年（七三二）頃とす

る説、宇合の没した天平九年頃とする説、天平一一年以降とする説などがある。（大石）

【田辺福麻呂歌集】『万葉集』の編纂資料の一つ。「田辺福麻呂之歌集中出」の注記は『万葉集』中三ヶ所あり、巻六に二一首、巻九に一〇首の長反歌を収める。巻六には恭仁京・難波宮遷都に関わる宮都賛美や荒都悲傷を主題とする公的な作品がある（一〇四七〜六四）。巻九の足柄の坂、葦屋の処女の墓における歌（一八〇〇〜三）なども人麻呂以来の伝統に連なるものである。福麻呂の生没年は未詳。天平一二〜三年（七四〇〜一）頃から活躍したとされ、『万葉集』最後の宮廷歌人と位置づけられる。天平二〇年に左大臣橘諸兄の使者として越中国守大伴家持を訪問した際の宴席・遊覧の歌に「造酒司令史」と記される（18・四〇三二題詞）。（大石）

【短歌】音数が「五・七・五・七・七」の歌体。『古今和歌集』仮名序に、スサノヲの「八雲立つ……」（記一）が「みそもじあまりひともじ」のはじめとされている。長歌に比して圧倒的に歌数が多く、『万葉集』において既に標準といえる形式である。（阪口）

【長歌】旋頭歌（六句）より長い歌。五音・七音が繰り返され七・七で終わるものがほとんどだが、雄略天皇の『万葉集』巻頭歌「籠もよ　み籠持ち……」（1・一）のようにリズムにあてはまらないものもある。巻十三・三三四五の左注に「短歌……長歌……」の文言があり、すでに「長歌」という語があったとわかる。柿本人麻呂が長歌の長さ・完成度ともに飛躍させた。『万葉集』中最大の長歌「高市皇子挽歌」（2・一九九）も人麻呂の作である。『万葉集』末期（第四期）の大伴家持まで長歌作品は作られるが、以降衰退した。（阪口）

【対句】和歌の場合、五音と七音による二句を意味上のまとまり（連）とし、複数の連を並列の関係で対応させる表現形式をいう（例「国原は　煙立ち立つ／海原は　かまめ立ち立つ」1・二）。三連が並列する例（13・三二三九など）や、四句以上で一連となる例（2・一九九、八〇四など）がある。その形態は時代や作者によって多様で、長歌研究の重要な要素となっている。【参考文献】岡部政裕『万葉長歌考説』（風間書房、一九七〇）、神野志隆光・大畑幸恵「対句事典」（『万葉集事典』學燈社、一九九三）（井ノ口 史）

【追和】ある歌について、後人が新たに歌を作ってもとの歌に和することをいう。『万葉集』には「追同」のものも含めて一六例（三一首）が見え、そのほとんどが大伴旅人や山上憶良、大伴家持など、大伴家の周辺での歌作である。新たに加えられた歌は、もとの歌の世界を共有し広げる効果を有するもので、もとの歌からそれほど時間をおかないもの（5・八四九～五二）もあれば、数年の時間を経て追和されたもの（2・一四五）もある。（中川）

【反歌】長歌に付随する短歌。舒明～天智期に成立。「長歌＋反歌一首（または二首）」の組み合わせが多いが、三首以上並ぶこともある。長歌における作者の力点を再度端的に提示する、あるいは長歌で伝えきれない部分を補足するものである。反歌のみでは作者の意図を捉えきれず、一連の作としてみるべきである。（阪口）

【挽歌】雑歌・相聞・挽歌という『万葉集』の三大部立の一つ。本来は「柩を挽く時に作る歌」（2・一四五左注）。『日本書紀』孝徳天皇大化五年（六四九）三月条の二首が最も古い時期の挽歌とされる。『万葉集』挽歌の冒頭「有間皇子、自ら傷みて松が枝を結ぶ歌二首」（2・一四一～二）のように生前の作もあり、当事者・他者を問わず死に関する歌が広く収められている。柿本人麻呂が長大な挽歌を完成させ、大伴家持に至るまで多彩な挽歌が作られた。（阪口）

【譬喩歌】 男女関係を物に譬えて表す歌。物の描写を通して間接的に心情を表現する技法。部立として『万葉集』巻三・七・十一・十三・十四に見えるが、『古今集』以降は消滅する。（吉岡）

【枕詞】「あしひきの」「ぬばたまの」など通常五音節で、続く特定の語（上の例では「山」「夜」など）を修飾することば。神名・地名などの固有名詞に冠する称辞的な修飾を本質とするが、次第に普通名詞や用言を被枕とする比喩的な枕詞が増加する。【参考文献】土橋寛『古代歌謡論』（三一書房、一九七一）、白井伊津子『古代和歌における修辞』（塙書房、二〇〇五）（大石）

【問答（歌）】『万葉集』における歌の分類の一つ。巻十三では、雑歌、相聞に次ぐ部立として位置付けられている。歌垣などの歌謡から発生した、相聞歌の古い形とされる。原則として作者名は記されず、複数の歌の対立に生ずる興趣そのものに焦点が置かれる。山上憶良「貧窮問答歌」（5・八九二）のように長歌一首の内に問と答を含む作もある。（井ノ口）

【類聚歌林】 山上憶良の歌集。正倉院文書に「歌林七巻」と見え、鎌倉初期の『八雲御抄』などにも書名は見えるが、今に伝わらず詳細は不明。『万葉集』中、左注に九ヶ所（巻一に五例、巻二に三例、巻九に一例）、「右、山上憶良大夫（臣）の類聚歌林に……」の形で断片的に引用される。『万葉集』編纂時の参考資料にされたと考えられる。七二一年以降、憶良が皇太子（のちの聖武）の侍講となった頃の成立かと考えられている。（阪口）

【和歌】『万葉集』中では、ある歌に唱和した歌をいう。「即ち和する歌」（「即和歌」）のほか、「奉和歌」、「追和歌」、「贈和歌」といった例がある。のちに漢詩に対して日本語の歌を「和歌」と称するが、

山上憶良の「倭歌」（5・八七六〜九）の語は、その早い例であろう。（井ノ口）

二、『万葉集』探究のためのキーワード

【飛鳥】 奈良県高市郡明日香村を中心とする地域。五九二年、推古天皇が飛鳥豊浦宮に遷ってから六九四年持統天皇が藤原京に遷都するまでのおよそ一〇〇年間、飛鳥に宮があった。その間に推古の小墾田宮、舒明の岡本宮、田中宮、皇極の小墾田宮、板蓋宮、河辺行宮、斉明の川原宮、後岡本宮、天武の飛鳥浄御原宮と、多数の宮が飛鳥に営まれていた。伝板蓋宮の発掘により、飛鳥浄御原宮が同地にあったこと、さらに下層に岡本宮もあったことなどが判明しており、現在「飛鳥京跡」と呼ばれている。周辺の発掘も進み、南側の島庄遺跡や北側の苑池遺構など、飛鳥の全貌が明らかになりつつある。初期万葉の舞台の中心は飛鳥であるが、遷都後も飛鳥を訪れた歌や飛鳥を思う歌が多くあり、「ふるさとの飛鳥」（4・六二六、6・九九二）とも詠まれた。（阪口）

【有間皇子の変】 斉明三年（六五七）九月に有間皇子（孝徳天皇皇子）が牟婁の湯（和歌山県白浜町湯崎温泉）に行き病が癒えたと奏上したことを受け、翌年一〇月に紀伊国に行幸。翌月三日、都の留守を務める蘇我赤兄が有間に天皇の失政を説くと、有間は挙兵の意志を示す。二日後、赤兄が有間を逮捕、牟婁の湯に送られ中大兄皇子の尋問を受け、一一日に帰途の藤白（海南市）で絞殺（『日本書紀』巻第二六）。尋問の際の「天と赤兄と知らむ」の応答からも、皇位継承の権利を有した故に中大兄・赤兄の計略に掛けられたことが窺える。往路の磐白（日高郡）で死への自覚と絶望を詠んだ歌（2・一四一〜二）は共感を集め、後人の追和歌（同一四三〜五）がある。（岡田高志）

【近江大津宮】六六七年、中大兄皇子（天智天皇）が近江国に築いた都。畿外への遷都は異例。京域に関する記録はないが、発掘調査により内裏の所在地は滋賀県大津市錦織付近に比定されている。壬申の乱後に荒廃した旧都を嘆く柿本人麻呂や高市黒人の作がある（1・二九～三三）。『万葉集』には「近江大津宮」とあるが、現在は「大津京」の呼称も使用されている。（井ノ口）

【大津皇子の変】朱鳥元年（六八六）九月二四日、天武天皇の殯の場で大津皇子（天武第三皇子）が皇太子草壁皇子（同第二皇子）に「謀反」したことが翌月二日に発覚し、翌日刑死した事件（『日本書紀』巻第二八）。皇位をめぐり大津を危険視していた草壁の母鸕野讃良皇女（持統天皇）に粛清を受けたと推察される。謀反発覚までの間、大津は禁忌を犯して伊勢神宮へ下向し、国家の祭祀権を奪おうと斎宮である同母姉の大来皇女と密会。大来の苦悶を表した歌（2・一〇五～六）や、事件後、大津の死に対する深い哀しみと権力に対する静かな怒りを表明した歌（同一六三～六）が残されている。（岡田）

【懐風藻】天平勝宝三年（七五一）成立。日本初の漢詩集で撰者は淡海三船など諸説ある。近江朝以降の詩を採録し、大臣長屋王が盛んに詩宴を開いた養老期までと、天平元年（七二九）からで前・後期に分かれる。前期の詩風は六朝詩の、後期は初唐詩の影響が強く、単なる語句の借用にとどまらず最新の詩型に迫った作（藤原宇合、八九・九〇など）もあり、後の漢風謳歌時代の萌しが見られる。八人の詩人には伝記が付されており、六国史に無い記述があるのも貴重。（岡田）

【賀茂真淵】国学の確立に寄与した古典学者。元禄一〇年（一六九七）～明和六年（一七六九）。荷田春満に師事して歌学を修め、特に古道学方面の思想を深化させた。門人に橘（加藤）千蔭、本居宣長など。『万葉考』では、『万葉集』の巻序は元来は巻一、二、十三、十一、十二、十四が巻一～六に当たると主張。注釈は独創的だが誤字説の多用など強引な解釈も目立つ。巻一・四八歌上三句（「東野炎立所見而」）の訓を「あづまののけぶりのたてるところみて」から「ひむがしののにかぎろひのたつみえて」に改めたことは有名である。（大石）

【官位制】 旧来の氏姓制では有力氏族や氏上（嫡流）が官職を独占したのに対し、個々の資質に着目して官位を授け階級を定めた制度。官位令により位に応じた役職に任官（官位相当制）、五位以上が「通貴」、特に三位以上は「貴」とされ国政に関わる太政官の参議（左右大臣・大納言）となる要件であった。五位以上に昇るには氏族の出自が問われ、また五位以上の子孫は自動的に叙位される（蔭位の制）など特権階級の再生産を担った面もある。（岡田）

【干支】 十干（甲・乙・丙・丁・戊・己・庚・辛・壬・癸）および十二支（子・丑・寅・卯・辰・巳・午・未・申・酉・戌・亥）をいう。これらを順に組み合わせて年月日を表す方法は中国に始まり、日本にも遅くとも奈良時代には伝来していたとされる。最初の甲子から最後の癸亥まで六〇通りあり（六十干支）、「還暦」と言って六〇歳を祝う風習はこれに由来する。なお、十干の訓読みは五行思想の木・火・土・金・水をそれぞれ兄と弟に分けたものである。（中川）

【行幸】 天皇が出かけることをいう。歌においては「行幸」と表記し「いでまし」「みゆき」と読まれ、題詞ではほとんどが「幸」「幸行」と記される。雑歌における歌の場の中心となる。（阪口）

【恭仁京】 天平一二年（七四〇）一〇月藤原広嗣の乱平定後、聖武天皇は恭仁京（京都府木津川市）に入る。当地の選定には右大臣橘諸兄の勢力基盤があることが関係するらしく、藤原宮の大極殿を移して整備を進めるのだが、聖武の意はすでに紫香楽宮（滋賀県甲賀市宮町遺跡）の造営と大仏の建立にあり、天平一五年一二月に恭仁京造営は中止、大極殿基壇は山背国分寺の金堂に転用された。足利健亮の復元図によると賀世山西道（鹿背山西麓の道）で左京・右京に分かれ左京北端に宮を設置、京域には木津川が横断する。柔軟な都市計画で山川を備えた神聖な都（6・一〇三七）を現出した。【参考文献】足利健亮『日本古代地理研究』（大明堂、一九八五）（岡田）

【契沖】 真言宗の僧侶。寛永一七年（一六四〇）～元禄一四年（一七〇一）。畏友・下河辺長流が水戸光圀から委託された『万葉集』の注釈を引き継ぎ、貞享四年（一六八七）頃に『万葉代匠記』（初稿本）を完成させたが、再度稿を求められ、有力な古写本を比校し再考したものを元禄三年（一六九〇）に献上した（精撰本）。悉曇学に通じ内典外典に幅広い学識を有していた契沖は、文献学の知見に基づきつつ実証主義的な態度で注釈に臨み、従来の伝授を背景とする秘密主義的な学問を改める画期的な業績を残した。（大石）

【遣唐使】 舒明天皇二年（六三〇）の派遣に始まり、一六回実施された唐への外交使節団をいう。『万葉集』には「四つの船」（19・四二六四～五）とあり、遣唐使船が四艘編成であったことがわかる。主目的は日本の国際的な地位向上や唐の文化を輸入することであり、多くの漢籍が日本に伝来した。また、新羅にも外交使節団（遣新羅使）を派遣していた。天武四年（六七五）から始まったが、次第に関係が悪化したことを受けて宝亀一〇年（七七九）を最後に途絶えた。『万葉集』巻十五に、天平八年（七三六）に派遣された遣新羅使人等の歌が残る（15・三五七八～七二二）。（中川）

【元明天皇】（六六一～七二一）天智天皇と蘇我倉山田石川麻呂の娘姪娘の子で、草壁皇子（天武・持統朝皇太子）の妻。阿閉皇女。慶雲四年（七〇七）、草壁の遺子文武天皇の早世を受け首皇子（聖武天皇）の成長を待つために即位。平城京遷都、和同開珎の発行など国家事業を推進した。和銅五年

（七一二）天武発案の『古事記』完成、翌年『風土記』編纂の命を各国に通達。『万葉集』巻一・二は元明朝成立と見る説があり、古代文芸史上、その治世が担った役割は大きい。（岡田）

【五畿七道制】大宝律令制定後、唐の十道制に倣い、旧来の交通路を整備して東海道・東山道・北陸道・山陰道・山陽道・南海道・西海道の官道を敷き、道に沿う諸国を七つの行政区画に分けた（七道）。七道には三〇里（約一六キロメートル）ごとに駅家が置かれ、駅鈴を携行する者は駅馬・伝馬が使用できる。要衝には関を設置し軍団兵士が警護、特に伊勢鈴鹿関・美濃不破関・越前愛発関は三関と称され、東国への抑えとして厳重に警備された。七道に対し、皇室と古来より関係の深い大和・山背・河内・摂津は畿内と称され、天平宝字元年（七五七）河内から和泉が分立し五畿が定められた。有力氏族の勢力基盤である畿内では、調は半減、庸は全免という税制上の減免措置が取られた。（岡田）

【古今和歌集】『古今集』とも。平安時代前期に成立した、わが国最初の勅撰和歌集。二〇巻。醍醐天皇が延喜五年（九〇五）に紀友則・紀貫之・凡河内躬恒・壬生忠岑に下命して編纂された。四季（巻一～六）と恋（巻十一～十五）を中心に体系化される。以後の日本文化史における自然に対する美意識や表現の基盤となった。（大石）

【国学】漢学に対し、日本の文献によって古代より伝わる日本独自の思想や道徳規範を明らかにすることを目指す学問。近世前・中期頃に発祥。本居宣長『うひ山ぶみ』によれば、それは大きく「歌の学び」（歌学）と「道の学び」（古道学）に分けられる。歌学分野では『万葉集』を主たる対象として、中世以来の伝授の伝統を乗り越え、文献学的な文学研究の方法を切り拓いた。この方面は契沖に始まり、荷田春満・賀茂真淵を経て宣長により大成された。古道学分野は『古事記』『日本書紀』を主たる対象として儒教・仏教などの外来思想を排斥し、日本古来の神道の復古を目指した。この方面は春満による古典の神道的解釈に始まり、真淵・宣長により深められ平田篤胤により大成された。【参考文献】城﨑陽子『近世国学と万葉集研究』（おうふう、二〇〇九）（大石）

【古事記】天武天皇が稗田阿礼に帝紀・旧辞を誦習させ、元明天皇がそれを太安万侶に筆録させたもの。和銅五年（七一二）完成。序文に成立過程、あらすじ、凡例などの説明がある。上・中・下の三巻構成で、上巻は神話、中巻は神武天皇～応神天皇、下巻は仁徳天皇～推古天皇。日本語的な文章で書かれ、国内向けに作成されたと考えられている。『日本書紀』のような「一書」の併記はなく、一つのストーリーとして読むことができる。（阪口）

【古点】天暦古点とも。天暦五年（九五一）に村上天皇の宣旨で宮中の梨壺（昭陽舎）に置かれた「撰和歌所」にて、清原元輔・紀時文・大中臣能宣・坂上望城・源順（梨壺の五人）によって『万葉集』に施された訓。仙覚本における墨訓のうち朱の合点のない箇所が古点にあたるとされ、この時に四〇〇〇首以上の歌が読み解かれたと推定される。訓法は音数律を重視し、漢字との関係は緩やかながら法則性が見出せる。【参考文献】小川靖彦『萬葉学史の研究』（おうふう、二〇〇七）（大石）

【古筆切】古写本を筆跡に主眼を置いて見た時の呼称が「古筆」である。実用性を重んじる古文書と異なり、美術的価値が付随する。屏風や手鑑帖に貼ったり掛軸に仕立てたりして鑑賞されたため、もとは一巻、一冊の書物であったものが次々と切断された。この切断された紙片のことを古筆切という（もとから一枚の紙である色紙、短冊、懐紙などは含まない）。『万葉集』関連では桂本の断簡「栂尾切」、片仮名傍訓形式の「後京極様切」「柘枝切」などがある。【参考文献】日比野浩信『はじめての古筆切』（和泉書院、二〇一九）（大石）

【斎宮】天照大神に仕える女性（皇女、女王）またはその場所。『日本書紀』（崇神六年）に「天照大神を以ちて、豊鍬入姫命に託け、倭の笠縫邑に祭」ったとするのが起源。『日本書紀』天武二年四月「大来皇女を天照大神宮に遣侍めむと欲し、泊瀬斎宮に居らしむ」とあるのが「斎宮」の初見。『万葉集』巻二・一六三の題詞からも大来（大伯）が伊勢の斎宮にいたことがわかる。以後、天皇の代替わりごとに皇族から占いで選ばれ、六六〇年間に六〇人以上の斎宮がいた。一九七〇年より三重県多気郡明和町の発掘が始まり、斎王の居住した宮殿・役所・斎宮寮を中心とした遺跡が「国史跡斎宮跡」として整備されている。（阪口）

【防人】大宰府統轄の下、筑紫・壱岐・対馬を防備した兵。白村江の敗戦（六六三年）以降、制度化が進んだらしい。初期は筑紫の兵を用いたが、逃亡防止の点などから東国（東海道遠江以東、東山道信濃以東）の兵を主に当てるようになった。正丁（二一～六〇歳の男）から選ばれ、毎年二月に国司が部領使として率い難波に集結、海路筑紫に向かい、三年間自給自足しつつ防備に就いた（軍防令など）。家族との別離に加え生業にも損害を被る過酷な制度で、天平勝宝七歳（七五五）、兵部少輔大伴家持が難波で採録した防人歌には妻・父母を残すことへの嘆きがうたわれ、理不尽な徴兵への怒りが潜められてもいる。天平九年（七三七）以降、蝦夷や渤海・新羅の脅威を測りつつ、防人制は停止と復活を繰り返し、延暦一四年（七九五）、廃止された。【参考文献】岸俊男「防人考」（『日本古代政治史研究』塙書房、一九六六）、水島義治『萬葉集防人歌の研究』（笠間書院、二〇〇九）（岡田）

【氏姓制】始祖を共有する同族集団（擬制含む）「氏」に、職能等に基づく名と、宮廷内の序列を示す「姓」を与えて秩序づける制度。六世紀頃成立。各氏族は臣・連等の姓を持ち、官職や領民（部民）を継承した。天武一三年（六八四）、八色の姓（真人・朝臣・宿禰・忌寸・道師・臣・連・稲置）を布き、皇族や有力氏族を上位に据え再編。庚午年籍（天智朝）以降、概ね臣民に氏姓が付与され身分秩序が完成。律令制の叙位任官にも効力を持ち続けた。（岡田）

【次点】古点より後、仙覚の新点より前に多くの人々が随時『万葉集』に施した訓。この時期を「次点期」、次点に拠る写本を「次点本」または「非仙覚本」という。仙覚本における墨訓のうち朱の合点のある箇所が次点にあたるとされる。仙覚が次点歌と認定したものは一九二首だが、実際はさらに多く最少で二七六首と推計される。次点本は当初、長歌に訓のほとんどない平仮名別提訓本であったが、鎌倉時代には長歌の訓を多く含む片仮名訓本（別提訓・傍訓）が圧倒する。【参考文献】上田英夫『万葉集訓点の史的研究』（塙書房、一九五六）、田中大士「万葉集〈片仮名訓本〉の意義」（『萬葉語文研究　7』和泉書院、二〇一一）（大石）

【持統天皇】（六四五～七〇二）天智天皇皇女。母は蘇我倉山田石川麻呂の女。父の弟である大海人皇子の妻となる。天智の死の直前、大海人と共に吉野に隠棲し、壬申の乱後、天武即位に際して皇后となる。天武の皇太子であった実子・草壁皇子の夭逝により即位。藤原京遷都を実現し、律令の整備に尽力した。草壁の遺児・軽皇子に譲位した後、史上初めて太上天皇と称された。『万葉集』には持統の作として六首が残るほか、吉野など行幸先での歌が収録される。（井ノ口）

【島宮】奈良県高市郡明日香村島ノ庄にあった離宮。もとは蘇我氏の邸宅があったが、皇極・天智のころから皇族の宮が置かれた。『万葉集』巻二の挽歌では草壁皇子の宮として歌われる。【参考文献】直木孝次郎「嶋の家と嶋の宮」（『発掘された古代の苑池』橿原考古学研究所編、学生社、一九九〇）（阪口）

【正倉院文書】東大寺正倉に伝わる文書の九割を占める写経所文書を狭義の「正倉院文書」という。

造東大寺司写経所（元は藤原光明子家の私的写経機関）では保管期間を過ぎた戸籍等の公文書（一次文書）を切り接ぎ、背面を事務帳簿・文書（二次文書）として再利用。一次文書は貴重な律令公文の残存であり、二次文書には国家的写経事業の進捗や写経生の生活を通して当時の社会の実相が窺える。写経書文書は天保四～七年（一八三三～六）にかけて穂井田忠友が「正倉院古文書」四五巻（『正集』）として整理し、以降『続集』・『続修後集』・『続修別集』が成書。この際、一次文書復元の為、二次文書を分断、その断簡が『続々集』、傷みの激しい文書は『塵芥』として集成された。（岡田）

【聖武天皇】（七〇一～五六）文武天皇と藤原宮子の間に生まれた。首皇子。草壁皇子―文武に続く天武直系の曾孫として即位を望まれ神亀元年（七二四）、元正の譲位を受け即位。仏教への信仰が厚く、その治世に疫病の流行や政変が相次いだのを受け、国分寺や大仏を建立して国家の護持を試みた。天平一二年（七四〇）藤原広嗣の乱以降、遷都を繰り返したことは「彷徨」と見なされてきたのだが、近年は詳細な計画に基づくものであった可能性が指摘され、評価が転じつつある。（岡田）

【続日本紀】 文武朝～延暦一〇年（七九一）までを記録した六国史の第二。菅原真道らの選による前半（延暦一六年〈七九七〉成立、巻第一～二〇）と藤原継縄らの選による後半（巻第二一～四〇、延暦一五年頃成立）に分かれる。公文書に基づいて政務や叙位任官、政変などを克明に記録、続く国史の規範となった。奈良時代の社会背景が知られる史料であり、天皇の詔を記した宣命は当時の国語を窺うための重要な手がかり。（岡田）

【舒明天皇】（？～六四一）押坂彦人大兄皇子（敏達天皇皇子）と糠手姫皇女（敏達天皇皇女、彦人大兄の異母妹）の子である田村皇子。皇位継承候補の厩戸皇子（聖徳太子）急逝により擁立された非蘇我氏系の天皇で、その治世には皇極・斉明・天武の宮の基となる飛鳥岡本宮の造営や、唐の成立に伴う遣唐使派遣など、時代を画する事績を遺した。壬申の乱の後、神格化された天武皇統の祖に仰がれ、『万葉集』の時代は実質、舒明の国見歌（1・二）に始まる。（岡田）

【新古今和歌集】『新古今集』とも。鎌倉時代に成立した八番目の勅撰集。二〇巻。建仁元年（一二〇一）に後鳥羽院が源通具・藤原有家・同定家・同家隆・同雅経・寂蓮を撰者に任命（寂蓮は翌年に没）、元久二年（一二〇五）に竟宴が催されたが、その後も改訂作業が続いた。院親撰の色が強い。本歌取りや余情表現が特徴。（大石）

【壬申の乱】天智天皇崩御の翌年（六七二）、近江朝廷の不穏な動きを察し吉野隠遁中の大海人皇子（天武天皇）が挙兵、大友皇子（天智天皇皇子）と皇位を争った。六～七月に渡る近江路・明日香の戦いは「壬申紀」（『日本書紀』巻第二八）に記録され、『万葉集』もその激戦をうたう（2・一九九）。諸国から大規模な兵を徴発した古代最大の内乱で、勝者の天武は神格化され（19・四二六〇～一など）柿本人麻呂ら宮廷歌人による天皇讃歌隆盛を導く基盤となった。（岡田）

【新点】仙覚が『万葉集』に施した訓。新点による写本を「新点本」または「仙覚本」という。仙覚は寛元四年（一二四六）に古次点の無訓歌一五二首を抄出し、新点を施した（仙覚奏覧状）。中には寛元四年以前に訓を得ているものもあるが、仙覚はこの時点で披見し得た写本によって新点歌と見なしている。寛元本では非仙覚系片仮名訓本を底本として新点（古次点の改訓を含む）を朱筆、文永本では改訓を紺青筆、新点を朱筆する。ここに『万葉集』のすべての歌に一旦訓が施されたことになる。（大石）

【仙覚】天台宗の学僧。建仁三年（一二〇三）～没年未詳。将軍九条頼経の命による源親行の『万葉集』校勘事業を引き継ぎ、寛元五年（一二四七）に親行本を底本に六本を比校した校訂本を完成（寛元本）。その後、新たに五本を加えて校勘を進め、文永二年（一二六五）に将軍宗尊親王に献上した（文永二年本）。古写本の本文を尊重しつつも、文脈や意味の整合性を勘案して大胆に本文を改めることもある。晩年の著作『万葉集註釈』（『仙覚抄』とも）には悉曇学の影響が強い。【参考文献】小川靖彦『萬葉学史の研究』（おうふう、二〇〇七）（大石）

【宣命】正訓・義訓と万葉仮名で書かれた天皇の命令。「宣命体」と呼ばれる独特の文体を持つ。『続日本紀』以降の史書に見られる。一般に自立語は正訓・義訓、付属語や活用語尾は万葉仮名で書かれる。このような表記を「宣命書」と呼び、万葉仮名が小書きになっているものを「宣命小書体」、どの字も同じ大きさで書かれているものを「宣命大書体」という。（吉岡）

【大宰府】筑紫に置かれた地方最大の官衙。推古朝頃から「筑紫大宰」として対外交渉に当たり、天智朝の白村江の敗戦（六六三）を機に水城や大野城・基肄城を築き西海道の軍事を統括するようになった。七世紀後半以降、条坊が敷かれ、律令施行後は海外使節の管理（「蕃客」）・饗宴（「饗讌」）、朝廷の承認を得た移住権の授与（「帰化」）や防人による国境防備など独自の職務を担った。神亀五年（七二八）頃に帥（長官）として赴任した大伴旅人は、山上憶良らと文人集団（通称「筑紫歌壇」）を形成し、梅花を愛でる宴席の作（5・八一五〜四六）や筑紫の風土を仙境に見立てた作（同八五三〜六三、六五〜七五）など、多彩な文芸作品を遺した。（岡田）

【天智天皇】（六二六〜七一）父・舒明天皇、母・皇極（斉明）天皇。中大兄皇子。乙巳の変の後、中臣（藤原）鎌足とともに政治改革を推進。白村江での敗戦後、近江国に都を遷し、百済出身の亡命貴族を重用した。『万葉集』に自身の歌を四首残すほか、倭大后や額田王ら女性たちによる崩御前後の

歌群が巻二に採録される。平安朝最初の天皇である桓武は、天智の曾孫にあたる。（井ノ口）

【天武天皇】（六三一〜八六）舒明天皇の子。天智天皇の同母弟。病床の天智から即位を打診されるも辞退。出家して吉野に赴いた。その後壬申の乱となり、天智の皇子である大友皇子を倒して天皇となった。六七三年、飛鳥浄御原宮で即位、天智の皇女（のちの持統天皇）を皇后とする。八色の姓を制定、『古事記』・『日本書紀』の編纂を命じた。『万葉集』に五首の歌がある。『記』序文に天皇の事績があり、『紀』では二巻にわたって天皇の即位前・即位後の歴史を記す。六八六年崩、二年以上の殯宮儀礼を経て葬られた。（阪口）

【都城制】天子の都を城壁で囲い条坊制を敷く都市設計。天皇の代ごとに宮が遷る習い（歴代遷宮）だった日本でも、唐の長安城に倣った孝徳朝の難波宮を嚆矢として、持統朝に、『周礼』考工記を参照し、宮を京の中央に置き条坊を敷く中央宮闕型の都城である藤原京が実現した。元明朝に至り、宮を京域の北部中央に置き京を条坊で区画するという北闕型都城である平城京が完成した。【参考文献】布野修司『大元都市』（京都大学学術出版会、二〇一五）（岡田）

【舎人】天皇や皇族に近侍して文武両面で奉仕した者をいう。律令制以前は主従としての結びつきが強かったとされており、草壁皇子の薨去時に「舎人等が慟傷して」作ったという二三首（2・一七一〜九三）には、後に残された舎人の悲哀が詠われている。令制下において舎人は文官的な内舎人・大舎人などと、武官的な兵衛とに分かれ、次第に制度化されていった。（中川）

【渡来人】大和朝廷からの召喚や朝鮮半島戦乱の避難民／捕虜として渡来した民が、東漢氏や秦氏として書記・工芸・養蚕に従事した。六世紀以降は鞍作氏など新漢人たちが伽藍・仏像の建設に尽力、

隋唐に留学し律令の知見をもたらした。（岡田）

【長屋王の変】 神亀六年（七二九）二月一〇日、左大臣長屋王に謀反の意ありとの密告を受け藤原宇合らがその邸宅を包囲、翌日藤原武智麻呂らが尋問に加わり、一二日に王は自尽、妻の吉備内親王や膳夫王ら四人の子も縊死する。後年、密告は虚言と明かされ（『続日本紀』巻第一三）、乱の前年に皇太子を失った光明子の立后を企てた藤原氏が、反発の予想される長屋王を除こうとしたとする説や、膳夫王の血筋（草壁皇子の孫、母の姉兄は元正・文武）に着目し次代の皇位をめぐる争いであったとする説などがある。皇親を除き得る藤原氏の力を示す事件で、理不尽な死を悼み抗議する長屋王関係者の歌が残る（3・四四一～二）。（岡田）

【難波宮】 山根徳太郎の調査により、孝徳朝の「難波長柄豊碕宮」（前期難波宮）、聖武朝の難波宮（後期難波宮）の遺構が大阪市中央区法円坂に確認された。交通の要衝河内湖の入り口にあり、唐の長安城の宮室に倣い東西対称に建物を配置、一四棟以上の朝堂を具備し内裏前殿（大極殿の原型）を備え、条坊を計画するなど、後の藤原宮を導く原型となったのだが、天武朝に大部分が焼失。聖武朝に再建され、天平一六年（七四四）二月には「皇都」になる。翌年、平城京に都が移り、その後維持された施設も長岡京遷都（七八四年）に伴い解体された。【参考文献】『難波宮址の研究』1～23（大阪市立大学難波宮址研究会、大阪市文化財協会、一九五六～二〇一六）（岡田）

【日本書紀】 日本最古の歴史書。六国史の一つ。六八一年、天武天皇が皇族・臣下らに命じて編纂が始まった。七二〇年、天武天皇皇子・舎人親王が元正天皇に提出した。当初は系図一巻もあったとされるが伝わっていない。全三〇巻。巻一・二が神代、巻三以降は神武から持統までの天皇紀となっている。正格漢文を目指して書かれており、より中国的な巻（α群）と、日本的な要素が混じる巻（β

群）から成ると考えられている。（阪口）

【仁徳天皇】応神天皇の子。二〇一九年、応神・仁徳天皇陵を中心として百舌鳥・古市古墳群が世界遺産に登録されたことでも話題となった。『古事記』では下巻の初めに位置し、聖帝として記されているものの、皇后イワノヒメ（石之日売・磐之媛・磐姫）は嫉妬深く不和となり、『記』では和解するものの、『日本書紀』では仁徳を拒絶したまま死去したと記される。『万葉集』巻二はイワノヒメが仁徳を思う相聞から始まるが、短歌四首の高度に構成された連作となっており、イワノヒメの実作ではない（仮託）と考えられている。（阪口）

【殯宮】天皇・皇族が亡くなった際に営まれる遺体安置施設。「もがりのみや」「あらきのみや」とも。古代には遺体を葬るまでに死を確認する期間があり、通常の宮とは別の場所に設置され儀式が行なわれた。『万葉集』中、「殯」の歌は天智天皇の挽歌から見られるが、天武天皇の皇子女のために作られた柿本人麻呂の殯宮挽歌が一時代を築き上げている。（阪口）

【藤原広嗣の乱】天平一二年（七四〇）八月二九日、大宰少弐の藤原広嗣（式家の祖宇合の長男）が失政を説き玄昉・吉備真備を除く旨上表、謀反と見なされ一万を超える兵が徴発された。西海道の軍団兵士を率いた広嗣は一〇月九日に板櫃河で官軍に遭遇、渡河に失敗し、二三日に値嘉嶋で逮捕、一一月一日に松浦郡の郡家で斬刑となった。藤原四子政権崩壊後の政治体制への不満が原因と見られ、軍団兵士制を利用した、壬申の乱以来の大規模な兵乱は政権に衝撃を与えた。だが、乱の発生中に聖武天皇が伊勢へ行幸したことを動揺によるとするのには慎重を要し、行宮で詠まれた歌（6・一〇二九～一〇三六）が平素と変わらぬ行幸歌の趣であることにも注意が必要。（岡田）

【藤原宮】 持統八年（六九四）一二月六日に遷都した持統・文武・元明の宮（奈良県橿原市）。都市計画に天武陵（宮の真南）が組み込まれ、天武末年には京域が設定されたらしい。荘厳な儀礼空間である大極殿や一二の宮城門が初めて築かれ、京は宮を中央に一〇条一〇坊に整備。大宝律令施行後は左京・右京を分離して職を置くなど、中国式都城の要件を概ね具備した。だが、土地の制約（朱雀大路の縮小など）や北闕型都城の志向により廃都、平城京建設に移る。（岡田）

【風土記】 奈良時代の地誌。『続日本紀』和銅六年（七一三）五月二日条に、諸国の地名・産物・土地の肥沃度・地名起源・伝説を記録して提出せよという元明天皇の命がある。現存するのは出雲・播磨・常陸・肥前・豊後の五ヶ国のみ。『釈日本紀』や仙覚の『万葉集註釈』などに引用された「逸文」により、五ヶ国以外の記述も断片的に伝わっている。（阪口）

【平城京】 七一〇年から七八四年まで約七〇年間、奈良市に置かれた都。『続日本紀』（巻第四）和銅元年（七〇八）二月十五日条に元明天皇の「……方に今、平城の地、四禽図に叶ひ、三山鎮を作し、亀筮並に従ふ。都邑を建つべし……」との詔があり、和銅三年三月十日条に「始めて都を平城に遷す」とある。『万葉集』にも遷都の際の歌（1・七八～八〇）がある。『万葉集』後期（第三期・第四期）の中心となる場である。（阪口）

【雄略天皇】 諱はワカタケル。泊瀬朝倉宮（奈良県桜井市）に即位。五世紀に活躍し、『宋書』にみえる倭王「武」にあたると推定される。『古事記』、『日本書紀』では強力かつ残忍な英雄として描かれ、多くの女性との関係も記される。『万葉集』では雄略が菜摘みの女性に名を問う（求婚する）歌が巻頭（1・一）に据えられており、巻九の冒頭（一六六九）も雄略から始まる。歴代天皇の中でも特別な位置を担っていたと考えられる。（阪口）

【吉野宮】「吉野宮」は『古事記』雄略天皇条、『日本書紀』応神天皇条から見える。以後斉明、天武、持統、文武、元正、聖武の行幸が正史に記録され、『万葉集』には吉野行幸時の歌が約四〇首ある。一九三〇年に始まる宮滝遺跡の発掘調査により、国道一六九号の北側で斉明朝から持統朝頃の苑池が確認され、国道の南側の吉野川に接した平地で聖武朝頃の建物群および敷石が確認された。二〇一七年度の調査では正殿級の大型建物が確認され、二〇一九年度の調査でその東西に脇殿とみられる掘立柱建物が配されていることが明らかになった。(阪口)

【律令制】隋唐由来の「律」(刑法)と「令」(行政法)より成る法制。飛鳥浄御原令(天武朝企図・持統朝成立)を令の実質的な嚆矢とし、大宝律令に至り律・令ともに具備、二官八省を基軸とする官僚機構を整備し、人民を掌握・徴税する律令国家の構築を進めた。養老律令は『令義解』・『令集解』等の注釈書で概ね全容が窺え、律が唐律をほぼそのまま継承したのに対し、令は篇目の統合・並べ替えを行うなど日本独自の要素がある。(岡田)

三、『万葉集』研究のためのキーワード

【異伝】題詞、歌、左注の中で注記される、歌・作者・作歌状況などに関する別の伝え。「或云〜」「或本〜」「或書〜」や「一云〜」「一本〜」「一書〜」など多様な書式で注記される。注記者にはさまざまな位相が考えられ、書式の使い分けを定義するのは困難。「或云」が作者や作歌状況の異伝を主とするのに対し、「一云」は歌句の異同を主とする傾向がある。また、「或本・書」「一本・書」とあるものは眼前に文字列があったとわかる。【参考文献】村田右富実・川野秀一「万葉歌における異伝

注記の特徴―依拠情報不明異伝と文字情報依拠異伝の差異を基点に―」（『萬葉』227、二〇一九年三月）（阪口）

【歌垣】山や市に男女が集い、歌の掛け合いで求愛する風習。『古事記』清寧天皇条に、「志毘臣、歌垣に立ちて、其の袁祁命の婚はむとせし美人が手を取りき」とあるのが初出。『日本書紀』武烈即位前紀にも海柘榴市での歌垣がある。『万葉集』巻十二・二九五一、三一〇一なども歌垣の歌と考えられる。巻九・一七五九および『常陸国風土記』に筑波山での「かがひ」が詳しく描写されるが、地域独自の要素もありえ、そのまま歌垣として一般化してよいかは一考を要する。（阪口）

【歌番号】『国歌大観』（一九〇一～三）が、歌集、史書、日記、物語などの作品ごとに和歌に付した通し番号。いわゆる「国歌大観番号」。『万葉集』の場合、底本とした寛永版本の錯誤を継承するなど歌数の認定上の問題があり、『新編国歌大観　第二巻』（角川書店、一九八四）における改訂に伴い最終歌の番号が四五一六から四五四〇に変わった。混乱を避けるため旧番号に拠るのが通例だが、近年は新旧の番号を併記する書もある。（井ノ口）

【詠物詩】「詠二――一」という形で自然の事物や身の周りの物を対象化し、詩題としている詩。「物」への感情移入や擬人化、景物の取り合わせなどの表現手法が特徴で、中国では、斉梁代以降、盛んに詠作された。「物」の題詠は、日本において漢詩のみならず和歌の世界でも取り入れられた。大伴坂上郎女と大伴家持が交わした歌（6・九九三～九九四）は、詠物詩題にある「初月」（三日月の意）を題として月を女性の眉に見立てた歌で、題・着想ともに詠物詩の影響が指摘できる。（中川）

【音韻】人間が口から発する物理的な音声に対して、ある言語のなかで相互に区別される抽象的な音。

またその体系。人間は声帯を振動させたり、口の開きかたや舌の位置を変えたりしてさまざまに発声する。発声上の細かな違いはある程度統合され、それが音として理解され、通用されている。たとえば、「さンま」の「ン」と「ごはン」の「ン」は口の開きかたや舌の位置が違うが、日本語ではこれらの違いを区別せず「ン」という同じ音として理解する。また言語ごとに音韻は異なる。英語では[a]と[ɐ]が相互に区別されるが、日本語ではこれらを区別しない。そのため日本語の「アき」の「ア」をどちらで発音しても意味は変わらず、発音の違いも意識されない。（吉岡）

【変字法】 記紀歌謡の同一句・類似句の表記で同じ万葉仮名の使用を避けること。提唱者は高木市之助。「変字法」という場合は、文献を問わず、同音反復の表記で同じ万葉仮名の使用を避けることをひろく指す。（吉岡）

【歌群】 関連する複数の歌のまとまりを慣用的に歌群と称する。象徴的な用語を冠したものもあれば（泣血哀慟歌群など）、歌のまとまりを指す一般名詞として使用された例もあるなど、一様ではない。『万葉集』そのものには歌群という認識はなく、概ね『万葉集』の配列に沿って読み手の側が規定した区分といえる。最も長大なものは、巻十五前半部に収められる遣新羅使人等によるもの（15・三五七八〜三七二二、計一四五首）である。（中川）

【義訓】 正訓と対になる概念。ある漢字がその字義となんらかの関連を持つ日本語で訓まれること。「暖」「寒」など。正訓との境界が曖昧である点を考慮し、近年は両者をあわせて訓字と呼ぶことが多い。（吉岡）

【戯書】 あることばが、その意味と直接関係しない漢字で書かれ、その表記になんらかの意匠が認められるもの。たとえば「山上復有山」は漢字「出」の構造を分解したものであり、「馬声」「蜂音」は擬音語（馬の鳴き声、蜂の羽音）の表記を万葉仮名のように使用するものである。『万葉集』に特徴的に見られる。義訓や多音節訓仮名との違いは遊戯性の有無にあるが境界は曖昧。なかには漢籍の受容が想定されるものもある。（吉岡）

【玉台新詠】陳の徐陵（五〇七～八三）の撰。一〇巻。主に六朝時代の詩を集める。「玉台」とは後宮を表す語で、梁の武帝など皇帝や皇子の作も多い。艶詩（恋愛詩）が中心で、『万葉集』相聞歌の表現に大きな影響を与えたとされる。戯書の一つで「出」字を表すのに「山上復有山」と表記した例（9・一七八七）は、『玉台新詠』巻十の「古絶句四首　其一」からとったものである。（中川）

【金石文】刀剣・仏像・墓誌・石碑など主として金属・石材に刻まれた文。物と共に事績を後世に伝えようとする記念としての性格を持ち、書記形式（和化／正格漢文・仮名表記）・書風（六朝風・唐風）の変遷を考える上でも重要。金石文は前漢頃より中国・朝鮮から伝来、日本製最古の千葉県稲荷台一号墳出土鉄剣銘（五世紀中葉）は、日本人の文章述作能力獲得の時期を測る貴重な史料である。また、大阪府野中寺弥勒像銘など、天皇号の成立時期を推察する手がかりとなるものもある。（岡田）

【ク語法】用言に「ク・ラク」がつく語法。未然形には「思はク」のように「ク」がつき、終止形には「過ぐラク」のように「ラク」がつく。形容詞・動詞・助動詞につくが、どの語にも均等につくわけではなく、少数の語に偏る。文中では「散らまク惜しも」（8・一五一七）のように用言の直接補語になったり、「妹もあらなクニ」（15・三七一八）のように「ニ」を伴って述語になったりすることから、ク語法は用言に体言相当の機能を付与すると考えられる。平安時代以降は用例が急激に減り、訓点資料や和歌でいくつかの語が使用されるのみである。なお、現代語の「いわク」「おそらク」など

はク語法の残存である。（吉岡）

【国見】民間の春山入りの習俗（国見〜若菜摘み〜宴〜歌舞〈歌垣〉〜共寝）に根ざし、土地より立ち上る煙や雲を見ることで生命力を身に付け、土地讃めを歌い、五穀豊穣を予祝する行事。記三〇や四一などはその際の歌と見られる。後に国家的な儀式に発展、舒明天皇の国見歌（1・二）のように天皇が言霊詞章を述べることで国家の繁栄を祈る儀式となった。【参考文献】土橋寛『古代歌謡と儀礼の研究』（岩波書店、一九六五）（岡田）

【口誦】口頭で詩歌や伝承を語り継ぐこと。漢字伝来以前の日本でひろく行われていたと思われる。『古事記』や『風土記』には「風俗諺」（その土地の伝承）や古老の言い伝えが見える。（吉岡）

【校本万葉集】校本とは、ある作品の複数の伝本を比較し本文異同を示した本をいう。『校本万葉集』は江戸時代に刊行された寛永版本を底本に、桂本、元暦校本、西本願寺本など主要な写本・刊本の異同を網羅した書物である。訓については『仙覚抄』や江戸期の注釈書類の異同も記し、『和歌童蒙抄』『袖中抄』などの歌学書類も引く。首巻・附巻にはそれぞれの写本・刊本の書誌情報がまとめられている。大正一四年（一九二五）に初版の和装本が刊行され、以後三度の増補を重ね、神宮文庫本、広瀬本などの伝本の他、古筆切も加えられた。『校本万葉集』は一見、客観的な基礎資料のように見えるが、編者の理念と明確な方法によって厖大な異文情報を取捨選択し組織化したものである。編纂出発時の最終目標は信頼できる本文に依拠した「正しい本文」の復元であり、そのために切り捨てられてしまったそれぞれの本の「書物としての姿」があるという点を理解して利用する必要がある。【参考文献】小川靖彦「『校本万葉集』の理念と方法」（『萬葉写本学入門　上代文学研究法セミナー』笠間書院、二〇一六）（大石）

【行路死人歌】行路死人（行き倒れの死人）を見て詠んだ歌。題詞に「……（場所）で死人（屍）を見て作る」とある七編（2・二二〇～二、二二八～九、3・四一五、四二六、四三四～七、9・一八〇〇、13・三三三九～四三）をすべて行路死人歌とみる説、一部を伝説歌として除外する説がある。（阪口）

【言霊】ことばに宿るとされた霊力。古代、言挙げすることによって発言通りの結果になると信じられていた。言霊という語は『万葉集』に三例だが、葛城の一言主の伝承（『古事記』雄略天皇条）など、記紀には言霊信仰を窺わせる話がある。（吉岡）

【左注】歌の後ろ、つまり左側に記された注をいう。歌に関する補足的事項が漢文で書かれる。作者や作歌年、歌数、歌の出典などを簡潔に示したものから、歌句の異伝を示したもの、『日本書紀』などの他の文献を引いて歌の状況を検証したもの、成立や作者に疑義を呈したものなどがある。たとえば、巻一・八の歌について、題詞に「額田王の歌」とある一方、左注は、山上憶良の撰集した『類聚歌林』の記事を参照し、この歌を斉明天皇の御製歌であると指摘する。（中川）

【山柿の論】天平一九年（七四七）三月三日、大伴家持から大伴池主に送られた書簡に、「幼年に未だ山柿の門に逕らず」（17・三九六九題詞）として自作に対する謙辞が述べられる。この「山柿」に該当する人物について諸説あり、特に「山」については山部赤人説、山上憶良説、柿本人麻呂一人説と分かれていた。従来、『古今和歌集』仮名序における併称を根拠として人麻呂と山部赤人を指すとみる説が有力であったが、近年では、「山柿」で人麻呂一人を指すとする説が漢籍の事例に適うとして支持されつつある。（中川）

【字余り】歌の定型を破り、五音句が六音句以上に、七音句が八音句以上になること。本居宣長『字音仮字用格』が字余りの法則性を指摘し、佐竹昭広、山口佳紀、毛利正守、高山倫明らがそれを精査した。現在は「句中に単独母音ア・イ・ウ・オを含むとき」という原則といくつかの補則が知られている。法則の実証的研究に加えて、日本語の音節構造や歌の詠唱法との関連においても論じられている。【参考文献】佐竹昭広「万葉集短歌字余考」（『文学』14－5、一九四六）、毛利正守「『サネ・カツテ』再考」（『萬葉』102、一九七九）、山口佳紀『万葉集字余りの研究』（塙書房、二〇〇八）、高山倫明「音節構造と字余り論」（『語文研究』100・101、二〇〇六）（吉岡）

【字書】漢字には字形・字音・字義の三要素がある。字義によって分類した字書には『爾雅』などがあり、字音によって分類した字書（韻書という）の代表は『切韻』である。しかし、わが国で最も広く用いられたのは、字形によって分類した字書、特に梁の顧野王撰『玉篇』である。後漢の『説文解字』を受けて大同年間（五三五～五一）に成った。日本へもたらされたのは成立後間もなく改刪された「原本系」である。その後、原本系は亡佚し、北宋に至って重修された（『大広益会玉篇』）が、原本系とは相違が大きい。原本系はこれを抄出した空海撰『篆隷万象名義』の他、玄応撰『一切経音義』など多くの書に引用され佚文として残る。平安初期に成立した、和訓を含む現在最古の字書『新撰字鏡』は、注記に『切韻』『玉篇』『一切経音義』などを引く。（大石）

【七夕歌】七月七日の夜に織女星と牽牛星とが天の河で出会うという、中国古来の伝説をもとにした歌。『万葉集』に題詞などから七夕歌と知れる歌は一三二首ある。それ以外にも七夕伝説をベースにしたと思われる歌（13・三二六四など）も多く存しており、万葉人にひろく親しまれた伝説であったことが窺える。最も古い歌は柿本人麻呂歌集歌（10・二〇三三）で、左注から庚辰の年（六八〇年）の作と知れる。なお、中国の伝説では織女星が河を渡って牽牛星に会いに行くが、『万葉集』の七夕歌

は牽牛星が舟や徒歩で織女星に会いに行くことを詠んだ作が多く、日本の実情に合わせた表現に変化しているといえる。（中川）

【上代特殊仮名遣】上代日本語にはキ・ヒ・ミ・ケ・ヘ・メ・コ・ソ・ト・ノ・モ・ヨ・ロとその濁音に、相互に区別される二類の音があり、それらが万葉仮名で書き分けられていること（モは『古事記』のみ）。二類の一方を甲類、他方を乙類と呼ぶ。たとえばキの万葉仮名には甲類「岐・伎・吉」などと、乙類「幾・紀・記」などがあり、秋の万葉仮名表記では甲類を使用し、月の万葉仮名表記では乙類を使用する。原則的に互いに紛れない。中古以降消滅したが、平安初期の一部の文献にその名残が見られる。音韻論的解釈と個々の音がどう発音されたかについては橋本進吉以来種々の説があり、未だ解決を見ない。【参考文献】橋本進吉『文字及び仮名遣の研究』（岩波書店、一九四九）（吉岡）

【初唐詩】一般に高祖武徳元年（六一八）から太宗、高宗の時代を経て玄宗即位の前年（七一一）までを初唐という。王勃・楊炯・盧照鄰・駱賓王の四傑が出現し、沈佺期と宋之問が近体詩を確立した。『万葉集』への受容は初唐詩までと見られる。（大石）

【神仙思想】後漢末～六朝時代に隆盛した不老不死の仙人への信仰。老荘の書や魏晋の清談、六朝志怪小説を通して日本に伝わり古伝承と融合して独自の発展を遂げた。浦嶋子の伝承（『日本書紀』雄略天皇条、『万葉集』巻九・一七四〇～一、『丹後国風土記』逸文）など日本では仙女への憧憬が著しく、仙女との逢会を記した伝奇小説『遊仙窟』（初唐の張鷟）の流行や、巫女の持つ霊力への信仰が関わると見られる。【参考文献】下出積与『神仙思想』（吉川弘文館、一九六八）（岡田）

【正訓】ある漢字がその字義に相当する日本語で訓まれること。「春」「冬」など。上代にも漢字の定

訓のようなものがあったという前提に立つ用語。正訓か否かの判断は研究者によって異なる場合がある。（吉岡）

【代作】歌の主体となるべき人物になりかわって作られた作品。諸説あるが、たとえば「天皇、宇智の野に遊猟する時に、中皇命、間人連老に献らしむる歌」（1・三）は中皇命のかわりに間人連老が代作したと考えられている。額田王が皇極（斉明）天皇の代作をしたとする説があるほか、笠金村・大伴家持の「誂へられて（依頼されて）作る歌」などが代作であるといえる。（阪口）

【題詞】歌の前に、その歌の題や作者、作歌年月、作歌事情などを漢文で記したもの。『古今和歌集』など後世の歌集では「詞書」とされる。書式は全巻通して一様でなく、巻によって、また歌によって記述が統一的でないのは、『万葉集』編纂者が原資料の記述を尊重したためと考えられている。写本によって題詞を高く配したり低く配したりするものがあり、諸本の系統を判断する際の手がかりの一つとなっている。（中川）

【伝説歌】『万葉集』には見えない用語。広義には伝説に関わる歌、狭義には歌の形で伝説を伝えるもの。後者に高橋虫麻呂の「上総の末の珠名娘子を詠む一首」（9・一七三八～九）、「水江の浦島子を詠む一首」（9・一七四〇～一）、「葛飾の真間の娘子を詠む歌一首」（9・一八〇七～八）、「菟原処女が墓を見る歌一首」（9・一八〇九～一一）の四編と、山部赤人「葛飾の真間の娘子が墓に過る時に……作る歌一首」（3・四三一）、田辺福麻呂「葦屋の処女が墓に過る時に作る歌一首」（9・一八〇一）、大伴家持「処女墓の歌に追同する一首」（19・四二一一～二）がある。（阪口）

【表記】文字や符号で言語を書き表すこと。上代の文字は漢字だけであるが、漢字の用法は複数あるので、それらの組みあわせによって種々の表記が可能である。たとえば動詞「おもふ（へ）」の表記には、訓字だけで書く「思」「念」「想」、訓字に万葉仮名で活用語尾を書き添える「思歯」「念戸」、全体を万葉仮名で書く「於毛布」「於母倍」などがある。また「数々」のように踊り字を使用することもある。（吉岡）

【非略体】柿本人麻呂歌集における歌の書きかた。略体と対をなす概念。「我背児尓吾恋居者吾屋戸之草佐倍思浦乾来」（11・二四六五）のように助詞・助動詞、活用語尾などが相対的によく書かれる。『万葉集』には短歌・旋頭歌・長歌あわせて約一五〇首が採録。非略体表記の歌のほうが内容や歌風が人麻呂作歌により近いとされる。（吉岡）

【仏足石歌体歌】薬師寺（奈良市）の歌碑に刻まれた「五・七・五・七・七・七」の六句形式の歌二一首、及び同型の歌（16・三八八四、記一〇九など）。同寺に天平勝宝五年（七五三）に智努王（文室真人智努）が亡妻茨田女王のために造った仏足石（仏の足跡を刻んだ石）があり、歌碑も同時期の作と見られる。歌謡とみて、第六句は第五句に小異を加えた反復とするのが通説だが、初めから六句体を想定した和歌とする説もある。【参考文献】廣岡義隆『佛足石記佛足跡歌碑歌研究』（和泉書院、二〇一五）（岡田）

【編纂】収集した複数の資料を一定の方針に基づいて配列し編集すること。『万葉集』は何段階かの編纂を経て成立したとされるが、具体的な成立時期は不明である。巻一と二は一揃いで、三大部立それぞれに「――御宇天皇代」として歌が配列されており、当初は二巻本として編纂されたことが窺える。ただし、記述方針が一致しないところもあるため、巻一・二の一部が原万葉として成り、それをもとにして二巻本の『万葉集』が成立したと考えられる。そこに、二巻もしくは四巻ごとにそれぞれ秩序を有する巻三〜十四、長大な歌物語的な歌巻である巻十五、付録的な巻十六を加えたものを「十五巻本万葉集」と称する。さらに大伴家持関連の歌が収められた巻十七〜二十が加わり、現行の『万葉集』が構成されている。（中川）

【変字法】→かえじほう

【編者】一定の方針に基づいて書物をまとめる人物のこと。『万葉集』の最終的な編者は大伴家持と目される。『万葉集』は序文を持たないため成立時期や編者が明らかではないが、巻ごとの部立の配列や作者層の分布の傾向など内部構造のあり方から、幾つかの編纂段階を経て成立したことが推察される。現行の二十巻からなる『万葉集』では、末四巻（巻十七〜二十）が大伴家持周辺の歌を集めた「家持『歌日誌』」としての性格を持っており、『万葉集』全体の編纂に大伴家持が深く関わったことを示唆する。【参考文献】鉄野昌弘『大伴家持「歌日誌」論考』（塙書房、二〇〇七）（中川）

【万葉仮名】漢字は音と意味を同時に表す表語文字であるが、そこから意味を捨象し、音のみを表す用法が万葉仮名である。「山」を「八万」と書く類。その使用は固有名詞の表記に始まり、普通名詞や歌の表記に広がった。万葉仮名には古代中国語の発音に基づく音仮名と、日本語の訓よみを利用した訓仮名があり、「八万」でいうと「万」は音仮名、「八」は訓仮名である。歴史的にはまず音仮名が使用され、それにやや遅れて訓仮名も使用されるようになる。これは訓仮名が使用される前提として、漢字と訓よみ（日本語）との対応関係の形成を要するからである。どの文献でも「万」のような一字で一音を表す音仮名がよく使用されるが、頻用される字母は文献によって異なる。なお、『万葉集』では一字で二音節を表す二合仮名「南」「覧」や多音節訓仮名「鶴」「申」、二字以上で一音節以上を表す「五十」などもよく使用されている。（吉岡）

【ミ語法】形容詞の語幹に接尾辞「ミ」がつく語法。「高ミ」「美しミ」など。「瀬ヲ速ミ」のように格助詞「ヲ」で対象を示す。「ヲ」はないこともある。形容詞性と動詞性をあわせ持ち、どちらを本質と見るか判断が分かれる。通常、複文の従属節で用いられ、原因・理由を表すと解釈できる。たとえば「湊入りの　葦別け小舟　障り多ミ　我が思ふ君に　逢はぬころかも」(11・二七四五)は、四、五句の主節で「愛する君に逢えない」と嘆き、一〜三句の従属節で「(湊に入る葦分け小舟のように)邪魔が多い」と述べる。このとき「邪魔が多い」ことが原因・理由で「愛する君に逢えない」と解釈できる。(吉岡)

【目録】『万葉集』研究では、巻頭に置かれた歌の一覧のことを指す。現存する完本(巻一から巻二十まですべての巻がそろっている写本)には全巻に付されているが、巻十五までしか目録を持たない写本も存在したことが、仙覚の文永本系統の奥書によって知られる。また、内容も巻十五以前と巻十六以降とで精粗に大きな差が見られ、別人の手によるものか、あるいは同一人であっても別の時期に作成したものであると考えられている。このありようは、「十五巻本万葉集」が存在したことの傍証となっている。(中川)

【木簡】文字を記すための材料に木片を用いたもの。七世紀の木簡は中国魏晋時代や古代朝鮮の木簡に形状が類似しており、東アジア文化圏の中での影響関係が指摘されている。従来、用途によって①文書木簡、②付札、③習書・落書に分類されていたが、④歌木簡という分類が新たに提唱された[栄原　二〇〇七]。「難波津に咲くや木の花……」の歌を一字一音で書いた木簡は相当数あるが、その一つの裏面に「安積山かげさへ見ゆる……」の歌が書かれていることが発見され[栄原　二〇〇八]、『古今集』仮名序に「歌の父母」とされるつがいが八世紀中頃にすでにあったことが知られた。木簡に書かれた歌の文字遣いは『万葉集』のそれとも連続しており、古代日本における日本語書記のありようを考える上で重要な資料である。【参考文献】栄原永遠男「木簡として見た歌木簡」（『美夫君志』75、二〇〇七）、「歌木簡の実態とその機能」（『木簡研究』30、二〇〇八）、『國文学　二〇〇九年四月臨時増刊号　特集　新発見資料が語る万葉考古学』54-6（學燈社、二〇〇九）（大石）

【文選】梁の武帝の子、蕭統（昭明太子）（五〇一～三一）の撰。三〇巻。現存する詩文集の最古のものとされる。優れた文章を集めることを目的とし、賦・詩・文章など文体で分類した約八〇〇篇を収める。唐代の李善（？～六八九）による『李善注文選』（六五八年成立）が広く知られる。『万葉集』三大部立のうち雑歌と挽歌の語は『文選』に由来するとされる。（中川）

【遊仙窟】唐の張鷟（生没年不詳）作の伝奇小説。一巻。主人公が河源（黄河上流）に使いする途上、崔十娘とその嫂・五嫂の二人の仙女から歓待を受け、詩の贈答を交わすなどして楽しみ、十娘と結ばれるも任務のため別れる様が描かれる。中国では早くに散逸し日本にのみ伝わる。遣唐使として渡唐した山上憶良が将来したともいう。『万葉集』には、山上憶良の「沈痾自哀文」に書名とともに一節の引用が見られる。また、大伴家持の巻四・七四一をはじめ、『遊仙窟』の表現をふまえた作も多い。（中川）

【読み添え】歌の本文に助詞・助動詞などが書かれていないとき、文脈に依存してそれらを補って訓むこと。また補って訓む部分。たとえば「妹当　遠見者　恠　吾恋　相依無」（11・二四〇二）は「妹が当遠も見者恠も吾は恋か相依を無み」と訓み、ひらがな部分が読み添えた部分である。原則として正訓・義訓と万葉仮名を交える表記で起きる。蜂矢宣朗による一連の研究があり、助詞ノ・ニ・ガ、助動詞キ・ツ・ヌ・リ・ムなどに読み添えが多いと指摘されている。【参考文献】蜂矢宣朗「読添へる助詞と読添へぬ助詞」（『山辺道』10、一九六四）、「読添えの問題点」（『国文学　解釈と鑑賞』31－12、一九六六）（吉岡）

【六朝詩】六朝とは南京に都を置いた三国時代の呉以下南朝の六つの王朝を指すが、詩文の場合はひろく魏、晋、北朝及び随代までも含めていう。『文選』をはじめとした多くの作品が日本にも伝わり、漢詩文及び和歌の表現に多大な影響を与えた。（中川）

【略体】柿本人麻呂歌集の歌の書きかた。「春楊　葛山　発雲　立座　妹念」（11・二四五三）に代表されるように、助詞・助動詞、活用語尾などがほとんど書かれず、原則として読み添えを必要とする。『万葉集』には短歌と旋頭歌あわせて二〇〇首強が採録。恋の歌を中心に、羇旅の歌や七夕の歌なども含む。略体に対して非略体という形式がある。（吉岡）

【類歌】類歌は①類句的、②類型的、③類想的の三つに分類される。最も多く見られるのが類句的類歌で、「立ちても居ても　妹をしそ思ふ」（11・二四五三他）など、複数の歌において句単位で共通する要素を有する。類句によって構文化されたものが類型的類歌で、「恋ひつつあらずは……ましものを」（2・八六、4・五四四他）といった例がある。類想的類歌は、歌句は異なるものの発想を同じくするものをいう。**【参考文献】**鈴木日出男『古代和歌史論』（東京大学出版会、一九九〇）（中川）

【類書】複数の書から故事や詩文などを抽出し、「天」、「遊覧」、「酒」といったテーマ別に並べ通読の便宜をはかったもの。斉、梁以降、盛んに編纂され日本にもたらされた。万葉歌人が参考にし得た書として、『北堂書鈔』（隋）、『芸文類聚』（初唐）、『初学記』（初唐）などがある。**【参考文献】**芳賀紀雄「万葉集比較文学事典」（『万葉集事典』學燈社、一九九三）（井ノ口）

【連歌】日本武尊と秉燭人との片歌形式の唱和（紀二五、二六）にちなみ、古来「筑波の道」と称せられる。和歌の上句と下句をふたりが唱和する短連歌が起源で、文献上、『万葉集』巻八・一六三五が最初とされる。院政期頃から「五・七・五」と「七・七」を交互に連ねる鎖連歌・長連歌が発達した。次々と転換する場面展開を楽しみ、付句の数と速さを競う。和歌の余技として後鳥羽院ら新古今歌人に親しまれた。発想の繰り返しを避けるため連歌式目が生み出され、南北朝期に準勅撰連歌集『菟玖波集』が編まれて和歌に準ずる地位を獲得した。【参考文献】廣木一人『連歌の心と会席』（風間書房、二〇〇六）（大石）

【連作】一つの構成意識に則って歌が構成されていること。中国詩の影響を受け、柿本人麻呂が獲得した作歌方法という。『万葉集』においては、歌の構成が歌人の意図によるものか、編纂者に帰属するか明らかでない作品も多く、現行の配列を連作と見るのか、編纂の際の再構成と見るのかは個々の状況による。【参考文献】渡瀬昌忠『島の宮の文学』（おうふう、二〇〇三）（中川）

四、万葉歌人小事典

【大伯皇女】（六六一～七〇一）天武天皇の皇女。母は大田皇女。大津皇子は同母弟。天武二年（六七三）に伊勢斎宮に選任、朱鳥元年（六八六）に解任。解任の直前、謀反の罪に問われた大津皇子が伊勢神宮を訪ねている。皇子を案ずる歌（2・一〇五～六）など六首が『万葉集』に収められ、どれも皇子の謀反と関わらせて解釈されてきた。一連の歌を実作とする説と仮託とする説とがある。（吉岡）

【大津皇子】（六六三～八六）天武天皇の皇子。母は大田皇女。大伯皇女は同母姉。天武天皇の崩御後、異母兄である草壁皇子に対する謀反の罪に問われ二四歳で賜死する。『日本書紀』や『懐風藻』では、風貌に優れ、文武両道で人徳のある人物として描かれる。『万葉集』には四首が収められる。巻二所収の二首（一〇七、一〇九）は、その前後の歌も含めて一連の歌物語として解釈されている。（吉岡）

【大伴坂上郎女】（?～七八一?）父は大伴安麻呂、母は石川内命婦。大伴旅人の異母妹にあたり、甥の家持に長女を嫁がせるなど一族の結束を図った。『万葉集』には長歌六首、短歌七七首、旋頭歌一首が残る。恋情を題材とした歌や親戚同士の挨拶歌、挽歌のほか、四季を詠う名歌も多く、卓越した審美眼と繊細優美な言語感覚とを併せ持つ。『万葉集』に残る最後の歌は愛娘に贈ったもの（19・四二二〇～一）。七八一年に死去したとする説がある。（井ノ口）

【大伴旅人】（六六五～七三一）大納言・大伴安麻呂の嫡子。『続日本紀』和銅三年（七一〇）正月の記事に正五位上左将軍として登場する。中務卿、征隼人持節大将軍などを歴任。大宰帥在任中、筑前守山上憶良と交流があった。『万葉集』には長歌一首、短歌およそ六〇首のほか、漢文による書簡が収載され、「梅花宴」歌の序文の筆者に擬する説がある。『懐風藻』に漢詩一首。六七歳で死去（従二位大納言）。（井ノ口）

【大伴家持】（七一八?～八五）『万葉集』末期（第四期）の歌人。大伴旅人の子。弟に書持がいる。叔母の坂上郎女に歌作の影響を受け、娘の大嬢を妻とするなど関わりが深い。七三八年内舎人。七四六年越中守として赴任し、多くの名歌を残した。七五一年少納言として帰京。七五八年因幡守となり、翌年正月に『万葉集』最後の歌「新しき年のはじめの初春の……」（20・四五一六）を詠んだ。『万葉集』中最も歌数が多く（四七〇首以上）、編者であると考えられている。（阪口）

【柿本人麻呂】 生没年、閲歴未詳。人麻呂歌集歌に天武九年（六八〇）作と比定される一首（10・二〇三三）のあることから天武朝出仕を想定する説が有力。人麻呂作歌は『万葉集』中八四首（長歌一八、短歌六六）。特に長歌群は巻一、二の中核をなしており、持統朝が中心で文武朝に及ぶ。行幸供奉歌や殯宮挽歌など公的性格の強い作の多いことから、この時期に活躍した宮廷歌人とされる。一方、石見相聞歌（2・一三一～九）など相聞を主題とした長歌もある。雄大な構想と洗練された修辞を備え、『万葉集』における長歌の達成を見ることができる。（大石）

【笠女郎】 生没年、系譜不明。笠麻呂（満誓）の娘とする説もある。『万葉集』巻三に三首、巻四に二四首、巻八に二首の短歌を残すが、すべて大伴家持に贈った歌である。仏教語「餓鬼」（4・六〇八）や造語「暮陰草」（4・五九四）といった語や、知的かつ個性的な序詞を用いるなど、その歌才は高く評価される。（井ノ口）

【狭野弟上娘子】 伝未詳。写本によって「茅上」と「弟上」の二つの表記がある。契沖の『万葉代匠記』で茅上娘子とされて以降、「茅上」表記が大勢であったが、近年は天治本・広瀬本などの古写本の表記を尊重し、「弟上」と表記されることが多い。歌は巻十五に二三首が残り、すべて中臣宅守に対する詠歌である。その歌風は情熱的とされることが多い。（中川）

【志貴皇子】 天智天皇の皇子。母は越道君伊羅都売。生年未詳。『万葉集』（2・二三〇）題詞は霊亀元年（七一五）薨去とし、『続日本紀』は霊亀二年（七一六）薨去とする。光仁天皇、湯原王、春日王、榎井王、海上王女らの父。『万葉集』に短歌六首が収められる。明日香を詠んだ歌（1・五一）やむささびを詠んだ歌（3・二六七）は、政事の中枢を外れた自己の寓意を見るか否かで解釈が分かれる。

（吉岡）

【高市黒人】持統天皇・文武天皇の頃に活躍した歌人。生没年未詳。大宝元年（七〇一）の持統太上天皇の吉野行幸に従駕した際の歌（1・七〇）や、同二年（七〇二）の三河行幸に従駕した際の歌（1・五八）など、『万葉集』に短歌一八首が収められる。近江旧都を詠む歌（1・三二〜三）の題詞は「高市古人」であるが、これらも黒人作として扱われる。いずれも羇旅の歌で、摂津・近江など作歌の地名を読み込む点に特徴がある。（吉岡）

【中臣宅守】中臣東人の七男。『万葉集』には、狭野弟上娘子との間で贈答した歌が四〇首収められている。『続日本紀』の記述から流罪の身であったことは知られるが、詳しい経緯は不明。望郷と狭野弟上娘子への恋情を、類型を多用しながら表出する。（中川）

【長意吉麻呂】持統・文武朝頃の官人。伝統的な行幸・羇旅歌を残す一方、提示された複数の景物を詠み込んだ即興の戯笑歌に手腕が光る（16・三八二四など）。諧謔の背後に漢籍の知識が窺え、忌寸（渡来系氏族の姓）の出自であることが考慮される。（岡田）

【額田王】生没年未詳。『万葉集』初期（第一期）の歌人。長歌三首、短歌一〇首を残す。『日本書紀』天武二年二月条に「天皇、初め鏡王の女額田姫王を娶りて、十市皇女を生む」とある。鏡王の系譜は不明。額田王への唱和（追和）歌がある鏡王女は鏡王の娘（額田王の姉）かとの説もあるが明らかでない。『万葉集』（1・一六〜二一、2・一五一、一五五など）から天智に召されたことが推測され、その立場についても諸説ある。（阪口）

【山上憶良】（六六〇～七三三?）大宝二年（七〇二）、遣唐少録として渡唐。「日本」への郷愁を詠んだ一首が残る（1・六三）。帰国後、皇太子時代の聖武の侍講などを経て筑前守として九州に赴任。大伴旅人との交流が知られる。「貧窮問答歌」や「子らを思ふ歌」が有名だが、巻一～三、五、六、八、九の各巻に計六〇首以上を残すなど作品内容は多岐にわたり、いわゆる「秋の七種」も憶良歌に由来する（8・一五三七～八）。天平五年（七三三）、病床で詠んだ一首（6・九七八）を最後に足跡が途絶える。（井ノ口）

【山部赤人】生没年・来歴不明。笠金村や車持千年と共に行幸従駕歌人として活動したことが知られる。『万葉集』中に五〇首ある作品のうち、大部分が巻三、六、八に収められる。赤人の長歌は対句の表現に特色があるとされる。二句ごとに連続する連対が多用され、歌に整然とした調べを与えている。叙景歌では、近景と遠景とを歌の中に配することによって絵画の遠近法にも似た構図を作り出し、歌の中に空間的な広がりを形作っていることが指摘されている。（中川）

【湯原王】天智天皇の孫で志貴皇子の子。生没年未詳。大伴家持との関連が深い巻（巻三、四、六、八）にのみ歌が収められていることもあり、交流があったことが窺われる。自然詠の歌はいずれも優美と評される。（中川）

付録地図

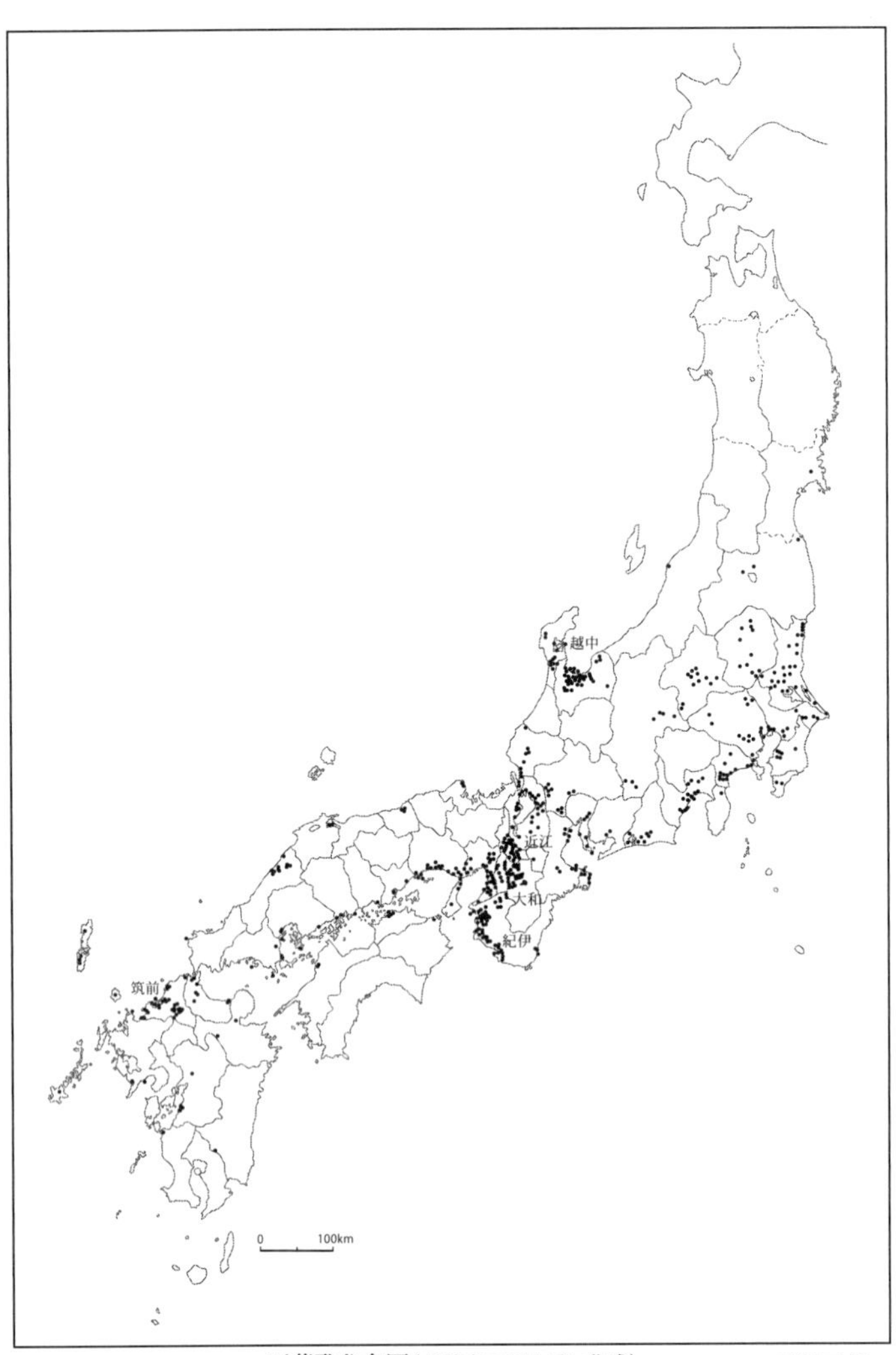

万葉歌分布図（犬養孝の図を元に作成）　(菅波正人)

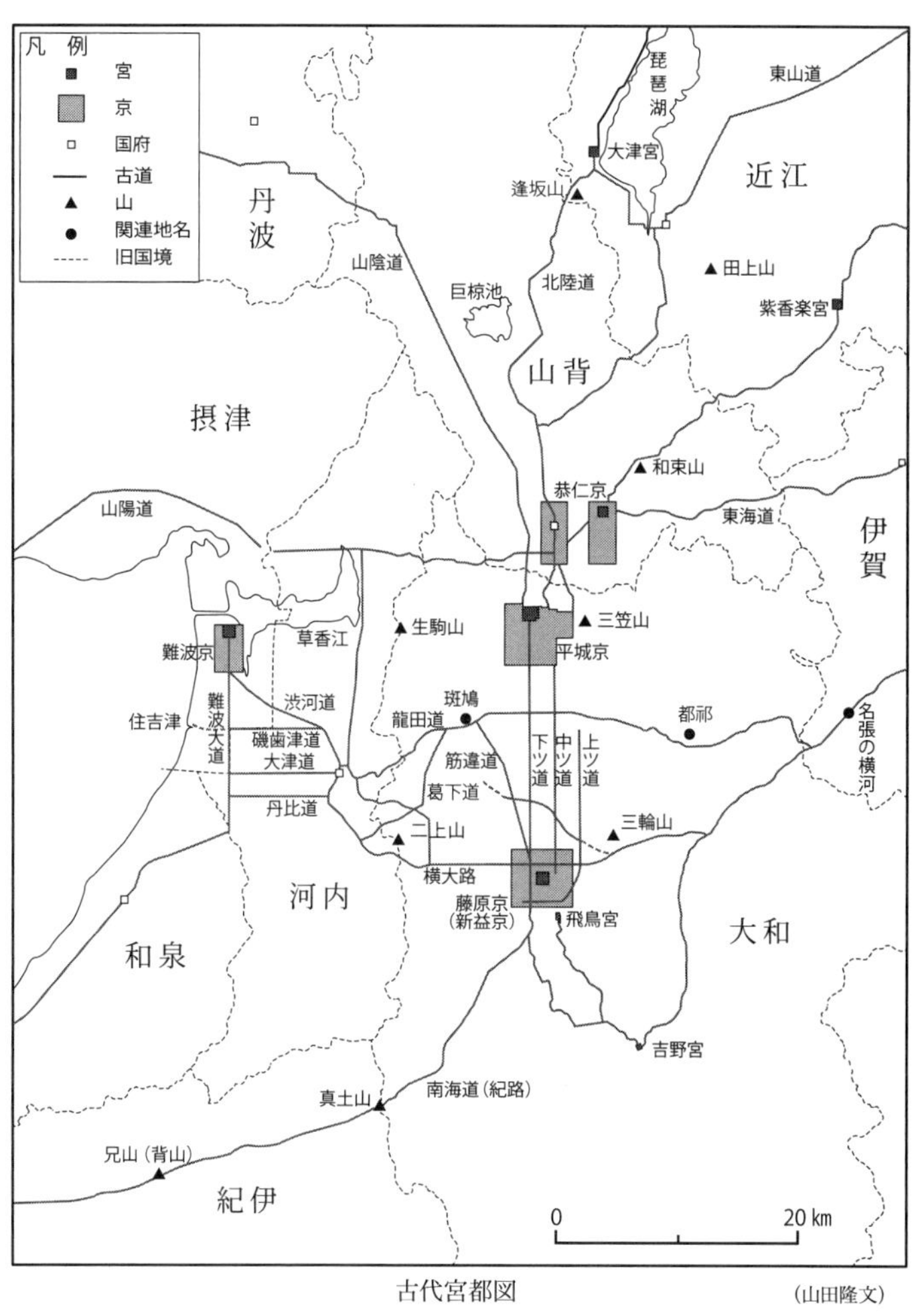
凡　例
宮
京
国府
古道
山
関連地名
旧国境
琵琶湖
東山道
大津宮
近江
逢坂山
丹波
山陰道
巨椋池
北陸道
田上山
紫香楽宮
山背
摂津
和束山
恭仁京
東海道
伊賀
山陽道
三笠山
生駒山
草香江
難波京
平城京
難波大道
渋河道
斑鳩
住吉津
龍田道
都祁
名張の横河
磯歯津道
大津道
下ツ道
中ツ道
上ツ道
筋違道
葛下道
丹比道
二上山
三輪山
横大路
河内
藤原京
(新益京)
飛鳥宮
大和
和泉
吉野宮
真土山
南海道(紀路)
兄山(背山)
紀伊
0
20 km

古代宮都図　(山田隆文)

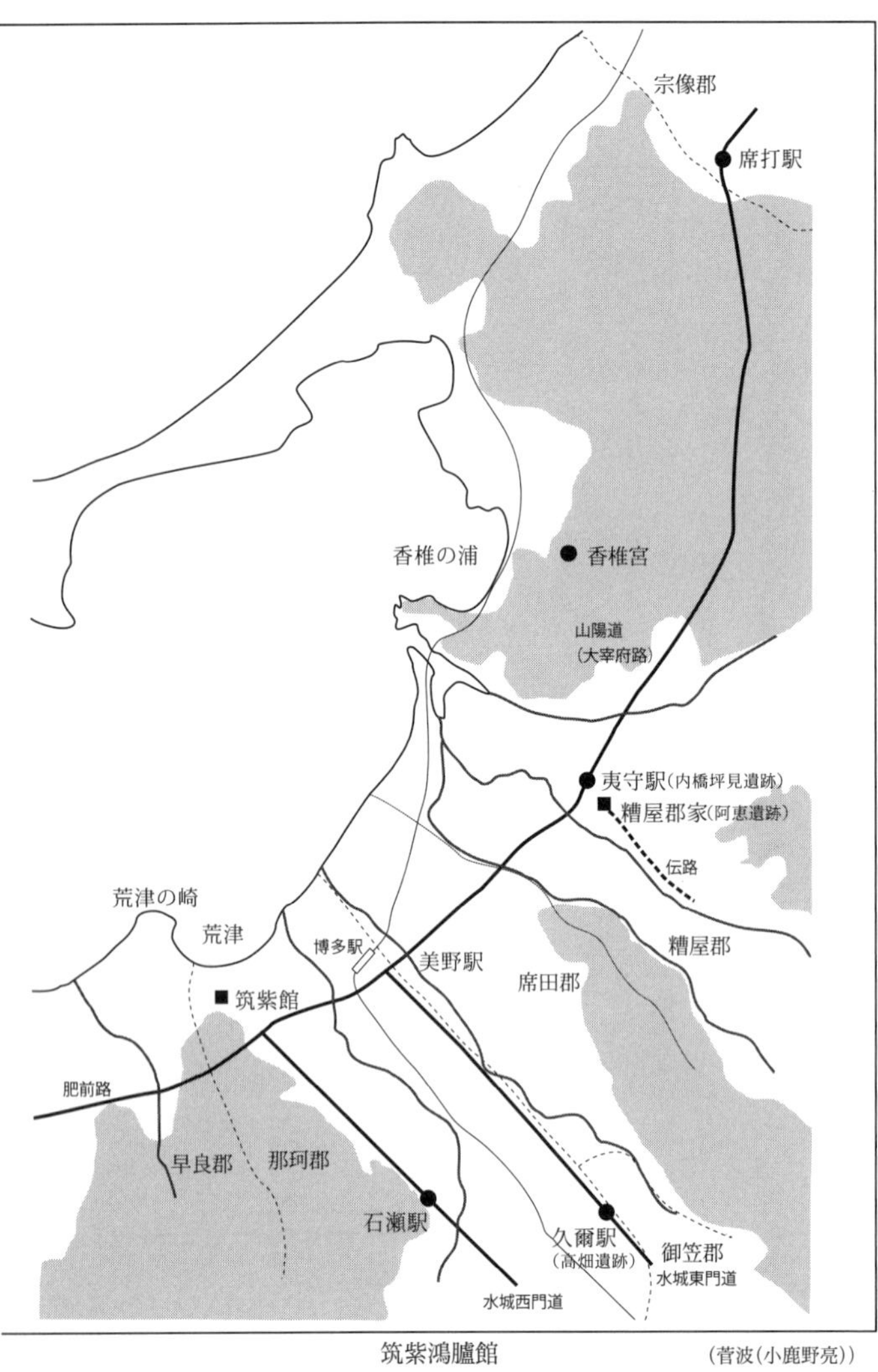

筑紫鴻臚館　　(菅波(小鹿野亮))

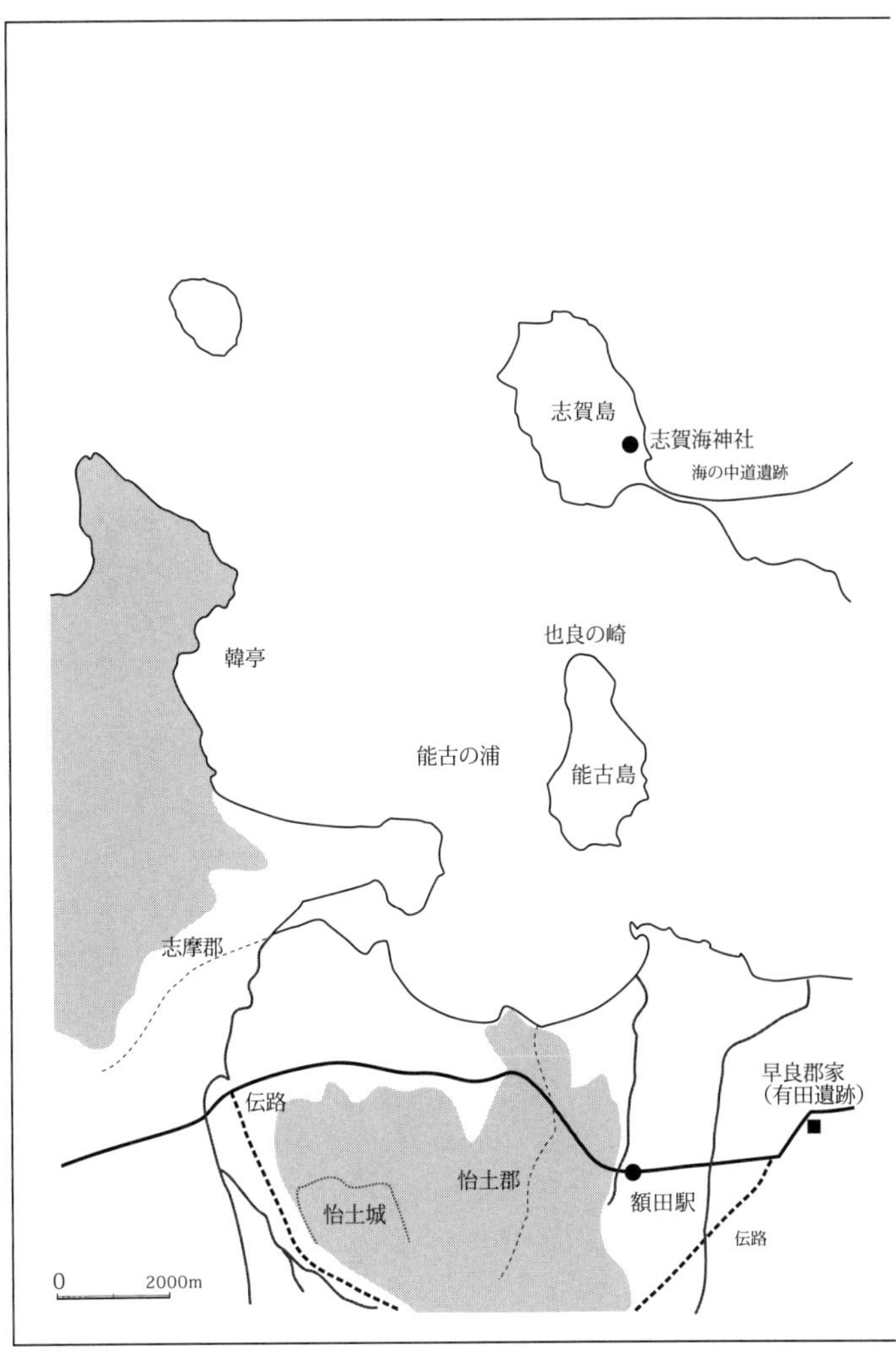
志賀島
志賀海神社
海の中道遺跡
韓亭
也良の崎
能古の浦
能古島
志摩郡
早良郡家
(有田遺跡)
伝路
怡土郡
額田駅
怡土城
伝路
0
2000m

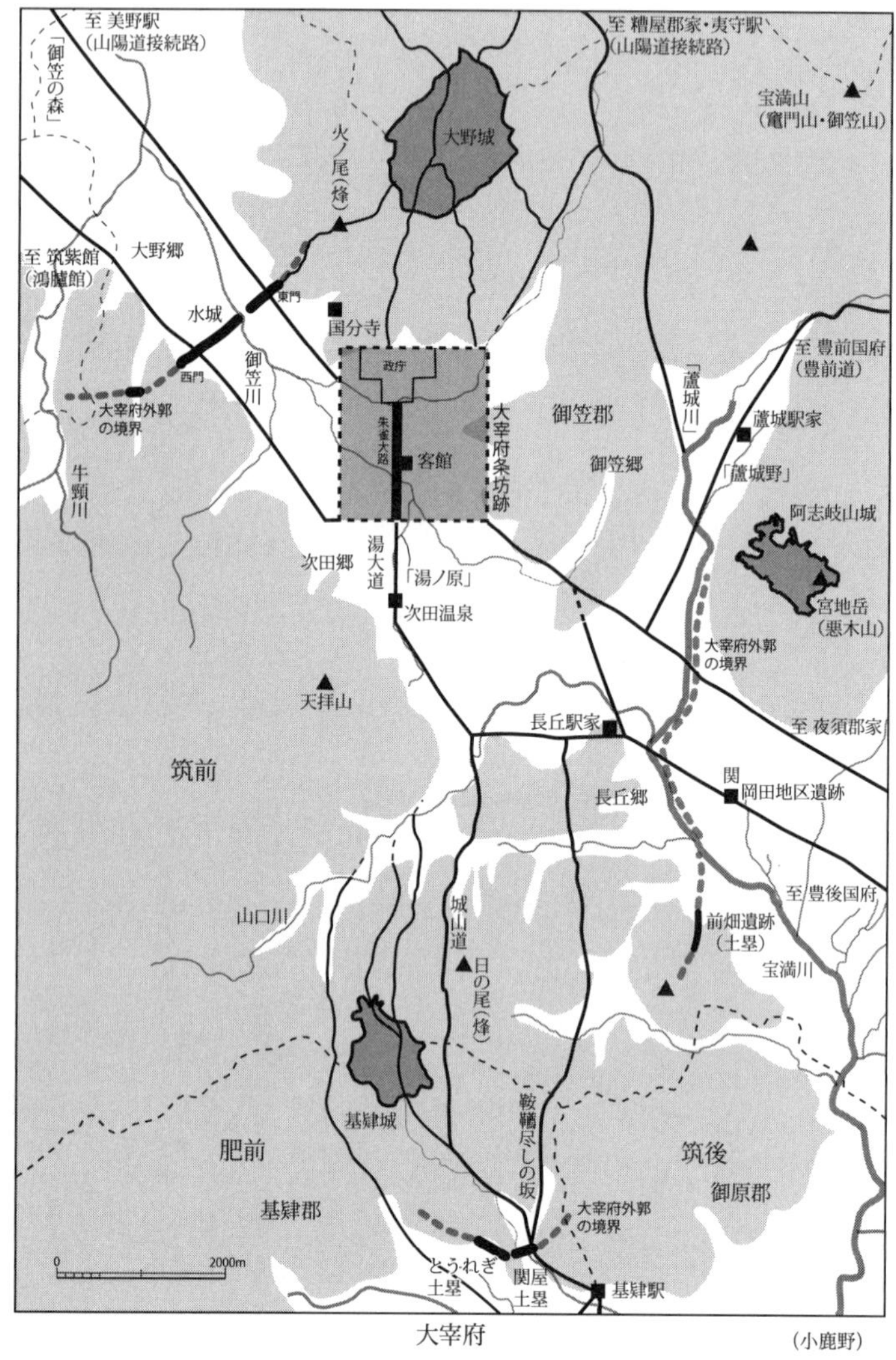

至 美野駅
(山陽道接続路)
「御笠の森」
至 糟屋郡家・夷守駅
(山陽道接続路)
宝満山
(竈門山・御笠山)
大野城
火ノ尾(烽)
至 筑紫館
(鴻臚館)
大野郷
東門
水城
国分寺
西門
御笠川
大宰府外郭
の境界
政庁
朱雀大路
客館
大宰府条坊跡
御笠郡
御笠郷
「蘆城川」
至 豊前国府
(豊前道)
蘆城駅家
「蘆城野」
阿志岐山城
宮地岳
(悪木山)
牛頸川
次田郷
湯大道
「湯ノ原」
次田温泉
大宰府外郭
の境界
天拝山
長丘駅家
至 夜須郡家
筑前
関
岡田地区遺跡
長丘郷
至 豊後国府
山口川
城山道
日の尾(烽)
前畑遺跡
(土塁)
宝満川
基肄城
鞍韉尽しの坂
肥前
筑後
御原郡
基肄郡
大宰府外郭
の境界
0
2000m
とうれぎ
土塁
関屋
土塁
基肄駅

大宰府

(小鹿野)

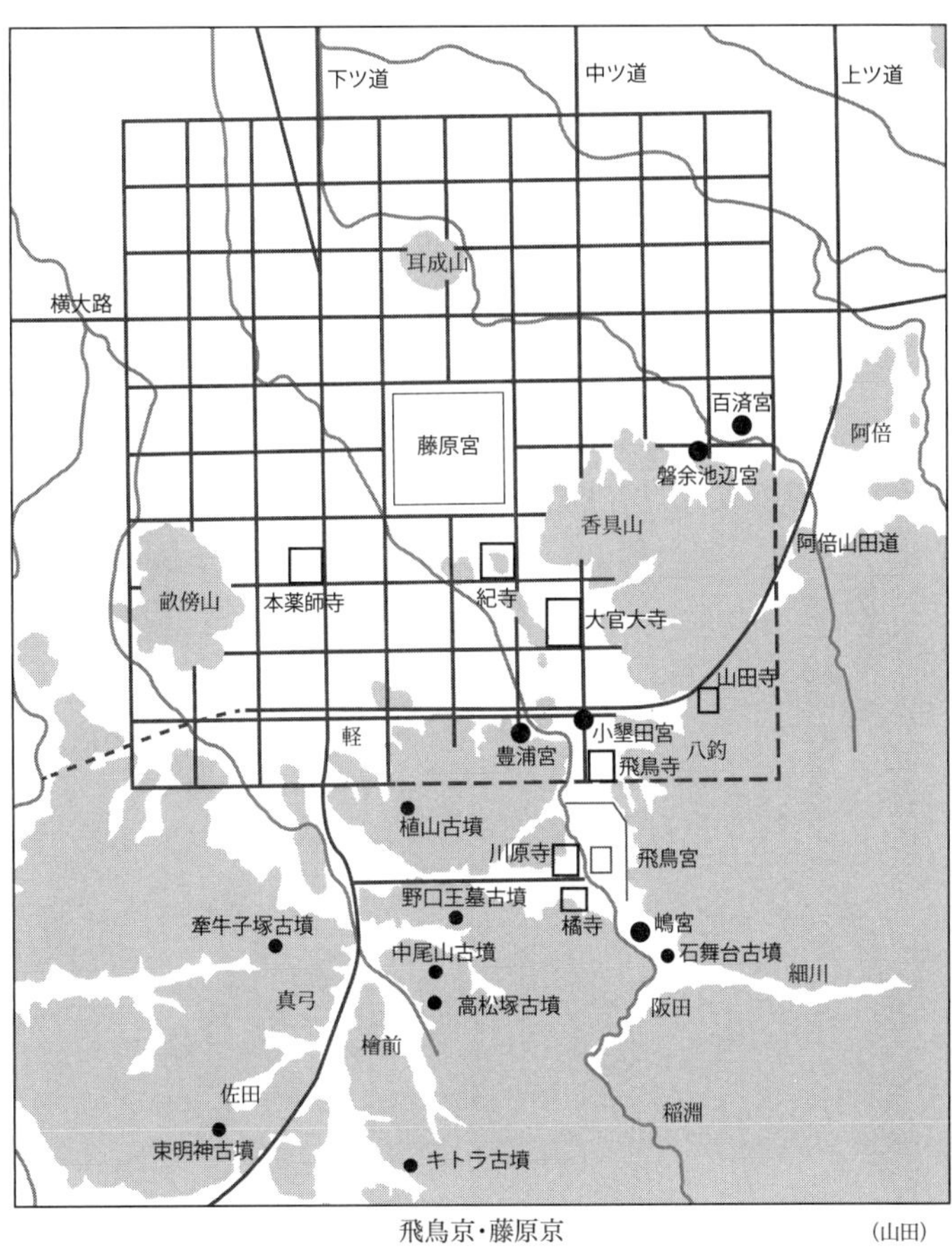
下ツ道
中ツ道
上ツ道
耳成山
横大路
藤原宮
百済宮
阿倍
磐余池辺宮
香具山
阿倍山田道
畝傍山
本薬師寺
紀寺
大官大寺
山田寺
小墾田宮
軽
豊浦宮
八釣
飛鳥寺
植山古墳
川原寺
飛鳥宮
野口王墓古墳
牽牛子塚古墳
橘寺
嶋宮
中尾山古墳
石舞台古墳
細川
真弓
高松塚古墳
阪田
檜前
佐田
稲淵
束明神古墳
キトラ古墳

飛鳥京・藤原京　　（山田）

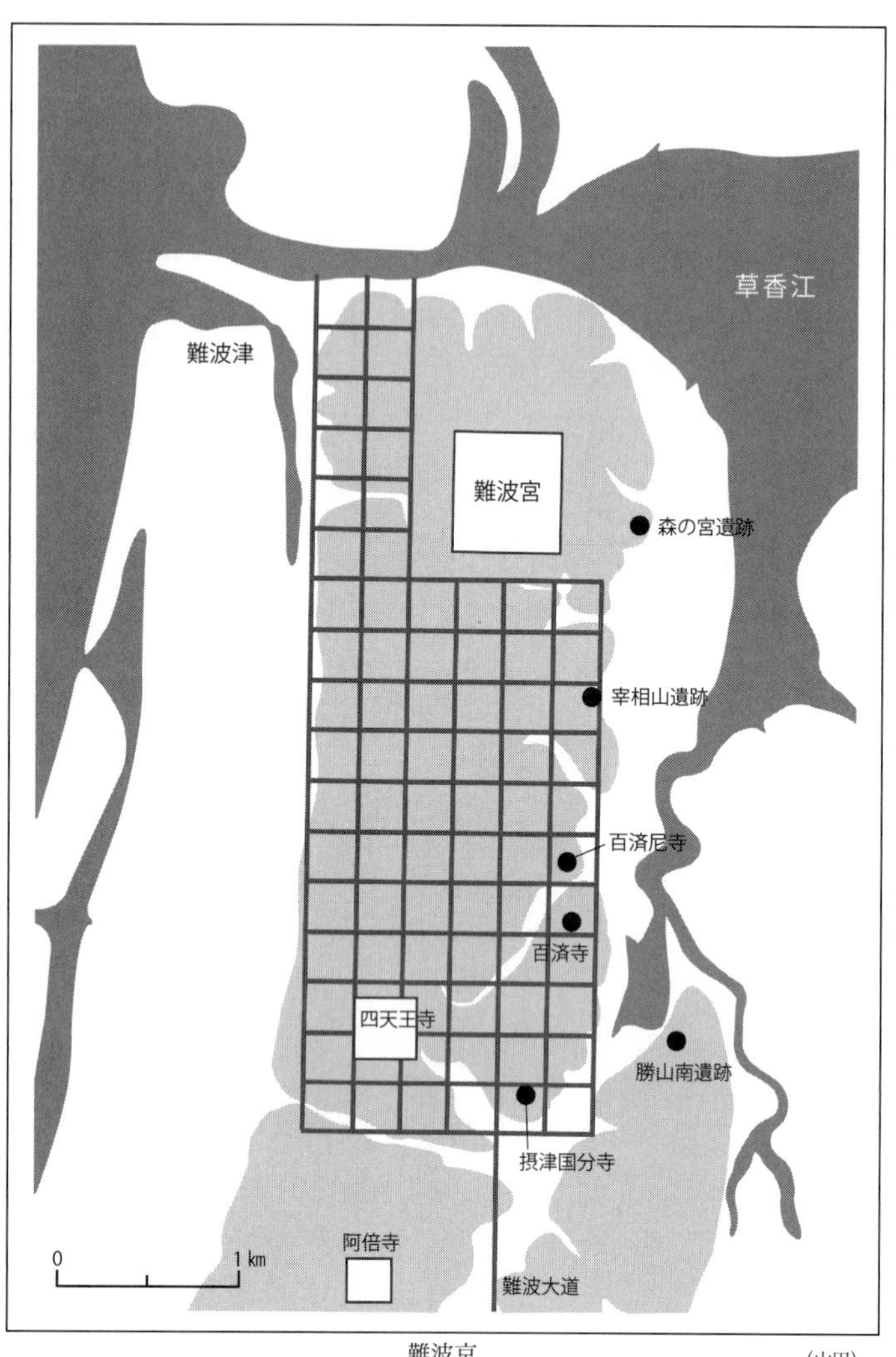
草香江
難波津
難波宮
森の宮遺跡
宰相山遺跡
百済尼寺
百済寺
四天王寺
勝山南遺跡
摂津国分寺
阿倍寺
0
1 km
難波大道

難波京 （山田）

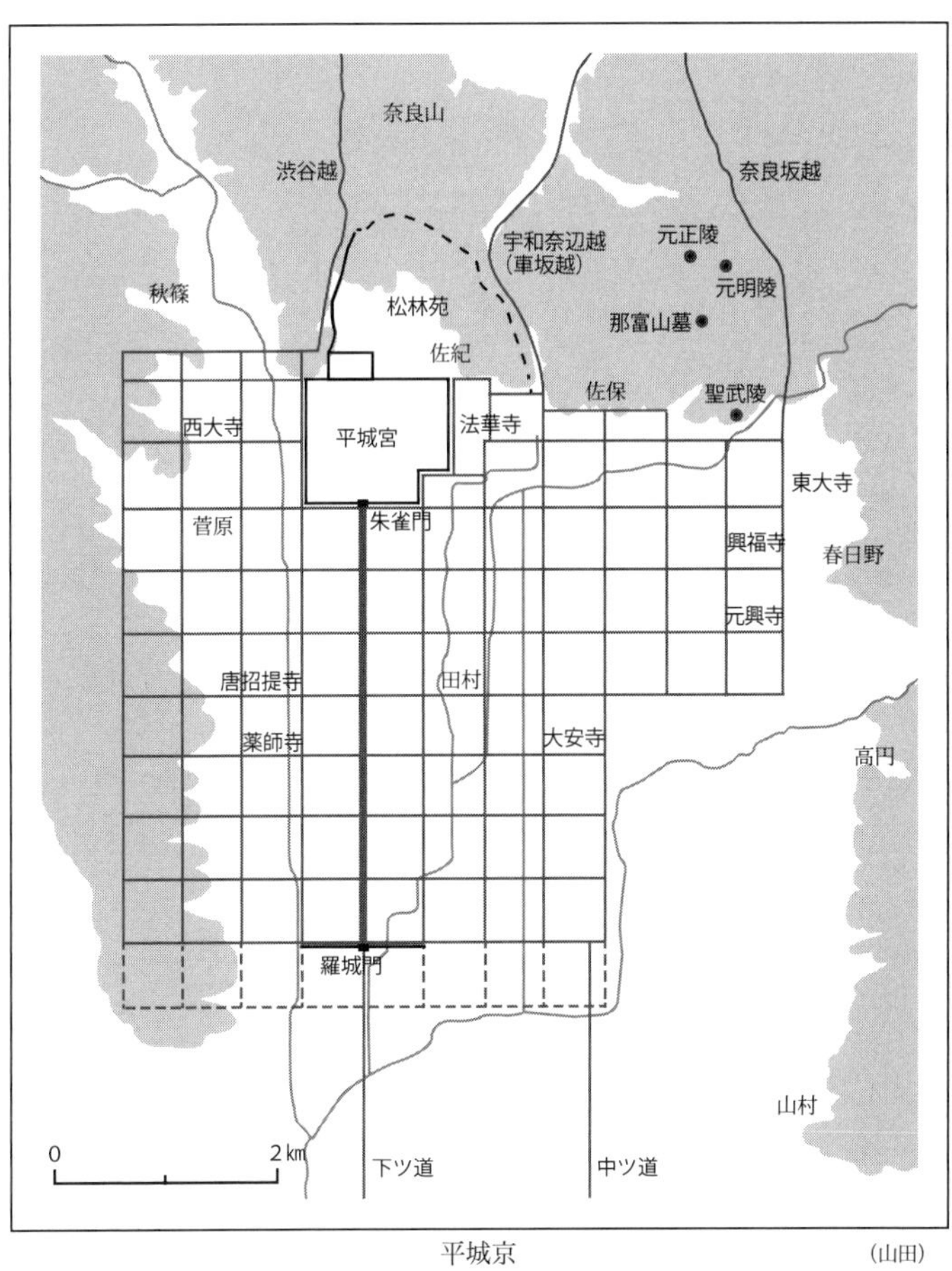
奈良山
渋谷越
奈良坂越
宇和奈辺越
(車坂越)
元正陵
元明陵
秋篠
松林苑
那富山墓
佐紀
佐保
聖武陵
西大寺
平城宮
法華寺
東大寺
菅原
朱雀門
興福寺
春日野
元興寺
唐招提寺
田村
薬師寺
大安寺
高円
羅城門
山村
0
2㎞
下ツ道
中ツ道
平城京　(山田)

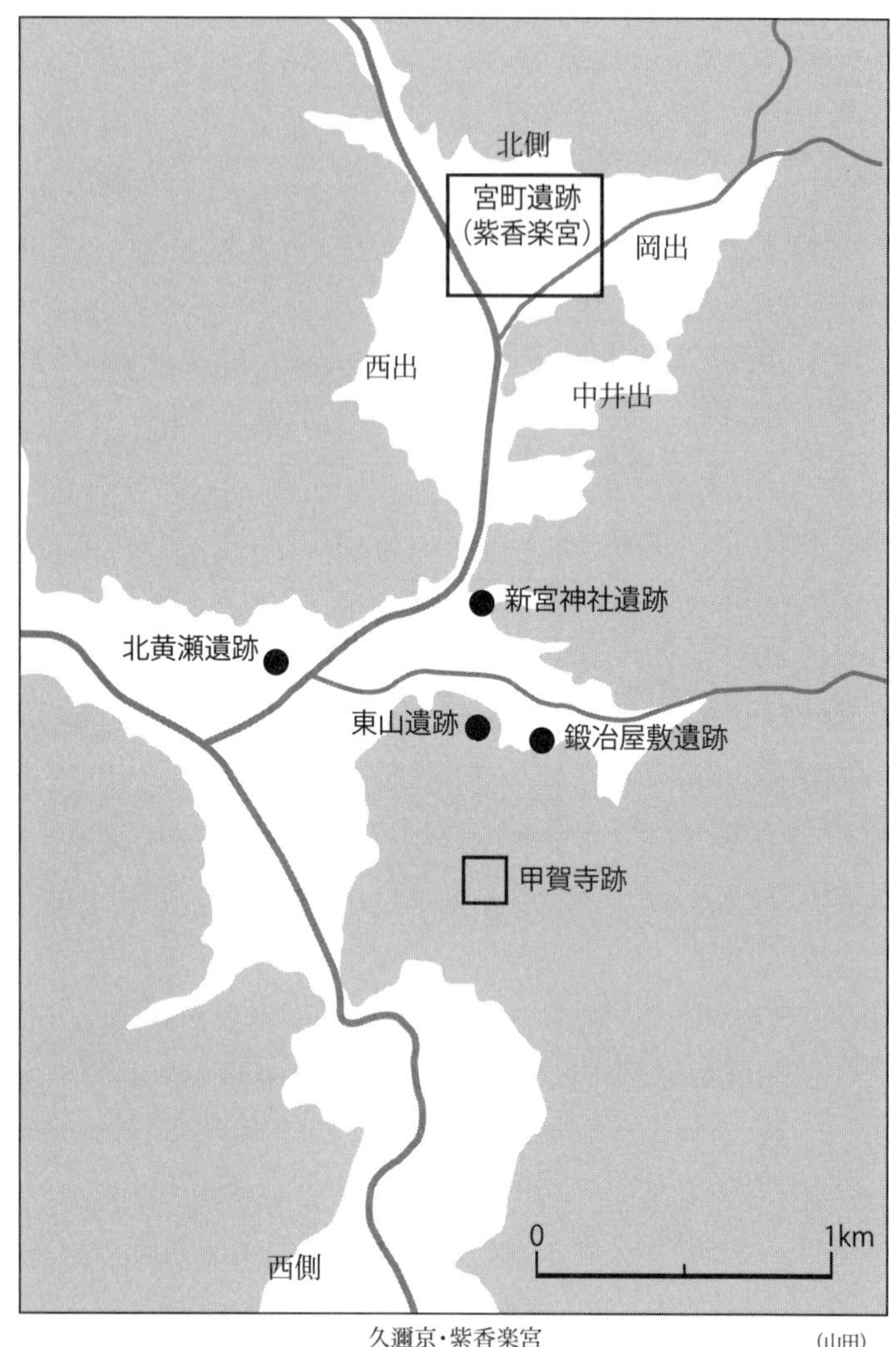

久邇京・紫香楽宮　　(山田)

和泉
河内
大和
真土山
隅田
背山
南海道
萩原駅
国分寺
紀伊国府
萩原駅
名草駅
紀ノ川
妹山
賀太駅
雑賀崎
玉津島神社
高野山
和歌浦
名草山
藤白
大崎
有田川
糸鹿山
紀伊
白崎
由良
日高川
三尾
日ノ御碕
切目川
野島
熊野川
岩代
南部
出立
白浜
湯崎（牟婁の湯）
勝浦
玉ノ浦
0
20km
串本

和歌浦 （菅波）

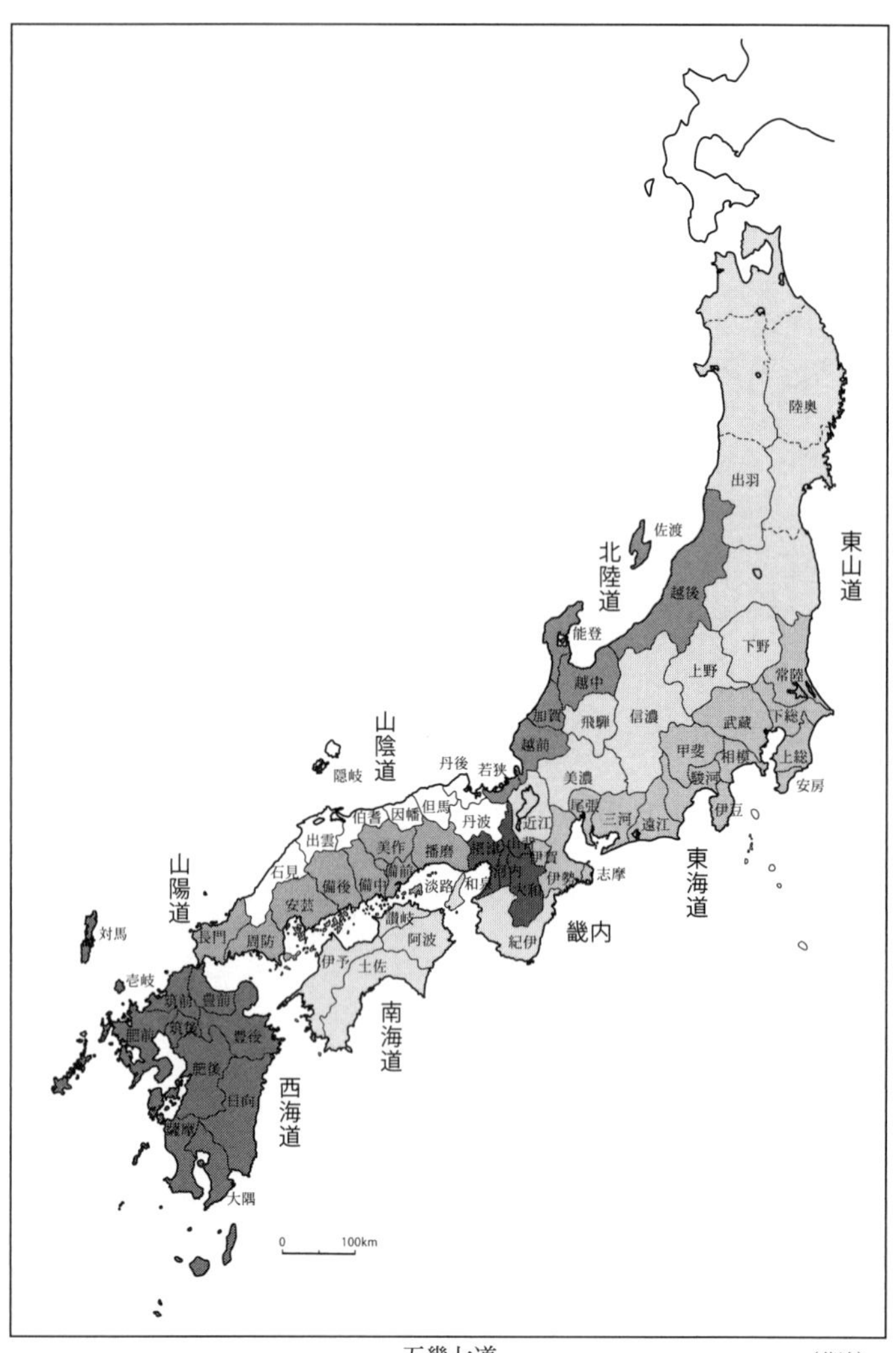
陸奥
出羽
佐渡
北陸道
東山道
越後
能登
下野
上野
常陸
越中
信濃
飛騨
加賀
武蔵
下総
越前
甲斐
相模
上総
山陰道
丹後
若狭
隠岐
美濃
駿河
安房
伯耆
因幡
但馬
尾張
伊豆
丹波
近江
出雲
三河
遠江
美作
播磨
志摩
東海道
山陽道
石見
備前
備後
備中
淡路
安芸
伊勢
大和
讃岐
阿波
長門
周防
紀伊
畿内
対馬
伊予
土佐
壱岐
筑前
豊前
南海道
肥前
豊後
肥後
日向
西海道
薩摩
大隅
0
100km

五畿七道 (菅波)

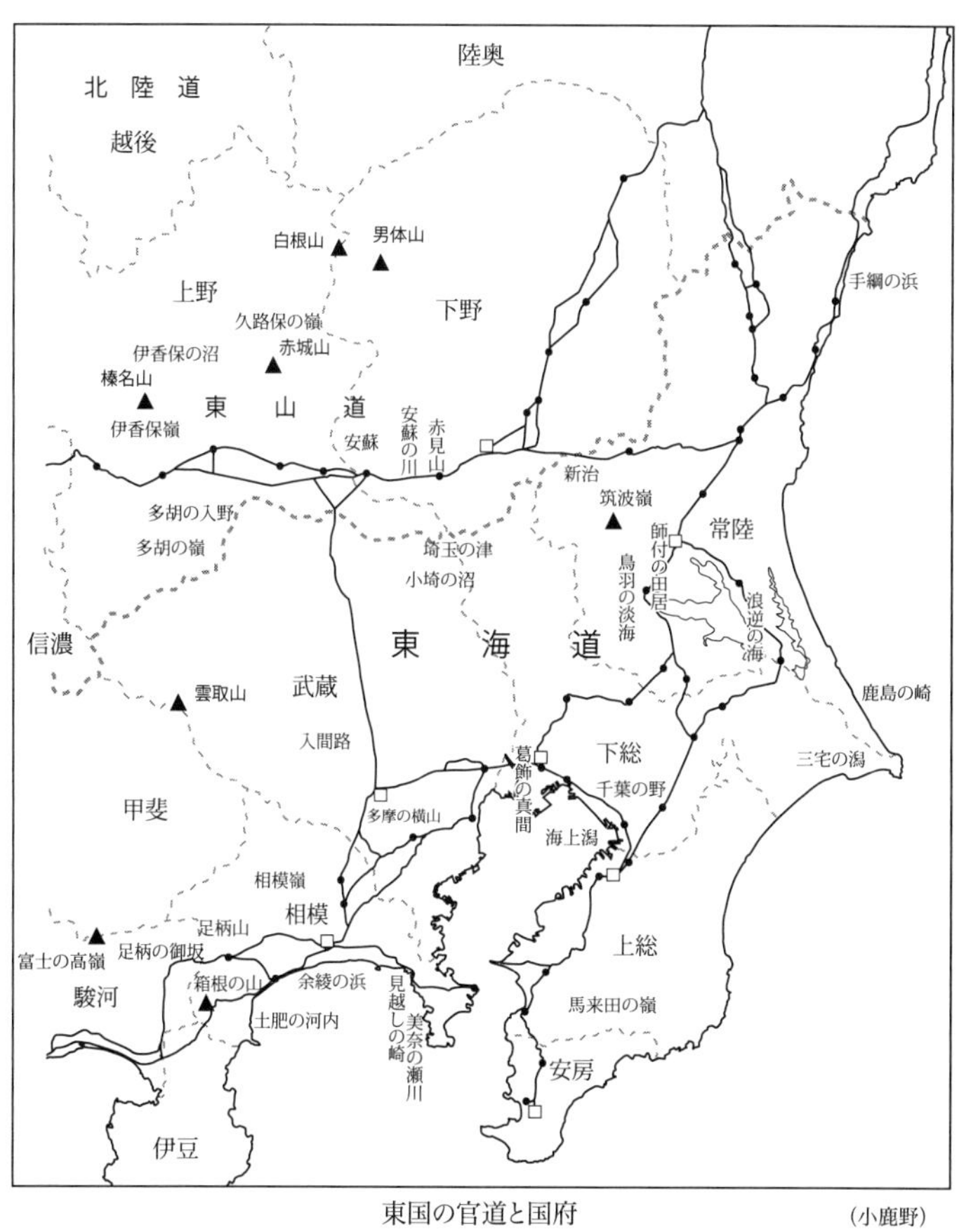

東国の官道と国府　(小鹿野)

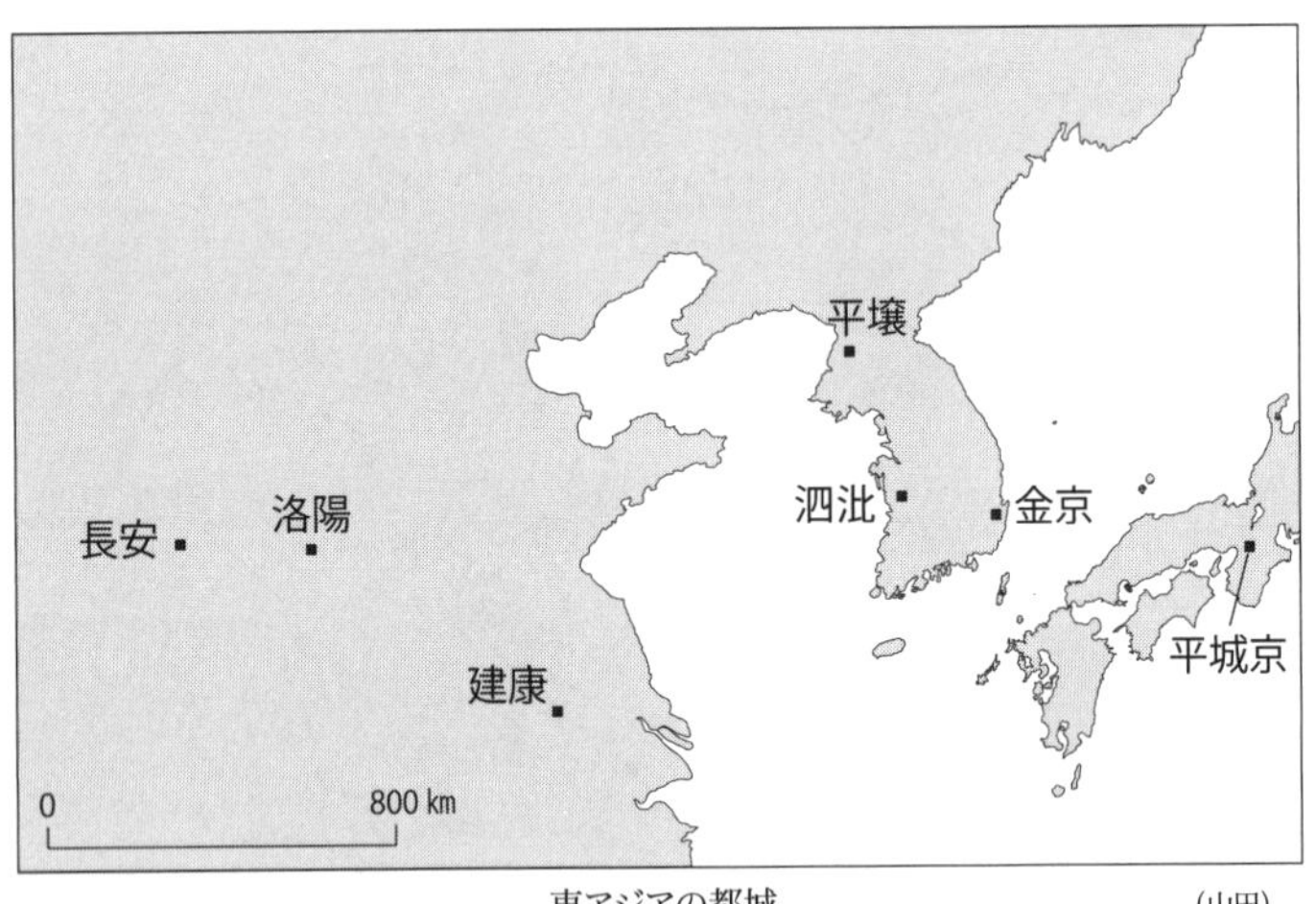

東アジアの都城　（山田）

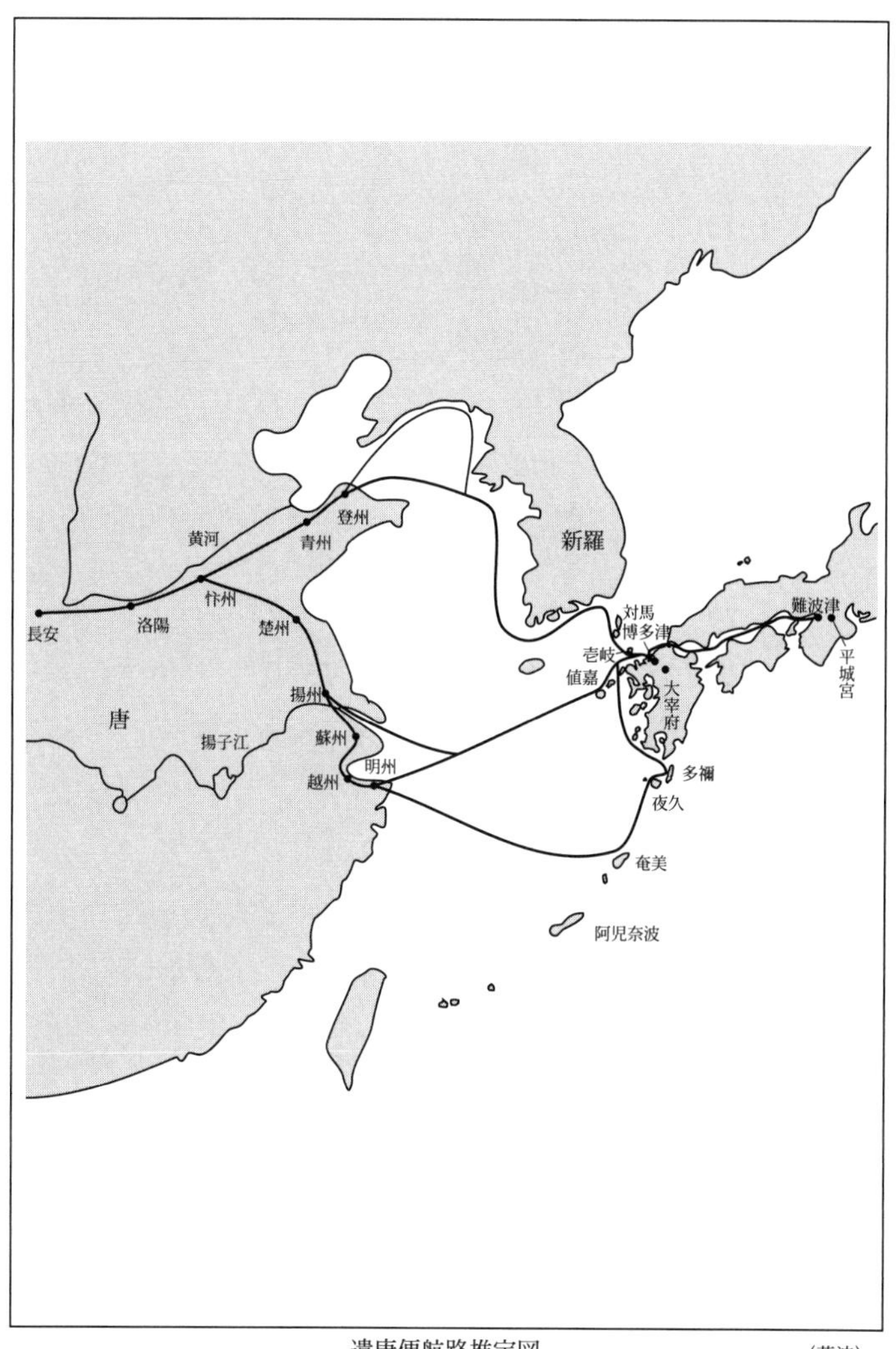

登州
黄河
青州
新羅
汴州
長安
洛陽
楚州
対馬
博多津
難波津
壱岐
平城宮
値嘉
大宰府
揚州
唐
揚子江
蘇州
明州
多禰
越州
夜久
奄美
阿児奈波

遣唐使航路推定図　(菅波)

あとがき

村田右富実

二十世紀の終わり頃、インターネットが普及し始めた。当時のインターネットの大きな特徴に実名性があった。誰しもが自身の発言に責任を持っていた。そうした中で蜘蛛（くも）の巣を意味するｗｅｂも広まっていった。ネットを見てリンクをたどっているうちに自分が最初何を読んでいたのかわからなくなる。蜘蛛の巣に絡めとられるという感覚がよくわかった。ある種の快感でもあった。筆者が『万葉集』のホームページを開いたのは一九九六年。そして、インターネットの匿名性に嫌気がさしたこともあって、閉じたのが二〇〇七年。干支（えと）一回りでの変貌（へんぼう）に驚かされた。上代文学研究にも大きな変化があった。一九九六年の『国文学年次別論文集　上代（Ⅰ・Ⅱ）』（朋文出版、一九九七）は二冊あわせて一二一八ページ。最新の二〇一四年版（同社、二〇一九年）は、二冊あわせて四一四ページ、十八年で約三分の一となった。ページ数が多ければよいわけでもないし、ページ数が多いからよい論文が多いわけでもあるまい。しかし、研究者数の減少は間違いないし、それは研究を支える人間の減少を意味している。裾野（すその）の狭い山は低い。

さて、本書である。執筆者数は四二人。二十〜六十代の幅広い年齢層から構成されており、内容も文章もできるだけ編者が手入れをしないようにつとめた。必然的に内容が重複していたり、矛盾を含んでいたりする箇所もある。しかし、あえて触っていない。解の多様性を否定したくなかった。また、多くの書籍が採用している「○○は××ページ参照」という形式を取っていない。思考の連続性を断ち切りたくなかった。それぞれの項目が独立しながらも、参照しようと思えば、参照できる準備は整えた。「Ⅳ　万葉集をよむための小事典」以降である。

一方、万葉学の裾野やお隣の山への目配りも忘れてはなるまい。「Ⅱ　万葉集のそとがわ」にこれほどのページ数を割いた入門書はなかったと思う。長ったらしいが、「七～八世紀の東アジア漢字文化世界を構成する一要素としての万葉集」という考え方なくして、日本文化の理解は深まらない。「紙（かみ）」や「文（ふみ）」が中国語由来であろうことが明らかになったのは二十世紀、倉庫を意味する「椋（くら）」の文字が百済由来だと確定したのは二十一世紀に入ってからである。そして、万葉文化の射程は現代にも及ぶ。奈良時代から現代までの連続性についても組み込んだ。勿論、『万葉集』の入門書である以上、登るべき山は『万葉集』である。「Ⅰ　万葉集のうちがわ」で山体を理解しつつ、「Ⅲ　万葉集を味わう」で木々の葉の一枚一枚を手に取って賞美できるようにした。

基礎学問の専門知軽視はやがて手厳しい竹篦返し（しっぺいがえし）を食うだろう。しかし、軽視が現実であることも否めない。そのうえで三つの希望を記しておく。

一　より多くの方が、『万葉集』のｗｅｂに絡めとられる悦楽を楽しんで下さるよう。

一　本書を開いた方が、万葉学という基礎学問に興味を抱いて下さるよう。

一　本書の若い執筆者の方が、その専門知の担い手になって下さるよう。最後になったが、編者それぞれの『万葉集』の入門書の併読を乞う。

上野誠著『万葉集講義』（中公新書、二〇二〇）

鉄野昌弘著『日本人のこころの言葉　大伴家持』（創元社、二〇一三）

村田右富実編『よみたい万葉集』（西日本出版、二〇一五）

参考文献

万葉集をみわたす

小島憲之　一九八八年　『上代日本文學と中國文學―出典論を中心とする比較文學的考察―　中』塙書房

Ⅰ　万葉集のうちがわ

一、歌のしわけとなりたち

市瀬雅之　二〇〇七年　『万葉集編纂論』おうふう
――・城﨑陽子・村瀬憲夫　二〇一四年　『万葉集編纂構想論』笠間書院
伊藤博　一九七四年　『萬葉集の構造と成立　上・下』塙書房
――　一九七五年　『萬葉集の表現と方法　上』塙新書
――　一九八三年　『萬葉のあゆみ』塙新書
乾善彦　二〇〇四年　「『万葉集』巻十八補修説の行方」『高岡市万葉歴史館紀要』一四号　高岡市万葉歴史館
上野誠　二〇一四年　『万葉びとの宴』講談社
――　二〇二〇年　『万葉集講義』中公新書
遠藤耕太郎　二〇二〇年　『万葉集の起源―東アジアに息づく抒情の系譜―』中央公論新社
大谷雅夫　一九八八年　「『万葉集』書名の考察」『文学』第五十六巻第六号　岩波書店
岡田正之　一九二九年　『近江奈良朝の漢文学』東洋文庫
影山尚之　二〇〇九年　『萬葉和歌の表現空間』塙書房

―――― 二〇一七年『歌のおこない―万葉集と古代の韻文―』和泉書院
垣見修司 二〇一〇年「反歌附加の試み―巻十三異伝歌群の背景―」『高岡市万葉歴史館紀要』第二十号 高岡市万葉歴史館
城﨑陽子 二〇〇四年『万葉集の編纂と享受の研究』おうふう
平舘英子 一九九八年『萬葉歌の主題と意匠』塙書房
西澤一光 二〇一三年「集蔵体としての『万葉集』をめぐって」『古代文学』五二号 古代文学会
廣岡義隆 二〇二〇年『万葉形成通論』和泉書院
村瀬憲夫 二〇〇二年『万葉集編纂の研究』塙書房
村田右富実 二〇〇七年「万葉集巻九の配列について」『美夫君志』七四号 美夫君志会
―――― 二〇一三年「『万葉集』巻五の前半部の性質について」『万葉集研究』第三四集 塙書房
山田孝雄 一九五五年「萬葉集の編纂は宝亀二年以後なるべきことの証」『万葉集考叢』寶文館

二、歌びととその時代

朝比奈英夫 二〇一九年『大伴家持研究―表現手法と歌巻編纂―』塙書房
池田三枝子 二〇〇〇年「娘子を得て作る歌」『セミナー 万葉の歌人と作品 第六巻』和泉書院
伊藤博 一九七四年a『萬葉集の構造と成立 上』塙書房
―――― 一九七四年b『萬葉集の構造と成立 下』塙書房
稲岡耕二 一九七六年『万葉表記論』塙書房
―――― 一九八五年『万葉集の作品と方法』岩波書店
―――― 二〇一一年『人麻呂の工房』塙書房
井ノ口史 一九九七年「万葉集巻十三の問答歌―三三〇五～九番の歌について―」『人間文化研究科年

報』第十三巻　奈良女子大学
井村哲夫　一九九七年　『憶良・虫麻呂と天平歌壇』翰林書房
――　二〇一八年　『憶良・虫麻呂の文学と方法』笠間書院
遠藤宏　一九九一年　『古代和歌の基層―万葉集作者未詳歌論序説―』笠間書院
大浦誠士　二〇〇八年　『万葉集の様式と表現　伝達可能な造形としての〈心〉』笠間書院
大久保正　一九八二年　『萬葉集東歌論攷』塙書房
梶川信行　二〇〇九年　『額田王―熟田津に船乗りせむと―（ミネルヴァ日本評伝選）』ミネルヴァ書房
金井清一　一九八四年　『万葉詩史の論』笠間書院
北川和秀　二〇〇二年　『群馬の万葉歌』あかぎ出版
神野志隆光　一九九二年　『柿本人麻呂研究―古代和歌文学の成立―』塙書房
――　二〇一三年　『万葉集をどう読むか―歌の「発見」と漢字世界―』東京大学出版会
桜井満　二〇〇〇年　『桜井満著作集』全十巻＋別冊　おうふう
品田悦一　一九八五年　「万葉集東歌の原表記」『國語と國文學』第六十二巻一号　東京大学国語国文学会
――　一九八六年ａ　「萬葉集巻十四の原資料について」『萬葉』第百二十四号　萬葉学会
――　一九八六年ｂ　「万葉集東歌の地名表出」『國語と國文學』第六十三巻二号　東京大学国語国文学会
――　一九九〇年ａ　「東歌の枕詞に関する一考察」『稲岡耕二先生還暦記念　日本上代文学論集』塙書房
――　一九九〇年ｂ　「東歌の文学史的位置づけはどのような視野をひらくか」『國文学　解釈と教材の研究』第三十五巻五号　學燈社
――　一九九一年　「人麻呂作品における主体の複眼的性格」『万葉集研究第十八集』塙書房

――――　二〇〇一年　『万葉集の発明』新曜社
新沢典子　二〇一七年　『万葉歌に映る古代和歌史―大伴家持・表現と編纂の交点―』笠間書院
鈴木日出男　一九九〇年「女歌の本性」『古代和歌史論』東京大学出版会
田辺幸雄　一九六三年　『萬葉集東歌』塙書房
鉄野昌弘　二〇〇七年　『大伴家持「歌日誌」論考』塙書房
東城敏毅　二〇一六年　『万葉集防人歌群の構造』和泉書院
中西進　一九九五年　『中西進万葉論集　第三巻』講談社
錦織浩文　二〇一一年　『高橋虫麻呂研究』おうふう
橋本達雄　一九八五年　『大伴家持作品論攷』塙書房
久松潜一　一九七三年　『万葉集と上代文学』笠間書院
身﨑壽　二〇〇五年　『人麻呂の方法―時間・空間・「語り手」―』北海道大学図書刊行会
水島義治　一九八四年　『萬葉集東歌の研究』笠間書院
――――　二〇〇三年　『萬葉集防人歌全注釈』笠間書院
――――　二〇〇九年　『萬葉集防人歌の研究』笠間書院
三田誠司　二〇一二年　『萬葉集の羇旅と文芸』塙書房
村山出　一九九三年　『奈良前期万葉歌人の研究』翰林書房
山﨑健司　二〇一〇年　『大伴家持の歌群と編纂』塙書房
吉井巖　一九八四年　『万葉集全注　巻第六』有斐閣
渡瀬昌忠　二〇〇二年～二〇一二年　『渡瀬昌忠著作集』全八巻＋補巻一巻　おうふう

三、歌のかたちとくふう

青木正児　一九七〇年　『青木正児全集　第二巻』春秋社
赤羽淑　一九九三年「和歌の韻律」『和歌文学講座　第一巻　和歌の本質と表現』勉誠社
井手至　一九七五年「万葉集文学語の性格」『万葉集研究第四集』塙書房
――　一九九三年『遊文録　万葉篇一』和泉書院
糸井通浩　一九七二年「和歌形式生成の論理　序説」『國語國文』第四十一巻四号　京都大学文学部国語学国文学研究室
伊藤博　一九七四年『萬葉集の構造と成立　上』塙書房
――　一九七五年『萬葉集の歌人と作品　下』塙書房
稲岡耕二　一九七三年「人麻呂『反歌』『短歌』の論―人麻呂長歌制作年次攷序説―」『万葉集研究第二集』塙書房
――　一九八五年『万葉集の作品と方法』岩波書店
上野誠　二〇〇五年「橡の解き洗ひ衣―譬喩と生活実感と―」『古代文学』四十四号　古代文学会
――　二〇一八年『万葉文化論』ミネルヴァ書房
大浦誠士　二〇〇八年『万葉集の様式と表現』笠間書院
――　二〇一二年「万葉集「譬喩歌」の表現」『論集上代文学　第三十四冊』笠間書院
――　二〇一七年「枕詞と様式」『上代文学』百十八号　上代文学会
折口信夫　一九五四年『折口信夫全集　第一巻　古代研究』中央公論社
久保田淳　一九八五年「和歌」『日本古典文学大辞典　第六巻』岩波書店
神野志隆光　一九八三年『古事記の達成』東京大学出版会
近藤信義　一九九〇年『枕詞論』桜楓社
――編　二〇〇八年『修辞論』おうふう

西郷信綱　一九九五年「枕詞の詩学」『古代の声　増補版』朝日新聞社
坂本信幸　二〇二〇年『万葉歌解』塙書房
白井伊津子　一九九四年「枕詞・被枕詞事典」稲岡耕二編『万葉集事典』學燈社
――二〇〇五年『古代和歌における修辞』塙書房
――二〇〇五年「『萬葉集』歌における枕詞・序詞と懸詞―『古今和歌集』へ―」『文藝言語研究・文藝篇』四十七号　筑波大学大学院人文社会科学研究科文芸・言語専攻
――二〇一七年「『万葉集』の「譬喩歌」の方法」『萬葉』二百二十三号　萬葉学会
鈴木日出男　一九九〇年『古代和歌史論』東京大学出版会
高木市之助　一九四一年『吉野の鮎』岩波書店
多田一臣　二〇一三年『古代文学の世界像』岩波書店
田邊幸雄　一九三九年「旋頭歌の推移（上）」『國語と國文學』第十六巻七号　東京帝国大学
土橋寛　一九六〇年『古代歌謡論』三一書房
――一九六八年『古代歌謡の世界』塙書房
中島光風　一九四五年『上世歌学の研究』筑摩書房
中西進　一九六三年『万葉集の比較文学的研究』南雲堂桜楓社
日本語学会編　二〇一八年『日本語学大辞典』「係り結び」（項目執筆　小柳智一）東京堂出版
野村剛史　二〇一一年『話し言葉の日本史』吉川弘文館
芳賀紀雄　二〇〇〇年「万葉集の「寄物陳思歌」と「譬喩歌」」『國語と國文學』七十七巻十一号
――二〇〇三年『万葉集における中国文学の受容』塙書房
萩野了子　二〇一三年「掛詞の表現構造」『東京大学国文学論集』八号　東京大学文学部国文学研究室
久松潜一　一九二八年『上代日本文学の研究』至文堂

廣岡義隆　二〇〇五年『上代言語動態論』塙書房
――　二〇一五年『仏足石記仏足跡歌碑歌研究』和泉書院
廣川晶輝　二〇〇三年『万葉歌人大伴家持―作品とその方法―』北海道大学図書刊行会
――　二〇〇七年「書記テクストとしての磐姫皇后歌群」『初期万葉論』笠間書院
――　二〇一二年『万葉写真簡（巻2・二〇九番歌）』大阪府立大学
――　二〇一五年「山上憶良と大伴旅人の表現方法―和歌と漢文の一体化―」和泉書院
藤井専英　一九六九年『新釈漢文大系　第6巻　荀子（下）』明治書院
古橋信孝　一九八八年『古代和歌の発生』東京大学出版会
星川清孝　一九七〇年『新釈漢文大系　第34巻　楚辞』明治書院
堀尾香代子　二〇一九年「上代から近世における「てにをは」研究の軌跡―係り結びとその周辺―」『北九州市立大学文学部紀要』第八九号　北九州市立大学文学部
身﨑壽　一九八五年「モノガタリにとってウタとはなんだったのか」『日本文学』第三十四巻二号　日本文学協会
――　一九九四年「軽太子物語―『古事記』と『日本書紀』と―」『古事記研究大系9　古事記の歌』高科書店
村瀬憲夫　一九七八年「熊凝の為に志を述ぶる歌」『万葉集を学ぶ　第四集』有斐閣
森朝男　一九九三年「〈重ね〉の構造―序詞形式の源流―」『古代和歌の成立』勉誠社
山田孝雄　一九五〇年『万葉五賦』一正堂書店
吉本隆明　一九七七年『初期歌謡論』河出書房新社
脇山七郎　一九五四年「万葉集の旋頭歌」『万葉集大成　第七巻』平凡社

四、漢字と万葉集

阿蘇瑞枝　一九七二年　『柿本人麻呂論考』桜楓社
有坂秀世　一九五七年　『国語音韻史の研究　増補新版』三省堂
池上禎造　一九五六年　「上代特殊仮名遣の万葉集への適用と解釈」『国文学　解釈と鑑賞』第二十一巻第十号　至文堂
井手至　一九九九年　『遊文録　国語史篇二』和泉書院
稲岡耕二　一九七六年　『万葉表記論』塙書房
――　一九九一年　『人麻呂の表現世界』岩波書店
――　二〇一五年　『和歌文学大系4　万葉集（四）』明治書院
乾善彦　二〇〇三年　『漢字による日本語書記の史的研究』塙書房
――　二〇一七年　『日本語書記用文体の成立基盤』塙書房
――　二〇一九年　「万葉集と「仮名」」『美夫君志』第九十八号　美夫君志会
犬飼隆　一九九九年　「観音寺遺跡出土和歌木簡の史的位置」『國語と國文學』第七十六巻第五号　東京大学国語国文学会
――　二〇〇五年a　「「歌の文字化」論争について」『美夫君志』第七十号　美夫君志会
――　二〇〇五年b　『上代文字言語の研究（増補版）』笠間書院
――　二〇〇八年　『木簡から探る和歌の起源―「難波津の歌」がうたわれ書かれた時代』笠間書院
――　二〇一一年　『木簡による日本語書記史　2011増訂版』笠間書院
――　二〇一七年　『儀式でうたうやまと歌―木簡に書き琴を奏でる―』はなわ新書
上野誠　二〇一八年　『万葉文化論』ミネルヴァ書房
内田賢徳　二〇〇五年　『上代日本語表現と訓詁』塙書房

江湖山恒明　一九七八年　『上代特殊仮名遣研究史』明治書院
大野晋　一九五三年　『上代仮名遣の研究』岩波書店
大野透　一九六二年　『万葉仮名の研究』明治書院
沖森卓也　二〇〇〇年　『日本古代の表記と文体』吉川弘文館
――　二〇〇九年　『日本古代の文字と表記』吉川弘文館
奥田俊博　二〇一六年　『古代日本における文字表現の展開』塙書房
――　二〇一九年　「漢字文献の仮名とその展開―訓字と仮名の揺らぎをめぐって」内田賢徳・乾善彦編『万葉仮名と平仮名―その連続・不連続』三省堂
尾山慎　二〇一一年　「万葉集における「道」「路」「径」」『美夫君志』第八十二号　美夫君志会
――　二〇一六年　「万葉集「正訓」攷」『文学史研究』五十六号　大阪市立大学国語国文学研究室文学史研究会
――　二〇一七年　「日本語表記と漢字」『日本語ライブラリー　漢字』朝倉書店
――　二〇一九年　『二合仮名の研究』和泉書院
春日政治　一九八二年　『春日政治著作集第一冊　仮名発達史の研究』勉誠社
軽部利恵　二〇一八年　「上代仮名遣いの「違例」について」『叙説』第四十五号　奈良女子大学日本アジア言語文化学会
――　二〇一九年　「木簡における上代特殊仮名遣いの「違例」について」『美夫君志』第九十八号　美夫君志会
川端善明　一九七五年　「万葉仮名の成立と展相」上田正昭編『日本古代文化の探求　文字』社会思想社
木田章義　一九八八年　「古代日本語の再構成」岸俊男編『日本の古代14　ことばと文字』中央公論社

木村康平　二〇〇三年「「難波津の歌」とその周辺」『帝京国文学』第十号　帝京大学国語国文学会
工藤力男　一九九四年「人麻呂の表記の陽と陰」『万葉集研究　第二十集』塙書房
神野志隆光　二〇一三年『万葉集をどう読むか―歌の「発見」と漢字世界―』東京大学出版会
小島憲之　一九六四年『上代日本文学と中国文学　中』塙書房
今野真二　二〇一四年『日本語学講座　第九巻　仮名の歴史』清文堂出版
西條勉　二〇〇〇年「文字出土資料とことば―奈尓波ツ尓作久矢己乃波奈―」『國文學　解釈と教材の研究』第四五巻一〇号　學燈社
栄原永遠男　二〇〇七年「木簡として見た歌木簡」『美夫君志』第七十五号　美夫君志会
――　二〇一一年『万葉歌木簡を追う』和泉書院
阪倉篤義　一九九三年『日本語表現の流れ』岩波書店
佐野宏　二〇一五年「万葉集における表記体と用字法について」『國語國文』第八十四巻第四号　京都大学文学部国語学国文学研究室
澤崎文　二〇二〇年『古代日本語における万葉仮名表記の研究』塙書房
新谷秀夫　一九九九年「難波津の〈歌〉の生成―古今集仮名序古注をめぐる一断章」『日本文藝研究』第五十一巻第二号　関西学院大学日本文学会
鈴木喬　二〇一四年「防人歌の用字―装置としての文字―」『あいち国文』第六号　愛知県立大学文学部国文学科あいち国文の会
滝川政次郎　一九五九年「難波津之歌考」『國學院雑誌』第六十巻第四号　國學院大學
武智雅一　一九三三年「万葉集に見える聯想的用字」『文学』第一巻第八号　岩波書店
月岡道晴　二〇一七年a「不知代経浪乃去邊白不母―宇治河邊作歌から見る人麻呂の表記態度について―」『上代文学』第一一八号　上代文学会

―――　二〇一七年b　「選択的表現としての万葉集の仮名遣い」『古代文学』第五十七号　古代文学学会

土橋寛　一九六〇年　『古代歌謡論』三一書房

デイビッド・ルーリー　二〇〇二年　「人麻呂歌集「略体」書記について―「非対応訓」論の見直しから」『國文學　解釈と教材の研究』第四十七巻　學燈社

東野治之　一九八三年　『日本古代木簡の研究』塙書房

―――　二〇〇三年　「近年出土の飛鳥京と韓国の木簡」『古事記年報』第四十五号　古事記学会

徳原茂実　二〇〇一年　「難波津の歌の呪術性について」片桐洋一編『王朝文学の本質と変容　韻文編』和泉書院

橋本四郎　一九八六年　『橋本四郎論文集　国語学編』角川書店

橋本進吉　一九五〇年　『国語音韻の研究』岩波書店

蜂矢宣朗　一九七四年　「いはゆる「戯書」について」『境田教授喜寿記念論文集　上代の文学と言語』境田教授喜寿記念論文集刊行会

古屋彰　一九九八年　『万葉集の表記と文字』和泉書院

松田浩　二〇一二年　「歌の書かれた木簡と「万葉集」の書記」『アナホリッシュ國文學』第一号　響文社

馬渕和夫　一九七九年　『万葉集必携』學燈社

村田右富実　二〇一〇年a　「日本語韻文書記についてのモデル論構想」『文学・語学』第一九六号　全国大学国語国文学会

―――　二〇一〇年b　「木簡に残る文字列の韻文認定について―「送寒衣」、「七夕四」など―」『上代文学』第一〇五号　上代文学会

―――・川野秀一　二〇二〇年　「多変量解析を用いた万葉短歌の書式分類について―『柿本人麻

呂歌集』論として」『國文學』第一〇四号　関西大学国文学会
毛利正守　二〇一四年　「「変体漢文」の研究史と「倭文体」」『日本語の研究』第十巻第一号　日本語学会
八木京子　二〇〇五年　「難波津の落書―仮名書きの文字資料のなかで―」『国文目白』第四十四号　日本女子大学国語国文学会
屋名池誠　二〇一五年　「人麻呂歌集の表記機構」『藝文研究』第一〇九号第一分冊　慶應義塾大學藝文學會
山田俊雄　一九五五年ａ　「万葉集文字論序説」『万葉集大成　六巻　言語篇』平凡社
――　一九五五年ｂ　「国語学における文字の研究について」『国語学』第二十輯　國語學會
吉岡真由美　二〇一八年　「『万葉集』における訓仮名と訓字」『萬葉』第二二六号　萬葉学会
――　二〇一九年　「『万葉集』における音仮名と訓仮名―訓字との両用とその影響をめぐって―」『萬葉』第二二八号　萬葉学会
渡瀬昌忠　一九七三年　『柿本人麻呂研究　歌集編　上』桜楓社
――　二〇〇二年　『人麻呂歌集略体歌論　上・下』おうふう

五、万葉集を復元する

池原陽斉　二〇一六年　「「御名部皇女奉和御歌」本文異同存疑」『万葉集訓読の資料と方法』笠間書院
乾善彦　二〇一九年　「万葉集をよんだ人々・人々のよんだ万葉集」『万葉古代学研究年報』第十七号　奈良県立万葉文化館
小川靖彦　二〇〇七年　『万葉学史の研究』おうふう
武田祐吉　一九二三年　「万葉集巻第七の錯簡に就いて」『心の花』第二十七巻第三号　竹柏会
田中大士　一九九五年　「広瀬本萬葉集の性格」『文学』（季刊）第六巻第三号　岩波書店

――――　二〇一九年「新たな万葉集伝本群の発見」『万葉古代学研究年報』第十七号　奈良県立万葉文化館
――――　二〇二〇年『衝撃の『万葉集』伝本出現』はなわ新書

Ⅱ　万葉集のそとがわ

一、万葉集の広がり

青木周平　二〇一五年『青木周平著作集　中巻』おうふう
家永香織　二〇〇三年「『堀河百首』における万葉語摂取の様相」『講座平安文学論究　第十七輯』風間書房
池原陽斉　二〇一六年「三類本『人麿集』の萬葉歌―次点本的性格をめぐって―」『上代文学』第百十七号　上代文学会
――――　二〇一九年「『拾遺和歌集』の萬葉歌出典小考―人麻呂歌、とくにその長歌を中心に」『國語と國文學』第九十六巻十一号　東京大学国語国文学会
伊藤博　一九七五年『萬葉集の表現と方法　上』塙書房
井上通泰　一九三五年『西海道風土記逸文新考』巧人社
上野理　一九七六年「平安朝和歌史における褻と晴」『後拾遺集前後』笠間書院
上野誠　二〇一五年『日本人にとって聖なるものとは何か』中央公論新社
宇佐美昭徳　二〇〇八年『古今和歌集論―万葉集から平安文学へ―』笠間書院
大石真由香　二〇一七年『近世初期『万葉集』の研究』和泉書院
大久保正　一九六一年「古代万葉集研究史稿（その二）―古点以前の万葉研究―」『北海道大学文学部紀要』十巻　北海道大学文学部

小川靖彦　二〇〇七年　『萬葉学史の研究』おうふう
小沢正夫　一九七六年　『古今集の世界　増補版』塙書房
梶川信行　二〇〇三年　「『古事記』の引用―『万葉集』の場合―」『古事記受容史』笠間書院
加藤幸一　一九八九年　「紀貫之の作品形成と『万葉集』」『奥羽大学文学部紀要』一号　奥羽大学文学部
金子英世　一九九七年　「寛和年間の内裏歌合について」『藝文研究』第七十二号　慶應義塾大学藝文学会
菊地靖彦　一九八〇年　『古今的世界の研究』笠間書院
神野志隆光　一九九二年　『柿本人麻呂研究―古代和歌文学の成立―』塙書房
小町谷照彦　一九八四年　「王朝和歌の成立」　秋山虔編『王朝文学史』東京大学出版会
近藤信義　二〇〇三年　『万葉遊宴』若草書房
――　二〇二〇年　『平安朝国史和歌注考』花鳥社
佐佐木信綱　一九一五年　『和歌史の研究』大日本学術協会
鈴木健一　二〇〇四年　『江戸詩歌史の構想』岩波書店
――　二〇一四年　『古典注釈入門　歴史と技法』岩波現代全書
鈴木日出男　一九九〇年　『古代和歌史論』東京大学出版会
鈴木宏子　二〇〇〇年　『古今和歌集表現論』笠間書院
――　二〇一二年　『王朝和歌の想像力―古今集と源氏物語―』笠間書院
――　二〇一五年　「『古今集』から『万葉集』へ―紀貫之を起点として―」『文学』第十六巻三号　岩波書店
瀬間正之　二〇一五年　『風土記の文字世界』笠間書院
高野奈未　二〇一六年　『賀茂真淵の研究』青簡舎

田口暢之　二〇一六年「藤原顕季の古歌摂取意識―『万葉集』と『伊勢物語』を中心に」『和歌文学研究』第百十二号　和歌文学会
竹下豊　二〇〇四年『堀河院御時百首の研究』風間書房
多田一臣編　二〇〇一年『万葉への文学史　万葉からの文学史（上代文学会研究叢書）』笠間書院
田中常正　一九八七年『万葉集より古今集へ』笠間書院
――　一九八九年『万葉集より古今集へ　第二』笠間書院
――　一九九八年『万葉集より古今集へ　第三』笠間書院
友田吉之助　一九六九年『日本書紀成立の研究』（増補版）風間書房
橋本雅之　二〇一三年『風土記研究の最前線』新人物往来社
久松潜一　一九三〇年「常陸国風土記と高橋虫麻呂」『国文学研究Ⅰ　上代文学特輯』第一書房
古橋信孝　二〇一五年『柿本人麿―神とあらはれし事もたびたびの事也―（ミネルヴァ日本評伝選）』ミネルヴァ書房
益田勝実　一九五〇年「『上代文学史稿』案（二）」『日本文学史研究』第四号　日本文学史研究会
――　一九七三年「有由縁歌」『万葉集講座　第四巻　歌風と歌体』有精堂出版
――　二〇〇六年『益田勝実の仕事2』筑摩書房
松田信彦　二〇一七年『『日本書紀』編纂の研究』おうふう
身﨑壽　一九八二年「〈うた〉と〈散文〉―万葉時代の歌語り再論―」『日本文学』第三十一巻五号　日本文学協会
水谷隆　一九八八年「紀貫之にみられる万葉歌の利用について」『和歌文学研究』五十六巻　和歌文学会
宮川優　二〇一八年「西海道風土記乙類歌謡の文字選択（再考）」『漢字文化研究　漢検漢字文化研究

奨励賞受賞論文集』日本漢字能力検定協会
山口博　一九八二年　『王朝歌壇の研究　桓武仁明光孝朝篇』桜楓社

二、注釈書の歴史

池田利夫　一九八四年　「契沖注釈書の生成」『契沖研究』岩波書店
伊藤左千夫　一九七七年　『左千夫全集　五〜七』岩波書店
伊藤博　一九七四年ａ　「持統万葉から元明万葉へ」『萬葉集の構造と成立　下』塙書房
――　一九七四年ｂ　「目録の論」『萬葉集の構造と成立　下』塙書房
――　一九七五年　「代作の問題」『萬葉集の歌人と作品　上』塙書房
乾善彦　二〇一八年　「万葉集テキストと注釈―仙覚と契沖の場合―」『日本文学研究ジャーナル』第五号　古典ライブラリー
井野口孝　一九九六年　『契沖学の形成』和泉書院
――　一九九九年　「『萬葉代匠記』における「仙覚抄」の受容をめぐって」『大阪市立大学文学部創立五十周年記念国語国文論集』和泉書院
上野誠　二〇一八年　「大伴書持挽歌と使者往来」『万葉文化論』ミネルヴァ書房
大久保正　一九八〇年　『万葉集の諸相』明治書院
小川靖彦　二〇〇七年　『萬葉学史の研究』おうふう
――　二〇一四年　『万葉集と日本人』角川選書
河野頼人　一九七七年　『上代文学研究史の研究』風間書房
木下正俊　二〇〇〇年　「万葉集の目録覚書」『万葉集論考』臨川書店
神野志隆光　一九九二年　「歌の『共有』―初期万葉から人麻呂歌集へ―」『柿本人麻呂研究―古代和歌

文学の成立―』塙書房
後藤祥子　一九八六年　「『秘府本万葉集抄』の作者」『国文目白』第二十五号　日本女子大学国語国文学会
佐佐木信綱　一九二六年　「萬葉集抄攷」『萬葉集叢書　第九輯　秘府本萬葉集抄』古今書院
佐竹昭広　二〇〇三年　「漱石と万葉集」『万葉集再読』平凡社
品田悦一　二〇〇一年　『万葉集の発明』新曜社
渋谷虎雄　一九八二年　『古文献所収万葉和歌集成　平安・鎌倉期』桜楓社
城﨑陽子　二〇〇四年　『万葉集の編纂と享受の研究』おうふう
――　二〇〇九年　『近世国学と万葉集研究』おうふう
高松寿夫　二〇〇七年　『上代和歌史の研究』第一部第四章、第五部第二章　新典社
竹下豊　一九九四年　「解題（万葉集抄）」『冷泉家時雨亭叢書　第三十九巻　金沢文庫本万葉集　巻第十八　中世万葉学』朝日新聞社
武田祐吉　一九二六年　「仙覚と契沖」『萬葉集叢書　第八輯　仙覚全集』古今書院
土屋文明　一九七七年　「万葉集を読みはじめた頃」『万葉集私注』新訂版一〇　筑摩書房
内藤明　一九九七年　「窪田空穂における万葉集研究の出発」『早稲田人文自然科学研究』五二号　早稲田大学社会科学学会
中西進　一九九五年　「万葉集の編纂原理」『中西進万葉論集　第六巻』講談社
林勉　一九八四年　「万葉代匠記と契沖の万葉集研究」『契沖研究』岩波書店
久松潜一　一九六九年　『契沖伝』（久松潜一著作集　一二）至文堂
平野仁啓　一九六五年　『萬葉批評史研究　近世篇』未來社
古屋彰　一九九八年　「巻十九の書換えの問題」『万葉集の表記と文字』和泉書院

松田聡　二〇一七年「大伴家持の春愁歌」『家持歌日記の研究』塙書房
丸山隆司　二〇一二年『困惑する書記―『万葉代匠記』の発明―』おうふう
村瀬憲夫　二〇〇二年「巻十三の編纂資料―「或本」「或書」「古本」について―」『万葉集編纂の研究』塙書房
森本治吉ほか　一九六三年『国語国文学研究史大成2　万葉集　下』三省堂
渡邉卓　二〇一二年『『日本書紀』受容史研究―国学における方法―』笠間書院

三、新しい万葉研究の芽ぶき

新井皓士　一九九八年「『人麿歌集』と『ヘンリー六世』の帰属について―多変量解析の計量言語学的応用の試み―」『一橋論叢』一一九巻三号　一橋大學一橋學會　一橋論叢編集所
伊藤博　一九七五年『萬葉集の表現と方法　上』塙書房
犬飼隆　二〇〇八年『木簡から探る和歌の起源―「難波津の歌」がうたわれ書かれた時代』笠間書院
上野誠　一九九七年『古代日本の文芸空間　万葉挽歌と葬送儀礼』雄山閣出版
――・大浦誠士・村田右富美編　二〇一九年『万葉をヨム―方法論の今とこれから―』笠間書院
小川靖彦編　二〇一六年『萬葉写本学入門』笠間書院
栄原永遠男　二〇一一年『万葉歌木簡を追う』（大阪市立大学人文選書2）和泉書院
佐佐木信綱ほか　一九二四年『校本萬葉集』校本萬葉集刊行会
瀧川政次郎　一九七四年『万葉律令考』東京堂出版
東京国立博物館編　一九七三年『東京国立博物館百年史』第一法規
都倉義孝　一九七三年「大津皇子とその周辺」『万葉集講座　第五巻』有精堂出版
土佐秀里　二〇二〇年『律令国家と言語文化』汲古書院

中川幸広　一九九三年　『万葉集の作品と基層』　桜楓社
並木宏衛　一九七八年　「万葉集巻一雑歌と日本書紀」『國學院大學日本文化研究所紀要』第四十一号　國學院大學日本文化研究所
奈良文化財研究所飛鳥資料館　二〇一〇年　『木簡黎明—飛鳥に集ういにしえの木簡たち』（飛鳥資料館開館35年秋期特別展示図録）
松田信彦　二〇一六年　「多変量解析をとおして見た九州風土記の性格—クラスター分析を使用して—」『風土記研究』三八号　風土記研究会
村田右富実・川野秀一　二〇一四年　「多変量解析を用いた万葉短歌の声調外在化について」『美夫君志』八八号　美夫君志会
——　二〇一六年　「多変量解析を用いた万葉歌の筆録者同定の可能性試論」『上代文学』一一七号　上代文学会
——　二〇一七年　「多変量解析から見る万葉短歌の一般性と特殊性—巻を単位として—」『文学・語学』二二〇号　全国大学国語国文学会
——　二〇一九年a　「万葉歌における異伝注記の特徴—依拠情報不明異伝と文字情報依拠異伝の差異を基点に—」『萬葉』二二七号　万葉学会
——　二〇一九年b　「文字論のこれから—個別論から全体論へ—」『万葉をヨム』笠間書院
——　二〇二〇年　「多変量解析を用いた万葉短歌の書式分類について—『柿本人麻呂歌集』論として—」『國文學』一〇四号　関西大学国文学会
森淳司・俵万智　一九九〇年　『新潮古典文学アルバム２　万葉集』新潮社
山城郷土資料館　二〇一八年　『文字のささやき—京都府出土の文字資料—』（平成三十年度特別展展示

図録）
渡部修　二〇〇〇年「歌の年次―人麻呂吉野讃歌の題詞と左注の違いから」『國學院雑誌』第百一巻四号　國學院大學

四、万葉集とその時代

青木和夫ほか　一九八九年『新日本古典文学大系　続日本紀　一』岩波書店
石母田正　一九七一年『日本の古代国家』岩波書院
伊藤博　一九七五年『萬葉集の表現と方法　上』塙書房
井上光貞　一九六五年『日本古代国家の研究』岩波書店
――　二〇〇一年『日本古代の国家と仏教』岩波書店
上野誠　一九九七年『古代日本の文芸空間　万葉挽歌と葬送儀礼』雄山閣出版
――　二〇一三年『遣唐使　阿倍仲麻呂の夢』角川学芸出版
――　二〇一八年『万葉文化論』ミネルヴァ書房
梅田徹　一九九八年「高市皇子挽歌」『國文學　解釈と教材の研究』第四十三巻九号　學燈社
岡田登　二〇〇四年「壬申の乱及び聖武天皇伊勢巡行と北伊勢」『史料』一九一・一九二号　皇學館大学史料編纂所
小田芳寿　二〇一三年「天平四年西海道節度使を見送る歌」『萬葉』第二百十六号　萬葉学会
小野寛　二〇〇一年「聖武天皇関東行幸の時の歌八首」『駒澤國文』三八号　駒沢大学文学部国文学研究室
小野寺静子　二〇〇八年「大伴池主「氏族の人等」をめぐって」『北海学園大学人文論集』第三八号　北海学園大学

金沢英之　一九九九年「高市皇子挽歌」『セミナー　万葉の歌人と作品　第三巻　柿本人麻呂（二）・高市黒人・長奥麻呂・諸皇子たち他』和泉書院
川崎庸之　一九五二年「長屋王時代」『記紀万葉の世界』御茶の水書房
木本好信　一九九三年「長屋王の年齢」『大伴旅人・家持とその時代』桜楓社
宮内庁蔵版・正倉院事務所編　一九九四年『正倉院宝物』毎日新聞社
神野志隆光　一九九二年『柿本人麻呂研究』塙書房
——　一九九九年「中大兄の三山歌」『セミナー　万葉の歌人と作品　第一巻　初期万葉の歌人たち』和泉書院
五味智英　一九八二年「大伴旅人序説」『萬葉集の作家と作品』岩波書店
西郷信綱　一九九三年『壬申紀を読む　歴史と文化と言語』平凡社選書
平舘英子　一九九九年「額田王論」『セミナー　万葉の歌人と作品　第一巻　初期万葉の歌人たち』和泉書院
瀧川政次郎　一九七四年『万葉律令考』東京堂出版
瀧浪貞子　二〇一七年『光明皇后』中公新書
寺崎保広　一九九九年『長屋王』人物叢書　吉川弘文館
都倉義孝　一九七三年「大津皇子とその周辺」『万葉集講座　第五巻』有精堂出版
土佐秀里　二〇二〇年『律令国家と言語文化』汲古書院
中川幸広　一九九三年『万葉集の作品と基層』桜楓社
中西進　一九七二年「長屋王の生涯とその周辺」『万葉集の比較文学的研究　上』桜楓社
並木宏衛　一九七八年「万葉集巻一雑歌と日本書紀」『國學院大學日本文化研究所紀要』第四十一号　國學院大學日本文化研究所

奈良国立博物館編　二〇〇八年『正倉院展六十回のあゆみ』思文閣出版
奈良国立文化財研究所　一九八五年『奈良国立文化財研究所史料27　木器集成図録　近畿古代篇』
西宮一民　一九八四年『万葉集全注　巻第三』有斐閣
野村忠夫　一九六八年『律令政治の諸様相』塙書房
橋本達雄　一九八二年『万葉宮廷歌人の研究』笠間書院　初版一九七五年
廣川晶輝　一九九八年「聖武天皇東国行幸従駕歌論」『言語と文芸』一一五号　国文学言語と文芸の会
藤井一二　二〇一七年『大伴家持　波乱にみちた万葉歌人の生涯』中公新書
古橋信孝　一九九四年『古代都市の文芸生活』大修館書店
星野良作　一九七三年『研究史　壬申の乱』吉川弘文館
真下厚　一九九〇年「天平十二年聖武東国巡幸歌群歌考―〈妻恋ひ〉の歌のはたらきをめぐって―」『城南国文』一〇号　大阪城南女子短期大学国語国文学会
身﨑壽　一九九八年『額田王　萬葉歌人の誕生』塙書房
村田正博　一九七七年「高市皇子挽歌」『万葉集を学ぶ　第二集』有斐閣
村田右富実　二〇〇四年『柿本人麻呂と和歌史』和泉書院
森朝男　二〇〇二年「伊勢国行幸従駕の歌」『セミナー　万葉の歌人と作品　第八巻　大伴家持（二）』和泉書院
森公章　一九九八年『「白村江」以後　国家危機と東アジア外交』講談社選書メチエ
吉井巌　一九八四年『萬葉集全注　巻第六』有斐閣
吉永登　一九六七年『万葉―文学と歴史のあいだ―』創元学術双書
渡部修　二〇〇〇年「歌の年次―人麻呂吉野讃歌の題詞と左注の違いから―」『國學院雑誌』第百一巻四号　國學院大學

五、中国文学と万葉集

内田賢徳　二〇〇五年『上代日本語表現と訓詁』塙書房
――　二〇一一年「西風の見たもの―上代日本における中国詩文―」『萬葉』第二一〇号　萬葉学会
奥村和美　二〇一三年「万葉後期の翻訳語―正倉院文書を通して―」『叙説』第四〇号　奈良女子大学日本アジア言語文化学会
小島憲之　一九八六年『萬葉以前―上代びとの表現―』岩波書店
多田伊織　二〇一七年「典籍木簡から見る、奈良時代の『千字文』『文選』の受容」『古代文学と隣接諸学4　古代の文字文化』竹林舎
辰巳正明　一九八七年『万葉集と中国文学　第二』笠間書院
東野治之　一九七七年『正倉院文書と木簡の研究』塙書房
――　二〇〇二年「典籍・経典の受容」『古代日本　文字のある風景―金印から正倉院文書まで―』朝日新聞社
――　二〇一七年『史料学遍歴』雄山閣
仲谷健太郎　二〇一九年「引用書名に見る漢籍の利用―比較文学の研究史を踏まえて」『万葉をヨム―方法論の今とこれから』笠間書院
西一夫　二〇〇九年「書儀・尺牘の受容―起筆・擱筆表現を中心に―」『万葉集研究　第三〇集』塙書房
――　二〇一六年「『杜家立成雑書要略』の基礎的性格―敦煌書儀の形式・表現・配列の分析を通して―」『國語と國文學』第九三巻一一号　東京大学国語国文学会
芳賀紀雄　二〇〇三年『万葉集における中国文学の受容』塙書房

松浦友久　一九九五年『『万葉集』という名の双関語―日中詩学ノート―』大修館書店
渡辺晃宏　二〇〇九年「日本古代の習書木簡と下級役人の漢字教育」『漢字文化三千年』臨川書店

Ⅲ　万葉歌を味わう

伊藤博　一九七五年「近江荒都歌の文学史的意義」『萬葉集の歌人と作品　上』塙書房
伊東光浩　一九八三年「万葉集一六七番日並皇子殯宮挽歌に於ける「世者」訓読についての試論」『中央大學國文』二十六号　中央大學國文學會
稲岡耕二　一九七八年「天平勝宝五年春二月の歌」『万葉集を学ぶ　第八集』有斐閣
井村哲夫　一九八四年『万葉集全注　巻五』有斐閣
大浦誠士　二〇一四年「かなし」多田一臣編『万葉語誌』筑摩書房
大濱眞幸　一九九一年「大伴家持作『三年春正月一日』の歌」『日本古典の眺望』桜楓社
岡部政裕　一九六一年「「ひとり」の系譜―赤人から家持へ―」『上代文学　研究と資料』至文堂
小野寛　一九八五年「万葉集抄講読（六十三）―宇治川の網代木にいさよふ波―」『四季』十二巻二号　四季短歌会
――　一九九九年「山部赤人の長歌の構成」『万葉集歌人摘草』若草書房
澤瀉久孝　一九六一年『万葉集注釈　巻八』中央公論社
折口信夫　一九五一年「評価の反省―家持の歌の評釈―」『折口信夫全集　第九巻』中央公論社
柄谷行人　一九八〇年『日本近代文学の起源』講談社
川口爽郎　一九八二年『萬葉集の鳥』北方新社
窪田空穂　一九四七年『万葉集評釈　巻二』東京堂
小島憲之　一九六四年『万葉集と中国文学　出典論を中心とする比較文学的考察　中巻』塙書房

斉藤英喜　一九八六年　「荒都・語り・人麻呂」『近江荒都歌論集』古代土曜会
品田悦一　一九九四年　「人麻呂歌集旋頭歌における叙述の位相」『萬葉』一四九号　萬葉学会
新谷秀夫　一九八九年　「万葉集巻十三冒頭歌の性格」『日本文藝研究』第四十一巻第二号　関西学院大学日本文学会
鈴木日出男　一九九〇年　「女歌の本性」『古代和歌史論』東京大学出版会
武田祐吉　一九四三年　『国文学研究 柿本人麻呂攷』大岡山書店
多田一臣　一九九四年　『大伴家持―古代和歌表現の基層―』至文堂
鉄野昌弘　二〇〇七年　「光と音―家持秀歌の方法―」『大伴家持「歌日誌」論考』塙書房
――――　二〇一五年　「安積皇子挽歌論―家持作歌の政治性―」『萬葉』二二九号　萬葉学会
中西進　一九六七年　「新万葉集の出発―万葉集巻八の形成―」『成城文藝』四六号　成城大学文芸学部
西宮一民　一九八四年　『万葉集全注　巻三』　有斐閣
橋本達雄　一九八五年　「秀歌三首の発見」『大伴家持作品論攷』塙書房
廣岡義隆　二〇〇一年　「資料　枕詞研究のために―『萬葉集』の枕詞の一覧」『三重大学日本語学文学』十二　三重大学日本語学文学研究室
美智子上皇后　一九九八年　『橋をかける―子供時代の読書の思い出―』すえもりブックス
毛利正守　一九八五年　「額田王の心情表現―「秋山我は」をめぐって―」『文林』二〇　松蔭女子学院大学国文学研究室
和田嘉寿男　一九八五年　「巻向の山河―人麻呂亡妻の論を疑う―」『武庫川国文』二十五号　武庫川女子大学国文学会
渡瀬昌忠　一九七六年　「人麻呂の長反歌の成立」『柿本人麻呂研究 島の宮の文学』桜楓社
――――　一九九五年　『萬葉一枝』塙書房

◆ら行

◆わ行

〈人　名〉

■主要索引

・Ⅰ、Ⅱ部から主要な語句を立項した。
・人物・書名索引の見出しについては、紙幅の都合上、明治改元以前までに出生した人物および書写・刊行された書にとどめた。
・重祚した天皇についてはそれぞれ別に立項した。
・見出しは執筆者により表現の小異が見られる場合がある。【例】「上代特殊仮名遣」「上代特殊仮名遣い」

〈事　項〉

尾山　慎　　1975年生、奈良女子大学研究院人文科学系准教授
垣見修司　　1973年生、同志社大学文学部教授
影山尚之　　1960年生、武庫川女子大学文学部教授
具廷鎬　　1960年生、韓国中央大学校人文大学教授
倉持長子　　1982年生、聖心女子大学非常勤講師
阪口由佳　　1974年生、奈良県立万葉文化館主任研究員
新沢典子　　1974年生、鶴見大学文学部教授
菅波正人　　1965年生、福岡市役所埋蔵文化財課課長
鈴木健一　　1960年生、学習院大学文学部教授
鈴木　喬　　1980年生、奈良大学文学部准教授
鈴木崇大　　1977年生、高岡市万葉歴史館主任研究員
鈴木宏子　　1960年生、千葉大学教育学部教授
高松寿夫　　1966年生、早稲田大学文学学術院教授
瀧口　翠　　1979年生、東京女子大学非常勤講師
田中大士　　1957年生、日本女子大学文学部教授
月岡道晴　　1975年生、國學院大學北海道短期大学部国文学科教授
東城敏毅　　1970年生、ノートルダム清心女子大学文学部教授
土佐秀里　　1966年生、國學院大學文学部教授
中川明日佳　　1985年生、同志社大学嘱託講師
仲谷健太郎　　1989年生、清泉女子大学文学部専任講師
西　一夫　　1966年生、信州大学学術研究院教育学系教授
廣川晶輝　　1968年生、甲南大学文学部教授
松田　聡　　1967年生、岡山大学学術研究院教育学域教授
森　陽香　　1981年生、目白大学外国語学部専任講師
山田隆文　　1971年生、奈良県立橿原考古学研究所総括研究員
吉岡真由美　　1989年生、日本学術振興会特別研究員PD
渡邉　卓　　1979年生、國學院大學研究開発推進機構准教授

■編者略歴

上野　誠（うえの・まこと）

1960年、福岡県朝倉市生まれ。國學院大學文学部日本文学科教授（特別専任）。奈良大学名誉教授。万葉文化論専攻。國學院大學大学院文学研究科博士課程後期単位取得満期退学。博士（文学、愛知学院大学）。著書に『古代日本の文芸空間―万葉挽歌と葬送儀礼―』（雄山閣出版）、『芸能伝承の民俗誌的研究―カタとココロを伝えるくふう―』（世界思想社）、『万葉挽歌のこころ―夢と死の古代学―』（角川学芸出版）、『折口信夫的思考―越境する民俗学者―』（青土社）、『万葉文化論』（ミネルヴァ書房）など多数。

鉄野昌弘（てつの・まさひろ）

1959年、東京都生まれ。東京大学文学部教授。日本上代文学専攻。東京大学大学院人文科学研究科博士課程単位取得満期退学。博士（文学、東京大学）。単著『大伴家持「歌日誌」論考』（塙書房）、『日本人のこころの言葉　大伴家持』（創元社）、『人物叢書 大伴旅人』（吉川弘文館）。共編著『人生をひもとく　日本の古典』全6巻（岩波書店）、『萬葉集研究』第三十六集～第四十集（塙書房）など。

村田右富実（むらた・みぎふみ）

1962年、北海道小樽市生まれ。関西大学文学部教授。大阪府立大学名誉教授。日本上代文学専攻。北海道大学大学院文学研究科博士後期課程単位取得退学。博士（文学、北海道大学）。著書に『柿本人麻呂と和歌史』（和泉書院）、『令和と万葉集』（西日本出版社）、共著に『日本全国　万葉の旅　大和編』（小学館）など多数。

■執筆者一覧

浅田　徹	1962年生、お茶の水女子大学文教育学部教授
井上さやか	1971年生、奈良県立万葉文化館指導研究員
井上　幸	1976年生、流通科学大学商学部特任准教授
井ノ口史	1970年生、滋賀大学教育学部教授
大石真由香	1983年生、岐阜聖徳学園大学教育学部専任講師
大浦誠士	1963年生、専修大学文学部教授
大島武宙	1992年生、東京大学大学院人文社会系研究科博士課程
太田真理	1961年生、清泉女子大学非常勤講師
大館真晴	1972年生、宮崎県立看護大学看護学部教授
岡田高志	1987年生、大阪市立大学文学研究科都市文化研究センター研究員
小鹿野亮	1970年生、筑紫野市教育委員会文化財課課長
小田芳寿	1978年生、関西大学東西学術研究所非常勤研究員

上野　誠（うえの・まこと）

1960 年、福岡県朝倉市生まれ。國學院大學文学部日本文学科教授（特別専任）。奈良大学名誉教授。

鉄野昌弘（てつの・まさひろ）

1959 年、東京都生まれ。東京大学文学部教授。

村田右富実（むらた・みぎふみ）

1962 年、北海道小樽市生まれ。関西大学文学部教授。大阪府立大学名誉教授。

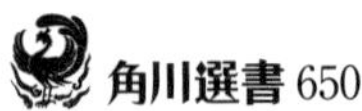

万葉集の基礎知識

令和 3 年 4 月 23 日　初版発行

編　者　上野　誠・鉄野昌弘・村田右富実

発行者　青柳昌行

発　行　株式会社 KADOKAWA
東京都千代田区富士見 2-13-3　〒 102-8177
電話 0570-002-301（ナビダイヤル）

装　丁　片岡忠彦　　帯デザイン　Zapp!

印刷所　横山印刷株式会社　　製本所　本間製本株式会社

●お問い合わせ
https://www.kadokawa.co.jp/（「お問い合わせ」へお進みください）
※内容によっては、お答えできない場合があります。
※サポートは日本国内のみとさせていただきます。
※Japanese text only

定価はカバーに表示してあります。
Printed in Japan
ISBN978-4-04-703702-1 C0392